# 2001
# 스페이스
# 오디세이

## 2001:
## A SPACE ODYSSEY

SPACE
ODYSSEY
SERIES
01

# 2001 스페이스 오디세이

아서 C. 클라크
김승욱 옮김

A SPACE ODYSSEY

황금가지

# 2001: A SPACE ODYSSEY

*by Arthur C. Clarke*

## 추모의 글 - 스탠리에게

다음에 실린 서문을 쓰고 2주가 조금 지났을 무렵, 나는 스탠리 큐브릭이 70세로 세상을 떠났다는 뜻밖의 충격적인 소식을 들었다. 그는 2001년에 자신이 만든 영화를 특별히 홍보할 계획을 세우고 있었으므로 그와 함께 그 순간을 나눌 수 없게 된 것이 너무나 슬펐다.

『2001 스페이스 오디세이』를 완성한 후 30년 동안 우리가 만난 것은 몇 번밖에 되지 않지만 우리는 계속 친구로서 연락을 취했다. 내가 BBC의 「이것이 당신의 삶(*This Is Your Life*)」에 출연했을 때 그가 BBC에 보낸 훌륭한 글이 증거이다.

1994년 8월 22일


친애하는 아서, 내 영화 작업 때문에 오늘 밤 당신이 커다란 영예를 누리는 자리에 동참할 수 없어 유감입니다.

당신은 세계에서 가장 유명한 과학 소설가라는 칭호를 받아 마땅한 사람이지요. 요람 같은 지구에서 우주 속의 미래를 향해 손을 뻗는 인류의 모습을 당신만큼 훌륭하게 보여 준 사람은 없습니다. 우리가 우주로 나아가면 외계의 지적인 생명체들이 우리를 신적인 아버지(godlike father)처럼 대할지도 모릅니다. 아니면 대부(godfather)처럼 대하거나.

어쨌든 우주를 향해 영원히 여행을 계속하게 될 이 프로그램이 언젠가 그 지적 생명체들의 시선을 끌게 된다면, 그들 역시 당신을 인류 중 가장 먼 곳을 내다보고 자신들의 존재를 미리 예고해 준 중요한 선구자로 기리고 싶어 할 겁니다.

하지만 미래 세대가 이런 사실을 알게 될 기회가 있을지 여부는 당신이 좋아하는 질문의 대답이 무엇인지에 따라 달라질 겁니다. 지구에 지적인 생명체가 존재하고 있느냐는 질문 말입니다.

당신의 친구, 스탠리


며칠 전 밤에 나는 그와 이야기를 나누는 꿈을 꾸었다.(그는 1964년의 모습이었다!) 꿈속에서 그가 내게 물었다. "자, 다음에는 뭘 할까요?" 어쩌면 그다음이라는 것이 정말로 있었을지도 모른다. 스탠리는 브라이언 올디스(Brian Aldiss)의 아름다운 단편 소설 「슈퍼 장난감들은 여름 내내 버틴다(Supertoys Last All Summer Long)」를 「A.I.」라는 제목의 영화로 만들려고 한동안 작업 중이었으니까 말이다. 그러나 여러 가지 이유로 그 계획은 실현되지 않았다(결국 「A.I.」는 스티

븐 스필버그 감독이 영화화하여 2001년에 발표했다. —옮긴이).

지금 가장 안타까운 것 중의 하나는 우리가 2001년을 함께 환영할 수 없게 되었다는 사실이다.

아서 C. 클라크
1999년 4월 16일

## 새 천년 판의 서문

스탠리 큐브릭이 이른바 '훌륭한 공상과학 영화'를 찾아 나선 지 벌써 35년이 되었다. 1964년이 이제는 마치 다른 시대처럼 느껴진다. 그때까지 우주에 나가 본 사람은 극소수의 남자들과 여자 한 명뿐이었다. 케네디 대통령이 1960년대가 끝나기 전에 미국이 달에 사람을 보낼 것이라고 발표했지만, 그 말이 정말로 실현될 것이라고 믿은 사람은 많지 않았을 것이다.

게다가 우주에 존재하는 우리 이웃들에 대해 우리가 진정으로 알고 있는 것은 사실 하나도 없는 거나 마찬가지였다. 처음으로 달에 발을 디딘 사람이 일부 천문학자들의 자신 있는 예측처럼 먼지의 바다 속으로 금방 가라앉을지 어떨지조차 확실히 모르고 있었으니 말이다.

당시 상황에 대한 이해를 돕기 위해, 우리의 노력을 (대부분) 사실

대로 설명한 글 『2001년의 잃어버린 세계들(*The Lost Worlds of 2001*)』에서 다음의 구절을 인용해 보겠다. 이 글은 내 기억이 아직 생생하던 1971년에 쓴 것이다.

"1964년 봄…… 달 착륙은 여전히 심리적으로 먼 미래의 꿈처럼 보였다. 그것이 결국 언젠가 일어날 수밖에 없는 일이라는 것을 머리로는 알고 있었지만 감정적으로는 여전히 믿을 수 없었다……. 두 명의 승무원(그리솜과 영)이 탑승한 제미니 호가 우주를 비행한 것은 그로부터 1년 후의 일이었고, 달 표면의 실체에 대한 논쟁이 여전히 격렬하게 벌어지고 있었다……. 미국항공우주국(NASA)은 우리 영화의 전체 예산(1000만 달러 이상)을 매일 쓰고 있었지만, 우주 탐사는 제자리걸음을 하고 있는 것 같았다. 그러나 확실한 징조들은 분명히 존재했다. 나는 스탠리에게 우리 영화가 개봉할 때쯤이면 사람이 실제로 달 표면을 걷게 될 것이라고 자주 말하곤 했다."

그래서 우주 시대의 여명기이던 당시 우리 영화의 줄거리를 짜면서 스탠리와 나는 영화 속의 현실을 믿을 만한 것으로 만들어야 한다는 문제와 씨름했다. 우리는 현실적이고 그럴듯한 영화, 그 후 몇 년 동안 벌어질 사건들에 비춰 보아도 시대에 뒤떨어진 것처럼 느껴지지 않을 영화를 만들고 싶었다. 우리가 원래 정했던 가제는 '우리가 태양계를 어떻게 얻었는가(How the Solar System Was Won)'였지만, 스탠리는 단순한 탐사 이야기 이상의 것을 목표로 삼고 있었다. 그는 내게 이런 말을 하곤 했다. "내가 원하는 건 신화처럼 웅장한 테마예요."

이제 진짜 2001년이 다가오고 있는 지금, 우리 영화는 이미 대중

문화의 일부로 자리 잡았다. 슈퍼볼 게임 중계에 따라 나오는 광고에서 누군가가 매끄러우면서도 불길한 목소리로 "그건 버그였어, 데이브."라고 말할 때, 수억에 달하는 미국인들이 그 말을 하는 사람(아니면 물건?)이 누구(무엇)인지 정확히 알게 되는 날이 올 거라고 스탠리가 과연 상상이나 해 봤을지 의심스럽다. 그리고 만약 HAL의 이름이 IBM에서 유래했다는 전설을 아직도 믿는 사람이 있다면 (영어 알파벳 순서상 H, A, L은 각각 I, B, M의 앞 글자이다. —옮긴이), 본문의 'HAL'에서 그 이름의 정확한 유래를 찾아보라고 내 지친 손가락으로 다시 한번 지적해 주고 싶다.

우리 영화의 결정판을 보고 싶다면, 보이저 크라이테리언 (Voyager-Criterion)에서 나온 훌륭한 비디오디스크를 추천하고 싶다. 여기에는 우리 영화 전편이 들어 있을 뿐 아니라 작품의 제작 과정과 관련된 엄청난 양의 자료도 포함되어 있다. 영화 촬영 현장 모습과 이 영화를 가능하게 만든 미술 담당자, 과학자, 기술자 들과의 논의 과정도 여기서 볼 수 있다. 이 비디오디스크에서는 또한 그루먼 항공의 달 착륙선 조립실에서 몇 년 후 달 표면에 가 있게 될 기계들에 둘러싸여 인터뷰를 하고 있는 젊은 아서 C. 클라크의 모습도 볼 수 있다. 내 인터뷰의 마지막을 장식한 것은 아폴로 호, 우주 실험실, 우주 왕복선 등이 등장한 지금의 현실과 우리 영화를 비교한 매혹적인 장면이다. 이제 현실이 된 이 우주선들 중에는 스탠리의 선견지명이 만들어 낸 영화보다 더 비현실적으로 보이는 것들도 있다.

따라서 나조차 책과 영화를 혼동하고, 그 두 가지를 다시 현실과 혼동할 때가 있는 것도 무리는 아니다. 게다가 여러 가지 속편이 만들어지면서 상황이 훨씬 더 복잡해졌다. 그래서 이제 처음으로 돌아가 애당초 이 일이 어떻게 시작되었는지 돌이켜 보고 싶다.

1964년 4월 나는 타임 라이프 출판사에서 출간될 책『인간과 우주(Man and Space)』의 편집 작업을 마치기 위해 당시 실론이라고 불리던 곳(현재의 스리랑카 ―옮긴이)을 떠나 뉴욕으로 갔다. 당시를 회고한 내 글 중 일부를 여기에 인용한다.

열대의 낙원인 실론에서 여러 해 동안 살다가 뉴욕으로 돌아오니 기분이 이상했다. 코끼리, 산호초, 몬순, 바다에 가라앉은 보물선 등에 둘러싸여 단조로운 생활을 하다가, 지하철을 타고 겨우 세 정거장밖에 가지 않는다고는 해도 출퇴근을 한다는 것은 이국적이고 신선한 경험이었다. 뭔지 정체를 알 수 없는 일들을 열심히 하는 맨해튼 사람들의 이상한 고함 소리, 즐겁게 미소 짓는 얼굴들, 언제나 예의 바른 행동에 나는 항상 홀린 듯한 기분이었다. 그것은 티끌 하나 없는 지하철역에서 조용히 속삭이는 듯한 소리를 내며 지나가는 편안한 지하철, 리바이스 빵,《뉴욕 포스트》, 피엘 맥주, 발암 물질이 잔뜩 든 식료품 등 이국적인 제품의 광고들(아마추어 미술가들이 여기에 예쁘게 장식을 해 놓은 경우가 많았다.)도 마찬가지였다. 그러나 사람이란 시간이 흐르면 무엇에든 익숙해지게 마련이다. 그래서 어느 정도 시간이 흐르자(15분쯤) 마법이 희미해졌다.

―『제3행성에 대한 보고서(Report on Planet Three)』중
「스트레인지러브 박사의 아들(Son of Dr. Strangelove)」에서

『인간과 우주』의 편집 작업은 아주 부드럽게 진행되었다. 타임 라이프의 열성적인 조사원들이 내게 "이 문장이 확실한 건가요?"라고 물을 때마다 내가 바실리스크(전설 속의 괴물로 그 시선을 받거나 입김을 쐰 사람은 목숨을 잃었다고 한다. —옮긴이) 같은 시선으로 그들을 바라보며 "내가 쓴 것이니까 확실합니다."라고 대답했기 때문이다. 덕분에 내게는 스탠리와 함께 부업을 할 수 있는 기운이 남아돌았다. 우리는 4월 23일 트레이더 빅스에서 처음 만났다.(그 가게는 우리가 만난 자리를 기념하는 명판이라도 붙여 놓아야 할 것이다.) 스탠리는 전작인 「스트레인지러브 박사」의 성공으로 여전히 행복한 기분에 빠져 있었고, 그보다 훨씬 더 야심적인 주제를 찾아 헤매고 있었다. 그는 우주에서 인간의 자리가 무엇인지를 다루는 영화를 만들고 싶어 했다. 구식 영화사 사장이라면 심장마비를 일으킬 만한 주제였다. 사실 반드시 이런 주제가 아니더라도 그는 뭔가 새로운 것을 만들고 싶어 했다.

관심 있는 주제라면 항상 금방 그에 관한 전문가가 되어 버리는 스탠리는 도서관 몇 개 분량의 과학책과 과학 소설을 이미 게걸스럽게 읽은 후였다. 그는 또한 『태양 위의 그림자(Shadow on the Sun)』라는 흥미로운 작품에 대해서도 소유권을 확보해 놓고 있었다. 이제는 그 소설에 대해 아무것도 기억나는 것이 없고 심지어 작가의 이름조차 잊어버린 것으로 보아 그가 본격적인 과학 소설 작가는 아니었던 것 같다. 그 사람이 누구든 나로서는 클라크가 다른 사람의 작품을 각색하는 데는 별로 관심이 없다는 얘기가 스탠리에게 금방 전해지는 바람에 내가 그의 앞길을 막아 버린 셈이 되었다는 사실을 영원히 알지 못하기 바랄 뿐이다. 어쨌든 다른 사람의 작품에 대한 내 생각이 알려진 후 우리는 완전히 새로운 것을 만들어 보기로 했다.

지금은 영화를 만들기 전에 대본이 있어야 하고, 대본을 쓰기 전에 이야깃거리가 있어야 한다. 일부 전위적인 감독들이 이야깃거리 없이 영화를 만들려고 시도한 적이 있기는 하지만, 그들의 작품은 예술영화 전문 극장에서나 볼 수 있을 뿐이다. 나는 이미 스탠리에게 내 단편 목록을 준 다음이었으므로, 우리는 그 작품들 중 「파수병(The Sentinel)」의 기본적인 아이디어를 바탕으로 뭔가를 만들어 낼 수 있을 것 같다는 결론을 내렸다.

「파수병」은 에너지가 폭발하듯 샘솟던 시기였던 1948년 크리스마스에 내가 BBC의 단편 공모전에 출품할 생각으로 쓴 작품이다. 이 작품은 순위에 들지 못했는데, 그 후 가끔 어떤 작품이 우승했는지 궁금하다는 생각이 들곤 했다.(아마 온천 마을의 고뇌를 다룬 서사적인 작품이 뽑혔을 것이다.) 이 작품이 작품집에 자주 수록되었기 때문에(나의 첫 작품집인 『지구 탐험(Expedition to Earth)』에 실렸다.) 여기서는 그냥 달에 있는 낯선 유물(일종의 도난 방지 경보 장치로서 인류가 도착했을 때 울리도록 돼 있다.)의 발견을 다룬 분위기 있는 작품이라고만 설명해도 될 것이다.

흔히들 영화 「2001 스페이스 오디세이」가 「파수병」을 바탕으로 만들어진 작품이라고 하지만 그건 사실을 너무 단순하게 설명한 말이다. 이 두 작품의 관계는 도토리와 참나무의 관계와 같다. 영화를 만들기 위해서는 훨씬 더 많은 자료가 필요했는데, 우리는 그 자료

중 일부를 「여명의 조우(*Encounter in the Dawn*)」(일명 「지구 탐험」으로 같은 제목의 작품집에 실렸다.)를 비롯한 다섯 편의 단편 소설에서 가져 왔다. 그러나 영화에서는 스탠리와 몇 달 동안 온갖 아이디어를 저 울질하기도 하고, 23번가 222번지의 저 유명한 첼시 호텔 1008호에 서 몇 시간 동안 고독하게 생각에 잠기기도 하면서(정말로 상당히 고 독했다.) 만들어 낸 완전히 새로운 내용들이 대부분을 차지했다.

나는 바로 첼시 호텔의 그 방에서 영화의 기반이 된 소설의 대부분 을 썼는데, 고통스러운 적이 많았던 그 창작 과정의 기록은 『2001년 의 잃어버린 세계들』에 포함되어 있다. 여러분은 영화를 만들 생각 이면서 소설을 왜 썼느냐고 물을 것이다. 영화의 소설화 작업이 나 중에 이루어지는 경우가 많다는 것은 사실이다. 그러나 우리가 작업 할 때 스탠리에게는 이 과정을 뒤집어야 할 훌륭한 이유가 있었다.

영화 대본은 모든 것을 고통스러울 정도로 자세하게 묘사해야 하 므로, 쓰는 것만큼이나 읽기도 지루하다. 존 파울스의 말은 이 점을 잘 표현해 주고 있다. "소설을 쓰는 것은 바다에서 헤엄치는 것과 같다. 그러나 영화 대본을 쓰는 것은 끈적거리는 액체 속을 헤치고 나아가는 것과 같다." 스탠리는 내가 지루한 것을 잘 참지 못한다는 사실을 알아차렸는지 대본을 쓰는 지루한 작업을 시작하기 전에 상 상력을 자유롭게 발휘해서 소설을 완성하자고 제안했다. 그리고 그 소설을 바탕으로 나중에 대본을 쓰자는 것이었다.(그리고 이를 통해 돈도 좀 벌었으면 좋겠다고 했다.)

막판에는 소설과 영화 대본을 서로 보완해 가면서 두 가지를 동 시에 썼지만, 어쨌든 우리는 대략 이런 식으로 작업해 나갔다. 따라서 나는 영화의 편집용 필름을 보고 몇 장면을 다시 썼는데, 이 때문에 문학 작품의 창작 비용치고는 꽤 많은 돈이 들었다. 아마 이런 식으로 작업하면서 좋아라 할 작가는 거의 없을 것이다. 비록 '좋아라 한다'는 표현을 여기에 써도 되는지 잘 모르겠지만 말이다.

정신없이 바쁘던 그 시절의 분위기를 조금 보여 주기 위해 내 일기 중 일부를 아래에 발췌해 놓았다. 아침에 잠깐 짬이 났을 때 서둘러 쓴 일기인 것 같다.

1964년 5월 28일. '그들'을, 생물체를 끔찍한 질병으로 간주하는 기계로 만드는 게 어떻겠느냐고 스탠리에게 제안했다. 스탠리는 괜찮은 아이디어 라고 생각하는 것 같다…….

6월 2일. 하루에 평균 일이천 단어를 쓴다. 스탠리는 "이거 베스트셀러 가 될걸요."라고 말한다.

7월 11일. 스탠리와 함께 플롯에 대해 토론했지만, 거의 대부분의 시간 을 캔터가 얘기한 유한성을 초월하는 숫자들에 대해 논쟁하느라고 보냈 다……. 그에게는 수학에 대한 천재적인 재능이 숨어 있는 것 같다.

7월 12일. 이제 모든 것이 갖춰졌다. 플롯만 빼고.

7월 26일. 스탠리의 36번째 생일. 빌리지로 가서 "이 세상이 언제 폭발 할지 모르는데 어떻게 행복한 생일을 즐길 수 있습니까?"라는 문장이 쓰인 카드를 찾았다.(1999년 현재, 그 카드를 많이 사둘걸 그랬다는 생각이 든다.)

9월 28일. 내가 개조 중인 로봇이 된 꿈을 꿨다. 두 장(章)을 완성해서 스탠리에게 가져갔는데, 그는 내게 스테이크를 만들어 주면서 이런 말을 했다. "조 레빈(조지프 E. 레빈. 미국의 영화 제작자 ─ 옮긴이)은 자기 작가들한테 이렇게 안 해 줘요."

10월 17일. 스탠리가 약간 싸구려 로봇을 만들어서 그 로봇들이 우리 주인공들을 편안하게 해 주기 위해 빅토리아 시대 같은 환경을 꾸미게 하면 어떻겠느냐는 터무니없는 발상을 내놓았다.

11월 28일. 아이작 아시모프에게 전화를 걸어 채식주의자를 육식성으로 만들려면 생화학적으로 어떻게 해야 하는지 얘기했다.

12월 10일. 스탠리가 H. G. 웰스의 영화인 「미래(Things to Come)」를 보고 전화해서 다시는 내가 추천하는 영화를 보지 않겠다고 했다.

12월 24일. 서서히 마지막 부분을 손대고 있다. 그래야 스탠리에게 크리스마스 선물로 이 마지막 부분을 줄 수 있으니까.

위의 일기 내용은 내가 이제 소설이 기본적으로 거의 완성되었다고 생각했음을 보여 준다. 하지만 사실 우리가 만든 것은 앞부분 3분의 2가량의 초고에 지나지 않았고 이야기는 한창 흥분되는 지점에서 뚝 끊겨 있었다. 그다음을 어떻게 진행해야 할지 우리 둘 다 아무 생각도 할 수 없었기 때문이다. 하지만 스탠리는 그것만 가지고도 MGM 및 시네라마와 거래를 시작할 수 있었다. 영화사와 협상하면서 그는 처음 이 영화의 제목을 '별들 너머의 여행(Journey Beyond the Stars)'이라고 거창하게 소개했다.(또 다른 가제는 '우리가 어떻게 태양계를 얻었는가'였다. 나쁜 제목은 아니었다. 지금 같으면 이 제목이 딱 맞을지도 모른다. 하지만 제목을 가지고 왈가왈부하지 말기 바란다. 나도 하지 않을 테니.)

1965년 내내 스탠리는 믿을 수 없을 만큼 복잡한 영화 제작 후반 작업에 매달려 있었다. 그가 계속 뉴욕에 있으면서 절대로 비행기를 타지 않겠다고 한 주제에 영화를 영국에서 찍기로 했기 때문에 일이 한층 더 복잡해졌다. 나는 그에게 뭐라고 할 입장이 아니었다. 스탠리는 조종사 면허를 따는 과정에서 호된 경험을 하고서 비행기를 못 타게 되었으니까 말이다. 나 역시 1956년에 오스트레일리아 시드니에서 운전면허 시험에 (간신히) 통과한 후 비슷한 이유로 한 번도 운전대를 잡아 본 적이 없다. 호된 경험을 한 덕에 평생을 구원받은 것이다.

스탠리가 영화를 만드는 동안 나는 소설의 최종 완결판을 완성하려고 애썼다. 물론 이 소설이 출판되려면 스탠리의 승인을 받아야 했다. 그런데 이걸 받기가 무지하게 어려웠다. 그가 영화 일 때문에 너무 바빠서 여러 버전의 원고에 정신을 쏟을 수 없다는 것이 이유 중의 하나였다. 그는 책보다 영화가 먼저 나오게 하려고 일부러 꾸물거리는 것이 아니라고, 맹세한다고 했다. 그런데 실제로 영화는 책보다 몇 달 빠른 1968년 봄에 개봉되었다.

소설이 그토록 복잡하고 힘든 과정을 거쳐 탄생했음을 생각하면, 영화와 다른 점이 많다는 것도 그리 놀라운 일이 아니다. 가장 중요한 차이점은 스탠리가 영화에 우주선 디스커버리 호와 목성의 랑데부 장면을 넣은 반면, 소설에서는 우주선이 목성의 중력장을 이용해 속력을 올린 다음 토성으로 날아간다는 것이다.(우리가 이런 차이가 생길 줄 미리 짐작조차 못했다는 것이 얼마나 다행인지 모른다.)

디스커버리 호가 이용한 이 '섭동(攝動) 기동'은 11년 후 우주선 보이저 호가 정확히 그대로 이용했다.

스탠리는 왜 토성을 목성으로 바꿨을까? 글쎄, 그렇게 함으로써 줄거리가 좀 더 단순해졌다. 그러나 그보다 더 중요한 사실은 영화의 특수 효과팀이 스탠리가 보기에 그럴듯한 토성의 모습을 만들어 내지 못했다는 점이다. 만약 특수 효과팀이 토성을 제대로 만들어 낼 수 있었다면 이 영화는 지금쯤 아주 시대에 뒤떨어진 작품이 되었을 것이다. 보이저 호의 탐사 결과 토성의 고리들이 아무도 상상하지 못했던 모습을 하고 있다는 것이 밝혀졌으니까 말이다.

소설이 출간된(1968년 7월) 후 10여 년 동안 나는 속편은 절대 불가능하며 나 역시 속편을 쓸 생각이 전혀 없다고 분연히 주장했다. 그러나 보이저 호의 눈부신 성공이 내 생각을 바꿔 놓았다. 스탠리와 내가 공동 작업을 시작했을 때에는 아무것도 알려진 것이 없던 저 먼 천체들이 갑자기 환상적인 표면 구조를 지닌 현실 속 장소가 되었다. 표면 전체가 빙원으로 뒤덮인 위성이나 우주를 향해 100킬로미터 길이의 유황을 내뿜는 화산이 있을 것이라고 누가 상상이나 했겠는가? 이제 과학적으로 밝혀진 사실들 덕분에 훨씬 더 설득력 있는 과학 소설을 쓸 수 있게 되었다. 『2010 스페이스 오디세이(2010: Odyssey Two)』는 목성의 진짜 위성들에 관한 이야기가 되었다.

이 두 작품에는 커다란 차이점이 또 하나 있다. 『2001』은 인류 역사상 커다란 분기점 너머에 존재하는 시대에 쓰였다. 닐 암스트롱과 버즈 올드린이 고요의 바다(월면의 적도 북쪽에서 동경 18~43°에 펼쳐진 평탄한 지형으로 1969년 암스트롱이 인류 최초로 월면에 발을 디딘 곳이기도 하다. ─옮긴이)에 발을 내디딘 순간, 그 시대는 우리에게서 영원히 떨어져 나가 버렸다. 이제는 역사와 허구가 떼려야 뗄 수 없을 만큼 뒤엉켜 있다. 아폴로 호의 우주 비행사들은 달을 향해 떠날 때 이미 우리 영화를 본 다음이었다. 1968년 크리스마스에 달의 반대편을 눈으로 본 최초의 인간이 된 아폴로 8호의 승무원들은 커다란 검은색 석판을 발견했다고 무전을 치고 싶은 충동을 느꼈다고 내게 말해 주었다. 그러나 슬프게도 그들의 이성이 그 충동을 눌렀다.

하지만 아폴로 13호는 소름이 끼칠 만큼 생생하게 『2001』을 연상시켰다. 컴퓨터 HAL은 AE35 유닛의 '고장'을 보고할 때 "파티를 방해해서 미안하지만, 문제가 생겼습니다."고 말했다.

뭐, 아폴로 13호의 지휘선 이름은 '오디세이'였다. 그리고 산소 탱크가 폭발했을 때 승무원들은 우리 영화에 나오는 유명한 테마 음악 「차라투스트라」와 함께 텔레비전 방송을 막 끝낸 참이었다. 그들이 지구로 보낸 첫마디는 "휴스턴, 문제가 생겼다."였다.

우주 비행사들은 눈부신 임기응변(그들은 달 착륙선을 '구명보트'로

이용했다.) 덕분에 오디세이 호에 탄 채 무사히 집으로 돌아올 수 있었다. NASA의 톰 페인 행정관은 내게 아폴로 13호의 비행에 대한 보고서를 보내면서 표지에 이렇게 썼다. "당신이 항상 말하던 대로 되었습니다, 아서."

이 밖에도 소설의 내용이 현실 속에 그대로 나타난 사례들은 많다. 가장 눈에 띄는 것은 통신위성 웨스타 VI과 팔라파 B2의 모험담이다. 두 위성은 1984년 2월에 발사되었지만 로켓의 점화 실패로 아무 짝에도 쓸모없는 궤도로 날아가 버렸다.

소설의 초기 원고에서 데이비드 보먼은 디스커버리 호의 소형 우주선을 타고 우주선 밖으로 나가 우주선에서 사라져 버린 통신 안테나의 뒤를 쫓는다.(이 이야기는 『2001년의 잃어버린 세계들』 26장에 실려 있다.) 그는 안테나를 따라잡는 데 성공하지만 느리게 회전하는 안테나를 정지시켜 디스커버리 호로 가져오지는 못한다.

1984년 11월 우주 비행사 조 앨런은 우주 왕복선 디스커버리 호(내가 이 이름을 꾸며 낸 게 절대 아니다!)에서 나가 개인 유영 장치를 이용해 팔라파를 찾아낸다. 그는 보먼과 달리 배낭에 달린 질소 제트 반동추진 엔진을 이용해 팔라파의 회전을 멈추게 할 수 있었다. 그는 이 위성을 디스커버리 호의 화물칸으로 가져왔고, 이틀 후 웨스타 역시 회수되었다. 그리고 두 위성은 모두 수리와 재발사를 위해 지구로 돌려보내졌다. 우주 왕복선이 역사상 가장 놀랍게, 그리고 가장 성공적으로 임무를 완수한 것이다.

소설과 현실의 유사점은 이것뿐만이 아니다. 조 앨런이 위성 회수 작업을 하고 있을 때 나는 그가 쓴 아름다운 책 『우주로 들어가며:

한 우주 비행사의 오디세이(*Entering Space: An Astronaut's Odyssey*)』를 한 권 받았다. 그 책의 표지에 붙어 있는 편지 내용은 이랬다. "친애하는 아서, 내가 어렸을 때 당신은 글쓰기 버그와 우주 버그로 나를 감염시켜 놓고서는 두 가지가 모두 얼마나 어려운 일인지 말해 주지 않았습니다."

이런 헌사를 읽으며 내가 가슴속에서 따스하게 솟아오르는 흐뭇함을 느낀다는 건 굳이 말하지 않아도 알 수 있을 것이다. 하지만 이 글을 읽으면 마치 내가 라이트 형제와 같은 시대를 살고 있는 것 같은 느낌이 들곤 한다.

여러분이 이제부터 읽을 소설은 때로 설명이 너무 많아서 영화에서 느꼈던 신비감이 사라져 버렸다는 비판을 받았다.(록 허드슨은 시사회장을 박차고 나가면서 "이 영화가 도대체 무슨 내용인지 누가 얘기 좀 해 주겠소?"라고 불만을 터뜨렸다.) 하지만 나는 전혀 후회하지 않는다. 인쇄된 텍스트는 스크린보다 훨씬 더 자세한 내용을 담고 있어야 하는 법이다. 나는 내가 소설을 그렇게 쓴 것에 대해 후회하기는커녕 『2010 스페이스 오디세이』(이 작품도 피터 하이엄스가 훌륭한 영화로 만들었다.), 『2061 스페이스 오디세이』, 『3001 최후의 오디세이』를 연달아 쓰는 중죄를 저질렀다.

3부작이 세 권을 넘으면 안 되는 법. 따라서 나는 『3001 최후의 오디세이』가 정말로 마지막 오디세이가 될 것이라고 이 자리에서 약속한다.

# 서문

    지금 살아 있는 모든 사람들의 등 뒤에는 서른 명의 유령들이 서 있다. 지금까지 죽은 사람과 살아 있는 사람의 비율이 바로 30대 1이기 때문이다. 태초부터 약 1000억 명의 사람들이 지구라는 행성을 누볐다.

    이 숫자가 재미있다. 무슨 우연인지 우리가 살고 있는 은하, 즉 은하수에 존재하는 별의 숫자도 약 1000억 개이기 때문이다. 따라서 지금까지 지구 상에 살았던 모든 사람이 각각 이 우주 안에 자기만의 별을 하나씩 갖고 있는 셈이다.

    그러나 이 별들은 모두 태양이다. 그것도 대부분 우리 태양계의 '태양'인 작은 별보다 훨씬 더 밝고 찬란한 태양들이다. 이 외계의 태양들 중에는 주위를 도는 행성을 갖고 있는 것들이 많다. 어쩌면 대부분의 태양들이 그럴지도 모른다. 따라서 저 하늘에는 최초의 원숭이인간에서부터 지금에 이르기까지 모든 사람들이 행성 하나 크기의 자기만의 천국, 또는 지옥을 가질 수 있을 만큼 많은 세계가 있음이 거의 확실하다.

그 천국 또는 지옥 중에 생명체가 살고 있는 곳이 얼마나 될 것이며, 그 생명체들이 어떤 모습일지 우리는 짐작도 할 수 없다. 가장 가까운 항성도 화성이나 금성보다 100만 배나 더 멀리 떨어져 있다. 화성이나 금성에 가는 것도 우리 다음 세대에나 이룩될 수 있는 먼 미래의 일인데 말이다. 그러나 거리라는 장벽이 이제 허물어지고 있다. 언젠가 우리는 저 별들 속에서 우리와 동등한 존재, 또는 우리보다 훨씬 월등한 존재들을 만날 것이다.

인간들은 지금까지 이 미래의 가능성을 잘 받아들이지 못했다. 어떤 사람들은 지금도 그런 일이 결코 현실이 되지 않을 것이라는 희망을 품고 있다. 그러나 "우리들도 이제 우주로 모험을 떠나려 하는데, 왜 그런 만남이 진즉 이루어지지 않은 것일까?"라는 의문을 품는 사람들이 점점 늘어나고 있다.

정말, 왜 그런 만남이 없었을까? 너무나 합당한 이 의문에 해답이 될 수 있는 한 가지 가능성이 여기 제시되어 있다. 하지만 반드시 기억해 주기 바란다. 이 이야기는 그저 소설일 뿐이라는 것을.

언제나 그렇듯이 현실은 소설보다 훨씬 더 기묘할 것이다.

아서 C. 클라크

## 1부

# 태고의
# 밤

## 멸종을 향해

벌써 1000만 년째 가뭄이 계속되고 있었다. 무서운 파충류들이 세상을 지배하던 시절도 이미 오래전에 끝나 버렸다. 언젠가 아프리카라고 불릴 이곳 적도의 대륙에서는 생존을 위한 전투가 새로이 잔인한 절정에 도달해 있었고, 누가 승리자가 될지 아직 가늠할 수 없었다. 황량하고 건조한 땅에서는 몸집이 작거나 행동이 재빠르거나 사나운 녀석들만 번성할 수 있었다. 아니, 생존의 희망이라도 품을 수 있었다.

초원의 원숭이인간들은 이 중 어떤 재능도 지니지 못했으므로 번성하지 못했다. 사실 그들은 벌써 멸종의 길에 한참 들어서 있었다. 원숭이인간 쉰 명가량이 바싹 마른 작은 계곡을 굽어보는 일단의 동굴들을 점령했다. 북쪽으로 300킬로미터쯤 떨어져 있는 산에서 눈이 녹아 흘러내리면서 생긴 완만한 개울 때문에 계곡은 둘로 나

뉘어 있었다. 날이 몹시 건조할 때는 개울이 완전히 말라 버렸기 때문에 원숭이인간들은 갈증에 시달렸다.

그들 부족은 항상 배가 고팠지만, 이제는 거의 기아 상태였다. 희미한 새벽빛이 동굴 안으로 슬금슬금 기어들어 오기 시작할 무렵, '달을 감시하는 자'는 밤사이 아버지가 돌아가셨음을 알았다. 그는 그 '나이 든 사람'이 자기 아버지인지 확실히 알지 못했다. 그의 능력으로는 그런 관계를 도저히 이해할 수 없었으니까. 그러나 바싹 여윈 시체를 바라보면서 그는 슬픔의 조상 격인 희미한 동요를 느꼈다.

두 아기는 먹을 것을 달라고 벌써부터 칭얼거리고 있었지만 달을 감시하는 자가 고함을 지르자 조용해졌다. 어미들 중 하나가 먹을 것도 제대로 얻어먹지 못하는 아기를 보호하면서 그에게 성난 듯 으르렁거렸다. 그에게는 주제넘은 행동을 한 그녀를 때려 줄 힘도 없었다.

이제 동굴에서 나가도 될 만큼 사방이 밝아졌다. 달을 감시하는 자는 오그라든 시체를 집어 들어 질질 끌며 허리를 굽혀 바위가 낮게 튀어나와 있는 동굴 입구를 지나갔다. 일단 밖으로 나오자 그는 시체를 어깨에 걸메고 똑바로 섰다. 이 세상에서 그렇게 설 수 있는 동물은 그들뿐이었다.

동족들 중에서 달을 감시하는 자는 거인에 가까웠다. 그의 키는 1미터 50센티미터에 육박했으며, 제대로 먹지 못했는데도 몸무게가 45킬로그램을 넘었다. 털이 부숭부숭하고 근육질인 그의 몸은 원숭이와 인간의 중간쯤 되는 모습이었지만, 머리는 이미 원숭이보다 인간 쪽에 훨씬 더 가까웠다. 이마는 낮았고, 눈 위가 불쑥 돌출해 있었지만 그의 유전자 속에는 틀림없이 인류의 모습이 간직되어 있었다. 생물들이 살기 힘든 홍적세의 세상을 바라보는 그의 시선 속에는 벌써 원숭이의 능력을 뛰어넘는 뭔가가 깃들어 있었다. 깊게 자리 잡은 검은 눈에서는 이제 막 깨어나기 시작한 의식이 엿보였다. 처음으로 살짝 모습을 드러낸 그 지성은 앞으로 오랜 세월이 지나야 간신히 능력을 제대로 발휘하게 될 테지만 어쩌면 그 지성의 빛은 곧 꺼져 버릴 수도 있었다.

위험을 알리는 징후가 하나도 없었으므로 달을 감시하는 자는 거의 수직으로 뻗어 있는 동굴 바깥의 경사진 길을 서둘러 기어 내려가기 시작했다. 그가 어깨에 메고 있는 짐은 아주 약간 방해가 되었을 뿐이다. 부족의 나머지 사람들이 마치 그의 신호를 기다렸다는 듯이 바위로 이루어진 경사면 훨씬 아래쪽의 자기들 집에서 나와 물을 마시려고 진흙물이 흐르는 개울 쪽으로 서둘러 내려가기 시작했다.

달을 감시하는 자는 혹시 '다른 놈들'이 보이지나 않는지 계곡 건너편을 바라보았지만 그놈들의 흔적조차 보이지 않았다. 그놈들은 아직 동굴에서 나오지 않았거나 벌써 언덕 저 아래쪽에서 먹이를 찾고 있는 모양이었다. 녀석들의 모습이 어디에도 보이지 않았기 때문에 달을 감시하는 자는 녀석들의 존재를 잊어버렸다. 그는 한 번에 한 가지 이상 생각할 능력이 없었다.

우선 나이 든 사람을 처리해야 했지만 이를 위해서는 약간 생각을 해야 했다. 이번 계절에는 많은 사람이 죽었다. 그중 한 명은 바로 그의 동굴에서 살던 자였다. 그때 그는 지난번 달이 4분의 1쯤 찼을 때 새로 태어난 아기를 버려 두었던 곳에 시체를 갖다 두기만 했다. 그러면 하이에나들이 알아서 처리해 줄 테니까 말이다.

하이에나들은 작은 계곡이 부채처럼 넓어지며 초원으로 이어지는 곳에서 벌써 기다리고 있었다. 마치 그가 올 것을 미리 알고 있었던 것처럼. 달을 감시하는 자는 작은 덤불 밑에 시체를 놓고(옛날에 갖다 뒀던 시체의 뼈들은 이미 사라지고 없었다.) 서둘러 부족 사람들에게 돌아왔다. 그리고 다시는 아버지 생각을 하지 않았다.

그의 두 짝과 다른 동굴에서 온 어른들, 그리고 대부분의 어린 것들이 가뭄 때문에 제대로 자라지 못한 계곡 위쪽의 나무들 사이에서 열매나 즙이 많은 뿌리, 나무 이파리 같은 먹이를 찾고 있었다. 가끔은 그렇게 먹이를 찾다가 작은 파충류나 설치류를 찾아내 횡재하는 경우도 있었다. 동굴 안에는 갓난아기와 노인들 중에서 가장 약한 자들만 남아 있었다. 그날 하루 종일 찾아낸 먹이가 조금이라도 남는다면 동굴에 남아 있던 사람들도 음식을 먹을 수 있을 것이다. 그러나 그렇지 않다면 하이에나들이 곧 또 한 번 포식을 하게 될 터였다.

하지만 오늘은 운이 좋은 날이었다. 달을 감시하는 자가 과거를 기억할 수 있는 능력이 별로 없어서 오늘과 다른 날을 비교할 수는 없었지만 말이다. 그는 죽은 나무의 그루터기에서 벌집을 찾아내 최고의 별식을 즐겼다. 그는 오후 늦게 동족들을 이끌고 집으로 돌아오면서도 여전히 손가락을 핥고 있었다. 물론 벌에게 제법 쏘였지만 그런 줄도 몰랐다. 지금 그는 그 어느 때보다 행복한 기분이었다. 아직 배가 고프기는 했어도 몸이 휘청거릴 정도는 아니었으니까. 원숭이인간들이 바랄 수 있는 것은 그것이 전부였다.

그런데 개울에 도착하자 행복한 기분이 싹 사라져 버렸다. 다른 놈들이 그곳에 있었다. 그놈들이 거기 있는 건 매일 있는 일이었지만 그렇다고 해서 짜증이 덜 나는 건 아니었다.

다른 놈들은 서른 명쯤 됐는데, 달을 감시하는 자의 부족과 별로 다를 것이 없는 생김새였다. 그들은 그가 다가오는 것을 보고 춤을 추면서 팔을 흔들며 개울 건너편에서 소리를 질러 대기 시작했다. 달을 감시하는 자의 동족들도 똑같이 대응했다.

그것이 전부였다. 원숭이인간들이 자주 싸움을 벌이기는 했지만 그 때문에 심각한 부상을 입는 경우는 거의 없었다. 발톱도 없고 전투적인 송곳니도 없는 데다 털이 몸을 잘 보호해 주고 있었기 때문에 서로에게 그다지 큰 상처를 입힐 수 없었다. 또한 그렇게 비생산적인 행동을 할 만큼 힘이 남아도는 것도 아니었다. 자기들의 생각을 분명하게 표현하려면 고함을 지르며 위협적인 행동을 하는 편이 훨씬 더 효율적이었다.

두 부족의 대결은 약 5분 동안 계속되다가 처음 시작될 때만큼 재빨리 가라앉아 버렸다. 그러고는 모두들 진흙물을 양껏 마셨다. 두 부족이 각자 자신들의 영역에 대한 소유권을 주장했으니 명예도 지킨 셈이었다. 이렇게 중요한 일을 해결하고 나자 부족은 강가를 떠나갔다. 풀을 뜯을 만한 가장 가까운 풀밭이 동굴에서 1.5킬로미터 이상 떨어진 곳에 있었는데, 그들만 그곳을 이용하는 것이 아니었다. 영양 비슷한 커다란 짐승들도 무리를 지어 그곳을 이용하고 있었던 것이다. 그런데 그 짐승들은 원숭이인간들의 존재를 좀처럼 용납하지 못했다. 짐승들은 이마에 사나운 단검 같은 뿔을 달고 있었으므로 쫓아 버릴 수도 없었다. 원숭이인간들에게는 자연이 선사한 그런 무기가 없었다.

따라서 달을 감시하는 자는 동료들과 함께 나무 열매와 이파리를 씹으며 굶주림을 달랬다. 주위에서 똑같은 먹이를 놓고 싸우고 있는 짐승들이 그들로서는 감히 상상도 할 수 없는 먹잇감이 될 수도 있었는데 말이다. 하지만 초원과 덤불 속을 어슬렁거리는 저 수천 톤 무게의 싱싱한 고기들은 아직 그들이 손을 뻗칠 수 있는 대상이 아니었다. 아니, 그들은 그 짐승들을 고기로 먹을 수 있으리라는 생각조차 하지 못했다. 풍성한 먹잇감을 두고 그들은 서서히 굶어 죽어 가고 있었다.

부족은 마지막 석양빛을 받으며 별다른 사고 없이 동굴로 돌아왔다. 달을 감시하는 자가 부상 때문에 동굴에 남아 있던 여자에게 열매가 잔뜩 달린 가지를 가져다주자 여자는 기쁜 듯 목을 울리며 게걸스럽게 먹이에 달려들었다. 열매에 영양가는 거의 없었지만, 표범에게 입은 상처가 나을 때까지 여자가 목숨을 부지하는 데는 도움이 될 터였다. 그리고 상처가 나으면 여자가 스스로 먹이를 찾을 수 있을 것이다.

계곡 위로 보름달이 떠오르고, 차가운 바람이 먼 산에서부터 불어왔다. 오늘 밤은 아주 추울 것 같았다. 그러나 추위 또한 굶주림과 마찬가지로 별다른 걱정거리가 되지 못했다. 추위는 그저 삶의 일부일 뿐이었다.

아래쪽 동굴에서 능선을 타고 비명 소리가 올라왔을 때 달을 감시하는 자는 꿈쩍도 하지 않았다. 가끔 들려오는 표범의 으르렁거리는 소리를 듣지 않아도 저 아래쪽에서 무슨 일이 일어나는지 정확하게 알 수 있었다. 저 아래쪽의 어둠 속에서 '늙은 백발'이 가족들과 함께 싸우다 죽어 가고 있었다. 달을 감시하는 자는 자기가 어떻게든 도움이 될 수 있을 것이라는 생각을 전혀 하지 못했다. 냉혹한 생존의 법칙은 그런 환상을 허락하지 않았다. 언덕 중턱에서 그 소리에 귀를 기울이던 동족들도 전혀 항의의 목소리를 높이지 않았다. 모든 동굴이 혹시 저 재앙의 근원을 끌어들일까 봐 두려워 침묵에 잠겨 있었다.

소란이 가라앉고 나자 곧 바위 위로 시체 끄는 소리가 들렸다. 그 소리는 겨우 몇 초 동안 계속되더니, 표범이 사냥감을 단단하게 그러쥐었는지 더 이상 들리지 않았다. 표범은 사냥감을 가볍게 입에 물고 소리 없이 사라졌다.

이제 하루나 이틀 동안은 위험한 일이 없을 터였다. 그러나 밤에만 빛나는 저 차가운 '작은 태양'을 이용하는 다른 적들이 밖에 있는지도 모를 일이었다. 미리 알기만 하면 마구 고함을 질러 몸집이 작은 육식 동물을 쫓아 버릴 수 있을 때도 있었다. 달을 감시하는 자는 동굴 밖으로 기어 나가 입구 옆의 커다란 바위 위로 올라갔다. 그리고 그곳에 쭈그리고 앉아 계곡을 살폈다.

지금까지 지구에 살았던 모든 생물 중에서 원숭이인간은 흔들림 없는 시선으로 달을 바라본 최초의 생물이었다. 비록 기억하지는 못했지만 달을 감시하는 자는 어렸을 때 손을 뻗어 산 위로 솟아오르는 그 유령 같은 얼굴을 만져 보려고 애쓰곤 했다.

그러나 성공한 적은 한 번도 없었다. 그리고 이제 그는 나이를 먹을 만큼 먹었기 때문에 그 이유를 알고 있었다. 달을 만지려면 먼저 아주 높은 나무를 찾아 기어 올라가야 한다는 것을.

그는 때로는 계곡을 감시하고, 때로는 달을 지켜보았다. 그러나 귀는 항상 열어 두었다. 한두 번 깜박 졸기도 했지만, 잠을 잘 때도 잔뜩 긴장하고 있었기 때문에 아무리 작은 소리에도 금방 깨어날 수 있었다. 나이가 스물다섯이나 되었는데도 그는 한창때의 능력을 모두 갖고 있었다. 이런 식으로 행운이 계속되고 사고나 질병, 육식 동물과 굶주림을 피할 수 있다면, 앞으로 무려 10년이나 더 살 수 있을지도 몰랐다.

더 이상 긴장할 일 없이 차갑고 맑은 밤이 깊어 갔다. 달은 인간이 육안으로 결코 볼 수 없는 적도의 별들 사이로 천천히 떠올랐다. 동굴 안에서는 깜박깜박 졸며 두려움에 가슴 졸이는 사람들 사이에서 미래 세대가 두고두고 경험할 악몽이 태어나고 있었다.

그 어느 별보다도 눈부시게 밝은 빛이 천천히 하늘을 두 번 지나가며 정점에 이르렀다가 동쪽으로 가라앉았다.

## 새로운 바위

달을 감시하는 자는 그날 밤늦게 갑자기 잠에서 깨어났다. 하루 종일 힘든 노동을 하며 여러 가지 일을 겪은 탓에 완전히 지쳐서 여느 때보다 더 깊은 잠을 자고 있었는데도, 계곡 아래쪽에서 뭔가 할퀴는 듯한 소리가 희미하게 들려오자마자 즉시 정신을 차린 것이다.

그는 고약한 악취가 배어 있는 동굴의 어둠 속에서 일어나 앉아 잔뜩 긴장한 채 바깥의 기척을 살폈다. 공포가 그의 영혼 속으로 스멀스멀 기어 들어왔다. 평생 동안(그는 벌써 대부분의 동족들보다 두 배나 되는 세월을 살았다.) 이런 소리를 들어 본 적이 없었다. 커다란 육식 동물들은 소리 없이 접근하기 때문에 가끔 흙이 굴러떨어지거나 가지가 부러지는 경우에만 그들의 존재를 알아차릴 수 있었다. 그런데 지금은 버석거리는 소리가 계속 들리더니 점점 커지고 있었다. 뭔가 엄청나게 커다란 짐승이 앞에 장애물이 있거나 말거나 상

관하지 않고 자기 존재를 감출 생각도 하지 않은 채 밤공기 속에서 움직이고 있는 것 같았다. 달을 감시하는 자는 덤불이 뿌리째 뽑히는 소리를 똑똑히 들었다. 코끼리나 디노테리아가 자주 그런 짓을 하기는 했지만, 대부분의 경우 그들도 육식 동물들처럼 조용히 움직였다.

그때 달을 감시하는 자로서는 도저히 정체를 알 수 없는 소리가 들려왔다. 그것은 이 세상이 시작된 후 어느 누구도 들어 본 적이 없는 소리였다. 금속이 돌에 부딪히면서 철컹거리는 소리.

달을 감시하는 자는 아침에 동이 트자마자 부족을 이끌고 강으로 내려가다가 새로운 바위와 대면했다. 그는 밤에 느꼈던 공포를 거의 잊고 있었다. 처음에 소리가 들려온 후로 아무 일도 일어나지 않았으니까. 그래서 그는 이 이상한 물건을 위험하다거나 무섭다고 생각하지도 않았다. 사실 이 물체에는 경계심을 불러일으킬 만한 것이 조금도 없었다.

그 물체는 장방형의 평평한 판이었는데, 높이가 달을 감시하는 자의 키보다 세 배나 되었지만 너비는 그가 팔을 벌려 양쪽 끝을 잡을 수 있을 정도였다. 이 물체는 또한 완전히 투명한 물질로 만들어져 있었다. 사실 한창 떠오르고 있는 태양 빛이 그것의 가장자리에 부딪혀 반짝이지 않는다면 있다는 것조차 알아차리기 어려울 지경이었다. 달을 감시하는 자는 얼음은 물론 수정처럼 맑은 물조차 본 적이 없었기 때문에 갑자기 나타난 이 물체와 비교할 만한 것을 자연 속에서 찾을 수가 없었다. 이 물체가 조금 사람의 마음을 끄는 것은 사실이었다. 그는 새로 나타난 물체들에 대부분 조심스러운 태도를 취하는 현명한 사람이었지만, 오래지 않아 그 물체를 향해 조심스럽게 다가가기 시작했다. 그래도 아무런 반응이 없었기 때문에 그는 손을 내밀어 차갑고 단단한 표면을 만져 보았다.

몇 분 동안 열심히 머리를 굴리며 생각한 끝에 그는 굉장한 설명을 찾아냈다. 이것은 당연히 바위였다. 밤사이에 자라난 바위가 틀림없었다. 날이 어두운 동안 갑자기 쑥 자라 버리는 식물들이 많지 않은가. 자갈처럼 생긴 하얀색의 흐늘흐늘한 식물들 말이다. 물론 식물들은 작고 둥그런 모습인 반면, 이 물건은 크고 가장자리가 날카로웠다. 그러나 달을 감시하는 자보다 나중에 태어난 위대한 철학자들도 자기들의 이론과 어긋나는 특징들은 과감히 무시해 버리곤 했다.

정말로 굉장하다고 할 수밖에 없는 이 추상적 사고 덕분에 달을 감시하는 자는 겨우 삼사 분 후 한 가지 결론을 내리고 그 결론을 즉시 시험해 보았다. 하얗고 둥그런 자갈 모양의 식물들은 아주 맛있었다.(비록 심한 병을 일으키는 녀석들도 조금 있었지만.) 그렇다면 혹시 이 커다란 놈도……?

그러나 몇 번 이 물건을 핥아 보고 깨물어 본 결과 그는 환상에서 깨어났다. 여기에는 영양가가 전혀 없었다. 그는 분별 있는 원숭이 인간답게 원래 계획대로 강으로 내려가 매일 하던 대로 다른 놈들에게 고함을 질러 대느라 저 투명한 판은 까맣게 잊어버리고 말았다.

오늘은 먹이 찾기 실적이 아주 나빴다. 부족 사람들은 동굴에서 몇 킬로미터나 떨어진 곳까지 가서야 비로소 먹이를 조금 찾을 수 있었다. 한낮의 무자비한 더위 속에서 몸이 약한 여자 한 명이 쓰러졌다. 몸을 피할 만한 곳에서 아주 멀리 떨어진 곳이었다. 동료들이 그녀의 주위로 몰려들어 안됐다는 듯이 꺅꺅거렸지만 해 줄 수 있는 일은 하나도 없었다. 그들이 조금 덜 지친 상태였다면 그 여자를 들고 다녔겠지만, 그렇게 친절한 행동을 할 만큼 힘이 남아도는 사람은 하나도 없었다. 그러니 그 여자를 그냥 남겨 두고 가는 수밖에 없었다. 그 여자가 자기 힘으로 회복하든지 못 하든지 상관없이.

그들은 그날 저녁 집으로 오는 길에 여자가 쓰러졌던 자리를 지나갔다. 그곳에는 뼈 한 조각 남아 있지 않았다.

그들은 저물어 가는 햇빛 속에서 일찌감치 사냥을 나온 동물들이 있는지 걱정스럽게 사방을 둘러보며 개울에서 급히 물을 마시고 동굴로 올라가기 시작했다. 그들이 새로운 바위에서 아직 100미터 떨어진 곳까지 왔을 때 소리가 들려오기 시작했다.

겨우 들릴락 말락 하는 소리일 뿐이었지만 그들은 입을 헤벌린 채 마비된 듯 길 위에 멈춰 섰다. 그 수정 같은 물건에서 단순한 진동 소리가 사람의 정신을 빼앗아 버릴 듯 반복적으로 울려 퍼지며 주문에 걸려든 모든 생물들에게 최면을 걸었다. 사상 최초로 아프리카에서 북소리가 울려 퍼진 것이다.(그다음에 이곳에서 북소리가 울려 퍼진 것은 300만 년 후였다.)

심장이 고동치는 듯한 소리가 점점 커지면서 더욱 강렬해졌다. 이윽고 원숭이인간들은 그 강박적인 소리가 나는 곳을 향해 몽유병 환자들처럼 움직이기 시작했다. 가끔은 춤을 추듯 살짝 스텝을 밟기도 했다. 오랜 세월이 흐른 후 그들의 후손들이나 만들 수 있을 법한 리듬에 그들의 피가 반응했기 때문이다. 완전히 주문에 걸린 그들은 힘든 하루, 점점 가까워지고 있는 황혼 속의 위험, 그리고 배고픔을 잊어버리고 기둥 주위로 모여들었다.

북소리가 점점 커지고 밤은 더 어두워졌다. 그림자의 길이가 길게 늘어나고 하늘에서 빛이 빠져나가자 투명한 판이 빛을 내기 시작했다.

처음에는 그 물체에서 투명함이 사라지더니 우유처럼 연한 빛이 그 물체를 가득 채웠다. 형체가 분명하지 않은 유령들이 기둥의 표면과 안쪽에서 이리저리 감질나게 돌아다녔다. 그러다가 한데 합쳐져서 빛과 어둠의 기둥이 되더니 톱니바퀴처럼 가장자리가 삐죽삐죽 튀어나온 모양으로 변해 서서히 회전하기 시작했다.

빛의 고리들의 회전 속도가 점점 빨라지고 심장의 고동 같은 북소리도 함께 빨라졌다. 이제 완전히 최면에 걸린 원숭이인간들은 멍하니 입을 벌린 채 이 놀라운 빛의 향연을 그저 뚫어지게 바라볼 뿐이었다. 그들은 이미 조상들로부터 물려받은 본능과 평생 동안 배운 교훈을 까맣게 잊어버리고 있었다. 보통 때 같았으면 그들 중 어느 누구도 이렇게 늦은 시간에 동굴에서 이토록 먼 곳에 머무르지 않았을 것이다. 주위를 둘러싼 덤불 속에는 얼어붙은 듯 가만히 앉아서 이쪽을 빤히 바라보는 짐승들이 가득 차 있었으니 말이다. 밤에만 나타나는 이 녀석들도 할 일을 잠시 미뤄 둔 채 이제 무슨 일이 일어날 것인지 지켜보고 있었다.

회전하고 있던 빛의 고리들이 서로 합쳐지기 시작했다. 삐죽삐죽 튀어나온 부분들이 합쳐져서 빛의 기둥들로 변하더니 계속 회전하면서 천천히 뒤로 물러났다. 그리고 각자 둘씩 짝을 지었는데, 그 결과 생겨난 선들이 서로를 가로지르며 요동쳐 서로 겹쳐지는 부분의 각도를 서서히 변화시키기 시작했다. 바둑판 모양으로 반짝이는 그 선들이 서로 맞물렸다가 풀어지기를 반복하는 동안 환상적인 기하학적 무늬들이 순간적으로 나타났다가 사라져 갔다. 원숭이인간들은 이 빛나는 물체에 완전히 홀려서 넋을 잃고 그 광경을 지켜보았다.

지금 이 순간 그들의 정신이 탐색당하고, 그들의 몸 구조를 나타내는 지도가 그려지고, 그들의 반응이 연구되고, 그들의 잠재력이 평가받고 있다는 것을 그들이 짐작이나 했을까. 처음에는 부족 전체가 마치 얼어붙은 것처럼 반쯤 웅크린 자세로 꼼짝도 하지 않았다. 그러다가 판에 가장 가까이 있던 원숭이인간이 갑자기 살아났다.

그는 자신의 위치를 벗어나지 않았지만, 그의 몸은 뭔가에 홀린 듯 딱딱하게 굳어 있던 자세에서 벗어나 마치 보이지 않는 줄에 조종당하는 인형처럼 움직이기 시작했다. 그의 고개가 이쪽저쪽으로 움직이고, 입이 열렸다 닫혔다. 손은 주먹을 쥐었다가 폈다. 그러더니 그는 몸을 굽히고 긴 풀잎을 뜯어 서투른 손가락으로 매듭을 지으려고 했다.

그는 뭔가에 사로잡혀서 자신의 몸을 장악한 정령이나 악마에게 저항하고 있는 것 같았다. 숨을 헐떡였고, 눈은 공포로 가득 찬 채 한 번도 해 보지 못한 복잡한 동작을 하려고 손가락을 억지로 움직이고 있었다.

그러나 그렇게 노력했는데도 풀잎은 조각조각 끊어져 버렸다. 풀잎 조각들이 바닥으로 떨어지고 그를 통제하던 힘이 떠나자 그는 다시 얼어붙은 듯 꼼짝도 하지 않았다.

그리고 또 다른 원숭이인간이 살아나 똑같은 동작을 반복했다. 이번에는 좀 더 젊고 적응력이 강한 친구였다. 그는 아까 나이 많은 원숭이인간이 하지 못한 일을 해냈다. 행성 지구에서 최초로 조잡한 매듭이 만들어진 것이다…….

다른 원숭이인간들은 훨씬 더 이상하고 훨씬 더 쓸데없는 일들을 했다. 어떤 원숭이인간들은 팔을 뻗은 채 처음에는 두 눈을 뜨고, 그다음에는 한 눈을 감고 양쪽 손가락을 맞부딪치려고 했다. 기둥에 새겨진 자로 그은 듯한 무늬를 뚫어지게 바라보는 원숭이인간도 있었다. 기둥의 선들은 점점 더 가늘어지더니 마침내 회색의 흐릿한 덩어리로 변해 버렸다. 모두의 귀에 뭔가 소리도 들려왔다. 소리의 음조가 계속 변하더니 순식간에 들을 수 있는 영역 아래로 내려가 버렸다.

달을 감시하는 자는 자기 차례가 왔을 때 거의 두려움을 느끼지 않았다. 자신의 근육이 움찔거리고 자신이 아닌 다른 사람의 명령에 의해 팔다리가 움직일 때 그가 주로 느낀 감정은 흐릿한 분노였다.

이유를 모른 채 그는 몸을 숙여 작은 돌멩이를 집어 들었다. 그리고 몸을 세워 보니 판에 새로운 모습이 나타나 있었다.

격자무늬와 춤추듯 움직이던 무늬들은 사라지고 없었다. 대신 그 자리엔 작은 검은색 원반을 둘러싼 동심원들이 나타나 있었다.

머릿속으로 전달되는 소리 없는 명령을 따라 그는 팔을 서투르게 위로 들어 돌을 던졌다. 돌멩이는 과녁에서 몇십 센티미터 떨어진 곳에 맞았다.

다시 해 보라는 명령이 떨어졌다. 그는 주위를 둘러보다가 돌멩이를 하나 더 찾아냈다. 이번에는 돌멩이가 판에 맞으면서 종소리처럼 울리는 소리를 냈다. 아직 과녁을 정확히 맞히려면 멀었지만 그의 실력은 점점 좋아지고 있었다.

네 번째 시도에서는 그가 던진 돌멩이가 과녁 정중앙에서 겨우 몇 센티미터 떨어진 곳에 맞았다. 설명할 수 없는 기쁨, 거의 성적인 쾌락만큼 강렬한 감정이 그의 마음속에 흘러넘쳤다. 그때 그를 장악하고 있던 힘이 약해졌다. 그는 가만히 서서 기다리는 것 말고 달리 무엇을 하고 싶다는 충동을 느끼지 못했다.

부족 사람들이 하나씩 차례로 그렇게 조종을 받았다. 명령을 제대로 수행한 사람도 있지만 대부분 실패했고, 모두들 그 결과에 따라 발작적인 기쁨이나 통증을 느꼈다.

이제 커다란 판은 아무런 특징 없이 똑같은 색으로 빛나고 있을 뿐이었다. 주위를 둘러싼 어둠 속에 서 있는 빛의 기둥이었다. 원숭이인간들은 마치 잠에서 깨어나듯 고개를 흔들고는 곧 오솔길을 따라 자신들의 은신처로 움직이기 시작했다. 그들은 뒤를 돌아보지도 않았고, 자신들을 집으로, 아직 알 수 없는 미래로, 별들이 빛나는 우주로 인도해 주는 이상한 빛에 대해 궁금해하지도 않았다.

# 아카데미

판이 원숭이인간들의 정신에 주문을 걸어 그들의 몸으로 실험하고 난 후, 달을 감시하는 자와 그의 동료들은 자기들이 목격한 것을 전혀 기억하지 못했다. 다음 날 먹이를 찾으러 나가면서 그들은 아무 생각 없이 그 판을 지나쳤다. 이제 그 판은 그들의 삶에서 무시해도 되는 풍경의 일부였다. 그들이 그 판을 먹을 수도 없었고, 그 판이 그들을 잡아먹지도 않았으므로 판은 중요하지 않았다.

강으로 내려오니 다른 놈들이 여느 때처럼 아무 효과 없는 위협을 해 댔다. 그들의 지도자는 귀가 하나밖에 없는 원숭이인간으로 몸 크기와 나이는 달을 감시하는 자와 같았지만 몸 상태는 더 나빴다. 그자가 상대방을 겁주고 자신의 용기도 북돋울 겸 커다랗게 고함을 지르고 팔을 휘둘러 대며 이쪽 부족의 영토를 잠깐 침범했다. 개울물의 깊이는 어디서나 30센티미터를 넘지 않았지만 '외귀'는 물속으로 깊이 들어올수록 불안해졌다. 곧 그는 서서히 걸음을 멈추더니 일부러 과장되게 점잔을 빼면서 자기 동료들에게 돌아갔다.

그것만 빼면 모든 것이 평소와 똑같았다. 부족 사람들은 딱 하루를 견딜 수 있을 만큼 먹이를 모았고, 아무도 죽지 않았다.

그날 밤 크리스털 판은 맥박처럼 깜박이는 빛과 소리에 둘러싸여 여전히 그들을 기다리고 있었다. 그러나 이번에 그 판이 고안해 낸 프로그램은 약간 달랐다.

판은 원숭이인간들 몇 명을 완전히 무시했다. 가장 유망해 보이는 실험 대상에게만 전념하려는 모양이었다. 달을 감시하는 자도 그중 하나였다. 그는 호기심 많은 촉수들이 그의 뇌에서 전혀 사용되지 않는 샛길들을 또다시 더듬어 오는 것을 느꼈다. 이윽고 그는 환상을 보기 시작했다.

그 환상이 판 속에 있는 건지, 아니면 완전히 그의 마음속에 존재하는 건지는 알 수 없었다. 어쨌든 달을 감시하는 자에게 그 환상은 완전히 현실처럼 느껴졌다. 그런데 이상하게도 자신의 영토에서 침략자들을 몰아내야 한다는 무의식적인 충동이 여느 때와 달리 작동하지 않았다.

그는 평화로운 가족을 보고 있었다. 그가 경험으로 알고 있는 광경과 다른 점은 딱 하나밖에 없었다. 수수께끼처럼 그의 앞에 나타난 남자와 여자, 그리고 두 아기는 배불리 먹어 포만감을 느끼고 있었으며, 매끄럽게 반짝이는 가죽옷을 입고 있었다. 달을 감시하는 자는 이렇게 사는 것이 가능할 것이라고는 상상조차 해 본 적이 없었다. 무의식적으로 자신의 튀어나온 갈비뼈를 만져 보았다. 저들의 갈비뼈는 두툼한 지방 속에 감춰져 있었다. 그들은 동굴 입구 근처에서 편안하게 빈둥거리다가 가끔 게으르게 몸을 뒤척였다. 세상에 부러울 것이 없다는 듯한 모습이었다. 몸집이 커다란 남자는 가끔 만족스럽다는 듯 굉장한 트림을 내뱉었다.

다른 움직임은 없었다. 그런데 5분 후 갑자기 눈앞의 광경이 희미하게 사라졌다. 어둠 속에 보이는 것이라고는 어렴풋이 빛나는 판의 윤곽밖에 없었다. 달을 감시하는 자는 꿈을 깨려는 것처럼 몸을 흔들다가 자신이 지금 있는 곳이 어디인지 갑작스레 깨닫고는 부족을 이끌고 동굴로 돌아갔다.

그의 의식 속에는 방금 보았던 광경에 대한 기억이 남아 있지 않았다. 그러나 그날 밤, 주위의 소리에 귀를 기울이며 동굴 입구에 앉아 곰곰이 생각에 잠겨 있던 그는 낯설고 강렬한 감정의 한 자락을 처음으로 희미하게 느꼈다. 아직은 애매하고 모호한 시기심이었다. 그것은 자신의 삶에 대한 불만이기도 했다. 그는 무엇 때문에 이런 감정이 생겼는지 전혀 알지 못했다. 이 감정의 치료법에 대해서는 더더욱 알지 못했다. 그러나 불만이라는 감정이 그의 영혼 속으로 들어왔으므로 그는 인간이 되는 길을 향해 작은 한 걸음을 내디딘 셈이었다.

통통한 원숭이인간 네 명의 모습은 밤마다 그의 앞에 나타났다. 나중에는 그것이 정신을 차릴 수 없는 분노의 원천이 되어 달을 감시하는 자를 항상 괴롭히는 굶주림을 한층 강렬하게 만들었다. 그가 그 광경을 눈으로 보기만 했다면 이런 효과가 나타나지 않았을 것이다. 이런 효과가 나타나기 위해서는 심리적인 강화가 필요했다.

이제 달을 감시하는 자의 삶 속에는 그가 앞으로 결코 기억하지 못할 틈새가 생겨나 있었다. 그리고 그 순간 그의 단순한 뇌를 구성하고 있는 원자들이 뒤틀려 새로운 패턴을 구성했다. 만약 그가 살아남는다면 그 패턴들은 영원히 남을 것이다. 그의 유전자가 그 패턴을 미래 세대에게 전해 줄 테니까.

그것은 느리고 지루한 과정이었지만, 크리스털 판은 참을성이 많았다. 이 판도, 이 행성의 절반을 차지하는 땅 여기저기에 흩어져 있는 다른 똑같은 판들도 이 실험에 끌려든 수십 개의 원숭이인간 집단에서 모두 성공을 거둘 수 있을 것이라고 기대하지는 않았다. 100번을 실패한다 해도 문제가 되지 않았다. 단 한 번의 성공만으로도 세상의 운명을 바꿀 수 있을 것이므로.

새로 초승달이 떠오를 때까지 부족에서는 한 아이가 태어나고 두 사람이 죽었다. 둘 중 하나는 굶주림 때문이었고, 다른 하나는 밤마다 겪는 일 때문이었다. 원숭이인간 한 명이 돌멩이 두 개를 맞부딪치려 애쓰다가 갑자기 쓰러져 버린 것이다. 즉시 판이 어두워졌고 부족 사람들은 주문에서 풀려났다. 그러나 쓰러진 원숭이인간은 꼼짝도 하지 않았다. 그리고 아침이 되자 그의 시체는 당연한 듯 사라지고 없었다.

다음 날 밤에는 아무 일도 없었다. 크리스털 판이 계속 자신의 실수를 분석하고 있었기 때문이다. 부족 사람들은 점점 몰려드는 황혼 속에서 판의 존재를 완전히 무시한 채 열을 지어 그 옆을 지나쳤다. 그다음 날 밤, 판은 다시 그들을 맞이할 준비를 갖추고 있었다.

통통한 원숭이인간 네 명이 다시 나타났다. 그런데 이번에는 그들이 뭔가 이상한 일들을 하고 있었다. 달을 감시하는 자의 몸이 걷잡을 수 없이 떨리기 시작했다. 뇌가 터져 버릴 것만 같아 그는 시선을 돌리고 싶었다. 그러나 그의 정신을 붙들고 있는 무자비한 힘은 그를 잡은 손을 결코 놓으려 하지 않았다. 자신의 모든 본능이 반항하고 있는데도 그는 그 가르침을 끝까지 보아야 했다.

따뜻한 비가 내리고 비옥한 땅에 식물이 우거졌던 옛날, 그의 조상들은 본능을 십분 이용했다. 그때는 먹잇감이 도처에 있어서 그냥 따기만 하면 되었다. 지금은 시절이 변했기 때문에 조상들로부터 이어받은 지혜는 어리석은 것이 되었다. 적응하지 않으면 죽을 수밖에 없었다. 그들보다 앞서 이곳에 살았던 저 커다란 짐승들처럼. 그들의 뼈는 지금 석회암으로 이루어진 산속에 묻혀 있었다.

달을 감시하는 자는 눈을 깜박이지도 않고 크리스털 판을 뚫어지게 바라보았다. 그동안 그의 뇌는 여전히 불확실한 판의 조작에 노출되어 있었다. 그는 자주 구역질이 났다. 그리고 항상 배가 고팠다. 때로 그의 손이 무의식적으로 주먹을 쥐었다. 그 속에 그의 새로운 삶을 결정할 패턴이 숨어 있었다.


흑멧돼지들이 코를 킁킁거리고 꿀꿀거리면서 줄을 지어 오솔길을 따라 움직이는 가운데 달을 감시하는 자는 갑자기 걸음을 멈췄다. 돼지와 원숭이인간들은 지금까지 항상 서로를 무시했다. 그들 사이에 이해관계가 충돌할 일이 전혀 없었기 때문이다. 같은 먹이를 놓고 다투는 관계가 아닌 대부분의 동물들처럼 그들은 그저 서로의 방해가 되지 않도록 비켜서 있었을 뿐이다.

그런데 지금 달을 감시하는 자는 제자리에 서서 그들을 바라보며 불안하게 앞뒤로 흔들거렸다. 도저히 이해할 수 없는 충동이 그를 괴롭혔다. 그러다가 마치 꿈을 꾸는 사람처럼 몽롱한 표정으로 땅에서 뭔가를 찾기 시작했다. 자기가 지금 무엇을 찾고 있는지 그로서는 설명할 수 없었을 것이다. 설사 그에게 말을 할 수 있는 능력이 있었다 해도 말이다. 그저 자기가 찾던 물건을 눈으로 직접 본 후에야 그것이 자기가 찾던 물건임을 알 수 있을 터였다.

그가 찾아낸 것은 15센티미터 길이의 무겁고 뾰족한 돌이었다. 손에 잘 맞지는 않았지만 그거면 될 것 같았다. 그는 손을 휘휘 돌리면서 돌이 갑자기 무거워진 듯한 느낌에 의아한 기분이 들었다. 그러나 동시에 자신에게 힘과 권위가 생긴 것 같아 기쁘기도 했다. 그는 가장 가까이 있는 돼지를 향해 다가가기 시작했다.

흑멧돼지는 원래 지능이 낮은 동물이지만, 그놈은 유난히 멍청하고 어린 녀석이었다. 녀석은 그가 다가오는 것을 곁눈질로 보았으면서도 별로 대수롭지 않게 생각했다. 자신에게 전혀 해롭지 않은 저 생물이 뭔가 사악한 의도를 갖고 있을 것이라고 의심해야 할 이유가 있겠는가? 녀석은 계속 풀을 파헤치다가 달을 감시하는 자가 던진 돌에 맞아 그 흐릿한 의식을 잃어버렸다. 아주 신속하고 소리 없이 살생이 이루어졌기 때문에 다른 흑멧돼지들은 전혀 놀라지도 않고 계속 풀을 뜯었다.

다른 원숭이인간들은 모두 걸음을 멈추고 달을 감시하는 자의 움직임을 지켜보다가 찬탄과 경이를 느끼며 그와 그의 사냥감 주위로 모여들었다. 이윽고 원숭이인간 한 명이 피에 젖은 돌멩이를 들어 죽은 돼지를 두드리기 시작했다. 다른 원숭이인간들도 막대기와 돌멩이를 찾아 같이 돼지를 두드려 댔다. 마침내 돼지의 시체가 아무렇게나 해체되기 시작했다.

그러다가 그들은 지루해졌다. 몇 명은 다른 곳으로 가 버렸고, 다른 사람들은 이제 형체를 알아볼 수 없게 변해 버린 사체 옆에 머뭇거리며 서 있었다. 그들의 결정에 한 행성의 미래가 걸려 있었다. 놀라울 정도로 오랜 시간이 흐른 후 젖먹이를 키우고 있는 여자 하나가 앞발로 들고 있던 피투성이 돌멩이를 핥기 시작했다.

그리고 그보다 훨씬 더 오랜 시간이 흐른 후 달을 감시하는 자는 비로소 다시는 굶주림을 느끼지 않아도 된다는 사실을 진정으로 이해했다.

# 표범

그들이 사용하도록 프로그램된 도구는 아주 단순했지만, 그것만으로도 이 행성을 바꿔 놓고 원숭이인간들을 이 행성의 주인으로 만들 수 있었다. 가장 원시적인 도구는 손에 쥘 수 있는 돌멩이였다. 돌을 이용하면 상태를 타격할 때의 힘이 몇 배로 늘어났다. 그다음에 등장한 것은 뼈로 만든 곤봉이었다. 곤봉은 팔을 뻗어 닿을 수 있는 거리를 늘려 주었을 뿐만 아니라, 성난 짐승들의 엄니나 발톱이 주는 충격의 완충 역할도 해 주었다. 이런 무기 덕분에 사바나를 어슬렁거리는 무한한 먹잇감들이 모두 그들의 것이 되었다.

그러나 그런 무기들만으로는 충분하지 않았다. 그들의 이빨과 손톱으로는 토끼보다 더 큰 짐승을 쉽게 찢을 수 없기 때문이었다. 다행히도 자연이 완벽한 도구들을 제공해 주었다. 그 도구들을 집어들 수 있는 지능만 있으면 되었다.

맨 처음 등장한 것은 조잡하지만 매우 효과적인 칼 또는 톱이었다. 이 무기는 그 후 300만 년 동안 훌륭하게 역할을 다했다. 그들이 칼이나 톱으로 사용한 물건은 사실 이빨이 그대로 달린 영양의 아래턱뼈였다. 철이 나타날 때까지 이 무기는 그리 크게 발전하지 못했다. 영양의 뼈 다음으로 등장한 것은 가젤의 뿔을 이용한 송곳 또는 단검이었다. 그리고 마지막으로 작은 짐승들의 완전한 턱뼈로 만든 대패가 나타났다.

돌로 만든 곤봉, 이빨이 달린 톱, 뿔로 만든 단검, 뼈로 만든 대패, 이것들은 원숭이인간들이 살아남기 위해 꼭 필요한 놀라운 발명품이었다. 그들은 곧 이 무기들을 힘의 상징으로 이해하게 될 테지만, 그 전에 서투른 손가락으로 그 무기들을 사용할 기술을 익히느라 많은 시간을 보내야 했다.

시간이 흐르면 자연이 준 무기들을 인공적인 도구로 사용한다는 놀랍고도 눈부신 생각에 그들이 스스로 도달할 수도 있을 것이다. 그러나 모든 여건이 그들에게 불리했다. 지금도 앞으로 다가올 수많은 세월 속에 실패의 가능성이 무한히 숨어 있었다.

원숭이인간들은 지금 한 번의 기회를 얻었다. 다시 기회를 얻는 일은 없을 것이다. 미래가 문자 그대로 그들의 손안에 있었다.

달이 찼다가 기울고, 아기들은 세상에 태어나서 가끔 살아남기도 했다. 몸이 약해지고 이도 다 빠진 서른 살 노인들은 세상을 떠났다. 표범은 밤에 와서 생명을 걷어 갔다. 다른 놈들은 매일 강 건너편에서 위협해 댔다. 그리고 부족은 번성했다. 달을 감시하는 자와 그의 동료들은 1년 만에 알아볼 수 없을 정도로 변해 있었다.

그들은 자신들에게 주어진 교훈을 제대로 배웠다. 이제 그들은 도구가 될 수 있다고 깨달은 물건들을 모두 다룰 수 있었다. 굶주림의 기억은 그들의 머릿속에서 희미해져 가고 있었다. 비록 흑멧돼지들이 그들을 슬슬 피하고 있기는 하지만, 초원에는 돼지 말고도 가젤, 영양, 얼룩말들이 수없이 많았다. 이 모든 동물들은 물론 다른 동물들도 초보 사냥꾼들의 사냥감이 되었다.

이제 굶주림 때문에 반쯤 넋을 잃은 상태가 아니었으므로 그들은 여가를 즐기면서 처음으로 서투르게나마 생각이라는 것을 해 볼 시간을 갖게 되었다. 그들은 이제 이 새로운 삶을 아무렇지도 않게 받아들이고 있었으며, 강으로 가는 길가에 여전히 서 있는 판과 삶의 변화를 연결시키지 않았다. 만약 그들이 이 문제를 생각해 보았다 해도, 자기들 스스로 이렇게 생활을 개선시켰노라고 자랑했을 것이다. 사실 그들은 지금의 삶 이외의 삶을 이미 잊어버리고 있었다.

그러나 완벽한 유토피아는 없는 법이다. 이 유토피아에도 두 가지 문제가 있었다. 첫 번째 문제는 표범의 습격이었다. 이제 원숭이인간들의 영양 상태가 더 좋아진 탓에 표범이 원숭이인간들을 훨씬 더 좋아하게 된 것 같았다. 두 번째 문제는 강 건너편의 부족이었다. 어떻게 된 일인지는 몰라도 다른 놈들 역시 살아남아 굶어 죽지 않고 고집스럽게 버티고 있었다.

표범 문제는 달을 감시하는 자의 심각한(사실은 목숨을 잃을 뻔한) 실수와 우연 덕분에 해결되었다. 사실 처음에 그는 자기가 생각해 낸 아이디어가 너무나 훌륭하다고 생각해 기뻐서 춤을 췄을 정도였다. 그가 그 아이디어가 초래할 결과를 간과했다고 해서 비난할 수는 없을 것이다.

지금도 가끔 재수 없는 날이 있기는 했다. 비록 그것 때문에 생존을 위협받을 정도는 아니었지만 말이다. 황혼이 다가오는데도 사냥을 하지 못한 날, 지치고 불만에 찬 동료들을 이끌고 집으로 돌아오던 달을 감시하는 자의 눈에 동굴이 보이기 시작했을 때였다. 그곳 동굴 문턱에서 그들은 자연이 아주 가끔 가져다주는 횡재를 만났다.

다 자란 영양 한 마리가 오솔길 옆에 누워 있었다. 앞다리가 부러져 있었지만, 녀석은 아직도 힘이 생생해서 그 주위를 돌고 있는 자칼들도 녀석의 단검 같은 뿔과 거리를 두고 있었다. 자칼들이야 기다려도 상관없는 일이었다. 잠시만 견디면 된다는 것을 알고 있었으니까.

그러나 그들은 경쟁자가 있다는 사실을 잊고 있었다. 그래서 원숭이인간들이 도착하자 분노에 찬 고함을 지르면서 물러났다. 원숭이인간들도 위험한 뿔과 거리를 유지하며 조심스럽게 영양의 주위를 돌았다. 그러다가 곤봉과 돌로 공격하기 시작했다.

그리 효과적이거나 잘 짜인 공격은 아니었다. 가엾은 짐승이 마지막 숨을 놓았을 때는 이미 햇빛이 거의 사라진 다음이었다. 그리고 자칼들도 다시 용기를 내고 있었다. 두려움과 굶주림 사이에서 갈피를 잡지 못하던 달을 감시하는 자는 지금까지 자기들의 노력이 헛된 것이 될 수도 있음을 서서히 깨달았다. 더 이상 여기 머무르는 것은 너무 위험한 일이었다.

그때 그는 자신이 천재라는 사실을 다시 한번 증명했다. 전에도 그랬듯 앞으로도 거듭 천재임을 증명하게 될 터였다. 놀라운 상상력을 동원해서 그는 죽은 영양이 안전한 자신의 동굴 안에 들어가 있는 모습을 떠올렸다. 그는 영양을 절벽으로 끌고 가기 시작했다. 이윽고 다른 원숭이인간들도 그의 의도를 이해하고 돕기 시작했다.

영양을 끌고 가는 것이 얼마나 어려운 일인 줄 미리 알았더라면 아예 시도도 하지 않았을 것이다. 그가 짐승의 시체를 끌고 가파른 경사면을 올라갈 수 있었던 것은 순전히 그의 엄청난 힘과 나무 위에서 살던 조상들에게서 물려받은 민첩함 덕분이었다. 좌절감 때문에 흐느끼면서 이 소중한 사냥감을 그냥 팽개칠 뻔한 적이 여러 번이었지만 굶주림만큼이나 깊숙이 자리 잡은 고집이 계속 그를 채근했다.

다른 원숭이인간들은 도움이 될 때도 있었고, 오히려 방해가 될 때도 있었다. 아니, 그냥 방해가 될 때가 더 많았다. 그러나 마침내 그는 성공했다. 마지막 햇빛이 하늘에서 서서히 사라져 갈 무렵 엉망이 된 영양의 시체를 동굴 안으로 끌어들이는 데 성공한 것이다. 향연이 시작되었다.

몇 시간 후, 달을 감시하는 자는 포만감에 젖어 잠에서 깼다. 이유를 모른 채 그는 어둠 속에서 자기만큼 포만감에 젖어 여기저기 널브러진 동료들 사이에서 일어나 앉아 밤 풍경을 향해 귀를 기울였다.

주위에서 들려오는 묵직한 숨소리 외에는 아무 소리도 들리지 않았다. 온 세상이 잠든 것 같았다. 동굴 입구 너머의 바위들은 눈부신 달빛을 받아 뼛조각처럼 하얗게 빛났다. 달은 머리 위로 높이 떠 있었다. 위험 따위는 한참 멀리 있는 것 같았다.

그런데 아주 먼 곳에서 자갈이 떨어지는 소리가 들렸다. 두려우면서도 호기심에 찬 달을 감시하는 자는 동굴 가장자리까지 기어 나가 절벽 아래를 내려다보았다.

거기서 본 광경 때문에 두려움으로 얼어붙은 그는 길게만 느껴지던 몇 초 동안 꼼짝도 할 수 없었다. 겨우 6미터 아래에 번득이는 황금색 눈동자 두 개가 똑바로 그를 올려다보고 있었다. 그는 두려움 때문에 완전히 넋을 잃어 그 눈동자 뒤에 줄무늬가 새겨진 낭창낭창한 몸이 있을 것이라는 생각을, 그 몸이 물 흐르듯 매끄럽게 소리 없이 바위에서 바위로 이동하고 있을 것이라는 생각을 하지 못했다. 표범이 이렇게 높은 곳까지 올라온 적은 한 번도 없었다. 녀석은 아래쪽 동굴에도 먹잇감들이 살고 있다는 것을 분명히 알면서도 그 동굴들을 무시해 버렸다. 녀석은 다른 사냥감을 쫓고 있었다. 핏자국을 따라 달빛에 씻긴 절벽 면을 오르고 있었던 것이다.

몇 초 후 동굴 안의 원숭이인간들이 질러 대는 비명 소리에 평화롭던 밤이 끔찍한 밤으로 바뀌었다. 표범은 기습의 기회를 잃어버렸음을 깨닫고 분노의 포효를 내질렀다. 그러나 녀석은 조금도 속도를 줄이지 않았다. 겁낼 게 하나도 없음을 알고 있었으므로.

녀석은 평평한 바위턱에 다다라 좁은 턱 위에서 잠시 쉬었다. 사방에서 느껴지는 피 냄새가 녀석의 사납고 자그마한 머릿속을 단 하나의 욕망으로 가득 채웠다. 녀석은 전혀 망설이지 않고 동굴 안으로 소리 없이 타박타박 걸어 들어왔다.

여기서 녀석은 첫 번째 실수를 저질렀다. 녀석이 아무리 밤눈이 밝다 해도 달빛을 벗어나는 순간 잠시 불리한 입장이 될 수밖에 없었다. 그러나 원숭이인간들은 동굴 입구에 드러난 녀석의 그림자를 볼 수 있었다. 녀석의 몸 일부는 그림자처럼 윤곽만 보일 뿐이었지만, 녀석이 원숭이인간들을 제대로 보지 못하는 반면 원숭이인간들은 녀석의 모습을 똑똑히 보았다. 그들은 겁에 질려 있었지만, 이제는 그렇게 무기력하지만은 않았다.

오만한 자신감에 사로잡힌 표범은 꼬리를 휘두르고 포효를 내뱉으면서 자신이 갈망하는 부드러운 먹이를 찾아 앞으로 움직였다. 만약 녀석이 탁 트인 공간에서 사냥감과 맞닥뜨렸다면 아무 문제가 없었을 것이다. 그러나 함정에 갇힌 꼴이 된 원숭이인간들은 절박한 심정에서 불가능한 일을 시도할 용기를 냈다. 게다가 사상 최초로 그들에게는 그 일을 해낼 수단이 있었다.

표범은 정신이 멍해질 만큼 세게 머리를 맞는 순간 뭔가가 잘못됐음을 깨달았다. 녀석이 앞발을 들어 후려치자 고통스러운 비명소리가 들렸다. 녀석의 발톱이 부드러운 살을 찢어 놓았던 것이다. 그런데 뭔가 날카로운 것이 녀석의 옆구리를 쑤시고 들어오면서 날카로운 고통이 느껴졌다. 한 번, 두 번, 세 번. 녀석은 폭풍처럼 몸을 돌려 사방에서 비명을 지르며 춤추듯 움직이고 있는 그림자들을 공격했다.

또다시 뭔가가 녀석의 주둥이를 세게 쳤다. 녀석이 눈에 보이지도 않을 만큼 빠른 속도로 뭔가 하얀 것을 물었지만 이미 죽은 짐승의 뼈와 이빨이 부딪혀 아무 소용 없이 끽끽거리는 소리가 났을 뿐이다. 게다가 이제는 식물 뿌리가 녀석의 꼬리를 잡아 밖으로 녀석을 질질 끌어내고 있었다. 이런 수치를 당하다니. 믿을 수 없는 일이었다.

녀석은 바람처럼 몸을 돌리며 아무래도 제정신이 아닌 것 같은 공격자를 동굴 벽으로 던져 버렸다. 그런데 무슨 짓을 해도 소나기처럼 쏟아지는 매질을 피할 길이 없었다. 원숭이인간들이 서투르지만 강한 손에 조잡한 무기를 들고 그를 두들겨 패고 있었다. 녀석의 목소리가 고통의 울부짖음에서 경계의 소리로, 경계의 소리에서 완전한 공포의 울부짖음으로 변했다. 무자비한 사냥꾼이 이제 희생자가 되어 필사적으로 도망치려 애쓰고 있었다.

그때 녀석이 두 번째 실수를 했다. 놀라움과 두려움 때문에 자신이 있는 곳이 어디인지 잊어버린 것이다. 아니, 어쩌면 소나기처럼 머리를 두드리는 매질 때문에 멍해지거나 눈이 멀었던 것인지도 모른다. 어쨌든 녀석이 갑자기 동굴 밖으로 뛰쳐나갔다. 그리고 뭔가가 바닥에 긁히는 끔찍한 소리가 나더니 녀석이 허공 속으로 떨어져 내렸다. 녀석이 절벽을 절반쯤 내려간 곳에 불쑥 튀어나온 바위에 부딪히며 쿵 하는 소리가 들려올 때까지 마치 한 세월이 흐른 것 같았다. 그 후로는 돌멩이들이 미끄러져 떨어지는 소리만 들려올 뿐이었다. 그나마 그 소리도 금방 밤공기 속으로 잦아들었다.

달을 감시하는 자는 승리에 도취하여 한동안 제자리에 서서 동굴 입구를 향해 깩깩거렸다. 자신이 살고 있는 세상이 완전히 변했고, 자신은 이제 더 이상 주위의 힘센 것들에게 농락당하는 무력한 희생자가 아니라는 느낌이 들었다. 그것은 옳은 느낌이었다.

한참을 그러고 있던 그는 동굴 속으로 들어가 생전 처음으로 한 번도 깨지 않고 잠을 잤다.

아침에 그들은 절벽 기슭에서 표범의 시체를 발견했다. 녀석이 이미 죽었는데도 시간이 어느 정도 흐를 때까지 아무도 감히 그 정복당한 괴물 근처에 가지 못했다. 그러나 그들은 곧 뼈로 만든 칼과 톱을 들고 녀석의 주위로 몰려들었다.

그것은 아주 힘든 작업이었으므로, 그들은 그날 사냥을 하지 않았다.

## 여명 속의 만남

달을 감시하는 자는 여명 속에서 부족을 이끌고 강으로 내려가다가 익숙한 곳에서 뭔가 이상하다는 듯 걸음을 멈췄다. 뭔가가 빠져 있다는 것을 그는 알고 있었다. 그러나 그것이 무엇인지 기억나지 않았다. 그는 이 문제를 생각하느라 기운을 낭비하지는 않았다. 지금은 다른 중요한 문제가 머리를 차지하고 있었으므로.

천둥과 번개처럼, 구름과 일식처럼, 그 커다란 크리스털 덩어리는 올 때와 마찬가지로 신비롭게 사라져 버렸다. 달을 감시하는 자는 존재하지 않는 과거 속으로 사라져 버린 물체를 다시는 생각하지 않았다.

그는 그 물체가 자신에게 어떤 영향을 미쳤는지 결코 모를 터였다. 아침 안개 속에 그의 곁으로 모여든 동료들 역시 그가 왜 강으로 가는 길에 여기서 잠시 걸음을 멈췄는지 궁금해하지 않았다.

다른 놈들은 한 번도 침범당한 적이 없는 개울 건너편의 자기들 영역에서 달을 감시하는 자와 그의 부족 남자들 10여 명이 여명의 하늘을 배경으로 띠처럼 움직이고 있는 것을 먼저 보았다. 그들은 늘 그랬던 것처럼 즉시 소리를 지르기 시작했다. 그런데 이번에는 상대편에서 아무 반응이 없었다.

달을 감시하는 자와 그의 일행은 꾸준히, 어떤 목적을 지닌 사람들처럼 강을 굽어보는 나지막한 언덕을 내려왔다.(무엇보다 중요한 것은 그들이 소리 없이 움직였다는 점이다.) 그들이 다가오자 다른 놈들이 갑자기 조용해졌다. 일상적인 의식처럼 그들을 찾아오던 분노가 썰물처럼 사라지고, 산처럼 높아만 가는 공포가 그 자리를 채웠다. 그들은 뭔가 변했으며, 오늘의 만남은 예전의 모든 만남과 다르다는 것을 어렴풋이 의식하고 있었다. 달을 감시하는 자의 일행이 가지고 있는 뼈 곤봉과 칼은 무섭지 않았다. 그것이 무엇에 쓰이는 물건인지 몰랐으니까. 그들이 아는 것이라고는 저 라이벌 부족의 움직임에 결의와 위협이 깃들어 있다는 것뿐이었다.

달을 감시하는 자의 일행이 물가에서 걸음을 멈추자 다른 놈들의 용기가 순간적으로 되살아났다. 그들은 외귀의 인도로 전투의 함성을 다시 지르기 시작했다. 그러나 겨우 몇 초 만에 나타난 끔찍한 광경이 그들의 말문을 막아 버렸다.

달을 감시하는 자가 허공으로 높이 양팔을 치켜들자 지금까지 그들 일행의 텁수룩한 몸에 가려져 있던 물건이 드러났다. 그가 들고 있는 단단한 가지에 표범의 피투성이 머리가 꿰여 있었다. 나무 막대로 녀석의 입을 벌려 놓았기 때문에 이제 막 떠오르고 있는 태양

빛에 커다란 엄니가 하얀색으로 무시무시하게 번득였다.

다른 놈들 대부분은 꼼짝도 못 할 정도로 겁에 질렸다. 그러나 몇 놈은 휘청거리면서 천천히 뒤로 물러나기 시작했다. 달을 감시하는 자에게는 그것만으로도 충분했다. 그는 표범의 몸에서 떼어 낸 머리를 트로피처럼 높이 들고 개울을 건너기 시작했다. 그의 동료들도 잠시 망설이다가 그의 뒤를 쫓아 물을 튀기며 개울 안으로 들어왔다.

외귀는 달을 감시하는 자가 건너편에 도착했을 때에도 여전히 자리를 지키고 있었다. 너무 용감해서, 아니면 너무 멍청해서 도망칠 수가 없었던 모양이다. 어쩌면 이런 엄청난 일이 실제로 벌어지고 있다고 믿을 수가 없어서 그런 것 같기도 했다. 그가 겁쟁이이든 영웅이든 결과적으로 달라진 것은 없었다. 단말마의 비명을 지르다 그대로 굳어 버린 표범의 머리가 아무것도 이해하지 못하고 있는 외귀의 머리 위로 떨어져 내렸다.

다른 놈들은 공포에 질려 비명을 지르면서 덤불 속으로 흩어졌다. 그러나 그들은 곧 다시 돌아와 자기들이 지도자를 잃어버렸다는 사실조차 잊어버릴 터였다.

달을 감시하는 자는 잠시 동안 자신의 새 희생자를 불안하게 내려다보며 죽은 표범이 또다시 살생을 저지를 수 있다는 기묘하고도 놀라운 사실을 이해하려고 애썼다. 이제 그는 세상의 주인이었지만, 이제부터 무엇을 해야 할지 알 수 없었다.

하지만 곧 무엇이든 생각이 날 터였다.

# 인류의 부상(浮上)

새로운 동물이 이 행성에 나타나 아프리카 중심부에서부터 사방으로 천천히 퍼져 나가고 있었다. 아직은 그 숫자가 아주 적었기 때문에 성급하게 인구 조사 같은 것을 했더라도 육지와 바다에 우글거리는 수십억 마리의 생명체들 중에서 그들의 존재는 눈에 띄지 않았을지도 모른다. 이 동물이 앞으로 번성할 것인지, 아니 살아남기라도 할 것인지를 가늠할 수 있는 증거는 아직 하나도 없었다. 그들보다 훨씬 더 대단한 짐승들이 그토록 많이 사라져 간 이 행성에서 그들의 운명은 여전히 불안한 상태였다.

크리스털 판들이 아프리카에 떨어진 날로부터 수십만 년 동안 원숭이인간들은 아무것도 발명하지 못했다. 그러나 그들은 점점 변화하기 시작했고 다른 동물은 전혀 갖지 못한 기술들을 개발했다. 뼈로 만든 곤봉을 사용하기 시작하면서 그들이 손을 뻗어 닿을 수 있는 거리가 길어지고 힘도 몇 배로 늘어났다. 그들은 이제 먹이를 두고 경쟁해야 하는 육식 동물들과 무방비 상태로 맞서지 않아도 되었다. 몸집이 작은 육식 동물들이 사냥감 주위로 몰려들더라도 얼마든지 쫓아 버릴 수 있었다. 몸집이 큰 놈들의 경우에는 적어도 원숭이인간들이 죽인 먹이를 가로채지 못하게 의욕을 꺾어 버릴 수 있었다. 때로는 녀석들이 원숭이인간들에게 밀려 도망을 치기도 했다.

이제는 커다란 이빨이 그리 필요하지 않았으므로 이빨 크기가 점점 작아졌다. 땅에서 뿌리를 파내거나 짐승의 단단한 살과 섬유질을 자를 때, 그들은 이빨 대신 가장자리가 날카로운 돌멩이를 사용했다. 그리고 그것이 헤아릴 수 없는 변화를 몰고 왔다. 원숭이인간들은 이제 이빨이 상하거나 닳아도 굶주리지 않았다. 아무리 조잡한 도구라도 그들의 수명을 몇 년씩 늘려 줄 수 있었다. 엄니가 사라지면서 얼굴 모양도 변하기 시작했다. 주둥이가 뒤로 물러나고, 커다란 턱은 더 섬세해졌으며, 입은 더 미묘한 소리를 낼 수 있게 되었다. 말을 하게 될 때까지는 아직 100만 년을 더 기다려야 했지만, 그들은 이미 언어를 향한 첫걸음을 뗀 셈이었다.

그때 세상도 변하기 시작했다. 각각 20만 년의 간격을 두고 빙하시대가 네 번 세상을 휩쓸고 지나가면서 이 행성에 흔적을 남겨 놓았다. 조상의 고향을 너무 일찍 떠났던 생물들은 열대지방을 벗어난 곳에서 빙하 때문에 죽고 말았다. 그리고 빙하는 도처에서 세상의 변화에 적응하지 못한 생물들을 솎아 내는 역할도 했다.

빙하와 함께 과거에 이 행성을 차지하고 있던 많은 생물들이 사라졌다. 원숭이인간도 그중에 포함되어 있었다. 그러나 다른 생물들과 달리 그들은 후손을 남겼다. 그들은 그냥 멸종한 것이 아니라 다른 모습으로 변신한 것이다. 도구를 만들어 쓰던 그들이 그 도구에 의해 새로운 존재로 탈바꿈했다.

곤봉과 석기를 사용한 덕분에 그들의 손놀림은 다른 동물들과 달리 정교해져서 훨씬 더 나은 도구들을 만들어 낼 수 있었다. 그리고 이 새로운 도구들 덕분에 팔다리와 두뇌가 훨씬 더 발달했다. 변화가 점점 누적되면서 변화의 속도도 빨라졌다. 그 종착점에 인류가 있었다.

최초의 진정한 인간은 100만 년 전의 조상들에 비해 겨우 조금 나아진 도구와 무기를 사용했지만, 그것들을 사용하는 기술은 훨씬 더 나았다. 그리고 이미 기억에서 희미해진 수백 년 전의 어느 시점엔가 그들은 손으로 만질 수도 없고 눈으로 볼 수도 없지만 그 무엇보다 필수적인 도구를 발명했다. 말하는 법을 배운 것이다. 그 덕분에 그들은 시간에 맞서 처음으로 위대한 승리를 거둘 수 있었다. 이제 한 세대의 지식이 다음 세대로 전해질 수 있었으므로, 모두들 이전 시대의 혜택을 고스란히 누릴 수 있었다.

아는 것이라고는 현재밖에 없는 동물과 달리 인간은 과거를 획득했다. 그리고 이제 미래를 향해 조금씩 길을 더듬어 나아가고 있었다.

인간은 또한 자연의 힘을 이용하는 법도 배웠다. 불을 길들임으로써 인간은 기술의 초석을 놓았으며, 원래 동물이었던 자신들의 과거를 멀리 떼어 놓았다. 석기는 청동기에게 자리를 내주었고, 청동기는 다시 철기에게 자리를 내주었다. 그리고 사냥 대신 농업이 자리를 잡았다. 부족이 점점 커져 마을이 되었고, 마을은 도시가 되었다. 돌과 점토판과 파피루스에 특정한 부호들을 새겨 놓은 덕분에 이제는 사람들의 말이 영원히 남게 되었다. 이윽고 인간은 철학과 종교를 발명했다. 그리고 하늘을 신들로 채워 놓았다. 사실 그건 현실과 그리 어긋나는 일도 아니었다.

몸이 점점 무방비해짐에 따라 인간들이 사용하는 공격 수단은 점점 무시무시하게 변해 갔다. 돌, 청동, 철, 강철을 거치면서 인간은 찌르고 벨 수 있는 모든 도구들을 섭렵했고, 멀리서 적을 공격해 쓰러뜨리는 법을 일찌감치 배웠다. 창, 활, 총, 그리고 마침내 등장한 유도 미사일 덕분에 인간은 거의 무한한 힘과 무한한 사정거리를 자랑하는 무기를 갖게 되었다.

비록 인간들이 이런 무기를 스스로에게 사용하는 경우가 많기는 해도, 이런 무기가 없었다면 인간은 결코 세상을 정복하지 못했을 것이다. 인간은 이 무기들에 자신의 기운과 영혼을 불어넣었고, 이 무기들은 오랜 세월 동안 인간을 위해 충실히 봉사했다.

그러나 이제 인간은 그 무기들이 존재하는 한 언제 멸망할지 모르는 신세가 되었다.

2부

# TMA-1

# 특별한 비행

'몇 번이나 지구를 떠나 여행해 봐도 지구를 떠날 때의 흥분은 도무지 가라앉질 않는군.' 헤이우드 플로이드 박사는 이렇게 혼잣말을 했다. 그는 지금까지 화성에 한 번, 달에 세 번 갔다 왔고, 우주 기지에 간 적은 이루 다 기억할 수도 없을 만큼 많았다. 그런데도 이륙 순간이 다가오자 긴장이 점점 높아지는 것이 느껴졌다. 경이로운 느낌. 그리고 불안감. 그러고 보면 그도 이제 막 첫 우주여행을 앞둔 평범한 사람과 다를 바가 없었다.

한밤중에 대통령과 브리핑을 마친 후 워싱턴에서 여기까지 그를 휭하니 날라다 준 제트기가 이제 세상에서 가장 친숙하면서도 가장 흥분을 안겨 주는 지역을 향해 고도를 낮추고 있었다. 32킬로미터에 이르는 플로리다 해안을 따라 우주 시대의 처음 두 세대가 이룩한 업적이 펼쳐져 있었다. 남쪽으로는 토성 호와 해왕성 호들을 발사했던 거대한 발사대의 윤곽이 깜빡거리는 빨간색 경고등 불빛에 드러나 있었다. 토성 호와 해왕성 호는 인류를 행성으로 가는 길 위에 올려놓고 이제 역사 속으로 사라진 우주선들이었다. 지평선 근처에는 불빛을 듬뿍 받아 은색으로 빛나는 탑 위에 토성 5호의 마지막 모델이 서 있었다. 그 우주선은 거의 20년 전부터 국가적 기념물이자 순례자들의 여행지 역할을 하고 있었다. 그로부터 멀지 않은 곳에 하늘을 배경으로 인공 산처럼 솟아 있는 것은 믿을 수 없을 만큼 거대한 우주선 조립 공장이었다. 지구 상에서 그 공장만큼 큰 건물은 없었다.

그러나 그것들은 모두 이제 과거에 속해 있었고, 지금 그는 미래를 향해 날아가고 있었다. 비행기의 기체가 기울자 미로처럼 서 있는 건물들이 보였다. 곧이어 커다란 활주로가 나오고, 플로리다 주의 평야 지대를 널찍한 흉터처럼 똑바로 가로지르는 거대한 발사 트랙의 레일들이 나타났다. 여러 대의 우주선과 발사대 들로 둘러싸인 레일 끝에서는 우주 비행기 한 대가 밝은 빛을 받아 번쩍이며 별들을 향해 뛰어오를 준비를 하고 있었다. 비행기의 속도와 고도가 급격하게 변하면서 갑자기 시야가 어지러워진 플로이드는 손전등 불빛에 갇힌 작은 은색 나방을 내려다보고 있는 것 같은 착각에 빠졌다.

그러나 지상에서 바삐 움직이고 있는 사람들의 자그마한 모습을 보니 우주선의 실제 크기가 피부로 느껴졌다. 폭이 좁은 V 자 형태의 날개 너비가 60미터는 될 터였다. 플로이드는 왠지 믿을 수 없는 기분이 되어 저 거대한 우주선이 기다리고 있는 것이 바로 '나'라고 혼잣말을 했다. 조금은 어깨가 으쓱해지는 기분이었다. 그가 아는 한, 단 한 사람을 달로 보내기 위해 프로젝트가 마련된 것은 이번이 처음이었다.

새벽 2시였는데도 기자들과 사진기자들이 밝은 빛 속에 서 있는 오리온 3호 우주선으로 향하는 그의 앞길을 가로막았다. 얼굴을 아는 기자들이 여러 명 있었다. 전국 우주 비행 협의회의 의장으로서 기자 회견이 삶의 일부가 된 까닭이었다. 지금은 기자 회견을 할 만한 때도 아니고 장소도 적절치 않았다. 게다가 해 줄 말도 없었다. 그러나 통신 매체 사람들의 비위를 거스르지 않는 것은 매우 중요한 일이었다.

"플로이드 박사님? 저는 연합 뉴스의 짐 포스터입니다. 이번 비행에 대해 몇 말씀 해 주시겠습니까?"

"죄송합니다만 아무 말도 할 수 없습니다."

"하지만 오늘 저녁에 대통령을 분명히 만나셨죠?"

익숙한 목소리가 질문을 던졌다.

"아, 안녕하세요, 마이크. 자다가 끌려 나왔는데 헛수고가 될 것 같으니 어쩌죠? 지금은 아무 말도 할 수 없습니다."

"달에서 일종의 유행병이 발생했다는 사실을 확인해 주거나 부인해 주실 수도 없으세요?"

어떤 텔레비전 기자가 물었다. 그는 잰걸음으로 플로이드를 따르며 소형 텔레비전 카메라에 그의 모습을 담고 있었다.

"미안합니다."

플로이드는 고개를 저으면서 대답했다.

"격리 조치는 어떻게 된 겁니까? 그게 얼마나 갈까요?"

또 다른 기자가 물었다.

"그것도 말씀드릴 수 없습니다."

"플로이드 박사님, 달에서 들어오는 소식을 이렇게 철저하게 막아 버린 걸 과연 무엇으로 정당화할 수 있겠어요? 정치적 상황과 관련된 겁니까?"

키가 아주 작고 고집스러운 여기자가 다그치듯 물었다.

"무슨 정치적 상황 말입니까?"

플로이드는 건조한 목소리로 되물었다. 여기저기서 웃음소리가 터져 나오고 누군가가 소리쳤다.

"즐거운 여행 빕니다, 박사님!"

그는 그 말을 들으며 탑승용 받침대 안으로 피신했다.

그가 기억하는 한 그것은 정치적 '상황'이라기보다 상존하는 위기에 더 가까웠다. 1970년대 이후로 세계는 두 가지 문제의 지배를 받고 있었는데, 얄궂게도 그 두 가지 문제가 서로를 상쇄하는 경향이 있었다.

지금은 싼값에 믿을 만한 피임 도구를 구할 수 있고 모든 주요 종교도 피임을 인정한 상태였지만, 그런 조치들이 너무 늦게 이뤄졌다는 것이 문제였다. 세계 인구는 현재 60억이었다. 그리고 그중 3분의 1이 중국 제국에 살고 있었다. 일부 권위주의 국가에서 자녀 수를 둘로 제한하는 법안들이 통과되었지만, 그 법을 실행하는 것은 사실상 불가능했다. 따라서 모든 나라가 식량 부족을 겪고 있었다. 심지어 미국인들조차 고기를 먹지 못하는 날이 있을 정도였다. 바다를 농장으로 만들고 인공적으로 식량을 합성하는 기술을 개발하려는 영웅적인 노력이 진행되고 있는데도 15년 안에 도처에서 기근이 발생할 것이라는 예언이 나와 있었다.

국제적인 협력이 그 어느 때보다 절실해진 상황에서 세상에는 옛날만큼 많은 미개척지가 아직 남아 있었다. 100만 년 동안 인류는 공격적인 본능을 거의 잃어버리지 않았다. 38개 핵보유국들은 오로지 정치가들의 눈에만 보이는 상징적인 경계선에서 호전적인 불안감을 안고 서로를 주시했다. 그들이 가진 핵무기의 양은 지각(地殼) 전체를 충분히 날려 버릴 수 있을 정도였다. 기적적으로 지금까지는 핵무기가 사용되지 않았지만, 이런 상황이 영원히 계속되기는 어려웠다.

게다가 중국이 도저히 알 수 없는 이유로 아주 작은 빈국들에게 핵탄두 쉰 개와 발사 시스템 등 완전한 핵무기 사용 능력을 주겠다고 제의하고 있었다. 비용이 2억 달러도 안 되었으므로 쉽사리 협정이 맺어질 터였다.

일부 전문가들이 시사한 것처럼, 어쩌면 중국은 시대에 뒤떨어진 무기를 팔아 기운이 빠진 경제를 강화하려는 생각밖에 없는 것인지도 몰랐다. 아니면 너무나 발전된 전쟁 기술을 개발해서 더 이상 장난감 같은 핵무기가 필요하지 않게 된 것인지도 몰랐다. 사실 위성 송신기를 이용한 전파 최면이나 강박 바이러스, 자기들만 해독제를 갖고 있는 합성 세균 등에 대한 얘기들이 나온 적이 있었다. 이런 매력적인 무기들은 단순한 선전 도구나 환상에 지나지 않을 터였다. 그러나 이런 얘기들을 함부로 무시할 수도 없었다. 플로이드는 지구를 떠날 때마다 자기가 귀환할 때까지 지구가 제자리에 남아 있을지 모르겠다는 생각을 하곤 했다.

그가 객실로 들어가자 말쑥한 여자 승무원이 그를 맞았다.

"안녕하세요, 플로이드 박사님. 저는 시몬스입니다. 타인스 기장과 발라드 부조종사를 대신해 박사님을 환영합니다."

"고맙습니다."

플로이드는 미소를 지으며 말했다. 여승무원들의 목소리는 왜 항상 로봇 여행 안내원들과 똑같은지 모르겠다는 생각을 하면서.

"5분 후에 이륙합니다."

그녀가 텅 빈 20인용 객실을 가리키며 말을 이었다.

"아무 좌석이나 골라서 앉으셔도 됩니다. 하지만 타인스 기장께서는 왼쪽 앞의 창가 쪽 좌석이 좋을 것 같다고 하셨습니다. 만약 도킹 과정을 지켜보고 싶으시다면요."

"그렇게 하지요."

그는 기장이 추천한 좌석으로 다가가며 대답했다. 여승무원은 그의 주위에서 한동안 부산하게 움직이더니 객실 뒤쪽의 자기 방으로 가 버렸다.

플로이드는 좌석에 앉아 허리와 어깨의 안전띠를 조정하고 서류 가방을 옆 좌석에 끈으로 고정시켰다. 잠시 후 가볍게 픽 하는 소리가 나더니 스피커가 켜졌다. 시몬스 양의 목소리였다.

"안녕하십니까. 이 비행기는 케네디 센터에서 제1 우주 정거장까지 가는 특별기 3편입니다."

그녀는 한 사람뿐인 승객을 위해 여느 때처럼 끝까지 안내 방송을 할 생각인 것 같았다. 그녀가 굽히지 않고 말을 계속하는 것을 들으며 플로이드는 저절로 미소가 배어 나오는 것을 참을 수 없었다.

"비행 시간은 55분이며 최대 가속도는 2G입니다. 무중력 상태는 30분간 지속되겠습니다. 안전등에 불이 들어올 때까지 좌석에 머물러 주시기 바랍니다."

플로이드는 어깨 너머로 뒤를 돌아보며 소리쳤다.

"고맙습니다."

시몬스 양이 약간 쑥스러운 표정으로 매력적인 미소를 짓는 모습이 언뜻 눈에 들어왔다.

그는 의자 등받이에 몸을 기대고 긴장을 풀었다. 이번 여행에는 100만 달러가 조금 넘는 국민들의 세금이 쓰일 터였다. 만약 이번 여행이 정당한 것이었음을 증명하지 못한다면 그는 직장을 잃을 것이다. 그렇게 되더라도 대학으로 돌아가 예전에 하다 만 행성 형성에 관한 연구를 다시 시작하면 그만이었다.

"자동 카운트다운 절차 이상 없음."

무선으로 이야기를 나눌 때 특유의 편안하고 단조로운 기장의 목소리가 스피커에서 울려 퍼졌다.

"이륙 1분 전."

언제나 그렇듯이, 그 1분이 한 시간도 더 되는 것 같았다. 플로이드는 자신의 주위로 모여들어 풀려나기만을 기다리고 있는 엄청난 힘을 강렬하게 의식했다. 우주선의 연료 탱크와 발사대의 동력 저장 시스템 안에는 핵폭탄 한 기와 맞먹는 에너지가 갇혀 있었다. 그 모든 에너지가 그를 지상에서 겨우 320킬로미터 높이까지 들어 올리는 데 사용될 것이다.

옛날처럼 5, 4, 3, 2, 1, 0을 세는 목소리는 없었다. 그런 방식은 사람을 너무나 긴장시켰다.

"이륙 15초 전. 심호흡을 하면 더 편안해질 겁니다."

그것은 심리적으로도, 생리적으로도 좋은 처방이었다. 발사대가 수천 톤이나 나가는 우주선을 대서양 위로 쏘아 보내기 시작했을 때 플로이드는 자신의 몸이 산소로 가득 차서 무엇이든 못할 일이 없을 것 같은 기분이었다.

우주선이 발사대를 벗어나 공중으로 떠오르는 순간을 정확히 잡아내기는 어려웠지만, 로켓의 맹렬한 포효가 갑자기 두 배로 강해지는 순간은 알 수 있었다. 플로이드의 몸이 푹신한 의자 속으로 점점 더 깊이 가라앉았다. 이제 1단계 엔진이 작동하기 시작한 것이다. 창밖을 내다볼 수 있으면 정말 좋겠다는 생각이 들었지만 고개를 돌리는 것조차 힘들었다. 그래도 불편하지는 않았다. 사실 가속으로 비롯한 압력과 사방을 짓누르는 엄청난 엔진 소리 때문에 마약에 취한 듯 굉장한 기분이었다. 귀가 윙윙 울리고 혈관 속의 피가 두방망이질치는 가운데 플로이드는 그 어느 때보다 더 살아 있는 것 같았다. 다시 젊어진 것 같아서 크게 노래를 부르고 싶었다. 그의 노래를 들을 사람이 아무도 없으니 그래도 상관없을 터였다.

그러나 자신이 지구와 자신이 사랑했던 모든 것들을 떠나고 있다는 사실을 갑작스레 깨달으면서 그 기분도 금방 사라져 버렸다. 저 아래에는 그의 세 아이가 엄마 없이 살고 있었다. 그의 아내는 10년 전 비행기를 타고 유럽으로 가다가 사고를 당해 목숨을 잃었다.(10년 전? 말도 안 돼! 하지만······.) 어쩌면 아이들을 위해 재혼을 해야 했는 지도······.

기내의 압력과 소음이 갑자기 줄어들었을 때 그는 시간 감각을 거의 잃어버린 상태였다. 객실 스피커에서 목소리가 울려 나왔다.

"하단과 분리 준비. 분리 시작."

기체가 가볍게 흔들렸다. 언젠가 NASA의 사무실에서 보았던 레오나르도 다빈치의 말이 갑자기 생각났다.

그 위대한 새는 다른 위대한 새의 등에 타고 하늘을 날아 자신이 태어난 둥지로 영광을 가져올 것이다.

그래, 그 위대한 새는 지금 다빈치가 상상조차 하지 못한 비행을 하고 있었고, 연료가 고갈된 동료 새는 날갯짓을 하며 지구로 돌아가고 있었다. 텅 빈 하단 로켓은 1만 6000킬로미터 크기의 호선을 그리며 대기권 속으로 미끄러지듯 들어가 가속도를 이용해 케네디 센터로 돌아갈 것이다. 그리고 몇 시간 후면 정비 과정을 거쳐 연료를 다시 보급받고 또 다른 새를 자신은 결코 닿을 수 없는 저 침묵의 빛 속으로 들어 올릴 태세를 갖출 것이다.

'이제는 궤도까지 반 이상 남은 거리를 우리 힘만으로 가야 해.' 플로이드는 속으로 생각했다. 상단 로켓이 점화되면서 가속이 다시 시작되었지만, 이번에는 충격이 훨씬 더 가벼웠다. 사실 그가 느낄 수 있는 것이라고는 정상적인 중력뿐이었다. 그러나 자리에서 일어나 걷는 것은 불가능했다. 객실 앞쪽이 '위'가 되어 있었으니 말이다. 만약 그가 멍청하게 좌석에서 일어섰다면 즉시 뒷벽에 가서 부딪혔을 것이다.

우주선이 꼬리로 서 있는 것 같은 형국이라 조금 혼란스러웠다. 객실 맨 앞에 있는 플로이드가 보기에는 모든 좌석들이 수직으로 서 있는 벽에 붙어 있는 것 같았다. 그가 이 불안한 환상을 무시하려고 안간힘을 쓰고 있을 때 우주선 밖에서 여명이 폭발하듯 모습을 드러냈다.

몇 초 만에 눈부시게 하얀 햇빛 속으로 진홍색, 분홍색, 황금색, 파란색의 빛이 베일처럼 스며들었다. 이 강렬한 빛을 눅이려고 유리창에 짙은 색이 칠해져 있었지만, 햇빛이 상대를 탐색하듯 서서히 객실을 훑고 있었기 때문에 플로이드는 몇 분 동안 거의 앞을 볼 수 없었다. 그래서 우주에 나와 있는데도 도무지 별을 볼 수 없었다.

그는 손으로 차양을 만들어 햇빛을 가리고 창밖을 내다보려고 애썼다. 창밖에서는 뒤로 휜 우주선 날개가 햇빛을 받아 하얗게 달아오른 금속처럼 번쩍거리고 있었다. 주위는 온통 칠흑같이 어두웠다. 그 어둠 속에는 분명히 별들이 가득 차 있을 터였다. 그러나 별들을 볼 수가 없었다.

중력이 조금씩 빠져나가고 있었다. 우주선이 천천히 궤도로 진입하면서 로켓의 힘이 줄어들었다. 천둥 같던 엔진 소리가 작게 우르릉거리는 소리로 바뀌더니, 곧 부드럽게 쉭쉭거리는 소리로 바뀌었다가 이내 잠잠해졌다. 안전띠를 매고 있지 않았다면 플로이드는 지금쯤 공중에 둥둥 떠 있을 터였다. 사실 그의 배 속은 이미 뒤집힌 것 같았다. 그는 여기서 1만 6000킬로미터 떨어진 곳에서 30분

전에 받아먹은 알약이 예정대로 효과를 발휘해 주기만을 바랐다. 그는 지금까지 우주 멀미를 딱 한 번 경험해 봤는데, 그것만으로도 진저리가 쳐졌다.

스피커에서 단호하고 자신에 찬 조종사의 목소리가 울려 나왔다.

"무중력 상태에 관한 모든 규정을 지켜 주시기 바랍니다. 45분 후 제1 우주 정거장에 도킹하겠습니다."

스튜어디스가 좁은 통로를 걸어 촘촘하게 배치된 좌석들 오른쪽으로 다가왔다. 그녀의 걸음걸이가 약간 들뜬 것처럼 보였고, 그녀의 발은 마치 아교가 잔뜩 묻은 것처럼 마지못해 바닥에서 떨어지곤 했다. 그녀는 바닥의 카펫과 천장에 그려진 밝은 노란색 선에서 벗어나지 않았다. 카펫과 그녀의 샌들 바닥은 작은 고리들을 붙여 만든 찍찍이 천으로 되어 있어서 서로 착착 달라붙었다. 무중력 상태에서 방향감각을 잃어버린 승객들은 대개 이렇게 걷는 사람을 보며 엄청난 안도감을 느끼곤 했다.

"커피나 차 좀 드시겠습니까, 플로이드 박사님?"

그녀가 쾌활한 목소리로 물었다.

"아뇨, 괜찮습니다."

그는 미소를 지었다. 우주선에서 사용하는 플라스틱 튜브로 차나 커피를 빨아 먹을 때면 항상 아기가 된 듯한 기분이 들었다.

그는 서류 가방을 열고 서류를 꺼내려 했다. 그런데 승무원이 계속 뭔가 불안한 사람처럼 주위를 어른거렸다.

"플로이드 박사님, 한 가지 여쭤 봐도 될까요?"

"그럼요."

그는 안경 너머로 그녀를 올려다보며 말했다.

"제 약혼자가 클라비우스에서 지질학자로 일하고 있는데요, 일주일이 넘도록 연락이 없어요."

시몬스 양은 신중하게 단어를 고르면서 말했다.

"저런, 기지 밖에 나가 있어서 연락이 안 되나 보지요."

그녀는 고개를 저었다.

"기지 밖으로 나갈 일이 있으면 항상 저한테 미리 말을 하는 사람이에요. 게다가 온갖 소문이 떠돌고 있으니 얼마나 걱정되는지. 달에 전염병이 돌고 있다는 게 정말 사실인가요?"

"그렇다 해도 걱정하실 필요 없습니다. 기억나요? 98년에도 돌연변이 독감 바이러스 때문에 격리 조치가 취해졌죠. 많은 사람들이 병에 걸렸지만 죽은 사람은 없었습니다. 제가 해 드릴 수 있는 얘기는 이것뿐이에요."

그는 단호하게 말을 맺었다.

시몬스 양은 상냥한 미소를 지으며 자세를 똑바로 했다.

"어쨌든 고맙습니다, 박사님. 귀찮게 해 드려서 죄송해요."

"전혀 귀찮지 않았습니다."

그는 정중하게 말했다. 사실과는 조금 다른 말이었지만. 그리고 한도 끝도 없는 기술 보고서에 코를 묻고 여느 때처럼 아직 읽어 보지 못한 자료들을 다급하게 읽기 시작했다.

달에 도착하면 읽을 시간이 없을 테니까.

## 궤도상의 랑데부

30분 후 조종사의 목소리가 들려왔다.

"10분 후 도착합니다. 안전띠를 확인해 주십시오."

플로이드는 조종사의 지시에 따라 서류를 치웠다. 우주선이 마지막 480킬로미터를 이동하면서 마구 요동칠 텐데 그 와중에 뭔가를 읽는다는 것은 문제를 자초하는 짓이었다. 로켓의 추진력이 짧은 순간 강렬하게 분출되면서 우주선이 앞뒤로 흔들리는 동안 눈을 감고 편안히 긴장을 푸는 것이 최선이었다.

몇 분 후 제1 우주 정거장이 처음으로 그의 눈에 들어왔다. 정거장까지의 거리는 겨우 몇 킬로미터밖에 되지 않았다. 서서히 회전하고 있는 지름 300미터 크기의 원반형 우주 정거장의 매끄러운 금속 표면 위에서 햇빛이 반짝였다. 그리 멀지 않은 곳에서 날개가 뒤로 젖혀진 티토브V 우주 비행기가 같은 궤도를 떠돌고 있었고, 그

근처에는 공 모양에 가까운 에이리즈1B가 있었다. 달에 착륙할 때 충격을 흡수해 주는 짧은 다리 네 개가 한쪽 편에 튀어나와 있는 에이리즈1B는 우주의 일꾼이었다.

오리온 III 우주선은 우주 정거장 뒤로 지구의 화려한 모습을 볼 수 있는 높은 궤도에서 내려가고 있었다. 고도 320킬로미터인 현재 위치에서 플로이드는 아프리카 대륙 대부분과 대서양을 볼 수 있다. 구름이 상당히 짙게 끼어 있었지만 청록색의 황금 해안(가나 공화국의 일부 — 옮긴이) 윤곽을 알아볼 수 있었다.

도킹용 팔을 펼친 우주 정거장의 중심축이 이제 서서히 그를 향해 헤엄치듯 다가오고 있었다. 우주 정거장 자체와 달리 중심축은 회전하고 있지 않았다. 아니, 중심축은 우주선의 회전을 정확히 상쇄할 수 있는 속도로 반대 방향으로 움직이고 있었다. 그 덕분에 우주 정거장을 찾는 우주선들이 정신없이 빙글빙글 돌지 않고 정거장과 도킹해 사람과 짐을 옮겨 놓을 수 있는 것이다.

아주 가벼운 쿵 소리와 함께 우주선과 정거장이 만났다. 그리고 바깥쪽에서 금속이 긁히는 소음이 들려오더니, 곧이어 기압이 조절되면서 공기 새는 소리가 잠깐 들렸다. 몇 초 후 에어로크가 열리고 몸에 딱 맞는 가벼운 소재의 바지와 반팔 셔츠를 입은 남자가 객실로 들어왔다. 그가 입은 옷은 우주 정거장 직원들의 제복이나 다름 없었다.

"만나 뵈어 반갑습니다, 플로이드 박사님. 저는 정거장 경비를 맡은 닉 밀러입니다. 왕복선이 떠날 때까지 제가 박사님을 모시겠습니다."

플로이드는 그와 악수한 후 여승무원에게 미소를 지으며 말했다. "타인스 기장에게 고맙다고 전해 주세요. 편안히 잘 왔다고 말입니다. 어쩌면 집으로 돌아가는 길에 시몬스 양을 또 만날지도 모르겠군요."

그는 아주 조심스럽게 손을 번갈아 움직이며 에어로크 밖으로 나와 우주선 축에 있는 원형의 커다란 방으로 들어갔다.(무중력 상태에 있어 본 지 벌써 1년이 넘었기 때문에 다리를 움직일 수 있을 때까지는 시간이 좀 걸릴 터였다.) 사방의 벽이 두툼하고 푹신하게 되어 있고, 안으로 움푹 들어간 손잡이들이 벽을 뒤덮고 있는 곳이었다. 방 전체가 서서히 돌기 시작하면서 우주선의 회전 속도를 따라잡는 동안 플로이드는 손잡이 하나를 단단히 잡고 있었다.

방의 속도가 점점 빨라지자 마치 유령처럼 희미한 중력이 그의 몸을 붙들기 시작했고 그는 원형의 벽을 향해 천천히 떠갔다. 이제 그는 밀려오는 파도 속의 해초처럼 부드럽게 앞뒤로 흔들리며 두 발로 서 있었다. 아까는 벽이었던 것이 이제는 마술처럼 둥글게 휜 바닥이 되어 있었다. 정거장의 회전으로 생긴 원심력이 그의 몸을 붙들었다. 이곳은 축과 가깝기 때문에 원심력이 아주 약했지만, 그가 바깥으로 움직일수록 꾸준히 강해질 터였다.

그는 밀러를 따라 중앙 임시 대기실을 나와 둥글게 휜 계단을 내려갔다. 처음에는 몸무게가 거의 느껴지지 않아 난간을 꼭 붙들고 억지로 몸을 아래쪽으로 내려야 했다. 커다란 원반 모양 정거장의 바깥쪽 표면에 있는 승객 휴게실에 도착했을 때에야 비로소 거의 정상적으로 움직일 수 있을 만큼 몸무게가 느껴졌다.

휴게실의 장식은 그가 지난번 방문했을 때와 달라져 있었다. 새로운 설비도 여러 개 보였다. 의자, 작은 탁자, 식당, 우체국 등은 옛날과 같았지만, 이발소, 잡화점, 영화관, 기념품 가게는 처음 보는 것이었다. 기념품 가게에서는 달과 지구의 풍경을 담은 사진과 슬라이드, 진품 보증서가 붙은 옛날 로켓들의 조각 등을 깔끔하게 진열해 놓고 터무니없이 비싼 가격으로 팔고 있었다.

"기다리는 동안 뭘 좀 드시겠습니까? 약 30분 후에 승선할 텐데요."

밀러가 물었다.

"크림을 타지 않은 커피 한 잔이면 좋겠습니다. 각설탕 두 개를 넣어서. 그리고 지구에 전화를 좀 해야 할 것 같은데요."

"알겠습니다, 박사님. 제가 커피를 가져오죠. 전화는 저쪽에 있습니다."

그림처럼 아름다운 공중전화 박스는 울타리에서 겨우 몇 미터 떨어진 곳에 있었다. 울타리에는 입구가 두 개 있었는데 각각 "미국 섹션에 오신 것을 환영합니다.", "소련 섹션에 오신 것을 환영합니다."라고 씌어 있었다. 그리고 그 글귀 밑에는 영어, 러시아어, 중국어, 불어, 독일어, 스페인어로 공고문이 붙어 있었다.

다음을 반드시 준비해 주십시오.

여권

비자

건강 진단서

여행 허가증

몸무게를 적은 서류

어느 쪽 입구로 들어가든 일단 저 울타리만 지나고 나면 승객들이 다시 자유롭게 뒤섞이도록 되어 있다는 사실에는 상당히 즐거운 상징이 내포되어 있었다. 저렇게 입구를 구분해 놓은 것은 순전히 행정의 편의를 위해서였다.

플로이드는 미국의 지역 번호가 여전히 81이라는 것을 확인한 후 열두 자리 숫자의 집 전화번호를 누르고 만능 신용카드를 구멍에 넣었다. 지불 절차는 30초 만에 끝났다.

워싱턴은 아직 동틀 때까지 여러 시간이 남아 있는 때라 깊은 잠에 빠져 있겠지만, 그의 전화 때문에 새삼스럽게 잠에서 깰 사람은 아무도 없었다. 가정부가 아침에 일어나자마자 전화기에 녹음된 메시지를 들을 테니까 말이다.

"플레밍 양, 플로이드 박사요. 내가 서둘러 떠나는 바람에 미안하게 됐소. 내 사무실에 전화해서 내 차를 좀 가져오라고 해 주겠소? 내 차는 덜레스 공항에 있고, 열쇠는 수석 관제사인 베일리 씨에게 있어요. 그리고 체비 체이스 컨트리클럽에 전화해서 비서한테 말을 좀 전해 줘요. 내가 다음 주말 테니스 경기에 절대 참석할 수 없을 것 같다고 말이오. 내가 미안하다고 하더라고 전해 주시오. 어차피 그 사람들도 나한테 별로 기대하지 않았을 거요. 그리고 다운타운 전자에도 전화해서 내 서재에 있는 비디오를, 음, 수요일까지 고칠 수 없다면 그 망할 놈의 물건을 그냥 도로 가져오라고 하시오."

그는 잠시 말을 멈추고 숨을 고르며 앞으로 며칠 동안 문제가 될 만한 다른 일들이 있는지 생각해 보았다.

"혹시 생활비가 떨어지면 사무실에 얘기해요. 사무실 사람들이 나한테 급한 연락을 할 수 있으니까. 하지만 내가 너무 바빠서 답변을 할 수 없을지도 모르오. 우리 애들한테 안부 전해 주고, 내가 가능한 한 빨리 돌아가겠다고 전해 주시오. 아, 젠장, 보기 싫은 사람이 나타났군. 할 수 있으면 달에 가서 전화하리다. 그만 끊어요."

플로이드는 고개를 숙이고 공중전화 박스에서 나오려고 했지만 소용없었다. 상대방이 벌써 그를 발견했기 때문이다. 소련 과학 아카데미의 디미트리 모이세비치 박사가 소련 섹션의 출구에서 나와 그에게 무섭게 다가오고 있었다.

디미트리는 플로이드의 절친한 친구 중 하나였다. 그가 지금 이곳에서 가장 만나기 싫은 인물이 된 것도 바로 그 때문이었다.

# 달 왕복선

러시아의 천문학자인 디미트리는 키가 크고 호리호리했으며 머리는 금발이었다. 쉰다섯 살이라는 나이에 어울리지 않게 얼굴에 주름 하나 없는 그는 지난 10년 동안 달의 뒤편에서 거대한 전파 천문대를 건설하는 데 참여하고 있었다. 달은 두께가 3200킬로미터 되는 단단한 암석으로 이루어져 있으므로 달의 뒤편이라면 지구의 전자 기기들이 내는 시끄러운 소음이 차단될 터였다.

"이런, 헤이우드, 우주가 참 좁군. 잘 지냈나? 귀여운 자네 애들도 잘 있고?"

디미트리가 플로이드와 힘차게 악수하며 말했다.

"우린 잘 지내고 있네. 자네 덕분에 지난여름을 아주 즐겁게 보냈다는 얘기를 자주 하지."

플로이드는 따스한 목소리로 대답했다. 그러나 왠지 조금 정신이 다른 곳에 가 있는 듯한 모습이었다.

플로이드는 더 진지한 태도로 디미트리를 대할 수 없는 것이 미안했다. 디미트리가 달을 떠나 지구에 왔을 때 플로이드 가족이 그와 함께 오데사에서 일주일 동안 즐거운 휴가를 보낸 것은 사실이었다.

"자네는 저쪽으로 올라가는 길인가 보지?"

디미트리가 물었다.

"어, 그래. 30분 후에 비행기가 떠난다네. 자네, 밀러 씨를 아나?"

플로이드가 말했다. 벌써 밀러가 근처까지 와서 커피가 든 플라스틱 컵을 들고 두 사람을 위해 약간 떨어진 곳에 서 있었다.

"당연히 알지. 아, 그것 좀 내려놓으시오, 밀러 씨. 플로이드 박사가 그럴듯한 음료수를 마실 수 있는 게 지금이 마지막이니 그 기회를 허비할 수야 없지. 아니…… 내 말 들어요."

두 사람은 디미트리를 따라 중앙 휴게실에서 전망대로 자리를 옮겼다. 그리고 곧 희미한 조명이 미치는 탁자에 앉아 파노라마처럼 움직이는 별들을 지켜보았다. 제1 우주 정거장은 1분에 한 번씩 회전하고 있었으며, 이렇게 느린 회전으로 생겨난 원심력이 달의 중력과 맞먹는 중력을 인위적으로 만들어 내고 있었다. 이렇게 달의 중력을 유지하는 것은 지구의 중력을 유지하는 것과 아예 무중력 상태를 유지하는 것 중에서 나온 훌륭한 타협안이었다. 게다가 이 덕분에 달로 향하는 승객들이 달의 환경에 미리 익숙해질 수 있었다.

거의 눈에 보이지 않는 창문 밖에서 지구와 별들이 소리 없이 행진하고 있었다. 현재 우주 정거장의 이쪽 편은 태양과 먼 쪽으로 기울어 있었다. 그렇지 않았다면 햇빛이 휴게실에 맹공을 가하는 바람에 도저히 밖을 내다볼 수 없었을 것이다. 지금도 하늘의 절반을 차지한 지구의 눈부신 빛 때문에 밝은 별들이 거의 보이지 않았다.

그러나 정거장이 궤도를 따라 지구의 밤 쪽으로 이동함에 따라 지구가 이지러지고 있었다. 몇 분 후면 지구는 도시의 불빛들이 보석처럼 빛나는 거대한 검은색 원반으로 변할 터였다. 그때가 되면 하늘은 온통 별들 차지가 될 것이다.

"그래, 미국 구역에 전염병이 돈다는 얘기가 다 뭔가? 나도 이번 여행에서 그쪽에 가 보고 싶었는데 안 된다고 하더군. '안 됩니다, 교수님. 대단히 죄송합니다만, 달리 공고가 있을 때까지 엄격한 격리 조치가 시행되고 있습니다.', 이러면서 말이야. 내가 동원할 수 있는 연줄을 전부 다 동원해 봤는데도 소용이 없어. 도대체 무슨 일인지 자네가 한번 말해 보게."

디미트리가 음료수 첫 잔을 재빨리 비우고 두 번째 잔을 만지작거리면서 말했다.

플로이드는 속으로 신음을 흘렸다. '또 시작이군. 내가 빨리 왕복선을 타고 달로 가 버려야지.'

"그, 음, 격리 조치는 순전히 안전을 위한 예방 조치일 뿐일세. 그게 정말로 필요한 건지도 아직 확실히 몰라. 하지만 공연히 위험을 무릅쓸 필요는 없지."

플로이드는 조심스럽게 말했다.

"하지만 그 병이라는 게 뭔데? 증상은 어떤가? 혹시 외계에서 온 것일 가능성도 있나? 우리 의료팀이 도울 일은 없을까?"

"미안하네, 디미트리. 지금으로서는 아무 말도 하지 말라는 지시를 받아서 말이야. 그런 제안을 해 줘서 고맙지만 우리 힘으로 어떻게 해 볼 수 있을 걸세."

모이세비치는 별로 납득이 가지 않는 눈치였다.

"흠. 천문학자인 자네가 전염병을 조사하러 달로 파견된다는 것도 내가 보기에는 이상한걸."

"난 전직 천문학자일 뿐이야. 내가 연구다운 연구를 해 본 게 벌써 몇 년 전일세. 지금은 과학 전문가야. 다시 말해서 내가 모든 것에 대해 아무것도 모른다는 뜻이지."

"그럼 TMA-1이 무슨 뜻인지는 아나?"

밀러가 마치 사레들린 것 같은 소리를 냈다. 그러나 플로이드는 그보다 더 강인한 사람이었다. 그는 오랜 친구의 눈을 똑바로 들여다보며 조용히 말했다.

"TMA-1? 거참 이상한 말이군. 그거 어디서 들었나?"

"그건 신경 쓰지 말게. 자넨 날 못 속여. 하지만 자네, 처리할 수 없는 일에 부닥치고도 그냥 가만히 있다가 때가 너무 늦은 다음에야 도와달라고 소리 지르지나 말게."

디미트리가 대꾸했다.

밀러가 의미심장한 얼굴로 손목시계를 들여다보고 말했다.

"5분 후에 탑승하셔야 합니다, 플로이드 박사님. 그만 가 봐야 할 것 같은데요."

플로이드는 아직도 족히 20분은 시간이 남았다는 걸 알면서도 서둘러 자리에서 일어났다. 그런데 중력이 6분의 1밖에 되지 않는다는 사실을 깜빡 잊어버리는 바람에 지나치게 서두른 꼴이 되어 버렸다. 그는 탁자를 붙들어 몸이 떠오르려는 것을 간신히 막을 수 있었다.

"자네를 만나서 반가웠네, 디미트리."

그가 말했다. 그리 솔직한 말은 아니었다.

"지구까지 여행 잘하게. 내가 돌아가는 대로 자네한테 전화하지."

플로이드는 밀러와 함께 휴게실을 떠나 울타리의 미국 쪽 입구를 통과하면서 밀러에게 말했다.

"휴, 큰일 날 뻔했군. 날 구해 줘서 고맙소."

"저, 박사님, 저분 말씀이 틀렸으면 좋겠군요."

"뭐가 틀렸으면 좋겠다는 겁니까?"

"우리가 처리할 수 없는 일에 부딪힐지도 모른다는 얘기 말입니다."

"내가 알아보려는 게 바로 그겁니다."

플로이드는 결의에 찬 목소리로 대답했다.

45분 후 에이리즈1B 달 수송선이 우주 정거장을 떠났다. 지구에서 이륙할 때처럼 엄청난 힘이 필요하지는 않았다. 플라스마 제트 엔진이 전기를 띤 약한 기류를 우주 공간으로 발사할 때 멀리서 들려오는 휘파람 소리처럼 거의 들리지 않는 소리가 살짝 났을 뿐이다. 수송선을 부드럽게 밀어 주는 힘은 15분이 넘도록 지속되었다. 가속도 부드럽게 이루어졌기 때문에 다들 객실 안을 돌아다닐 수 있었다. 그러나 그 힘이 할 일을 다 마쳤을 때, 수송선은 정거장 옆에 머무를 때처럼 지구에 묶여 있지 않았다. 지구의 중력을 떨치고 나와 독자적인 행성이 된 것처럼 자체 궤도에서 태양의 주위를 돌고 있었다.

플로이드가 독차지하고 있는 객실은 원래 서른 명의 승객이 사용할 수 있도록 설계된 곳이었다. 주위의 좌석이 텅 비어 있고, 조종사와 부조종사, 기관사 두 명은 물론 남녀 승무원들도 모두 플로이드에게만 주의를 집중하고 있어 기분이 이상했다. 조금은 외롭기도 했다. 아무래도 역사상 이렇게 독점적인 서비스를 받은 사람이 있을지 의심스러웠다. 또한 앞으로도 이런 경우가 있을 것 같지 않았다. 비교적 평판이 좋지 않았던 어떤 교황의 냉소적인 말이 생각났다.

"이제 교황의 자리를 차지했으니 한번 즐겨 보자."

글쎄, 그는 이번 여행과 무중력 상태의 도취감을 즐길 생각이었다. 중력이 사라지면서 그는 비록 잠시 동안이지만 대부분의 걱정거리를 훌훌 털어 버렸다. 누군가 이런 말을 한 적이 있었다. 우주에서 겁에 질릴 수는 있어도 근심에 싸일 수는 없다고. 그건 정말 맞는 말이었다.

남자 승무원들은 여행을 하는 24시간 동안 내내 그에게 뭔가를 먹이려고 굳은 결심을 한 사람들 같았다. 그는 부탁하지도 않았는데 갖다 주는 음식을 계속 물리쳐야 했다. 초창기 우주 비행사들의 우울한 예감과는 반대로 무중력 상태에서 음식을 먹는 것은 별로 문제가 되지 않았다. 그는 일반적인 식탁에 앉아 음식을 먹었고, 식기들은 거친 바다를 항해하는 배에서 그랬던 것처럼 식탁에 고정되어 있었다. 모든 음식이 약간 끈적끈적하게 느껴졌는데, 이는 음식이 공중으로 떠올라 객실 안을 떠돌아다니는 일을 방지하기 위해서였다. 따라서 고기 조각은 아교처럼 걸쭉한 소스 덕분에 접시에 붙어 있었고, 샐러드에도 접착력이 있는 드레싱이 뿌려져 있었다. 약간의 요령을 터득해서 주의를 기울이면 대부분의 음식을 무사히 다룰 수 있었다. 우주선에서 금지된 음식은 뜨거운 수프와 지나치게 잘 부서지는 과자류뿐이었다. 그러나 물론 음료수는 완전히 다른 문제였다. 모든 액체는 반드시 손으로 짜서 먹게 되어 있는 플라스틱 병에 담아야 했다.

우주선의 화장실 설계에는 영웅적인 노력을 했음에도 그 업적이 널리 알려지지 않은 자원자들이 꼬박 1세대 동안 실시한 연구 결과가 반영되었다. 이제 화장실 설계에는 거의 결함이 없다고 여겨지고 있었다. 플로이드는 무중력 상태가 시작된 직후 화장실을 조사해 보았다. 비좁은 화장실 안에는 평범한 비행기 화장실에서 볼 수 있는 모든 시설들이 갖춰져 있었지만, 그 물건들을 밝혀 주는 빨간 불빛이 지나치게 강렬해서 눈에 거슬렸다. 그리고 눈에 잘 보이는 글씨로 "아주 중요합니다! 여러분의 편의를 위해 이 지시 사항을 주의 깊게 읽어 주세요!"라는 말이 씌어 있었다.

플로이드는 앉아서(무중력 상태인데도 사람들은 여전히 그렇게 앉곤 했다.) 그 지시 사항을 여러 번 읽어 보았다. 그리고 자신이 마지막으로 우주여행을 했을 때와 비교해서 바뀐 내용이 하나도 없다는 것을 확인한 후 시작 버튼을 눌렀다.

아주 가까운 곳에서 전기 모터가 웡 하고 돌아가기 시작했고, 플로이드는 자신의 몸이 움직이고 있음을 느꼈다. 그는 지시 사항에 씌어 있는 대로 눈을 감고 기다렸다. 1분 후 부드러운 벨 소리가 들리자 그는 주위를 둘러보았다.

빨간 불빛이 이제 분홍빛이 도는 편안한 하얀색으로 바뀌어 있었다. 그러나 그보다 더 중요한 것은 다시 중력이 느껴진다는 사실이었다. 그 중력이 인위적인 것임을 알려 주는 것은 아주 희미하게 느껴지는 진동뿐이었다. 화장실 전체가 회전목마처럼 빙빙 돌면서 중력을 만들어 내고 있었던 것이다. 플로이드는 비누를 집어 아래로 떨어뜨린 다음 그것이 천천히 떨어지는 모습을 지켜보았다. 화장실의 회전으로 생긴 원심력은 정상 중력의 4분의 1쯤 되는 것 같았다. 하지만 그 정도면 충분했다. 그 정도 중력이면 모든 물체가 정해진 방향대로 움직일 테니까 말이다. 특히 화장실은 그 점이 가장 중요한 곳이었다.

그는 정지 버튼을 누르고 다시 눈을 감았다. 회전이 멈추면서 중력이 서서히 빠져나갔고 벨 소리가 두 번 들렸다. 빨간색 경고등도 다시 들어와 있었다. 그리고 그가 미끄러지듯 객실로 나갈 수 있도록 화장실 문이 고정되었다. 그는 객실로 나가자마자 재빨리 카펫에 몸을 붙였다. 그에게 무중력 상태의 신선함은 이미 사라진 지 오래였다. 찍찍이 섬유로 된 슬리퍼 덕분에 거의 정상적으로 걸을 수 있다는 사실이 고마웠다.

가만히 앉아서 글을 읽기만 했는데도 할 일이 많았다. 공식적인 보고서와 비망록과 메모 등을 읽다가 지치면 풀스캡 판(대략 40×30센티미터 크기의 종이 ― 옮긴이) 크기의 뉴스패드를 우주선의 정보 회로와 연결시켜 지구의 최신 소식을 검색했다. 그는 전 세계의 주요 전자 신문들을 하나하나 차례로 불러냈다. 중요한 신문들의 코드를 이미 외우고 있었으므로 패드 뒤편의 목록을 참조할 필요는 없었다. 그는 모니터의 단기 메모리를 선택해 신문 1면을 화면에 꺼내 놓고 기사 제목을 재빨리 훑어보며 흥미 있는 기사들을 점찍었다. 각각의 기사에는 두 자리 숫자의 번호가 붙어 있었다. 그 번호를 누르면 우표 크기만 한 직사각형이 화면을 가득 채울 만큼 커져서 편안하게 기사를 읽을 수 있었다. 기사를 다 읽으면 전체 화면으로 돌아가서 새로운 기사를 선택해 자세히 읽어 보았다.

플로이드는 때로 뉴스패드와 그 뒤에 숨어 있는 환상적인 기술이 완벽한 통신 수단을 향한 인류의 탐색의 종착지인 것 같다는 생각을 하곤 했다. 멀리 우주에 나와 시속 수천 킬로미터의 속도로 지구로부터 계속 멀어지고 있는데도 자신이 원하는 모든 신문의 기사 제목들을 순식간에 꺼내 볼 수 있으니 말이다.(물론 '신문'이라는 말 자체도 지금 같은 전자 시대에는 시대착오적인 과거의 유물이었다.) 기사 내용은 매 시간 자동으로 갱신되었다. 영어판 신문만 읽더라도 뉴스 위성에서 계속 흘러 들어오는 정보를 읽고 받아들이는 것만으로도 평생을 보낼 수 있을 정도였다.

이런 시스템을 더 편안하게 만들 수 있을 것이라고는 생각하기 어려웠다. 그러나 조만간 이 기술도 과거 속으로 사라지고, 캑스턴(영국 최초의 인쇄 기술자 — 옮긴이)이나 구텐베르크가 뉴스패드를 상상조차 못 했던 것처럼 지금 사람들이 상상조차 못 하는 새로운 것이 그 자리를 대신할 것이라는 생각이 들었다.

조그만 스크린에 나타난 전자 신문의 기사 제목들을 훑어보다가 자주 하게 되는 생각이 또 하나 있었다. 통신 수단이 근사해질수록 거기에 실리는 내용은 더 사소하거나, 겉만 번지르르하거나, 더 우울해지는 것 같다는 생각. 사고, 범죄, 자연재해와 인간이 초래한 재난, 전쟁 위험, 우울한 사설들, 이런 것들이 지금도 허공에 뿌려진 수백만 단어들의 주된 내용인 것 같았다. 그러나 이것이 과연 전적으로 나쁘기만 한 일인지 잘 모르겠다는 생각도 들었다. 플로이드는 이미 오래전에 유토피아의 신문은 지독하게 지루할 것이라는 결론을 내린 적이 있었다.

때로 기장을 비롯한 승무원들이 객실로 들어와서 그와 몇 마디 얘기를 나눴다. 그들은 경외심을 갖고 이 저명한 승객을 대했고, 그의 임무가 무엇인지 알고 싶어 속을 태우는 기색이 역력했다. 그러나 예의 때문에 질문을 던지는 것은 고사하고 넌지시 자신들의 생각을 내비치는 말조차 꺼내지 못하고 있었다.

몸집이 작고 매력적인 여자 승무원만이 그의 앞에서 완전히 편안한 기분을 느끼는 것 같았다. 플로이드는 그녀가 발리 출신이며, 아직도 자연의 모습이 대부분 그대로 남아 있는 그 섬의 우아함과 신비로움을 대기권 밖까지 일부 가져왔다는 사실을 금방 알아냈다. 이번 여행에서 가장 기묘하면서도 가장 매혹적인 경험 중의 하나는 그녀가 무중력 상태에서 사랑스러운 청록색 초승달처럼 이지러져 가는 지구의 모습을 배경으로 발리의 고전적인 춤 동작을 보여 준 것이었다.

여행 도중에 취침 시간은 한 번 주어졌다. 그 시간이 되자 중앙 선실의 불이 꺼졌고, 플로이드는 공중으로 떠오르지 않기 위해 고무판으로 팔과 다리를 침상에 고정시켰다. 왠지 조잡한 장치처럼 보였지만, 이런 무중력 상태에서는 지구에서 가장 사치스러운 매트리스보다 푹신거리지 않는 이런 침상이 더 편안했다.

플로이드는 팔다리를 고정시킨 다음 곧장 깜빡 잠이 들었다가 한 번 잠에서 깨어 비몽사몽 중에 낯선 주위 환경을 바라보며 크게 당황했다. 한순간 그는 자신이 희미하게 불을 밝힌 중국식 등롱 안에 들어와 있는 줄 알았다. 주위의 다른 방들에서 나오는 희미한 불빛 때문에 그런 생각이 든 것이다. 그러나 그는 곧 단호한 목소리로 자신을 타일렀다.

"잠이나 자라. 이건 그냥 평범한 달 왕복선일 뿐이야."

자고 일어나 보니 달이 하늘의 절반을 차지하고 있었고, 우주선은 이제 막 감속을 시작하려는 참이었다. 객실 벽에 넓은 호선 모양으로 자리 잡은 창문으로는 이제 가까이 다가오고 있는 둥근 달 대신 탁 트인 하늘이 보였으므로 그는 조종실로 이동했다. 우주선 뒤쪽의 모습을 보여 주는 조종실의 모니터를 통해 우주선이 하강하는 마지막 단계를 지켜볼 수 있었다.

점점 가까워지고 있는 달의 산들은 지구와 완전히 달랐다. 달의 산들은 눈부시게 빛나는 눈을 이고 있지도 않았고, 빽빽하게 들어선 초록색 식물들을 옷처럼 입고 있지도 않았으며, 움직이는 왕관 같은 구름을 쓰고 있지도 않았다. 그런데도 빛과 그림자의 대조가 하도 강렬해서 나름대로 묘한 아름다움이 느껴졌다. 지구의 미학은 여기에 적용되지 않았다. 이 세계는 지구와 다른 힘으로 다듬어진 곳이었다. 젊고 신록이 우거진 지구가 경험하지 못한 그 힘은 억겁의 세월 동안 이곳에 작용하면서 잠깐 스치고 지나가는 것처럼 짧은 빙하시대, 금방 솟아올랐다가 사라져 버린 바다, 동이 트기 전에 안개처럼 흩어져 버리는 산맥 등을 만들어 냈다. 지금까지 이곳에서 시간은 생각조차 할 수 없는 물건이었다. 그러나 죽음은 그렇지 않았다. 달이 정말로 생명을 가졌던 적은 한 번도 없으니까 말이다.

점점 하강하던 우주선은 낮과 밤을 가르는 선 위에서 자세를 잡았다. 바로 밑에는 들쭉날쭉한 그림자들과 서서히 밝아 오는 달의 새벽빛을 받아 눈부시게 빛나는 고립된 봉우리들이 혼란스럽게 펼쳐져 있었다. 아무리 전자 기구의 도움을 받더라도 이런 곳에 착륙을 시도하는 것은 무서운 일이 될 터였다. 그러나 우주선은 천천히 그곳에서 멀어져 이미 밤이 내려와 있는 쪽으로 떠가고 있었다.

그 순간 플로이드는 밤이 내려와 있는 쪽이 완전히 어둡기만 한 것은 아니라는 사실을 깨달았다. 희미한 빛에 그의 눈이 익숙해진 덕분이었다. 밤이 내려와 있는 쪽에서는 유령처럼 희미한 빛이 빛나고 있었고, 그 빛 속에서 산과 계곡과 평원이 분명하게 보였다. 달에서는 거대한 달처럼 보이는 지구의 빛이 우주선 아래의 땅에 흘러넘치고 있었다.

조종사의 계기판에서는 레이더 스크린 위의 불빛들이 번쩍이고, 컴퓨터 모니터에 숫자들이 나타났다 사라지며 점점 가까워지고 있는 달과의 거리를 표시하고 있었다. 달까지 거리가 아직 1600킬로미터 이상 남았을 때 제트엔진이 부드럽지만 꾸준하게 감속을 시작하면서 중력이 다시 돌아왔다. 하늘에서 달이 천천히 커지고, 태양이 지평선 아래로 가라앉고, 마침내 거대한 구덩이 하나가 시야를 가득 채울 때까지 억겁의 세월이 흐른 것 같았다. 왕복선은 구덩이

중앙의 봉우리들을 향해 떨어져 내리고 있었다. 그중 한 봉우리 근처에서 규칙적으로 깜박이고 있는 눈부신 빛이 갑작스레 플로이드의 눈에 띄었다. 지구 같았으면 공항의 표시등이라고 할 수도 있었겠지만, 그는 목구멍이 점점 죄어 드는 기분으로 불빛을 뚫어지게 바라보았다. 그 불빛은 인류가 달에 또 다른 발판을 마련했다는 증거였다.

이제 구덩이가 하도 커져서 가장자리의 벽들이 시야에서 점점 사라지고, 구덩이 내부에 여기저기 흩어져 있는 작은 구덩이들의 실제 크기가 점점 드러나기 시작했다. 우주에서 봤을 때 아주 작아 보였던 구덩이들 중 일부는 지름이 몇 킬로미터나 돼서 도시 몇 개를 꿀꺽 삼킬 수도 있을 정도였다.

왕복선은 자동 조종에 의지해서 별들이 빛나는 하늘을 미끄러지듯 내려가 반원보다 볼록한 모양을 한 거대한 지구 빛 속에서 희미하게 빛나는 황량한 풍경을 향해 다가가고 있었다. 객실을 휩쓸고 지나가는 제트엔진 소리와 전자 기기의 삑삑거리는 소리를 누르고 누군가가 소리를 지르고 있었다.

"클라비우스 관제탑이 특별기 14편에게. 지금 잘 들어오고 있다. 랜딩 기어 잠금장치, 수압, 충격 쿠션 팽창을 수동으로 확인해 주기 바란다."

조종사가 여러 가지 스위치를 누르자 초록색 불빛들이 번쩍였다. 조종사가 응답했다.

"수동 확인 완료. 랜딩 기어 잠금 장치, 수압, 충격 쿠션 OK."

"알았다."

달 관제탑이 대답했다. 그 후로는 더 이상의 대화가 오가지 않고 우주선의 하강이 계속되었다. 물론 여전히 많은 말들이 오가고 있었지만, 그것은 모두 기계들이 주고받는 대화였다. 이진법으로 구성된 여러 가지 신호들이 자기들을 만든 인간들의 느린 머리보다 1000배나 빠른 속도로 서로를 향해 번쩍거리고 있었다.

산봉우리 몇 개가 이미 왕복선 위로 탑처럼 우뚝 솟아 있었다. 이제 지상까지의 거리는 겨우 몇백 미터였고, 나지막한 건물들과 이상하게 생긴 차량들 위에서 꾸준하게 깜박거리는 표시등은 눈부신 별 같았다. 하강 마지막 단계에서 제트엔진은 마치 이상한 노래를 연주하는 악기 같았다. 엔진은 켜졌다 꺼졌다를 반복하며 마지막으로 추진력을 섬세하게 조정하고 있었다.

갑자기 소용돌이처럼 움직이는 먼지구름이 모든 것을 가려 버리고, 제트엔진이 마지막으로 힘을 분출하더니 왕복선이 아주 살짝 흔들렸다. 작은 파도가 지나갈 때 보트가 흔들리는 것 같았다. 플로이드는 몇 분이 지난 후에야 자신을 감싸고 있는 고요함과 자신의 사지를 붙들고 있는 약한 중력을 제대로 받아들일 수 있었다.

하루가 약간 넘는 시간 만에 아무런 사고 없이, 인간이 2000년 전부터 꿈꿔 오던 거짓말 같은 여행을 해낸 것이다. 그는 정상적이고 평범했던 비행을 마치고 이제 달에 착륙해 있었다.

# 클라비우스 기지

지름 240킬로미터의 클라비우스 구덩이는 지구를 향한 쪽 달 표면에서 두 번째로 큰 구덩이로 남쪽 고원 중앙에 있다. 이 구덩이는 아주 오래전에 생겨났다. 오랜 세월에 걸친 화산 활동과 우주에서 날아온 파편들 때문에 구덩이 벽에는 상처가 나 있고 바닥은 군데군데 움푹 패어 있다. 그러나 소행성 띠의 파편들이 내행성들을 여전히 두들겨 대고 있던, 마지막 구덩이 형성기가 지난 후 클라비우스는 5억 년 동안 평화를 유지했다.

그런데 이제 이 구덩이의 지상과 지하에서 이상한 움직임들이 새로이 생겨나고 있었다. 인류가 이곳에 달 최초의 영구 전진기지를 건설하고 있기 때문이었다. 응급 상황이 발생했을 때 클라비우스 기지는 완전히 자급자족할 수 있었다. 주위의 바위들을 부숴서 가열한 다음 화학적으로 가공하는 과정을 거쳐 생명 유지에 필요한 모든 것들을 생산하고 있었던 것이다. 또한 어디를 찾아봐야 하는지 정확히 알기만 한다면 수소, 산소, 탄소, 질소, 인 등 대부분의 원소를 달에서 찾을 수 있었다.

클라비우스 기지는 지구를 축소한 실용 모형처럼 폐쇄적인 시스템을 갖추고 있어서 생명체가 살아가며 나오는 모든 화학물질을 재활용하고 있었다. 공기는 거대한 '온실'(달 표면 바로 아래에 파묻어 둔 커다란 원형 방)에서 정화되었다. 또한 따스하고 습기가 많은 공기 속에서 몇만 평이나 되는 땅에 심어진 땅딸막한 초록색 식물들이 밤에는 눈부신 불빛을 받으며, 낮에는 여과기를 거친 햇빛을 받으며 자라고 있었다. 이 식물들은 공기 중에 산소를 공급하고 부산물로서 식량을 공급할 수 있도록 특별히 변형시킨 품종들이었다.

식량은 화학 처리 시스템과 해조류 배양을 통해서도 생산되었다. 길이가 몇 미터나 되는 투명한 플라스틱 튜브 속을 순환하는 초록색 조류가, 미식가들의 구미에는 잘 맞지 않겠지만, 생화학적 처리 과정을 거치면 고기 조각과 스테이크로 바뀌었다. 그렇게 변화된 음식은 전문가가 아니고서는 진짜 고기와 구분하기 어려울 정도였다.

이 기지에서 근무하고 있는 남자 1100명과 여자 600명은 모두 고도의 훈련을 받은 과학자나 기술자 들로서 지구를 떠나기 전에 세심한 선발 과정을 거친 사람들이었다. 지금은 달 생활에 어려운 점이나 불리한 점이 거의 없고 초창기 같은 위험도 없었지만, 심리적으로는 여전히 힘든 일이었다. 또한 폐소 공포증이 있는 사람에게는 달 생활을 권장하지 않았다. 단단한 바위나 굳은 용암을 잘라 커다란 지하 기지를 만들려면 비용과 시간이 많이 들기 때문에 너비약 2미터, 길이 3미터, 높이 2미터 50센티미터밖에 되지 않는 방 하나가 표준적인 일인용 '생활공간'이었다.

각각의 방에는 매력적인 가구가 갖춰져 있었다. 침대 겸용 소파, 텔레비전, 작은 스테레오 세트, 화상 전화기 덕분에 좋은 모텔의 스위트룸과 아주 흡사해 보일 정도였다. 게다가 실내장식을 하면서 심어 둔 간단한 장치를 이용하면, 방 안에서 유일하게 문도 창문도 없는 벽을 그럴듯한 지구 풍경으로 바꿔 놓을 수도 있었다. 사람들이 고를 수 있는 지구 풍경은 여덟 가지였다.

지구에 살고 있는 사람들에게는 설명하기 어려운 경우가 가끔 있었지만, 이런 약간의 사치가 바로 이 기지의 전형적인 특징이었다. 사람들을 훈련시켜 달까지 데려와서 집을 마련해 주는 데에는 10만 달러가 들었다. 따라서 그들이 마음의 평화를 유지할 수 있도록 약간 돈을 더 쓸 만한 가치가 있었다. 이것은 예술을 위한 예술이 아니라 정신적 건강을 위한 기술이었다.

기지의 매력 중 하나(달 전체의 매력이기도 했다.)가 낮은 중력임은 의심의 여지가 없었다. 낮은 중력 덕분에 사람들이 전반적으로 행복하게 살고 있다는 느낌을 갖게 되니까 말이다. 그러나 여기에도 위험은 있었다. 지구에서 이주해 온 사람이 낮은 중력에 적응하는 데는 여러 주가 걸렸다. 달에서는 인체가 완전히 새로운 반사작용들을 배워야 했다. 생전 처음으로 질량과 무게를 구분해야 하니까.

지구에서 81킬로그램 나가던 사람은 달에서 자기 몸무게가 13.5킬로그램밖에 되지 않는다는 것을 알고 뛸 듯이 기뻐할지도 모른다. 만약 그가 일정한 속도로 직선운동만 한다면 아주 근사한 부력을 느낄 수 있다. 그러나 방향을 바꿔 모퉁이를 돌거나 갑자기 걸음을 멈추려 하는 순간, 81킬로그램에 달하는 몸의 질량, 즉 관성이 여전히 존재하고 있음을 알게 된다. 질량은 고정된 것이라서 변하지 않으므로 지구에서든, 달에서든, 태양에서든, 우주 공간에서든 항상 똑같기 때문이다. 따라서 달 생활에 제대로 적응하려면 모든 물체가 그 무게만으로 짐작할 수 있는 것보다 여섯 배나 느리게 움직인다는 사실을 반드시 알아야 했다. 사람들은 대개 수없이 뭔가와 부딪치거나 뭔가에 세게 얻어맞아 가면서 이 교훈을 뼈저리게 체득하곤 했다. 따라서 전부터 달에 살던 사람들은 신참들이 새로운 환경에 익숙해질 때까지 그들과 멀찍이 거리를 유지했다.

작업실, 사무실, 창고, 컴퓨터 센터, 발전기, 격납고, 주방, 실험실, 식량 가공 공장 등이 갖춰진 클라비우스 기지는 그 자체로서 작은 세계였다. 그런데 얄궂게도 이 지하 제국을 건설하는 데 사용된 기술 중에는 반세기에 걸친 냉전 기간 중에 개발된 것이 많았다.

미사일 지하 실험실에서 일해 본 경험이 있는 사람이라면 클라비우스에서 고향에 온 듯한 기분을 느낄 터였다. 이곳 달 기지에서도 미사일 지하 실험실과 똑같은 기술과 장비를 이용해 지하 생활을 유지하고 험한 환경으로부터 인간들을 보호하고 있었다. 그러나 이곳에서는 그 기술이 평화를 위해 쓰였다. 인류가 1만 년 만에 마침내 전쟁만큼 짜릿한 것을 찾아낸 것이다.

그러나 불행히도 모든 나라가 이 사실을 깨달은 건 아니었다.


착륙 직전에 그토록 두드러지게 보였던 산들이 가파른 경사를 그리며 흰 달의 지평선에 가려 신기하게 사라져 버렸다. 우주선 주위로 보이는 것은 한쪽으로 기울어진 지구의 빛을 받아 눈부시게 빛나고 있는 회색 평원이었다. 하늘은 물론 칠흑 같았으므로, 달 표면의 눈부신 빛에 시야가 가려지지만 않는다면 비교적 밝기가 밝은 항성과 행성들을 볼 수 있었다.

아주 이상하게 생긴 차량 여러 대가 에이리즈1B 우주선을 향해 올라오고 있었다. 크레인, 기중기, 정비 트럭 등이었는데, 일부는 자동으로 움직였고 일부는 작은 압력실에 앉아 있는 운전사가 조작했다. 이 차량들의 타이어는 대부분 풍선 같은 모습이었다. 평원의 바닥이 매끄럽고 평평해서 움직이는 데 아무 어려움이 없기 때문이었다. 그러나 유조차 한 대는 자유자재로 구부러지는 특이한 굴절바퀴로 움직이고 있었다. 이 굴절바퀴는 달에서 어디든 돌아다닐 수 있는 최고의 만능 도구임이 이미 증명된 물건이었다. 이 바퀴는 평평한 판들을 여러 개 이어 붙여서 원형으로 만든 것인데, 각각의 판들을 따로따로 세울 수 있었다. 원래 무한 궤도차의 트랙에서 아이디어를 얻어 생겨난 이 바퀴는 무한 궤도차의 트랙과 같은 장점들을 많이 갖고 있었다. 땅의 모양에 따라 모양과 직경이 바뀔 수 있다는 점이 그중 하나였다. 이 바퀴는 또한 무한 궤도차의 트랙과 달리 판이 몇 개 떨어져 나가더라도 여전히 기능을 발휘했다.

짧은 코끼리 코처럼 생긴 튜브가 달린 작은 버스 한 대가 아주 사랑스럽다는 듯이 우주선에 코를 비벼 대고 있었다. 몇 초 후, 밖에서 쿵쿵 소리가 들리더니 버스와 우주선이 연결돼 기압이 조절되면서 공기 빠지는 소리가 났다. 에어로크의 안쪽 문이 열렸고, 환영단이 안으로 들어왔다.

환영단 단장은 남부 행정관인 랠프 핼보슨이었다. 남부라는 말에는 이 기지뿐만 아니라 이 기지를 기반으로 활동하는 모든 탐사단이 포함되었다. 핼보슨 외의 환영단 단원으로는 남부의 수석 연구원인 로이 마이클스 박사와 여섯 명가량의 선임 연구원 및 행정 직원들이 있었다. 마이클스 박사는 몸집이 작은 반백의 지구 물리학자로 플로이드는 지난번 달을 방문했을 때 그를 만난 적이 있었다. 환영단은 정중하면서도 안심이 된다는 표정으로 플로이드를 맞이했다. 행정관 이하 모든 사람이 자신들의 걱정거리를 다른 사람에게 넘겨줄 수 있기를 고대하고 있음이 분명했다.

"이렇게 와 주셔서 정말 기쁩니다, 플로이드 박사님. 여행은 즐거우셨습니까?"

핼보슨이 말했다.

"아주 좋았습니다. 더할 나위 없이 좋았어요. 승무원들이 아주 잘 보살펴 주었습니다."

플로이드가 대답했다.

그들은 버스가 우주선에서 멀어져 가는 동안 예의상 이런저런 가벼운 이야기들을 주고받았다. 마치 암묵적인 동의가 있었던 것처럼 아무도 플로이드가 이곳을 방문한 이유를 입에 올리지 않았다. 착륙 지점으로부터 300미터 떨어진 곳에 버스가 도착하자 커다란 간판이 나타났다.


클라비우스 기지에 오신 것을 환영합니다.

미국 우주 비행 기술단

1994

버스는 이 간판을 지나 바닥을 파서 만든 길로 뛰어들었다. 이 길
은 금방 지하로 이어졌다. 앞에서 육중한 문이 열렸다가, 버스가 지
나간 뒤 다시 닫혔다. 같은 일이 두 번이나 더 반복되었다. 마지막
문이 닫히고 나자 공기가 포효하는 것 같은 소리가 났다. 이제 그들
은 다시 공기가 있는 곳으로 들어와 있었다. 격식을 따지지 않는 자
유로운 분위기의 기지 안으로 들어온 것이다.

파이프와 케이블이 빽빽하게 들어차고 쿵쿵 하는 소리가 규칙적
으로 메아리처럼 들려오는 짧은 터널을 걸어서 통과하고 나니 행정
실이 나왔다. 타자기, 사무용 컴퓨터, 여비서, 벽에 걸린 도표, 벨이
울려 대는 전화기 등이 있는 친숙한 풍경이 플로이드의 앞에 펼쳐
졌다. 일행이 '행정관'이라는 명판이 붙은 문 앞에서 걸음을 멈췄을
때 핼보슨이 외교적인 태도로 말했다.

"플로이드 박사와 함께 곧 브리핑실로 가겠습니다."

다른 사람들은 고개를 끄덕이며 알겠다는 취지의 말들을 남기고
는 복도 아래쪽으로 하나둘씩 사라져 버렸다. 그러나 핼보슨은 플
로이드를 곧장 자기 사무실로 안내할 수 없었다. 사무실 문이 열리
더니 작은 몸집의 아이가 행정관의 품으로 뛰어들었기 때문이다.

"아빠! 위에 올라갔었지! 날 데려가 준다고 했잖아!"

"자, 자, 다이애나. 그냥 데려갈 수 있으면 데려가 주겠다고 했을
뿐이잖니. 그런데 내가 플로이드 박사님을 맞이하느라고 아주 바빴

거든. 박사님과 악수하렴. 금방 지구에서 오신 분이야."

핼보슨이 화를 참으며 부드러운 목소리로 말했다.

어린 소녀(플로이드가 보기에 여덟 살쯤 된 것 같았다.)가 부드러운 손을 내밀었다. 아이의 얼굴이 어딘지 낯익어 보였는데, 플로이드는 행정관이 야릇한 미소를 지으며 자신을 바라보고 있다는 사실을 갑자기 깨달았다. 갑작스레 옛날 기억이 떠오르면서 그는 그 이유를 이해하고는 소리쳤다.

"이런 세상에! 지난번 여기 왔을 때는 아기였는데!"

핼보슨이 자랑스럽게 대답했다.

"지난주에 네 번째 생일을 맞았습니다. 여긴 중력이 약해서 아이들이 빨리 자라죠. 하지만 나이를 그렇게 빨리 먹는 건 아닙니다. 이 아이들은 우리보다 오래 살 겁니다."

플로이드는 자신감에 찬 어린 숙녀를 홀린 듯 바라보며 아이의 몸가짐이 우아하고 골격이 보기 드물게 섬세하다는 사실을 눈치챘다.

"다시 만나서 반갑구나, 다이애나."

그가 말했다. 그러고는 순전히 호기심 때문인지, 아니면 예의를 차리느라고 그랬는지 충동적으로 말을 이었다.

"지구에 가 보고 싶니?"

아이가 깜짝 놀란 듯 눈을 커다랗게 뜨더니 이내 고개를 저었다.

"거긴 나쁜 데예요. 넘어지면 다친댔어. 사람도 너무 많고요."

그래, 이 아이가 우주에서 태어난 첫 세대구나. 플로이드는 혼잣말을 했다. 앞으로 이런 아이들이 더 많이 태어날 터였다. 이런 생각을 하다 보니 조금 슬퍼지기는 했지만 커다란 희망도 느낄 수 있었다. 지구가 얌전해졌을 때, 어쩌면 약간 피곤해지기도 했을 때, 그때에도 자유를 사랑하는 사람들, 강인한 개척자들, 한시도 가만히 있지 못하는 모험가들이 갈 곳은 있을 테니까 말이다. 그러나 그들은 도끼와 총과 카누와 마차 대신 원자력발전소와 플라스마 엔진과 수경 재배 농장을 도구로 이용할 것이다. 모든 어머니들이 그렇듯 지구가 자식들에게 안녕을 고해야 할 때가 빠르게 다가오고 있었다.

핼보슨은 위협과 또 다른 약속을 동원해서 이 고집 센 아이를 쫓아내는 데 성공했다. 그리고 플로이드를 자기 사무실로 안내했다. 행정관의 사무실은 겨우 1.5평방미터 정도밖에 되지 않았지만, 연봉 5만 달러를 받는 전형적인 부서장의 지위를 상징하는 물건들과 모든 시설들이 어떻게든 갖춰져 있었다. 거물급 정치인들(거기에는 미국 대통령과 유엔 사무총장도 포함되어 있었다.)의 서명이 든 사진들이 한쪽 벽을 장식하고 있었고, 나머지 벽은 유명한 우주 비행사들의 서명이 든 사진들이 거의 다 차지하고 있었다.

플로이드는 편안한 가죽 의자에 털썩 주저앉아 달의 생화학 실험실에서 만든 셰리주 한 잔을 받아 들었다.

"상황이 어떻습니까, 랠프?"

그는 조심스레 셰리주를 마셔 본 다음 만족했다는 듯 다시 한번 마시면서 행정관에게 물었다.

"그렇게 나쁜 편은 아닙니다. 하지만 박사님이 그 안으로 들어가기 전에 반드시 아셔야 할 일이 있기는 합니다."

핼보슨이 대답했다.

"그게 뭡니까?"

"음, 사기 문제라고 하면 될 것 같군요."

헬보슨이 한숨을 쉬었다.

"예?"

"아직 심각한 건 아니지만, 문제가 빠르게 커지고 있습니다."

"뉴스 차단 조치 때문이군요."

플로이드가 단호하게 말했다.

"맞습니다. 직원들이 그것 때문에 아주 화를 내고 있어요. 사실 대부분의 직원들이 지구에 가족이 있으니까요. 아마 가족들은 여기 직원들이 전부 달 전염병 때문에 죽었다고 생각하겠죠."

"그 문제는 저도 유감스럽게 생각합니다. 하지만 사실을 감추기 위해 그보다 더 나은 얘기를 만들어 낼 수가 없었어요. 지금까지는 그 이야기가 효과를 발휘했지요. 그건 그렇고, 우주 정거장에서 모이세비치를 만났는데 그 친구도 그 이야기를 믿더군요."

"아이고, 경비대가 알면 아주 기뻐하겠는걸요."

"그렇지도 않아요. 그 친구가 TMA-1에 대해 알고 있었으니까. 점점 소문이 새어 나가고 있는 거예요. 그렇다고 우리가 무슨 성명서를 발표할 수도 없고. 그 빌어먹을 물건이 뭔지, 배후에 중국인들이 있는 건지 확실히 알 수 있을 때까지는 말입니다."

"마이클스 박사가 뭔가 해답을 찾아낸 것 같다고 하던데요. 그 친구, 박사님한테 얘기하고 싶어서 아주 안달이 났습니다."

플로이드는 잔을 비웠다.

"나도 듣고 싶어 죽을 지경입니다. 가 봅시다."

# 이상 현상

브리핑은 100명도 족히 수용할 수 있을 듯한 커다란 장방형 방에서 열렸다. 그 방에는 최신 광학 기기와 전자 모니터가 갖춰져 있어서, 온갖 포스터와 미녀들의 사진, 공고문, 아마추어들의 그림 같은 것들만 없다면 최고급 회의실이라고 해도 될 것 같았다. 방에 붙어 있는 온갖 그림과 사진 들은 이곳이 직원들의 문화생활에서 핵심적인 역할을 하고 있음을 보여 주었다. 플로이드는 여러 가지 표지판들이 모여 있는 것을 보고 특히 충격을 받았다. 누군가가 아주 정성스럽게 모아 놓은 듯한 표지판들에는 '잔디밭에 들어가지 마시오', '짝수 날에는 주차 금지', 'DEFENSE DE FUMER(금연이라는 뜻의 프랑스어 — 옮긴이)', '해변 가는 길', '가축 건널목', '비포장 갓길', '동물들에게 먹이를 주지 마시오' 등의 구절들이 씌어 있었다. 만약 이것들이 진짜 표지판이라면(틀림없이 그런 것 같았다.) 지구에서 가져오는 데 만만치 않은 비용이 들었을 것이다. 이 표지판들에서 느껴지는 도전과 반항이 심금을 울렸다. 이처럼 열악한 환경 속에서도 사람들은 어쩔 수 없이 두고 떠나올 수밖에 없었던 것들에 대해 농담을 주고받을 수 있다는 것. 그리고 다음 세대는 이런 것들을 결코 그리워하지 않으리라는 것.

사오십 명의 사람들이 플로이드를 기다리고 있다가 그가 행정관을 따라 안으로 들어가자 모두 예의 바르게 자리에서 일어섰다. 플로이드는 낯익은 사람들 여러 명에게 목례를 보내면서 핼보슨에게 속삭였다.

"브리핑이 시작되기 전에 몇 마디 하고 싶습니다."

플로이드는 맨 앞줄에 앉았고, 행정관은 연단으로 올라가 사람들을 둘러보았다.

"여러분, 이 브리핑이 아주 중요하다는 건 제가 말하지 않아도 다들 아실 겁니다. 헤이우드 플로이드 박사가 자리를 함께 해 주셔서 얼마나 기쁜지 모릅니다. 우리 모두 박사님의 명성을 알고 있고, 이자리에는 박사님과 개인적으로 친분이 있는 사람도 많습니다. 박사님은 이 자리에 참석하시기 위해 방금 지구에서 특별기 편으로 도착하셨습니다. 브리핑을 시작하기 전에 박사님께서 한 말씀 하시겠습니다. 플로이드 박사님."

플로이드는 사람들이 드문드문 예의 바르게 박수갈채를 보내는 가운데 연단으로 올라가 미소를 지으며 청중을 둘러보았다. 그리고 입을 열었다.

"감사합니다. 여러분께 간단히 전해 드릴 말씀이 있어서 올라왔습니다. 대통령께서 여러분의 훌륭한 작업에 감사의 뜻을 전해 달라고 하셨습니다. 머지않아 온 세상이 여러분의 작업 성과를 인정할 수 있게 되기를 바랍니다. 저는……."

그는 조심스럽게 말을 이었다.

"여러분 중 일부, 아니 어쩌면 여러분 중 대다수가 이 비밀의 장막이 걷히기를 애타게 바라고 있다는 것을 잘 알고 있습니다. 여러분은 과학자이니까 당연한 일입니다."

그는 마이클스 박사를 흘깃 바라보았다. 박사는 살짝 인상을 찌푸리고 있어서 오른쪽 뺨에 난 기다란 흉터가 두드러져 보였다. 아마우주에서 뭔가 사고를 당해 생긴 흉터일 것이다. 지질학자인 마이클스 박사가 지금의 상황이 '경찰과 강도 들이 벌이는 말도 안 되는 짓' 같다며 강력하게 항의했다는 것을 그는 알고 있었다.

플로이드는 계속 말을 이었다.

"하지만 이 점을 잊지 마십시오. 지금은 대단히 특별한 상황입니다. 우리는 우리가 알고 있는 사실들을 절대적으로 확신할 수 있어야 합니다. 우리가 지금 실수를 저지른다면, 다시는 기회가 없을지도 모릅니다. 그러니 조금만 더 참아 주십시오. 이것은 대통령께서도 바라는 일입니다. 제가 드릴 말씀은 여기까지입니다. 이제 여러분의 보고를 들어 볼까요?"

그는 자신의 자리로 돌아갔다. 행정관이 입을 열었다.

"감사합니다, 플로이드 박사님."

그리고 수석 연구원에게 다소 무뚝뚝하게 고갯짓을 했다. 신호를받은 마이클스 박사가 연단으로 올라오자 조명이 꺼졌다.

달 사진 한 장이 화면에 나타났다. 사진 정중앙에 구덩이 가장자리가 눈부신 하얀색으로 둥글게 자리 잡고 있었는데, 거기에서부터 놀라운 빛살 무늬가 부챗살처럼 뻗어 나가고 있었다. 마치 누군가가 달 표면에 밀가루 한 포대를 던져서 밀가루가 사방으로 튀어 나간 것 같았다.

마이클스가 중앙의 구덩이를 가리키며 말했다.

"이것은 티코입니다. 이 수직 사진에는 티코의 모습이 지구에서 볼 때보다 훨씬 더 뚜렷하게 나타나 있습니다. 사실 티코는 달의 가장자리에 가까운 편이니까요. 하지만 이 각도에서 바라보면, 그러니까 1600킬로미터 상공에서 똑바로 내려다보면, 이 구덩이가 이쪽 반구 전체를 지배하고 있다는 걸 알 수 있습니다."

그는 익숙한 대상을 낯선 각도에서 바라본 사진을 플로이드가 완전히 받아들일 때까지 기다렸다가 말을 이었다.

"지난 1년 동안 우리는 저궤도 위성에서 이 지역에 대한 자기장 조사를 하고 있었습니다. 조사가 지난달에야 겨우 끝났는데, 이것이 그 결과입니다. 이 지도 때문에 모든 문제들이 시작된 겁니다."

또 다른 사진이 화면에 나타났다. 등고선 지도 같은 모양이었지만, 지도가 나타내는 것은 해발고도가 아니라 자기장의 강도였다. 지도상의 선들은 대부분 대략적으로 평행을 그리고 있었으며 서로에게서 한참 떨어져 있었다. 그런데 지도 한 귀퉁이에서 갑자기 선들이 한데 모여들어 일련의 동심원을 형성하고 있었다. 나무의 옹이구멍을 그림으로 옮겨 놓은 것 같았다.

전문적인 훈련을 받지 않은 사람이 보더라도 이 지역의 자기장에 뭔가 특이한 일이 일어났음을 분명히 알 수 있었다. 지도 하단에는 커다란 글씨로 '티코 자기장 이상-1(TMA-1)'이라는 말이 씌어 있었고, 상단 오른쪽에는 기밀 도장이 찍혀 있었다.

"처음에 우리는 자성을 띤 바위가 이쪽으로 노출된 것이 아닌가 생각했습니다. 하지만 모든 지질학적 증거들이 그 가정과 어긋났습니다. 니켈과 철로 이루어진 커다란 운석도 이렇게 강렬한 자기장을 만들어 내지 못합니다. 따라서 우리는 가서 한번 살펴보기로 했습니다.

첫 번째 조사단은 아무것도 발견하지 못했습니다. 아주 얇은 달 먼지 층 밑에 평범한 평지가 묻혀 있을 뿐이었습니다. 조사단은 연구를 위한 코어 표본을 얻으려고 자기장 정중앙에 드릴을 박아 넣었습니다. 그런데 6미터 깊이에서 드릴이 멈췄습니다. 그래서 조사단은 땅을 파기 시작했습니다. 저도 해 봐서 알지만 우주복을 입고 땅을 파는 건 쉬운 일이 아닙니다.

조사단은 거기서 발견된 것을 보고 놀라서 서둘러 기지로 돌아왔습니다. 우리는 더 대규모의 조사단을 구성해서 더 좋은 장비와 함께 파견했습니다. 그 조사단이 2주 동안 땅을 판 결과 여러분이 알고 있는 것과 같은 결과가 나온 겁니다."

화면 속의 사진이 바뀌는 순간 어두운 회의실에 앉은 사람들이 갑자기 숨을 죽이며 뭔가를 잔뜩 기대하는 것 같았다. 다들 그 사진을 여러 번 봤는데도 뭔가 새로운 사실을 찾아내려는 듯 하나같이 목을 길게 뺐다. 지구와 달에서 지금까지 이 사진을 볼 수 있었던 사람은 100명이 채 되지 않았다.

사진 속에서는 밝은 빨간색과 노란색 우주복을 입은 남자가 조사단이 파 놓은 구덩이 바닥에 서서 10센티미터 단위로 눈금이 표시된 측량용 막대를 붙들고 있었다. 밤에 찍은 사진이었는데, 달이나 화성의 아무 곳에서 찍었다고 해도 될 것 같았다. 그러나 지금까지 그 어떤 행성에서도 이런 장면이 연출된 적은 없었다.

우주복은 입은 남자 앞에는 새까만 물질로 된 판이 수직으로 서 있었다. 높이는 약 3미터, 너비는 1.5미터 정도였다. 플로이드는 그 판을 보며 거대한 묘비가 떠올라 왠지 불길한 기분이 들었다. 판은 가장자리가 아주 날카롭고 좌우대칭이었는데, 하도 새까매서 그 위에 닿는 빛이 모두 흡수되어 버리는 것 같았다. 표면에는 아무 특징도 없었다. 판의 소재가 돌인지, 금속인지, 플라스틱인지, 아니면 인류가 전혀 모르는 물질인지도 도저히 알 수 없었다.

마이클스 박사가 경건하게까지 느껴지는 목소리로 선언했다.

"TMA-1입니다. 아주 새것처럼 보이지 않습니까? 사람들이 이게 겨우 몇 년 전에 생겨난 물건이라며 98년에 실시된 중국의 3차 탐험과 연결시키려 한 것도 무리가 아닙니다. 하지만 저는 그런 주장을 믿은 적이 없습니다. 그리고 우리는 이 지역의 지질학적 증거를 토대로 저 판의 연대를 확실하게 측정할 수 있었습니다.

플로이드 박사님, 저와 제 동료들은 이 측정 결과에 저희들의 이름을 걸겠습니다. TMA-1은 중국인들과 아무 상관이 없습니다. 사실 인류 전체하고도 아무 상관이 없습니다. 저 판이 땅에 묻힌 시기에는 인간이 존재하지 않았으니까요.

보세요, 저 판은 약 300만 년 전의 물건입니다. 여러분은 지금 지구 이외의 곳에 지적인 생명체가 존재했다는 최초의 증거를 보고 계십니다."

# 지구 빛을 받으며 여행하다

**거대 구덩이 지역**: 지구를 향한 달 표면 중심부 근처인 중앙 구덩이 지역의 E에서 S까지 뻗어 있음. 충돌 구덩이가 밀집해 있는데, 규모가 큰 것이 많음. 달에서 가장 큰 충돌 구덩이도 이곳에 있음. N에는 비의 바다가 만들어지는 데 기여한 운석 충돌 때문에 일부 구덩이들이 부서져 있음. 일부 구덩이의 바닥만 제외하고 거의 모든 곳의 표면이 울퉁불퉁함. 대부분의 표면이 주로 10~12도의 경사를 이루고 있으며, 일부 구덩이의 바닥은 평지나 다름없음.

**착륙과 활동**: 표면이 울퉁불퉁하고 경사져 있기 때문에 일반적으로 착륙이 어려움. 평지를 이루고 있는 일부 구덩이 바닥에서는 착륙이 비교적 쉬운 편임. 거의 전역에서 활동이 가능하나 이동 경로를 선택할 필요가 있음. 평지를 이루고 있는 일부 구덩이 바닥에서는 활동이 비교적 쉬운 편임.

**건축**: 경사 때문에 일반적으로 약간 어려운 수준임. 또한 잘 부서지는 성

질을 지닌 커다란 바위들이 많음. 일부 구덩이 바닥에서는 용암층 굴착이
어려움.

**티코**: 포스트마리아 구덩이. 지름은 86.4킬로미터이고 가장자리는 주위
의 땅으로부터 2370미터 높이에 자리하고 있음. 깊이는 3600미터. 달에서
가장 두드러지게 눈에 띄는 부채꼴 무늬를 갖고 있으며, 길이가 800킬로미
터가 넘는 무늬도 있음.*

시속 80킬로미터의 속도로 구덩이 평원을 가로지르고 있는 이동
실험실은 지나치게 큰 트레일러를 여덟 개의 굴절바퀴 위에 올려놓
은 듯한 모양이었다. 그러나 이 실험실은 사실 만만찮은 물건이었
다. 스무 명의 사람들이 여러 주 동안 이 안에 살면서 작업할 수 있
도록 꾸며 놓은 독립적인 기지였던 것이다. 이 실험실은 사실상 육
지에서 움직이는 우주선과 같았다. 응급 상황에서는 실제로 하늘을
날 수도 있었다. 또한 크기가 너무 커서 우회할 수 없는 균열이나
협곡을 만나면, 몸체 밑에 달린 네 개의 제트엔진을 이용해서 장애
물을 훌쩍 뛰어넘을 수도 있었다.

플로이드는 창문을 통해 앞쪽에 윤곽이 뚜렷한 길이 펼쳐져 있는
것을 볼 수 있었다. 쉽게 부스러지는 달 표면을 수십 대의 차량이
단단하게 다져서 만든 길이었다. 이 길을 따라 길고 가느다란 막대
기들이 일정한 간격으로 서 있었는데, 각각의 막대기에는 번쩍이는

---

*「달 표면에 대한 공학 특수 연구」, 군사부 공학실장실, 『미국 지질학 조사』(워싱
턴, 1961년)에서 발췌.

전등이 달려 있었다. 아직 밤이어서 해가 뜨려면 몇 시간이나 남았지만 클라비우스 기지에서 TMA-1까지 320킬로미터를 이동하면서 길을 잃을 염려는 전혀 없었다.

머리 위의 별들은 뉴멕시코나 콜로라도의 고원에서 맑은 날 밤에 보이는 별들보다 조금 더 밝은 정도였다. 숫자가 조금 더 많은 것 같기도 했다. 그러나 석탄처럼 새까만 하늘에 떠 있는 두 가지 물체가 이곳을 지구로 착각하는 사람들의 환상을 부숴 버렸다.

첫 번째 물체는 바로 북쪽 지평선 위에 눈부신 신호등처럼 떠 있는 지구였다. 절반만 모습을 드러낸 이 거대한 행성에서 쏟아져 내리는 빛은 지구에서 보는 보름달의 빛보다 수십 배나 밝아서 차가운 청록색으로 사방을 뒤덮고 있었다.

하늘에 떠 있는 두 번째 물체는 동쪽 하늘에 비스듬히 걸려 있는 희미한 진주 빛의 원뿔형 빛 덩어리였다. 지평선과 가까운 부분일수록 더욱더 밝게 빛나는 것으로 보아 달의 가장자리 바로 밑에 거대한 불길이 감춰져 있는 것 같았다. 이 창백하고 찬란한 빛은 개기일식 때 잠깐을 제외하고는 지구에서 아무도 본 적이 없는 광경이었다. 그것은 바로 달에 곧 해가 떠올라서 이 잠자는 땅을 덮칠 것임을 알리는 코로나였다.

플로이드는 운전석 바로 밑에 있는 전방의 전망 휴게실에 핼보슨, 마이클스와 함께 앉아서 조금 전 자신 앞에 모습을 드러낸 300만 년 전의 거대한 심연을 자꾸만 생각하고 있었다. 과학을 잘 아는 사람들이 다 그렇듯이, 그도 300만 년보다 훨씬 더 긴 시간들을 생각하는 데 익숙했다. 그러나 그들이 생각하는 오래전의 일이라고 해 봐야 별들의 움직임이나 생기 없는 우주의 느린 순환 주기와 관련된 것들이 고작이었다. 여기에 정신이나 지성은 간여하지 않았고, 이런 문제를 생각하며 감정적으로 영향을 받는 경우도 없었다.

'300만 년이라니!'

제국과 왕 들의 이야기, 그리고 그들의 승리와 비극이 기록된 인류의 역사는 입이 딱 벌어질 만큼 긴 이 시간 중 1000분의 1도 채 되지 않았다. 달에서 가장 눈부시고 가장 장관인 이 구덩이에 칠흑의 수수께끼가 그토록 세심하게 파묻혔을 때에는 인류뿐 아니라 현재 지구에 살고 있는 대부분의 동물들이 아예 존재하지 않았다.

마이클스 박사는 누군가가 이 물체를 일부러 이곳에 묻었다고 절대적으로 확신하고 있었다. 그가 설명했다.

"처음에 저는 이것이 어떤 지하 구조물의 위치를 나타내는 것인지도 모른다는 희망을 품었습니다. 하지만 가장 최근의 굴착 작업 결과 그 가능성은 사라졌죠. 이것은 똑같은 검은색 재질의 넓은 단위에 놓여 있습니다. 그 아래에는 아무도 손댄 흔적이 없는 바위가 있고요. 이것을 설계한……, 생물들은 달에서 대규모 지진이 일어나지만 않는다면, 이것이 꼼짝없이 제자리를 지키게 만들고 싶었던 모양입니다. 그들은 영원을 생각하며 이것을 만들었어요."

마이클스의 목소리는 의기양양하면서도 조금 슬펐다. 플로이드도 두 가지 감정을 모두 느끼고 있었다. 인류의 가장 오랜 의문 중 하나가 마침내 답을 찾았다. 이 우주에 인류 말고도 지적인 생명체가 있다는 확고부동한 증거가 바로 여기 있었다. 그러나 이런 깨달음과 함께 시간의 광대함이 또다시 고통스럽게 느껴졌다. 이곳에 발을 디뎠던 생물이 무엇인지 몰라도, 그들은 인류보다 10만 세대나 먼저 이곳을 지나갔다. 어쩌면 그것이 잘된 일인지도 모른다고 플로이드는 혼잣말을 했다. 하지만, 우리 조상들이 아직 나무 위에서 살고 있을 때 우주를 여행할 수 있었던 생물들에게서 얼마나 많은 것을 배울 수 있었을까!

몇백 미터 앞에서 이상할 정도로 가까워 보이는 달의 지평선 위로 표지판이 나타났다. 표지판 발치에는 강렬한 한낮의 열기를 막기 위해 반짝거리는 은박지로 덮어 놓은 천막 모양의 구조물이 있었다. 버스가 그 옆을 지나갈 때 플로이드는 밝은 지구 빛 속에서 이정표에 쓰인 글을 읽을 수 있었다.

비상 물품 보관소 3
액체 산소 20킬로그램
물 10킬로그램
구급 식량 4호 20개
B형 도구함 1개
우주복 수리 도구 1벌
전화!

플로이드가 창밖을 가리키면서 말했다.

"이런 생각 해 본 적 있습니까? 그 물체가 중간에 소식이 끊긴 탐험대가 남겨 놓은 보급품 창고라면 어떨까요?"

"그럴 가능성도 있죠. 그것을 쉽게 찾을 수 있도록 자기장이 위치를 표시하고 있는 건 확실하니까요. 하지만 그렇게 보기에는 크기가 좀 작습니다. 보급품이 별로 많이 들어갈 수 없는 크기예요."

마이클스가 말했다.

핼보슨이 끼어들었다.

"꼭 그렇게만 생각할 것도 아니죠. 그들의 원래 크기가 얼마나 되는지 누가 알겠습니까? 어쩌면 키가 40센티미터밖에 안 됐는지도 몰라요. 그렇다면 저 물건은 그들에게 20층이나 30층 높이에 해당할 겁니다."

마이클스는 고개를 가로저었다.

"절대 그럴 리 없습니다. 몸집이 그렇게 작은데 지능이 있는 생물체는 존재할 수가 없어요. 뇌의 크기가 최소한 어느 정도는 되어야 하니까요."

플로이드가 보기에 마이클스와 핼보슨은 대개 반대되는 입장을 취하면서도 개인적인 적대감은 별로 없는 듯했다. 그들은 서로를 존중하면서 그저 다른 입장을 취하기로 한 것 같았다.

TMA-1(어떤 사람들은 이것을 티코 석판이라고 부르고 싶어 했다.)의 정체에 대해 사람들의 의견이 일치하는 부분은 거의 없었다. 달에 착륙한 후 여섯 시간 동안 플로이드는 10여 개의 가설을 들었지만 그 어느 것에도 마음이 끌리지 않았다. 신전이다, 탐사용 표식이다, 무덤이다, 지구 물리학 연구를 위한 도구다, 이런 주장들이 가장 지지를 받고 있는 것 같았다. 어떤 사람들은 자기 주장이 옳다며 꽤나 열띤 토론을 벌이곤 했다. 이미 많은 사람들이 내기를 걸었기 때문에 진실이 밝혀지면 많은 액수의 돈이 손에서 손으로 건네질 터였다. 언젠가 진실이 밝혀진다면 말이지만.

마이클스는 동료들과 함께 저 단단한 검은색 물건에서 표본을 채취하려고 비교적 온건한 방법들을 시도했지만 지금까지 아무런 소득이 없었다. 그들은 레이저 광선을 이용하면 저 물건을 자를 수 있을 것이라고 확신하고 있었지만(빛을 한 점에 집중시킨 그 무시무시한 광선에 저항할 수 있는 물건은 없을 테니까) 그런 과격한 방법을 시행할 것인지 결정하는 것은 플로이드의 몫이 될 터였다. 그는 레이저라는 중화기를 동원하기 전에 X선, 음파 탐지기, 중성자 빔 등 모든 비파괴 조사법을 시도해 보겠다고 이미 마음먹고 있었다. 자신이 이해할 수 없는 물건을 파괴하는 것은 야만인들이나 하는 짓이었다. 하지만 이것을 만든 생물들에 비하면 인간이 정말로 야만인인지도 모를 일이었다.

그들은 도대체 어디서 온 것일까? 여기 달 출신일까? 아니, 그건 절대로 불가능했다. 이 황량한 세계에 토착 생물이 존재했다 해도, 달 표면이 대부분 하얗게 달아올라 있던 마지막 구덩이 형성기에 몰살당했을 터였다.

그럼 지구인가? 아주 불가능하지는 않지만 가능성이 희박했다. 홍적세에 지구에서 인류가 아닌 다른 생명체가 고도의 문명을 이룩했다면 그 존재를 보여 주는 흔적들이 많이 남아 있을 터였다. 그랬다면 우리가 달에 발을 딛기 전에 벌써 그 문명에 대해 다 알고 있었을걸. 플로이드는 속으로 생각했다.

그렇다면 이제 남은 것은 두 가지였다. 행성과 항성 들. 그러나 태양계가 아닌 다른 곳에 지적인 생명체가 존재한다는 증거, 아니 지구와 화성이 아닌 다른 곳에 종류를 막론하고 무엇이든 생명체가 존재한다는 증거가 전혀 없었다. 내행성들은 너무 뜨거웠고 외행성들은 너무 차가웠다. 그 행성들의 대기권을 지나 깊은 땅속으로 내려간다면 더위와 추위를 피할 수 있겠지만, 그런 깊은 곳의 압력은 1평방미터당 수십만 톤에 달했다.

그렇다면 이 방문객들이 다른 항성에서 온 것일 수도 있었다. 하지만 이것은 훨씬 더 믿기 어려운 가설이었다. 플로이드는 흑단 같은 하늘에 점점이 흩어진 별들을 올려다보며 동료 과학자들이 항성 간 여행이 불가능하다는 것을 이미 여러 번 '증명'했다는 사실을 떠올렸다. 지구에서 달까지 여행하는 것만 해도 아직 굉장한 일이었다. 그런데 제일 가까운 항성까지의 거리는 1억 배나 되었다……. 이런 생각을 하는 것은 시간 낭비였다. 증거가 더 많이 모일 때까지 기다려야 했다.

"안전띠를 매고 모든 소지품도 단단히 묶어 주십시오. 곧 40도 경사의 비탈길이 나옵니다."

객실 스피커에서 갑자기 목소리가 울려 퍼졌다.

불빛이 깜박이는 표시용 기둥 두 개가 지평선 위에 나타나 있고 버스는 그 둘 사이로 나아가고 있었다. 플로이드가 안전띠를 매자마자 정말로 무서운 비탈길 아래로 버스가 천천히 조심스럽게 몸을 기울였다. 그리고 주택의 지붕만큼 가파르고 돌로 뒤덮인 긴 비탈길을 내려가기 시작했다. 버스 뒤쪽에 비스듬하게 떠 있는 지구의 빛이 이제는 거의 도움이 되지 않았기 때문에, 버스의 투광 조명등에 불이 들어와 있었다. 오래전 플로이드는 베수비오 화산 가장

자리에 서서 분화구 안을 들여다본 적이 있었다. 마치 지금 그 화산 속으로 들어가고 있는 듯한 기분이 들었다. 그리 유쾌한 기분은 아니었다.

버스는 티코 내벽의 단구(段丘) 지대를 내려가고 있었다. 몇백 미터쯤 내려가자 바닥이 다시 평평해졌다. 버스가 기듯이 비탈길을 내려가고 있을 때, 마이클스가 발밑에 펼쳐진 거대한 평원 건너편을 가리켰다.

"저기 있군요."

그가 소리쳤다. 플로이드는 고개를 끄덕였다. 그는 몇 킬로미터 앞에 빨간색과 초록색 불빛들이 모여 있는 것을 이미 발견하고, 버스가 비탈길을 조심스럽게 내려가는 동안 그곳에서 눈을 떼지 않았다. 버스를 운전하는 사람이 완벽한 솜씨를 갖고 있음이 분명했지만, 플로이드는 버스가 다시 수평을 회복할 때까지 숨을 제대로 쉴 수 없었다.

이제 지구의 빛을 받아 은색 거품처럼 반짝이는 압력 돔들이 보였다. 그곳은 현장에서 일하는 사람들의 임시 주거지였다. 압력 돔들이 모여 있는 곳 근처에는 무선 중계탑, 시추 장비, 주차된 차량들, 깨진 돌들을 쌓아 놓은 커다란 돌무더기 등이 있었다. 아마도 검은색 석판이 겉으로 드러나도록 땅을 파는 과정에서 나온 돌들을 그곳에 쌓아 놓은 모양이었다. 황무지에 자리 잡은 자그마한 캠프는 아주 외로워 보였다. 소리 없이 주위를 둘러싸고 있는 자연의 힘에 쉽게 무너질 것 같은 모습이었다. 이곳에서는 생명이 전혀 느껴지지 않았다. 인류가 고향을 떠나 왜 이 먼 곳까지 왔는지 그 이유를 암시해 주는 것도 전혀 없었다.

"금방 구덩이가 보일 겁니다. 저쪽 오른쪽에, 무선 안테나에서 100미터쯤 떨어진 곳입니다."

마이클스가 말했다.

'그래, 이게 바로 그거로군.' 버스가 압력 돔 옆을 지나갈 때 플로이드는 이런 생각을 했다. 곧 버스가 구덩이 가장자리에 도착했다. 그는 밖을 좀 더 잘 보려고 고개를 쭉 빼면서 맥박이 빨라지는 것을 느꼈다. 버스가 흙을 바위처럼 단단하게 다져 만든 경사로를 조심스럽게 내려가 구덩이 안쪽으로 들어가기 시작했다. 그리고 그곳에 사진에서 보았던 것과 똑같은 모습의 TMA-1이 있었다.

플로이드는 그 모습을 빤히 바라보다가 눈을 깜박이며 고개를 설레설레 저은 다음 다시 빤히 바라보았다. 눈부신 지구 빛 속에서도 사물을 분명히 알아보기가 어려웠다. 그가 느낀 첫인상은 먹지를 잘라 만든 평평한 장방형 물체 같다는 것이었다. 두께가 전혀 없는 것 같았다. 물론 그것은 눈이 만들어 낸 환상이었다. 눈앞에 있는 물체는 분명히 단단한 고체였는데도 거의 빛을 반사하지 않았기 때문에 그가 볼 수 있는 것이라고는 그림자처럼 드러난 그것의 윤곽뿐이었다.

버스가 구덩이 안으로 내려가는 동안 버스 안의 사람들은 죽은 듯이 침묵했다. 경외감 때문이기도 했고, 눈앞의 광경을 도저히 믿을 수가 없어서이기도 했다. 다른 행성이나 위성도 아니고 하필 생명이 없는 달에서 이렇게 환상적이고 놀라운 물체가 나타났다는 사실을 도저히 믿을 수 없었다.

석판에서 5미터가 채 안 되는 거리에서 버스가 멈춰 섰다. 안에 타고 있는 사람들이 모두 석판을 자세히 살펴볼 수 있도록 측면을 석판으로 향한 모습이었다. 그러나 그 물체가 기하학적으로 완벽한 모습을 하고 있다는 것 외에는 볼 만한 것이 거의 없었다. 무슨 표식도 없었고, 지독하게 새까만색이 조금 옅어진 곳도 없었다. 그것은 밤의 결정체였다. 한순간 플로이드는 저것이 자연이 만들어 낸 놀라운 현상일지도 모른다는 생각을 했다. 달을 만들어 낸 불길과 압력이 저것도 만들어 냈다고 말이다. 그러나 전문가들이 이미 그 희박한 가능성을 조사해 본 다음 타당성이 없다는 결론을 내렸다는 사실을 그는 알고 있었다.

어딘가에서 무슨 신호가 왔는지 구덩이 가장자리에 빙 둘러 설치된 전등에 불이 들어왔다. 그 눈부신 빛이 지구 빛을 지워 버렸다. 달의 진공 속에서 그 광선들은 물론 전혀 눈에 보이지 않았다. 석판을 향해 쏟아지는 빛들이 겹친 부분은 눈이 멀 듯한 하얀색이었다. 석판의 칠흑 같은 표면은 자신에게 닿는 빛을 집어삼켜 버리는 것 같았다.

'판도라의 상자다.' 플로이드는 갑자기 불길한 기분이 들어서 이런 생각을 했다. '호기심 많은 인간의 손이 열어 주기를 기다리는 판도라의 상자야. 인간이 저 안에서 무엇을 발견할까?'

# 천천히 날이 밝아 오다

TMA-1 현장의 중앙 압력 돔은 지름이 6미터밖에 되지 않았다. 그리고 그 안에는 불편할 정도로 많은 사람들이 모여 있었다. 두 개의 에어로크 중 하나를 이용해 그 압력 돔과 연결된 버스의 공간을 추가로 사용할 수 있게 된 것이 정말로 다행스러웠다.

반구형 풍선처럼 생긴 이중벽의 돔 안에서 이 프로젝트에 전념하고 있는 과학자와 기술자 여섯 명이 연구와 생활을 모두 해결하고 있었다. 또한 이 돔 안에는 그들의 장비 대부분과 바깥의 진공 속에 놓아둘 수 없는 모든 비품들, 취사 시설, 세면 시설, 화장실 설비, 지질학 표본, 현장을 항상 감시할 수 있는 소형 텔레비전 스크린 등이 갖춰져 있었다.

핼보슨이 돔 안에 남아 있겠다고 했을 때 플로이드는 놀라지 않았다. 그는 감탄스러울 만큼 솔직한 태도로 자신의 생각을 밝혔다.

"저는 우주복이 필요악이라고 생각합니다. 저는 1년에 네 번, 그러니까 분기별로 한 번씩 점검받을 때만 우주복을 입습니다. 괜찮다면 저는 여기 앉아서 텔레비전으로 지켜보겠습니다."

그가 가진 이런 편견 중의 일부는 이제 근거가 없는 것이었다. 처음 달을 탐사했던 사람들의 꼴사나운 갑옷 같은 우주복에 비해 최신 모델의 우주복은 헤아릴 수 없을 만큼 편안했기 때문이다. 지금은 다른 사람의 도움 없이도 1분 안에 우주복을 입을 수 있었고 자동 조절 장치가 잘 갖춰져 있었다. 플로이드가 입고 있는 Mk V 우주복은 밤이든 낮이든 달에서 경험할 수 있는 최악의 상황에서도 그를 보호해 줄 터였다.

그는 마이클스 박사와 함께 작은 에어로크로 들어갔다. 펌프의 쿵쿵거리는 소리가 잦아들고 우주복이 알아차리기 어려울 만큼 살짝 뻣뻣해지자 침묵의 진공이 자신을 에워싸고 있는 것 같았다.

그러나 우주복 무전기에서 들려온 반가운 소리가 그 침묵을 깼다.

"압력은 괜찮습니까, 플로이드 박사님? 정상적으로 호흡하실 수 있어요?"

"예, 괜찮습니다."

마이클스 박사는 플로이드의 우주복 바깥쪽에 붙어 있는 다이얼과 계기판을 조심스럽게 확인한 다음 다시 말했다.

"좋습니다. 가시죠."

바깥 문이 열리고 흙먼지가 날리는 달의 풍경이 눈앞에 펼쳐졌다. 땅은 지구 빛을 받아 희미하게 빛나고 있었다.

플로이드는 비틀거리는 걸음으로 조심스럽게 마이클스 박사의 뒤를 따라 밖으로 나갔다. 걷기가 힘들지는 않았다. 사실 앞뒤가 좀 안 맞는 말이기는 해도, 우주복을 입으니 달에 도착한 후 그 어느 때보다 더 고향에 돌아온 것 같았다. 우주복의 무게와 동작의 부자연스러움 때문에 지구의 중력이 되돌아온 듯한 환상에 빠질 수 있었던 것이다.

주위 풍경은 겨우 한 시간 전 일행이 도착했을 때와 달랐다. 반만 모습을 드러낸 지구와 별들은 여전히 밝게 빛나고 있었지만, 14일간에 걸친 달의 밤이 거의 끝나 가고 있었다. 동쪽 하늘에서 밝게 빛나는 코로나를 보고 있으면 마치 달이 떠오르는 것 같았다. 그런데 잠시 후, 플로이드의 머리 위 30미터 높이에 있는 무선 중계탑 꼭대기가 느닷없이 불꽃이 되어 폭발하는 것처럼 보였다. 아직 모습을 드러내지 않은 태양의 빛이 그곳에 처음으로 닿았기 때문이다.

두 사람은 프로젝트 감독관이 조수 두 명과 함께 에어로크를 빠져나올 때까지 기다렸다가 구덩이를 향해 천천히 걸어갔다. 그들이 구덩이에 도착했을 때쯤에는 참을 수 없을 만큼 강렬한 빛이 가느다란 활 모양으로 동쪽 지평선 위에 불쑥 올라와 있었다. 태양이 서서히 회전하고 있는 달의 지평선에서 완전히 빠져나오려면 한 시간 이상이 걸리겠지만, 별들은 벌써 사라지고 없었다.

구덩이는 아직 어둠 속에 잠겨 있었다. 그러나 그 내부는 가장자리에 설치된 전등들 때문에 눈부시게 밝았다. 플로이드는 검은색 장방형 물체를 향해 경사로를 천천히 내려가면서 경외감과 무기력감을 동시에 느꼈다. 여기 지구의 문턱에서 벌써 어쩌면 영원히 풀 수 없을지도 모르는 수수께끼와 마주치다니. 300만 년 전, 무엇인가가 이곳을 지나가면서 미지의 물건을 자신들이 이곳에 온 목적의 상징으로 남겨 놓았다. 어쩌면 이것의 정체를 영원히 밝혀낼 수 없을지도 몰랐다. 그런데 이것을 남겨 놓은 자들은 행성인지 항성인지 알 수 없는 자기들의 고향으로 돌아가 버렸다.

플로이드의 우주복에 달린 무전기가 그의 상념을 깨뜨렸다.

"프로젝트 감독관입니다. 사진을 찍고 싶으니 이쪽에 줄을 서 주시면 좋겠습니다. 플로이드 박사님은 중앙에 서 주세요. 마이클스 박사님, 고맙습니다……."

플로이드를 제외한 다른 사람들은 이것이 전혀 우습지 않다고 생각하는 모양이었다. 솔직히 그는 누군가가 사진기를 가져와 준 것이 반가웠다. 이 사진은 틀림없이 역사적인 물건이 될 터였다. 그는 이 사진을 몇 장 가져가고 싶었다. 우주복 헬멧을 쓴 자신의 얼굴이 사진에 분명히 나왔으면 좋겠다는 생각이 들었다.

"고맙습니다, 여러분."

석판 앞에서 약간 어색한 모습으로 자세를 취한 사람들을 향해 사진사가 10여 번쯤 셔터를 누르고 나서 말했다.

"기지의 사진부에 가서 각자 사진을 뽑아 달라고 하시면 됩니다."

이제 플로이드는 새까만 석판에 주의를 집중했다. 그는 천천히 그 주위를 돌며 모든 각도에서 석판을 조사해 보고 낯선 물체를 머릿속에 각인시키려고 애썼다. 뭔가 찾을 수 있을 것이라는 기대는 없었다. 사람들이 이미 한 치도 빼놓지 않고 샅샅이 조사해 봤다는 것을 알고 있었으니까.

이제 굼뜬 태양이 구덩이 가장자리 위로 떠올라 석판의 동쪽 면에 맹렬하게 빛을 쏟아붓고 있었다. 그러나 석판이 빛을 모조리 흡수해 버려서 마치 빛은 처음부터 존재하지 않았던 것처럼 보였다.

플로이드는 간단한 실험을 해 보기로 했다. 그는 석판과 태양 사이에 서서 매끈한 검은색 표면에 자신의 그림자가 나타나는지 살펴보았다. 그림자의 흔적조차 찾아볼 수 없었다. 적어도 10킬로와트에 해당하는 뜨거운 빛이 석판에 떨어지고 있을 테니, 만약 저 안에 뭔가가 있다면 지금쯤 정신없이 익어 가고 있을 터였다.

이 물체가 지구에서 빙하기가 시작된 시절 이후 처음으로 햇빛을 받고 있는 순간에 여기 서 있다니 기분이 정말 묘하다는 생각이 들었다. 저 검은색의 정체가 다시 궁금해졌다. 물론 검은색은 태양 에너지를 흡수하기에 이상적인 색깔이었다. 그러나 그는 이 생각을 즉시 접었다. 태양열로 작동하는 장치를 지하 6미터에 묻을 정신 나간 인간이 어디 있겠는가?

그는 아침 하늘에서 점점 희미해지기 시작하는 지구를 올려다보았다. 저곳에 살고 있는 60억의 사람들 중 극히 소수만이 이 석판에 대해 알고 있었다. 이 소식이 공표되면 세상 사람들은 어떤 반응을 보일까?

이 소식이 몰고 올 정치적, 사회적 파장은 엄청났다. 머리가 제대로 돌아가는 사람이라면(자기 코앞에서 한 자라도 앞을 내다볼 줄 아는 사람이라면) 자신의 인생, 가치관, 철학이 미묘하게 변화했음을 느낄 것이다. TMA-1에 대해 아무것도 알아내지 못해서 이것이 영원한 수수께끼로 남더라도 인류는 자신들만이 우주의 유일한 존재가 아니라는 것을 알게 될 것이다. 비록 이 물체를 남겨 놓은 자들과 수백만 년의 간격을 두고 엇갈렸지만, 한때 이곳을 찾아왔던 그들이 언젠가 다시 돌아올지도 모르는 일이었다. 설사 그렇지 않다 해도 다른 생명체들이 이곳을 찾아올 수도 있었다. 이제는 어떤 미래를 생각하든 이 가능성이 항상 그 안에 포함될 것이다.

플로이드가 계속 이런 생각에 빠져 있을 때 헬멧 스피커에서 갑자기 귀를 뚫을 것처럼 날카로운 전자음이 들렸다. 끔찍할 정도로 과부하가 걸려서 일그러진 시계 종소리 같았다. 그는 우주복에 감싸인 손으로 자기도 모르게 귀를 막으려고 했다. 그러나 곧 정신을 차리고 수신기 제어 장치를 찾으려고 미친 듯이 사방을 더듬거렸다. 그가 그렇게 헤매는 동안 허공에서 전자음이 네 번이나 더 터져 나왔다. 그러고는 다행스럽게도 침묵이 찾아왔다.

구덩이 주위 사방에서 사람들이 꼼짝도 못 할 정도로 놀라 서 있었다. '그렇다면 내 우주복에 문제가 있는 게 아니로군.' 플로이드는 혼잣말을 했다. '다른 사람들도 다 그 날카로운 비명 같은 전자음을 들은 거야.'

300만 년 동안 어둠 속에 묻혀 있던 TMA-1이 서서히 밝아 오는 달의 새벽을 향해 인사를 보낸 것이다.

# 귀 기울여 듣는 사람들

화성에서 1억 6000킬로미터 떨어진 곳, 아직 사람의 발길이 닿지 않은 차갑고 고독한 곳에서 딥 스페이스 모니터 79호가 이리저리 뒤엉킨 소행성들의 궤도 사이를 천천히 떠돌고 있었다. 녀석은 3년 동안 한 번의 실수도 없이 임무를 수행했다. 녀석을 설계한 미국 과학자들과, 녀석을 조립한 영국 공학자들, 녀석을 발사한 러시아 기술자들의 공이었다. 섬세한 거미줄처럼 생긴 안테나가 옆을 스쳐 지나가는 전파의 표본을 채취했다.

모든 것이 지금보다 훨씬 더 단순했던 시대에 파스칼은 우주에서 전파가 끊임없이 지직, 쉿쉿 소리를 내고 있는데도 '무한한 우주의 침묵'이라는 순진한 소리를 했다.

복사선 탐지기들은 은하계와 그 너머에서 날아오는 우주선(線)을 감지하고 분석했다. 중성자 망원경과 X선 망원경은 인류가 한 번도 보지 못한 낯선 별들을 끊임없이 관찰했다. 그리고 자기 측정기는 태양이 주위를 도는 자식들의 얼굴을 향해 시속 100만 6000킬로미터의 속도로 희미한 플라스마 숨결을 내뿜을 때 그 태양풍이 일으키는 돌풍과 폭풍을 관찰했다. 딥 스페이스 모니터 79호는 이 모든 것들과 그 밖에 많은 것들을 끈기 있게 관찰해서 투명한 기억 장치 속에 기록해 두었다.

한때 전자 기술의 기적으로 생각되었던 안테나 중 하나는 항상 태양과 그리 멀지 않은 어떤 지점을 겨냥하고 있었다. 만약 여기 누가 있어 우주를 관찰할 수 있었다면, 녀석이 겨냥하고 있는 먼 지점을 몇 달마다 한 번씩 직접 볼 수 있었을 것이다. 그리고 그 지점은 희미한 위성을 가까이에 거느리고 있는 밝은 별처럼 보였을 것이다. 그러나 그 별은 대개 이글거리는 태양 빛 때문에 보이지 않았다.

딥 스페이스 모니터 79호는 그토록 끈기 있게 수집한 정보를 5분짜리 펄스로 압축해서 먼 행성 지구를 향해 24시간마다 한 번씩 보내곤 했다. 빛의 속도로 이동하는 펄스는 출발한 지 약 15분 후에 목적지에 도착했다. 그러면 그 펄스를 기다리고 있던 기계들이 신호를 증폭시켜서 워싱턴, 모스크바, 캔버라의 세계 우주 센터 창고에 저장되어 있는 수천 킬로미터 분량의 자기 테이프에 기록했다.

50여 년 전 최초의 인공위성들이 지구 궤도에 자리 잡은 이래 우주에서 정보를 담고 쏟아져 내려온 수조, 수천조 개의 펄스들이 언젠가 지식의 발전에 기여할 날을 기다리며 여기에 저장되어 있었다. 이 자료 중 지극히 일부만이 앞으로 분석 과정을 거치게 될 것이다.

그러나 지금으로부터 10년, 50년, 100년 후에 과학자들이 어떤 정보를 참조하고 싶어 할지 지금으로서는 알 길이 없었다. 따라서 모든 것을 파일에 담아 에어컨이 설치된 방에 한없이 늘어선 보관대에 보관해 두는 수밖에 없었다.

사람들은 이 자료가 혹시 우연한 사고로 사라져 버릴 가능성에 대비해 자료를 세 벌로 복사해서 세 곳의 우주 센터에 하나씩 보관해 두기까지 했다. 이 자료들은 은행의 창고에 쓸데없이 갇혀 있는 금괴들을 모두 합한 것보다 훨씬 가치 있는, 인류의 진정한 보물 중 일부였다.

그런데 지금 딥 스페이스 모니터 79의 탐지기에 뭔가 이상한 것이 포착되었다. 희미하지만 분명한 교란 현상이 태양계를 물결처럼 가로지르고 있었던 것이다. 녀석이 지금까지 관찰했던 자연스러운 현상들과는 전혀 달랐다. 녀석은 교란 현상의 방향, 시간, 강도를 자동으로 기록했다. 앞으로 몇 시간 후면 그 정보가 지구로 전달될 것이다.

이 교란 현상은 하루에 두 번씩 화성 주위를 돌고 있는 궤도선 M15와 황도의 평면 위로 천천히 기어오르고 있는 고궤도 경사각 탐사선 21호에 의해서도 포착되었다. 1000년 후에나 끝에 도달할 수 있는 궤도를 따라 명왕성 너머의 차가운 황무지로 향하고 있는 인공혜성 5호도 마찬가지였다. 모두들 자신의 계기를 교란시킨 특이한 에너지 분출 현상을 감지했다. 그리고 모두들 저 먼 지구의 메모리 저장소로 이 정보를 당연한 듯 전송했다.

컴퓨터에만 의존했다면 각자 수백만 킬로미터나 떨어진 독자적인 궤도에서 우주 탐사선들이 보내온 네 개의 특이한 신호들 사이의 관련성을 결코 깨닫지 못했을지도 모른다. 그러나 고다드의 복사선 예보관은 그날 아침 보고서를 보자마자 지난 24시간 동안 태양계에서 뭔가 이상한 일이 일어났음을 알아차렸다.

그가 가진 정보는 그 이상한 현상의 궤적 중 일부일 뿐이었으나, 컴퓨터를 이용해 행성 상황판에서 궤적의 나머지 부분을 예상해 본 결과 구름 한 점 없는 하늘을 가로지른 비행기구름처럼, 미답의 눈 위에 난 한 줄기 발자국처럼 분명하게 흔적이 드러났다. 뭔가 물질이 아닌 에너지가 쾌속선의 물살처럼 복사선을 뿌리며 달 표면에서 펄쩍 뛰어올라 별들을 향해 나아가고 있었다.

## 3부

# 행성들
# 사이에서

# 디스커버리 호

우주선이 지구를 떠나온 지 30일밖에 되지 않았는데도 데이비드 보면은 자신이 작고 폐쇄된 디스커버리 호가 아닌 다른 곳에서 산 적이 있다는 사실을 가끔 믿을 수가 없었다. 오랫동안 받았던 훈련, 그리고 달과 화성에서 수행했던 임무들은 모두 다른 사람이 다른 생에서 한 일 같았다.

프랭크 풀도 같은 기분을 느낀다며 정신과 의사가 최소한 8000만 킬로미터 이상 떨어진 곳에나 있다는 사실이 정말 유감스럽다고 가끔 농담하곤 했다. 그러나 이런 고립감과 소외감은 쉽게 이해할 수 있었다. 그들이 이런 감정을 느끼는 것은 결코 비정상적인 일이 아니었다. 인류가 용감하게 우주로 발을 내디딘 후 50년 동안 이번 비행 같은 임무는 결코 없었다.

이번 비행 계획은 5년 전 목성 프로젝트라는 이름으로 시작되었다. 우주선에 사람을 태워 태양계 최대의 행성까지 사상 최초로 왕복 여행을 시도해 보자는 프로젝트였다. 그런데 2년에 걸친 여행에 사용될 우주선이 거의 다 준비되었을 때 임무의 내용이 갑작스레 바뀌었다.

디스커버리 호가 목성에 가는 것은 변하지 않았지만, 이제는 그곳이 종착지가 아니었다. 디스커버리 호는 속도를 늦추지 않고 멀리까지 퍼져 있는 목성의 위성들 사이를 질주할 예정이었다. 그리고 이 거대한 행성의 중력장을 이용해 태양으로부터 훨씬 더 먼 곳으로 튀어 나갈 것이다. 디스커버리 호는 혜성처럼 태양계를 가로질러 최종 목적지, 즉 찬란한 고리에 둘러싸인 토성으로 갈 예정이었다. 그리고 다시는 지구로 돌아오지 않을 예정이었다.

디스커버리 호의 이번 여행은 편도 여행이었다. 그러나 승무원들은 그런 식으로 자살할 생각이 전혀 없었다. 모든 일이 예정대로 잘된다면, 그들은 7년 안에 지구로 돌아올 터였다. 그리고 그중 5년은 그들이 아직 만들어지지도 않은 디스커버리 2호의 구조를 기다리며 꿈도 없는 동면에 빠져 있는 동안 번개처럼 후딱 지나가 버릴 것이다.

항공우주국은 모든 성명서와 문서에서 '구조'라는 말을 조심스럽게 피했다. '구조'라는 말에는 계획이 실패했다는 암시가 들어 있었으므로, 그들은 '회수'라는 용어를 선택했다. 만약 뭔가가 정말로 잘못된다면, 지구에서 거의 16억 킬로미터나 떨어진 그곳에서 구조될 희망은 없었다.

미지의 세계로 나아가는 여행이 항상 그렇듯이 그것은 계산된 도박이었다. 그러나 50년간의 연구 결과 전적으로 안전하게 인간을 인공적인 동면 상태에 빠뜨리는 것이 가능하다는 사실이 증명되어 우주여행의 새로운 가능성을 열어 주었다. 그러나 이번 비행이 시도되기 전에는 인류가 이 가능성을 최대한도로 이용한 적이 없었다.

우주선이 토성 주위에서 최종 궤도에 진입할 때까지 할 일이 없는 조사팀 세 명은 태양계를 가로지르는 여행을 하는 동안 내내 잠들어 있을 터였다. 그러면 몇 톤이나 되는 식량과 기타 소모품들을 절약할 수 있었다. 그러나 이것 못지않게 중요한 점은, 조사 팀원들이 10개월에 걸친 여행에 지치는 대신 오히려 기운차고 민첩하게 행동을 개시할 수 있다는 것이었다.

디스커버리 호는 토성 주위의 대기(待機) 궤도에 들어가 그 거대한 행성의 새로운 위성이 될 것이다. 그리고 300만 킬로미터 길이의 타원형 궤도를 따라 오가다가 토성으로 더욱 가까이 다가가서 모든 주요 위성의 궤도들을 가로지를 것이다. 그들이 지구 면적의 여든 배나 되는 토성의 지도를 작성하고 연구할 수 있는 기간은 100일이었다. 그 후에 그들은 적어도 열다섯 개라고 알려진 토성의 위성들에 둘러싸일 터였다. 그 위성들 중 하나는 수성만큼이나 컸다.

토성에는 수백 년간 연구를 해도 충분할 만큼 놀라운 것들이 많을 것이다. 그러나 첫 번째 탐사대가 할 수 있는 일은 예비적인 정찰 활동뿐이었다. 이번 탐사대가 발견한 것들은 모두 지구로 전송될 터였다. 그래야 탐사 대원들이 지구로 돌아가지 못하더라도, 그들이 발견한 것이 사라져 버리지 않을 테니까.

100일의 연구 기간이 끝나면 디스커버리 호는 활동을 중단하고 승무원들은 모두 동면에 들어갈 것이다. 그리고 지칠 줄 모르는 우주선 컴퓨터의 감시하에 가장 기본적인 시스템들만 계속 활동할 것이다. 디스커버리 호는 궤도를 따라 계속 토성 주위를 돌 것이다. 그 궤도의 모습은 아주 잘 알려져 있기 때문에 1000년이 지나도 궤도의 어디에서 디스커버리 호를 찾아봐야 할지 분명히 알 수 있을 정도였다. 그러나 현재의 계획에 따르면, 디스커버리 2호가 오는 것은 겨우 5년 후였다. 설사 6년, 7년, 8년이 지나더라도 우주선 안에서 잠들어 있는 승무원들은 그 차이를 전혀 느끼지 못할 것이다. 지금 동면하고 있는 화이트헤드, 카민스키, 헌터에게 시간이 멈춘 것과 마찬가지로, 그때는 모든 승무원들의 시계가 멈춰 버릴 테니까 말이다.

보먼은 디스커버리 호의 선장으로서 가끔 동면실에서 평화롭게 얼어붙어 있는 세 명의 동료들이 부럽다는 생각을 하곤 했다. 그들은 지루함을 느끼지도 않았고, 뭔가에 책임질 필요도 없었다. 우주선이 토성에 도착할 때까지 그들에게 외부 세계는 존재하지 않는 것이나 마찬가지였다.

그러나 그 외부 세계는 생체 감응 장치 모니터들을 통해 그들을 지켜보고 있었다. 조종실의 수많은 기계들 중에는 헌터, 화이트헤드, 카민스키, 풀, 보먼의 이름이 쓰인 다섯 개의 작은 패널이 눈에 띄지 않게 자리 잡고 있었다. 풀과 보먼의 패널은 죽어 있었다. 그들은 지금으로부터 1년이 지나야 비로소 살아날 것이다. 다른 패널들에는 모든 것이 정상임을 표시하는 작은 초록색 불빛들이 별처럼 반짝이고 있었다. 그리고 각각의 패널에 자리한 작은 스크린에는 맥박, 호흡, 뇌파의 느린 움직임이 빛나는 선으로 표시되어 있었다.

가끔 보먼은 전혀 쓸데없는 일인 줄 알면서도(뭔가가 잘못되면 즉시 경보가 울릴 테니까) 스위치를 오디오 쪽으로 돌려 보곤 했다. 그리고 잠자고 있는 동료들의 너무나 느린 심장 박동에 반쯤 홀린 듯 귀를 기울이며, 화면 위를 나란히 지나가는 느릿한 파동을 뚫어져라 바라보았다.

무엇보다 매혹적인 것은 뇌파였다. 그것은 한때 이 세상에 존재했고, 언젠가 다시 존재할 세 사람의 인격을 나타내는 전자 서명이었다. 세 사람의 뇌파에는 뾰족하게 올라간 부분도, 계곡처럼 쭉 내려간 부분도 없었다. 그런 것은 깨어 있는 뇌의 특징이었다. 아니, 사실은 정상적인 수면을 취하고 있는 뇌에서도 그런 특징을 볼 수 있었다. 동면 중인 동료들의 뇌에 의식이 조금이라도 남아 있다 해도, 그것은 사람의 기억과 기계가 닿을 수 없는 곳에 있었다.

보먼은 직접적인 경험을 통해 이 점을 알고 있었다. 이번 임무에 선발되기 전에 그는 동면에 대한 반응 시험을 받았다. 자신이 인생에서 일주일을 잃어버린 것인지, 아니면 자신의 죽음이 그만큼 뒤로 미뤄진 것인지 지금도 확실히 알 수가 없었다.

이마에 전극이 부착되고 수면 유도기가 맥동하기 시작했을 때, 만화경처럼 지나가는 여러 모습들과 허공을 떠도는 별들이 그의 눈앞에 잠깐 나타났다가 사라져 버렸다. 그리고 어둠이 그를 집어삼켰다. 그는 주삿바늘이 몸에 들어오는 것을 느끼지 못했으며, 체온이 어는점보다 겨우 몇 도 높은 온도까지 내려가는 동안 차가운 기운도 느끼지 못했다.

깨어났을 때는 눈을 감은 적이 없는 것 같은 기분이었다. 그러나 그는 그것이 환상이라는 것을 알고 있었다. 어떻게 된 영문인지는 몰라도 그동안 몇 년이 지나갔을 것이라는 확신이 들었다.

임무가 완수된 걸까? 사람들이 이미 토성에 도착해서 조사를 마치고 동면에 들어간 걸까? 디스커버리 2호가 우리를 다시 지구로 데려가려고 와 있는 걸까?

그는 현실과 거짓 기억을 구분하지 못한 채 꿈처럼 몽롱한 상태로 자리에 누워 있었다. 눈을 떠 보았지만 흐릿한 별처럼 빛나는 불빛들밖에 보이지 않았다. 몇 분 동안 그는 그 불빛들의 정체를 몰라 어리둥절했다. 그러다가 자신이 우주선 상황판의 표시등을 보고 있다는 걸 깨달았다. 하지만 그 불빛에 초점을 맞출 수가 없었다. 그는 곧 포기해 버렸다.

따스한 바람이 불어와 그의 사지에서 차가운 기운을 몰아내고 있었다. 머리 뒤의 스피커에서는 조용하면서도 자극적인 음악이 터져 나왔다. 그 소리가 서서히 커졌다.

그때 편안하고 다정한 목소리가 그에게 말을 걸었다.(그는 그 목소리가 컴퓨터에 의해 만들어진 것이라는 사실을 알고 있었다.)

"활동할 수 있는 능력을 다시 회복하고 있습니다, 데이브. 자리에서 일어나거나 격렬한 움직임을 시도하지 마세요. 말하려고 하지도 말고요."

일어나지 말라니! 몹시 웃겼다. 그는 손가락 하나라도 꿈틀거릴 수 있는지 의심스러운 상태였다. 그런데 실제로 해 보니 놀랍게도 손가락을 움직일 수 있었다.

멍하고 멍청한 상태에서 느낄 수 있는 만족감이 느껴졌다. 구조선이 와서 자동 소생 절차가 시작되었으며 이제 곧 다른 사람을 보게 될 것이라는 생각이 어렴풋이 들었다. 좋은 일이었다. 하지만 짜릿한 흥분이 느껴지지는 않았다.

잠시 후 배가 고프다는 느낌이 왔다. 물론 컴퓨터는 이것을 다 예상하고 있었다.

"오른쪽에 신호용 버튼이 있습니다, 데이브. 시장기가 느껴지면 그걸 누르세요."

보먼은 억지로 손가락을 움직여 주위를 더듬었다. 이윽고 사과처럼 불룩하게 튀어나온 것이 만져졌다. 옛날에는 그것이 거기 있다는 사실을 틀림없이 알았을 텐데, 지금은 그 버튼의 존재를 까맣게 잊어버리고 있었다니. 동면이 기억을 지워 버린 건가?

그는 버튼을 누르고 기다렸다. 몇 분 후 금속 팔 하나가 침상에서 나오고 플라스틱 젖꼭지가 그의 입으로 내려왔다. 그가 그 젖꼭지를 열심히 빨자 따스하고 달콤한 액체가 목구멍을 타고 내려갔다. 액체를 한 방울씩 먹을 때마다 새로운 힘이 생겨나는 것 같았다.

이윽고 젖꼭지가 물러간 후 그는 다시 쉬었다. 이제는 팔다리를 움직일 수 있었다. 걷는 것도 이제는 불가능한 꿈이 아니었다.

몸에 빠르게 힘이 돌아오고 있는 게 느껴졌지만, 거기 영원히 누워 있으라고 해도 불만이 없었을 것이다. 외부에서 더 이상의 자극만 없었다면. 그러나 곧 또 다른 목소리가 말을 걸었다. 이번에는 사람보다 더 사람 같은 컴퓨터가 전자 펄스를 모아 만든 목소리가 아니라 진짜 사람의 목소리였다. 또한 그에게 익숙한 목소리이기도 했다. 비록 그가 목소리의 주인을 알아보는 데 시간이 좀 걸리기는 했지만.

"안녕, 데이브. 훌륭하게 회복되고 있군. 이제 말을 해도 돼. 여기가 어딘지 알겠어?"

그는 조금 전부터 이 점을 걱정하고 있었다. 만약 그가 정말로 토성의 궤도상에 있는 것이라면, 그가 지구를 떠난 후 그 몇 달 동안 무슨 일이 일어났던 걸까? 또다시 기억상실이 된 건 아닌지 모르겠다는 생각이 들기 시작했다. 앞뒤가 안 맞는 일이지만, 그런 생각이 오히려 그의 마음을 가라앉혀 주었다. 자신이 '기억상실'이라는 단어를 기억하고 있다면, 자신의 뇌가 틀림없이 아주 정상적인 상태일…….

그런데도 여기가 어딘지 도저히 알 수 없었다. 스피커를 향해 말하고 있는 사람도 그런 상황을 완벽하게 이해한 모양이었다.

"걱정 마, 데이브. 나야, 프랭크 풀. 내가 지금 자네의 심장 박동과 호흡을 살펴보고 있는데, 모든 게 지극히 정상이야. 그냥 긴장을 풀고 마음을 편히 가지라고. 이제 우리가 저 문을 열고 들어가서 자네를 데리고 나올 거야."

부드러운 불빛이 방 안을 가득 채웠다. 점점 넓어지고 있는 입구에 그림자들이 나타나 움직이는 것이 보였다. 그 순간 모든 기억이 되살아나면서 그는 여기가 정확하게 어딘지 알 수 있었다.

잠의 가장 먼 경계선이자 죽음과 가장 가까운 경계선에서 무사히 돌아왔는데도, 그가 잠들어 있었던 기간은 고작 일주일이었다. 동면실에서 나가도 차가운 토성의 하늘이 보이지는 않을 터였다. 그건

1년 후에 16억 킬로미터나 되는 거리를 여행한 다음에나 볼 수 있을 테니까. 그는 여전히 텍사스의 뜨거운 태양 아래 자리 잡은 휴스턴 우주 비행 센터의 훈련실에 있었다.

# HAL

하지만 이제는 텍사스가 눈에 보이지 않는 곳에 있었다. 심지어 미국도 알아보기 어려웠다. 낮은 추진력을 내는 플라스마 엔진을 끈 지 한참 됐는데도 디스커버리 호는 날씬한 활 같은 몸체를 지구 반대쪽으로 향한 채 여전히 지구 근처를 비행하고 있었다. 그리고 고성능 망원경들은 모두 외행성 쪽을 향하고 있었다. 그곳 외행성에 디스커버리 호의 운명이 놓여 있었다.

그러나 항상 지구를 향하고 있는 망원경이 하나 있었다. 우주선의 장거리 안테나 가장자리에 사격 조준기처럼 장착된 그 망원경은 거대한 포물선 모양의 안테나가 저 먼 목적지를 향해 단단히 고정되도록 붙들어 두었다. 지구가 복잡하게 엇갈린 전선들 속에서 중심을 차지하고 있는 한 무엇보다 중요한 통신이 이상 없이 유지되므로 눈에 보이지 않는 광선에 메시지를 실어 매일 300만 킬로미터씩 멀어지는 지구와 연락을 주고받을 수 있었다.

보먼은 근무 시간이 돌아올 때마다 적어도 한 번씩 안테나를 조정하는 망원경을 통해 고향을 바라보곤 했다. 지구가 이제 태양 쪽으로 멀리 물러나 있었으므로, 태양 빛을 받지 못해 어두워진 쪽이 디스커버리 호를 향하고 있었다. 중앙 모니터 화면에서 지구는 금성과 마찬가지로 눈부시게 빛나는 은빛 초승달처럼 보였다.

점점 크기가 줄어들고 있는 초승달 속에서 지구의 지리적인 특징들을 알아볼 수 있는 경우는 아주 드물었다. 구름과 안개가 지구를 가리고 있기 때문이었다. 그러나 밤을 맞아 어두워진 부분조차 한없이 매혹적이었다. 별처럼 흩어져 빛나는 도시들이 때로는 꺼지지 않는 불빛으로 꾸준히 타오르기도 했고, 때로는 대기의 떨림 때문에 개똥벌레처럼 깜박거리기도 했다.

달이 궤도를 오가면서 지구의 어두운 바다와 대륙을 향해 거대한 램프처럼 빛날 때도 있었다. 그럴 때면 보먼은 교교한 달빛을 받아 빛나는 낯익은 해안선을 발견하고 흥분에 몸을 떨곤 했다. 때로 태평양이 잠잠할 때면 수면에서 희미하게 빛나는 달빛까지도 볼 수 있었다. 그런 모습을 보고 있노라면 열대의 해변에서 야자나무 밑에 앉아 밤을 보냈던 기억이 떠오르곤 했다.

그러나 그런 아름다운 광경들을 잃어버린 것이 후회스럽지는 않았다. 지금까지 35년을 살아오면서 그는 그 아름다움을 모두 즐겼다. 그리고 다시 지구로 돌아가 부와 명성을 거머쥐면 그것들을 다시 즐기고야 말겠다고 굳게 마음을 다지고 있었다. 그러나 그때까지는 단순히 멀리 있다는 이유만으로 그것들이 훨씬 더 소중하게 느껴졌다.

디스커버리 호의 여섯 번째 승무원은 그런 것들에 전혀 관심을 보이지 않았다. 인간이 아니었으니까. 우주선의 두뇌와 신경계 역할을 하고 있는 여섯 번째 승무원은 최첨단 컴퓨터인 HAL 9000이었다.

HAL(발견적 방법으로 프로그램된 연산 컴퓨터(Heuristically programmed ALgorithmic computer의 약자 ― 옮긴이))은 획기적인 발전을 이룩한 제3세대 컴퓨터 기술의 걸작이었다. 기술의 획기적인 발전은 20년 간격으로 이루어지는 것 같았는데, 곧 또 한 번의 획기적인 발전이 있을 것이라는 예상에 많은 사람들이 걱정하고 있었다.

처음 획기적인 발전이 이루어진 것은 1940년대였다. 오래전에 이미 시대의 유물이 된 진공관 덕분에 속도는 빠르지만 서투른 기계들이 만들어졌던 것이다. 에니악(미국에서 완성한 세계 최초의 진공관 컴퓨터 ― 옮긴이)과 그 후에 나온 컴퓨터들이 바로 그 기계들이었다. 그리고 1960년대에는 반도체 마이크로 전자공학이 완벽하게 다듬어지면서 적어도 사람들의 머리만큼 강력한 인공지능 기계가 사무실 책상보다 더 커질 필요가 없다는 사실이 분명해졌다. 그런 기계를 만드는 법을 알아내기만 한다면 말이다.

그런 방법을 알아낼 사람은 아무도 없을 테지만 그런 것은 문제가 되지 않았다. 1980년대에 민스키와 굿은 임의적인 학습 프로그램에 따라 신경망을 자동으로(자동 복제) 만들어 낼 수 있음을 증명했다. 인간 두뇌의 발달과 놀라울 정도로 유사한 과정을 통해 인공 두뇌를 길러 낼 수 있게 된 것이다. 어떤 경우든 인류는 이 과정의 정확한 세부 사항들을 결코 알아내지 못할 것이다. 그리고 설사 알아낸다 해도 너무 복잡해서 인간의 머리로는 이해할 수 없을 것이다.

작동 원리가 무엇이든 간에, 최종적으로 인간 두뇌의 거의 모든 활동을 재현할 수 있고(일부 철학자들은 아직도 '흉내 낸다'는 말을 선호했다.) 속도와 신뢰성이 훨씬 더 뛰어난 인공지능이 만들어졌다. 이 기계는 아주 비쌌기 때문에 지금까지 만들어진 HAL 9000 시리즈는 몇 대밖에 되지 않았다. 그러나 단순 작업으로 유기체의 두뇌를 만들어 내는 편이 더 쉬울 것이라던 구식 농담이 이제는 조금 무의미하게 여겨지기 시작했다.

HAL은 이번 임무를 위해 인간 동료들 못지않게 철저한 훈련을 받았다. 그리고 인간들보다 몇 배나 되는 정보를 받아들였다. HAL은 원래부터 연산 속도가 빠른 데다가 잠을 잘 필요도 없었기 때문이다. HAL의 가장 중요한 임무는 생명 유지 시스템을 감시하면서 산소 압력, 온도, 선체 외피의 틈, 복사선 등 서로 맞물려 영향을 주고받으면서 연약한 인간들의 생명을 좌우하는 여러 가지 요소들을 확인하는 것이었다. HAL은 복잡한 항법 자료를 교정할 수 있었고, 항로를 바꿀 때가 되면 그때그때 필요에 따라 우주선을 적절하게 조종할 수 있었다. 또한 그는 동면기를 감시하면서 동면 환경을 적절하게 조정하고 동면 중인 인간들의 생명을 유지해 주는 정맥 주사제의 양을 미세하게 조절할 수 있었다.

1세대 컴퓨터에 정보를 입력하는 데는 수많은 찬사를 받은 타자기 형태의 키보드가 사용되었으며, 연산 결과물은 고속 프린터와 모니터 화면을 통해 출력되었다. HAL도 필요한 경우에는 이런 기능을 수행할 수 있었지만 대부분의 경우 대화를 통해 우주선 승무원들과 의견을 주고받았다. 풀과 보먼은 마치 사람에게 하듯이 HAL에게 말을 걸 수 있었으며, HAL은 전자 두뇌로서 유년 시절에 해당하는 몇 주 동안 배운 완벽한 영어로 대답했다.

HAL이 실제로 생각을 할 수 있는가 하는 문제는 1940년대에 영국의 수학자인 앨런 튜링이 이미 해결한 바 있었다. 튜링은 사람이 기계와 오랫동안 대화하면서(대화가 키보드를 통해 이루어지든 마이크를 통해 이루어지든 그것은 중요하지 않았다.) 기계의 대답과 사람의 대답을 구분하지 못한다면, 그 기계가 이성적인 의미의 생각을 하고 있는 것이라고 지적했다. HAL이라면 튜링의 시험을 쉽게 통과할 터였다.

어쩌면 HAL이 우주선의 지휘권을 장악해야 하는 일이 생길 수도 있었다. 응급 상황에서 아무도 신호에 응답하지 않으면 HAL은 전기 자극과 화학 자극을 이용해서 잠들어 있는 승무원을 깨우도록 되어 있었다. 그러나 그들도 응답하지 않을 경우 그는 지구에 통신을 보내 명령을 내려 달라고 요청할 것이다.

그리고 지구에서조차 응답이 없다면, HAL은 우주선을 보호하고 임무를 계속하기 위해 필요하다고 생각되는 조치를 취할 것이다. 사실 이번 임무의 진정한 목적을 아는 것은 HAL뿐이었으며, 그의 인간 동료들은 그 목적이 무엇인지 짐작조차 하지 못했다.

풀과 보먼은 자기들이 혼자서도 잘 돌아가는 우주선의 관리인 또는 문지기라고 농담하곤 했다. 그 농담이 얼마나 진실에 가까운 것이었는지 알았다면 그들은 경악과 적지 않은 분노를 느꼈을 것이다.

# 순항 모드

우주선의 일일 운항 계획이 아주 세심하게 마련되어 있었기 때문에 보먼과 풀은 (적어도 이론적으로는) 24시간 내내 매 순간 자기들이 무엇을 할지 정확히 알고 있었다. 그들은 열두 시간 단위로 임무를 교대하며 두 사람 다 동시에 잠드는 일이 없도록 하고 있었다. 근무 중인 사람이 조종실에 남아 있는 동안, 나머지 한 사람은 이것저것 자질구레한 일들을 관리하거나, 우주선을 조사하거나, 끊임없이 생겨나는 우발적인 일들을 처리하거나, 자신의 방에서 휴식을 취했다.

지금은 보먼이 명목상의 선장이었지만, 사정을 모르는 사람이라면 그가 선장인지 결코 알지 못했을 것이다. 그와 풀은 24시간마다 역할, 계급, 임무를 완전히 바꿨다. 이 덕분에 두 사람 모두 최고의 상태를 유지하면서 마찰을 최소한으로 줄일 수 있었고, 유사시를 대비한 중복 작업 100퍼센트라는 목적을 향해 나아갈 수 있었다.

보먼의 하루는 우주선 시간, 즉 천문학자들이 사용하는 우주 천체력으로 06시에 시작되었다. 만약 그가 늦게 나타나면 HAL이 온갖 소리를 내며 그의 임무를 일깨워 주도록 되어 있었지만 실제로 그 소리들이 사용된 적은 한 번도 없었다. 한번은 풀이 시험 삼아 자명종을 꺼 놓은 적이 있었다. 그런데도 보먼은 제시간에 기계처럼 정확하게 눈을 떴다.

그가 하루를 시작하면서 처음으로 하는 공식적인 행동은 동면 마스터 타이머를 12시간 앞으로 돌려놓는 것이었다. 만약 두 사람이 이 작업을 두 번 연속으로 빼먹으면, HAL은 두 사람이 모두 움직일 수 없는 상태가 되었다고 가정하고 응급 상황에 필요한 조치를 취하게 되어 있었다.

보먼은 몸단장을 하고 근력 강화 운동을 한 다음 아침 식사를 하면서 전파로 전송되어 온 《월드 타임스》 조간을 읽었다. 지구에 있을 때는 지금처럼 세심하게 신문을 읽는 사람이 아니었다. 그런데 지금은 화면에서 깜박거리는 사교계의 하찮은 소문이나 정계의 덧없는 소문까지도 그의 관심을 모두 빨아들이는 것 같았다.

07시에 그는 조종실에서 풀과 정식으로 임무 교대를 하며 그에게 튜브에 든 커피를 가져다주었다. 보고할 것도, 취해야 할 조치도 없는 경우(이런 경우가 대부분이었다.) 그는 자리에 앉아 계기판을 모두 점검하고 혹시라도 있을지 모르는 계기 이상을 찾아내기 위해 일련의 검사를 실시했다. 그리고 이 작업이 끝나는 10시쯤이면 공부를 시작했다.

보먼은 지금까지 살아오면서 절반 이상의 시간을 학생으로 보냈다. 그리고 앞으로 은퇴할 때까지도 계속 뭔가를 공부할 작정이었다. 20세기에 혁명적으로 발전한 훈련 기술과 정보 처리 기술 덕분에 그는 이미 대학을 두세 번 다닌 사람과 맞먹는 지식을 갖고 있었다. 게다가 그는 자신이 지금까지 배운 것 중 90퍼센트를 기억하고 있었다.

50년 전이었다면 그는 응용 천문학, 인공두뇌학, 우주 추진 시스템의 전문가가 될 생각을 했을 것이다. 그런데도 그는 자기가 결코 전문가가 아니라며 진심으로 화내곤 했다. 보먼은 어느 한 주제에만 관심을 집중하지 못했다. 교수들이 우울한 경고를 했음에도 그는 일반 우주 비행학의 석사 학위를 따겠다고 고집을 부렸다. 이 학문은 IQ가 130대 전반이고 자기 분야에서 최고의 자리에 결코 오를 수 없는 사람들을 위해 마련된 것으로 강의 계획서의 내용도 애매모호했다.

그러나 그의 결정은 옳았다. 전문가가 되는 것을 거부한 덕분에 그는 지금과 같은 임무를 맡을 수 있는 독특한 자격 요건을 갖추게 되었던 것이다. 프랭크 풀(그는 가끔 자기가 '우주 생물학 일반 개업의'라며 스스로를 비하하곤 했다.)도 비슷한 의미에서 그의 부관이 되기에 이상적인 인물이었다. 두 사람은 필요한 경우 HAL이 갖고 있는 엄청난 정보의 도움을 받아 항해 중에 일어날 수 있는 모든 문제를 처리할 수 있을 터였다. 두 사람이 정신을 바짝 차리고 과거의 기억들을 계속 되살리기만 한다면 말이다.

따라서 10시부터 12시까지 두 시간 동안 보먼은 컴퓨터 교사와 대화를 나누며 자신의 전반적인 지식 상태를 점검하거나 이번 임무에 구체적으로 필요한 자료를 공부했다. 그는 우주선 평면도, 회로도, 항해 계획서 등을 한없이 살펴보거나 목성과 토성 및 그들의 위성들에 대해 지금까지 알려진 사실들을 모두 흡수하려고 애썼다.

한낮이 되면 그는 HAL에게 우주선을 맡겨 두고 취사실로 가서 점심 식사를 준비했다. 이렇게 취사실에 있으면서도 그는 우주선 안에서 일어나는 모든 일들을 감지할 수 있었다. 휴게실 겸 식당 역할을 하는 이 작은 방에 상황판이 하나 더 있고, HAL이 언제라도 그를 호출할 수 있기 때문이었다. 풀은 그와 점심 식사를 함께한 후 방으로 물러나서 여섯 시간 동안 잠을 잤다. 그리고 두 사람은 지구에서 전송되어 오는 정규 텔레비전 프로그램을 함께 보곤 했다.

두 사람의 식사 메뉴는 이번 임무의 다른 부분들과 마찬가지로 아주 세심하게 준비되어 있었다. 대부분 냉동건조 상태인 음식은 한결같이 훌륭했으며, 가장 힘들이지 않고 식사 준비를 할 수 있다는 이유로 선택된 것들이었다. 두 사람이 할 일이라고는 포장을 열어서 자그마한 자동 조리기에 집어넣는 것뿐이었다. 요리가 끝나면 자동 조리기가 신호음을 울렸다. 두 사람은 오렌지 주스, 달걀(달걀로 만든 온갖 요리), 스테이크, 자른 고기, 구운 고기, 신선한 야채, 과일, 아이스크림은 물론 심지어 갓 구워 낸 빵과 똑같은 맛을 내는 음식들을 즐길 수 있었다.(이에 못지않게 중요한 것은 이 음식들이 정말로 실제 음식처럼 보인다는 점이었다.)

점심을 먹은 후 13시부터 16시까지 보먼은 천천히 세심하게 우주선을 한 바퀴 돌아보곤 했다. 아니, 자신이 접근할 수 있는 부분을 돌아봤다고 해야 할 것이다. 디스커버리 호의 크기는 선체의 끝에서 끝까지 거의 120미터였지만 승무원들이 차지한 공간은 지름 12미터의 공 모양 기밀실 안에 들어 있었다.

생명 유지 시스템과 우주선의 심장인 조종실이 있는 곳도 여기였다. 이 아래에는 세 개의 에어로크가 갖춰진 작은 '우주 격납고'가 있었는데, 우주선 밖에 나가서 작업해야 할 일이 생길 경우, 사람 하나가 들어가면 딱 맞는 크기에 자체 동력을 갖춘 캡슐이 이 격납고에서 우주 공간으로 나갈 수 있었다.

둥그런 기밀실에서 적도에 해당하는 위치(말하자면 남회귀선에서 북회귀선까지)에는 지름 10미터의 서서히 회전하는 북이 들어 있었다. 이 북이 10초마다 한 번씩 회전하면서 달의 중력과 맞먹는 인공중력을 만들어 내는 것이다. 완벽한 무중력 상태에서 발생하는 근육 퇴화를 막으려면 이 정도 중력만으로도 충분했다. 또한 이 중력 덕분에 승무원들은 정상적인(아니, 거의 정상적인) 상태로 일상적인 삶을 계속할 수 있었다.

따라서 이 북 안에 주방, 식당, 세면 시설, 화장실 시설이 들어 있었다. 뜨거운 음료를 안전하게 준비해서 마실 수 있는 곳은 이곳밖에 없었다. 무중력 상태에서 뜨거운 음료를 다뤘다가는 펄펄 끓는 물이 방울방울 공중을 떠다니면서 사람들에게 심한 화상을 입힐 수 있기 때문에 아주 위험했다. 여기서는 면도 문제도 해결되었다. 이 공간에서는 수염 조각들이 허공을 떠돌면서 전기 설비를 위험에 빠뜨리거나 사람들의 건강을 위협할 위험이 없었다.

북의 가장자리에는 승무원들이 각자 취향에 맞게 꾸며서 개인 소지품을 보관해 놓은 다섯 개의 작은 방이 있었다. 세 명의 승무원들이 옆방 동면기에서 전자 기기에 의지해 편안히 쉬고 있었으므로, 현재 사용 중인 방은 보먼과 풀의 방뿐이었다.

필요한 경우에는 북의 회전을 멈출 수 있었다. 그리고 그런 경우에는 이 북의 각(角)운동량을 속도 조절 바퀴에 저장해 두었다가 회전이 다시 시작될 때 제자리로 돌려놓아야 했다. 그러나 평상시에는 북이 같은 속도로 계속 돌도록 내버려 두었다. 기둥을 손으로 잡고 움직이면서 북의 중심에 있는 무중력 지대를 통과해 천천히 돌고 있는 북 안으로 쉽게 들어갈 수 있었기 때문이다. 조금만 경험을 쌓으면, 계속 돌고 있는 지역으로 들어가는 것도 움직이는 에스컬레이터에 올라타는 것만큼 쉬웠다.

둥그런 기밀실은 길이가 100미터가 넘는 가느다란 화살 모양의 구조물에서 머리 부분에 해당했다. 디스커버리 호는 깊은 우주까지 나아가도록 설계된 모든 우주선들과 마찬가지로 유선형도 아니고 선체도 너무 약해서 대기권으로 들어가거나 행성의 중력장에 정면으로 맞설 수 없었다. 디스커버리 호는 지구 주위의 궤도에서 조립되어 달까지 처녀비행을 하면서 시험을 받았고, 달의 궤도에서 마지막 확인을 받았다. 디스커버리 호는 순전히 우주에서 만들어진 창조물이었으며, 겉으로 보기에도 그랬다.

기밀실 바로 뒤에는 커다란 액체 수소 탱크 네 개가 모여 있었다. 그리고 그 뒤에는 원자로의 폐열을 방산하는 복사판이 길고 가느다란 V 자 형태로 서 있었다. 이 복사판에는 냉각액이 흐를 수 있도록 섬세한 파이프들이 여기저기 핏줄처럼 뻗어 있어서 마치 거대한 잠자리 날개처럼 보였다. 또한 이 복사판 때문에 특정한 각도에서 디스커버리 호를 보면 옛날 돛단배와 아주 조금 닮은 것처럼 보이기도 했다.

승무원실로부터 90미터 떨어진 V 자 복사판의 맨 끝에는 방어막 속에서 이글이글 불타고 있는 원자로와 복잡한 전극들이 있었고, 그 전극들 사이로 플라스마 엔진이 별처럼 눈부신 빛을 내뿜었다. 이 플라스마 엔진은 이미 몇 주 전에 디스커버리 호를 달 주위의 대기 궤도로부터 밀어내면서 할 일을 마쳤다. 이제 원자로는 천천히 작동하며 우주선에서 사용할 전기를 만들어 내고 있을 뿐이었다. 그리고 거대한 복사판은 디스커버리 호가 최대 추진력으로 가속할 때는 버찌처럼 새빨갛게 달아오르겠지만, 지금은 어둡고 차갑게 식어 있었다.

우주선에서 이 부분을 조사해 보려면 승무원이 밖으로 나가야 했다. 그러나 여러 가지 기계와 원격조종 텔레비전 카메라를 이용해 이 지역의 상태를 완벽하게 알 수 있었다. 보먼은 냉각 장치와 복사판, 그리고 그들과 연결된 모든 파이프들에 대해 이제 샅샅이 알았다고 생각했다.

그는 16시까지 우주선 조사를 끝내고 지상 관제소에 구두로 상세한 보고를 했다. 그의 보고는 지상 관제소에서 보고를 받았다는 메시지가 들어올 때까지 계속되었다. 지상 관제소에서 메시지가 들어오면 그는 자신의 전송기 스위치를 끄고 관제소 측의 말을 열심히 들은 다음 그쪽의 질문 사항에 답변을 보냈다. 18시가 되면 풀이 잠에서 깨어 지휘권을 넘겨받았다.

그가 마음대로 사용할 수 있는 여가 시간은 여섯 시간이었다. 그 시간에 그는 공부를 계속하기도 하고, 음악을 듣기도 하고, 영화를 보기도 했다. 그러나 아무리 봐도 한이 없는 우주선의 전자 도서관을 내키는 대로 검색해 보는 경우가 대부분이었다. 그는 과거의 위대한 탐험 기록에 매혹되어 있었다. 지금 상황을 생각하면 그럴 만도 했다. 때로 그는 이제 막 석기시대에서 벗어나고 있는 유럽의 해안을 따라 헤라클레스의 기둥들(지브롤터 해협 동쪽 끝에 솟아 있는 두 개의 바위를 가리킨다. ― 옮긴이) 사이를 지나 차가운 안개에 감싸인 북극 근처까지 가 보기도 했다. 또는 그보다 2000년 후로 시간을 옮겨 앤슨과 함께 마닐라 범선의 뒤를 쫓거나, 쿠크 선장과 함께 미지의 위험이 감춰져 있는 그레이트 배리어 리프(오스트레일리아 동북부의 거대 산호초 지역 ― 옮긴이)를 따라 항해하거나, 마젤란과 함께 최초로 지구를 일주하기도 했다. 그러고 나서 그는『오디세이』를 읽기 시작했다. 모든 책 중에서도 유독 그 책이 시간의 간격을 뛰어넘어 가장 생생하게 느껴졌다.

편안히 쉬고 싶을 때면 그는 항상 HAL과 함께 수학이 응용된 여러 가지 게임을 했다. 체커, 체스, 다차원 도미노 등이었다. HAL은 전력을 다한다면 무슨 게임이든 이길 수 있었다. 그러나 그랬다가는 상대의 사기가 떨어질 터였다. 따라서 그는 게임 중 절반만 이기도록 프로그램되어 있었고, 그와 게임을 하는 인간은 그 사실을 모르는 척했다.

보먼은 20시에 저녁을 먹은 후 하루 중 마지막 몇 시간을 청소와 그때그때 필요한 일들에 할애했다. 이번에도 풀과 함께였다. 이 일을 마치고 나면 한 시간 동안 지구에 개인적으로 전화를 걸거나 받을 수 있었다.

다른 동료들과 마찬가지로 보면도 미혼이었다. 이처럼 오랜 기간이 걸리는 임무에 가정이 있는 남자를 보내는 건 안 될 일이었다. 탐험대가 돌아올 때까지 기다리겠다고 약속한 아가씨들이 많았지만, 그 말을 진심으로 믿은 사람은 아무도 없었다. 처음에는 풀과 보면 모두 일주일에 한 번씩 비교적 은밀한 내용의 전화를 하곤 했다. 비록 저쪽 지구에서 자신들의 통화 내용에 많은 사람들이 귀를 기울이고 있다는 사실 때문에 말을 많이 자제하기는 했지만 말이다. 그런데 여행이 겨우 시작 단계일 뿐인 지금 벌써 지구에 있는 아가씨들과의 대화 횟수도 줄어들고, 오가는 내용의 열기도 점점 식어 가고 있었다. 이미 예상했던 일이다. 예전에 선원들이 그랬던 것처럼 이것은 우주 비행사들이 감당해야 하는 벌이었으니까.

선원들이 다른 항구에서 애인을 대신해 줄 아가씨들을 찾은 것은 사실이었다. 아니, 악명이 높다고 해야겠다. 그런데 불행히도 지구 궤도 너머에는 가무잡잡한 아가씨들로 가득 찬 열대의 섬이 없었다. 우주 비행사들을 담당한 의사들은 물론 이 문제에 대해서도 여느 때처럼 열성적으로 달려들었다. 그래서 우주선에 구비된 약품들이 비록 아가씨들만큼 매력적이지는 않지만 그래도 적절한 대용품을 제공해 주었다.

일을 끝마치고 물러가기 직전에 보면은 마지막 보고를 하고, HAL이 그날 하루 동안 우주선의 기계 움직임을 기록한 테이프를 모두 전송했는지 확인하곤 했다. 그리고 마음이 내키면 두어 시간 정도 책을 읽거나 영화를 보다가 자정에 잠자리에 들었다. 대개 그는 전자 마취제의 도움 없이도 잠들 수 있었다.

풀의 일과도 보면과 똑같아서 두 사람의 스케줄은 아무런 마찰 없이 잘 들어맞았다. 두 사람 모두 일에 열심이었으며, 머리도 좋고 적응력도 좋아서 싸울 일이 없었다. 또한 항해도 이제 특별한 사건이 일어나지 않는 안정적인 상태에 접어들었기 때문에 시간의 흐름을 알려 주는 것이라고는 디지털시계의 숫자들뿐이었다.

디스커버리 호의 몇 안 되는 승무원들의 가장 큰 소망은 앞으로 몇 주, 몇 달 동안 여행을 계속하면서 이처럼 평화롭고 단조로운 일상을 해칠 만한 일이 전혀 일어나지 않는 것이었다.

# 소행성들을 지나서


디스커버리 호는 몇 주가 흐르도록 선로를 따라가는 전차처럼 정해진 궤도를 따라 움직이면서 화성의 궤도를 지나 목성으로 향하고 있었다. 지구의 비행기나 배와 달리 디스커버리 호에서는 조종판에 손을 댈 필요가 없었다. 우주선의 항로는 중력의 법칙에 의해 고정되어 있었고, 미지의 여울목이나 위험한 암초도 없었으므로 좌초할 염려가 없었다. 다른 우주선과 충돌할 위험도 없었다. 디스커버리 호에서부터 별들까지 그 무한한 거리 어디에도 다른 우주선이란 하나도 없었으니까.(적어도 인간이 만든 우주선은 없었다.)

그렇다고 해서 디스커버리 호가 지금 발을 들여놓고 있는 우주 공간이 텅 비어 있는 것은 아니었다. 우주선 앞에는 100만 개가 넘는 소행성들이 이리저리 엇갈리며 지나가고 있는 위험 지대가 놓여 있었다. 그 소행성들 중에서 천문학자들이 정확한 궤도를 알아낸 것은 1만 개도 되지 않았다. 또한 지름이 160킬로미터를 넘는 것도 네 개밖에 없었다. 대다수의 소행성들은 정처 없이 우주 공간을 떠돌고 있는 거대한 돌덩이에 지나지 않았다.

이들을 어찌해 볼 방도는 없었다. 아무리 작은 소행성이라도 시속 수만 킬로미터의 속도로 우주선과 부딪친다면 우주선이 완전히 파괴될 수 있었지만, 그런 일이 일어날 확률은 무시해도 될 만한 수준이었다. 평균적으로 한 변의 길이가 160만 킬로미터인 정육면체 공간 안에 소행성은 하나뿐이었다. 디스커버리 호가 이 소행성과 충돌하려면 동시에 같은 지점에 있어야 하는데, 이 '동시에'라는 단서 때문에 승무원들은 소행성을 전혀 걱정하지 않았다.

여행이 시작된 지 86일째 되는 날, 그들은 어떤 소행성에 역사상 가장 가까이 접근하기로 되어 있었다. 그 소행성에는 이름이 없었다. 7794라는 번호가 붙어 있을 뿐이었다. 1997년에 달 천문대에서 발견한 그 소행성은 지름 50미터의 바윗덩어리였는데, 사람들은 그것의 존재를 바로 잊어버렸다. 다만 소행성국(局)의 끈기 있는 컴퓨터들만이 그것을 계속 기억하고 있었다.

보먼이 근무를 위해 나타나자 HAL이 즉시 곧 다가올 소행성과의 만남을 일깨워 주었다. 항해 중에 유일하게 예정된 이 이벤트를 그가 잊어버렸을 가능성은 별로 없었지만 말이다. 별들을 기준점으로 한 소행성의 상대적인 궤적과 우주선이 가장 가까이 접근할 때의 좌표는 이미 화면에 출력되어 있었다. 또한 소행성에서 관찰해야 할, 또는 관찰을 시도해야 할 것들의 목록도 나와 있었다. 7794 소행성이 시속 12만 8000킬로미터의 상대속도로 겨우 1400킬로미터 떨어진 곳을 휙 하고 지나갈 때 디스커버리 호는 상당히 바쁘게 움직여야 했다.

보먼이 HAL에게 망원경 화면 출력을 요구하자 별들이 듬성듬성 흩뿌려져 있는 우주 공간이 화면에 번쩍 나타났다. 소행성처럼 보이는 것은 하나도 없었다. 배율을 최대로 올렸는데도 화면의 모든 이미지들은 그저 반짝이는 점일 뿐이었다.

"목표물의 십자선 이미지를 보여 줘."

보먼이 말했다.

즉시 네 개의 가늘고 희미한 선이 나타나 작고 평범한 별 하나를 둘러쌌다. 그는 몇 분 동안 화면을 들여다보며 HAL이 뭘 잘못한 것 같다는 생각을 했다. 그런데 그 반짝이는 점이 다른 별들을 배경으로 알아볼 수 없을 만큼 느리게 움직이는 것이 보였다. 저 별까지의 거리는 아직 80만 킬로미터나 될 터이다. 그러나 그 별의 움직임을 보니 우주의 거리 감각으로는 그 별이 손에 닿을 만큼 가까이 있다는 것을 알 수 있었다.

여섯 시간 후 풀이 조종실에 합류했을 때, 7794는 아까보다 수백 배나 더 밝아져서 아주 빠르게 움직이고 있었다. 이제 그 별이 7794라는 것은 의심할 이유가 없었다. 게다가 이제는 그냥 반짝이는 점이 아니라 분명한 원반 형태가 드러나고 있었다.

두 사람은 오랜 항해를 하다가 상륙할 수 없는 해안을 스쳐 지나가는 뱃사람의 심정으로 하늘에서 자신들의 옆을 지나가는 돌덩이를 뚫어져라 바라보았다. 7794가 생명도 없고 공기도 없는 돌조각일 뿐이라는 사실을 똑똑히 알고 있는데도 두 사람의 감정은 별반

달라지지 않았다. 아직 3억 킬로미터나 떨어져 있는 목성에 도착할 때까지 두 사람이 만날 구체적인 물체라고는 저 소행성밖에 없었으니까.

고성능 망원경을 통해 두 사람은 소행성의 모양이 매우 불규칙하고, 소행성이 천천히 회전하고 있음을 알 수 있었다. 어떨 때는 소행성이 납작하게 짜부라진 구처럼 보였고, 어떨 때는 아무렇게나 주물러 놓은 벽돌처럼 보였다. 자전 주기는 2분이 조금 넘었다. 표면에는 별다른 규칙 없이 아무렇게나 빛과 그림자가 나타나 있었으며, 비행기나 결정체가 햇빛 속에서 반짝일 때 창문이 번쩍하는 것처럼 자주 번쩍거렸다.

소행성은 거의 초속 50킬로미터의 속도로 빠르게 우주선 옆을 지나가고 있었다. 소행성을 면밀하게 관찰하려면 몇 분밖에 되지 않는 시간 동안 정신없이 움직여야 했다. 자동카메라들은 수십 장의 사진을 찍었고, 비행용 레이더로 되돌아온 전파는 나중에 분석할 수 있도록 세심하게 기록되었다. 그리고 시간상 소행성 표면에 단 하나의 탐사선만 쏘아 보낼 수 있었다.

탐사선에는 기계가 전혀 실려 있지 않았다. 탐사선과 소행성 표면이 천문학적인 속도로 충돌하는 와중에 살아남을 수 있는 기계는 없었으니까. 디스커버리 호가 소행성의 이동 경로와 교차하도록 쏘아 보낸 탐사선은 작은 금속 덩어리에 지나지 않았다.

충돌 몇 초 전, 폴과 보면은 점점 커져 가는 긴장을 느끼며 기다리고 있었다. 원칙적으로는 매우 간단한 이번 실험 때문에 우주선 장비들이 최대한도 정확성을 발휘해야 했다. 수천 킬로미터 거리에서 지름 30미터짜리 목표물을 겨냥하고 있었으니…….

소행성의 어두운 부분에서 갑자기 눈부신 빛과 함께 폭발이 일어났다. 그 작은 금속 덩어리가 유성 같은 속도로 소행성과 충돌하고, 1초도 안 되는 짧은 순간에 탐사선의 모든 에너지가 열로 전환된 것이다. 백열하는 기체가 우주 공간 속으로 잠깐 솟아올랐다. 디스커버리 호의 카메라들은 급속히 희미해지는 그 빛의 선들을 기록하고 있었다. 이 기록을 지구로 전송하면 전문가들이 여기서 백열하는 원자의 흔적이 있는지 찾아볼 것이다. 그렇게 해서 사상 처음으로 소행성 표면의 구성이 밝혀질 것이다.

한 시간도 되지 않아 7794는 점점 희미해지는 별이 되었다. 원반 같은 모습은 흔적도 없이 사라졌다. 보먼이 다음 근무를 위해 돌아왔을 때 그 별은 흔적조차 보이지 않았다.

그들은 다시 혼자가 되었다. 지금으로부터 3개월 후, 목성의 가장 바깥쪽에 있는 위성들이 그들을 향해 다가올 때까지 계속 그럴 터였다.

# 목성 통과

아직 3000만 킬로미터나 떨어져 있는데도 목성은 벌써 앞쪽 하늘에서 가장 눈에 띄는 존재였다. 현재 목성은 연어 색깔이 희미하게 나는 창백한 원반 모양이었고, 크기는 지구에서 보이는 달 크기의 절반이었다. 목성을 평행으로 둘러싸고 있는 어두운 구름 띠가 뚜렷하게 보였다. 적도 근처를 오가는 눈부신 별처럼 보이는 것은 이오, 에우로파, 가니메데, 칼리스토였다. 다른 곳에서는 이들도 당당히 행성 대접을 받았겠지만, 여기서는 거대한 주인의 위성에 지나지 않았다.

망원경을 통해 본 목성의 모습은 찬란했다. 색색 가지의 반점이 있는 행성이 하늘을 가득 채우고 있는 것 같았다. 목성의 진정한 크기를 이해하기란 불가능했다. 보먼은 목성의 지름이 지구의 열한 배라고 계속 되뇌었지만, 한참 동안 이 숫자는 아무 의미 없는 숫자일 뿐이었다.

그런데 HAL의 메모리 속에 들어 있는 테이프로 자신이 자리를 비웠을 때의 상황을 살펴보던 그가 목성의 엄청난 크기를 갑자기 똑똑히 이해할 수 있게 해 주는 그림을 발견했다. 지구의 표면을 껍질을 벗기듯이 벗겨서 목성 위에 짐승 가죽처럼 걸어 놓은 그림이었다. 이 그림을 보니 지구의 모든 대륙과 바다는 기껏해야 지구의에 그려진 인도 대륙만 했다.

디스커버리 호 망원경의 배율을 최고로 높이자 보면 자신이 약간 납작해진 행성 위에 매달려 이 거대한 행성의 빠른 자전 속도 때문에 띠 모양으로 변해서 빠르게 흘러가고 있는 구름을 내려다보고 있는 것 같았다. 그 구름 떼들은 때로 작은 다발로, 매듭으로, 색색가지의 증기로 이루어진 대륙 크기의 덩어리로 뭉치기도 하고, 때로는 길이가 수천 킬로미터나 되는 일시적인 다리에 의해 서로 연결되기도 했다. 그 구름 밑에는 태양계 모든 행성들의 무게를 충분히 능가할 수 있는 물질들이 숨어 있었다. 하지만 그것 말고 또 무엇이 숨어 있을까? 보면은 생각해 보았다.

행성의 진짜 표면을 영원히 뒤덮은 채 끊임없이 격렬하게 변화하고 있는 구름층 위로 어두운 원 같은 것들이 가끔 미끄러지듯 지나가곤 했다. 안쪽 위성들 중 하나가 저 먼 태양 앞을 통과하는 바람에 그 그림자가 목성의 불안한 구름층 위에 나타나는 것이다.

목성에서 3000만 킬로미터나 떨어진 이곳에는 그보다 훨씬 작은 위성들이 있었다. 그러나 그들은 지름이 수십 킬로미터밖에 되지 않아 기껏해야 날아다니는 산에 지나지 않았다. 또한 디스커버리 호가 그 위성들 근처를 지나갈 계획도 없었다. 레이더 전송기는 몇 분마다 힘을 모아 소리 없는 천둥처럼 힘을 내뿜곤 했다. 그러나 저 허공에서 그 힘이 아직 발견된 적이 없는 새로운 위성에 부딪혀 맥박처럼 되돌아오는 일은 없었다.

하지만 목성 자체의 전파가 포효처럼 들려오기는 했다. 그리고 그 포효의 강도는 시간이 지날수록 점점 더 강렬해졌다. 우주 시대의 동이 트기 직전인 1955년에 천문학자들은 목성이 10미터 대역에서 수백만 마력에 해당하는 힘을 내뿜고 있음을 발견하고 대경실색했다. 그것은 지구의 밴앨런대(지구를 둘러싸고 있는 방사선대 ─ 옮긴이)처럼 목성을 휘감고 있는 하전 입자들과 관련된, 정돈되지 않은 소음일 뿐이었지만 그 규모는 훨씬 더 컸다.

조종실에 혼자 있는 동안 보먼은 때로 이 소리에 귀를 기울이곤 했다. 지직거리는 소리, 헛헛거리는 소리가 방 안을 가득 채울 때까지 소리를 키워 놓으면, 마치 정신착란을 일으킨 새의 울음소리 같은 휘파람 소리와 찍찍 소리가 불규칙하게 잠깐씩 들려올 때가 있었다. 왠지 으스스한 소리였다. 인류와는 아무 관련이 없는 소리였으니까. 그것은 바닷가에서 들려오는 파도의 중얼거림이나 지평선 너머 멀리서 들려오는 천둥소리처럼 고독하고 의미 없는 소리였다.

디스커버리 호의 현재 속도는 시속 15만 킬로미터가 넘었지만 이 속도로도 모든 목성 위성들의 궤도를 가로지르는 데는 2주 가까이 걸렸다. 목성의 위성은 태양 주위를 도는 행성보다 많았다. 게다가 달 천문대가 매년 새 위성들을 발견하여 이제 위성의 숫자는 서른여섯 개에 이르렀다. 가장 바깥쪽의 위성(목성 XXVII)은 임시 주인으로 삼은 목성으로부터 3040만 킬로미터 떨어진 불안정한 궤도에서 뒤로 움직이고 있었다. 그 위성은 목성과 태양의 영원한 줄다리기에서 목성이 얻어 낸 전리품이었다. 목성은 소행성대의 소행성들을 잠깐 위성으로 붙들고 있다가 몇백만 년 후 다시 잃어버리곤 했다. 목성의 영원한 소유물은 안쪽의 위성들뿐이었다. 태양은 그들을 목성에게서 결코 빼앗지 못했다.

이제 서로 충돌하고 있는 중력장의 새로운 사냥감이 등장하고 있었다. 디스커버리 호는 지구의 천문학자들이 몇 달 전에 계산해 낸 복잡한 궤도를 따라 목성을 향해 속도를 올리고 있었으며, HAL이 우주선의 움직임을 끊임없이 감시했다. 때로 제어용 제트엔진이 궤도의 미세 조정을 위해 자동으로 우주선을 살짝 밀곤 했지만, 우주선 안에서는 그 힘을 거의 느낄 수 없었다.

지구와 연결된 무선통신을 통해 정보가 끊임없이 흘러 들어왔다. 이제 우주선은 고향에서 너무나 멀리 떨어져 있었으므로, 그들이 보내는 신호가 빛의 속도로 움직이는데도 목적지에 도달하는 데 50분이 걸렸다. 비록 전 세계가 우주선 승무원들과 우주선에 실린 기계들을 통해 점점 가까워지는 목성을 바라보고 있었지만, 그들이 발견한 사실들이 고향에 도착할 때까지는 거의 한 시간이 걸리는 셈이었다.

우주선이 거대한 안쪽 위성들(그들은 모두 달보다 컸고, 모두 다 미지의 땅이었다.)의 궤도를 가로지르는 동안 망원 카메라들이 끊임없이 움직였다. 목성을 통과하기 세 시간 전, 디스커버리 호는 에우로파에서 겨우 3만 킬로미터밖에 떨어지지 않은 지점을 지나갔다. 거리가 가까워질수록 에우로파의 크기가 점점 커지며 구형에서 초승달 모양으로 변하더니 결국 에우로파가 태양 쪽으로 획 사라져 버렸다. 그동안 우주선 안의 모든 기계들은 에우로파를 향하고 있었다.

지금 이 순간까지 아무리 성능 좋은 망원경으로 봐도 티끌처럼 작아 보이던 3600만 평방킬로미터의 땅이 눈앞에 있었다. 우주선이 몇 분 만에 에우로파 옆을 빠르게 지나치도록 되어 있었으므로 이 기회를 최대한 이용해서 얻을 수 있는 모든 정보를 기록해야 했다. 이 기록을 느긋하게 다시 돌려 보려면 몇 달이 더 지나야 할 테지만 말이다.

멀리서 봤을 때 에우로파는 저 먼 태양 빛을 놀랄 만큼 효율적으로 반사하는 거대한 눈덩이 같았다. 가까이서 관찰해 본 결과 이런 느낌이 옳았음이 확인되었다. 먼지가 풀풀 날리는 달과 달리 에우로파는 눈부신 흰색이었으며, 표면 대부분이 제자리에 붙들린 빙산처럼 생긴 반짝이는 덩어리들로 뒤덮여 있었다. 이 덩어리들은 무슨 이유에서인지 목성의 중력장이 붙들어 두지 못한 물과 암모니아로 이루어져 있음이 거의 확실했다.

바위가 눈에 띄게 드러나 있는 곳은 적도 부근밖에 없었다. 이곳은 제멋대로 뒤엉킨 돌덩이들과 협곡이 믿을 수 없을 만큼 들쭉날쭉한 풍경을 연출하고 있는 황무지였고, 이 때문에 이 작은 위성의 적도는 주위보다 어두운색의 띠에 완전히 감싸인 것처럼 보였다. 충돌 구덩이는 몇 개 있었지만 화산 활동의 흔적은 전혀 보이지 않았다. 에우로파는 열을 방출할 만한 물건을 내부에 품은 적이 한 번도 없었음이 분명했다.

오래전부터 알려져 있던 것처럼 대기의 흔적도 발견되었다. 위성의 어두운 가장자리가 별을 가로질러 지나가며 별을 가리기 직전에 잠깐 어둑해졌다. 어떤 지역에서는 구름이 있는 듯한 기미도 발견되었다. 아마도 암모니아 방울들로 이루어진 연무가 미약한 메탄 바람에 실려 있는 것일 터였다.

에우로파는 우주선으로 다가올 때만큼이나 빠르게 물러났다. 이제 목성까지 두 시간밖에 남지 않았다. HAL이 지금까지 우주선의 궤도를 정성들여 확인하고 또 했기 때문에 목성에 가장 가까이 다가갈 때까지 속도를 더 이상 교정할 필요는 없었다. 그러나 이런 사실을 알고 있으면서도, 거대한 행성이 시시각각 풍선처럼 커지는 모습을 지켜보며 신경이 곤두서는 것은 어쩔 수 없었다. 디스커버리 호가 저 행성 안으로 곧장 곤두박질치지도 않을 것이며, 목성의 엄청난 중력장에 끌려가 파괴되는 일도 없을 것이라는 사실을 믿기가 어려웠다.

이제 대기 탐사선을 내려 보낼 때가 되었다. 이 탐사선이 목성의 구름층 밑에서 조금이라도 정보를 전송할 수 있을 때까지 살아 있어 주면 좋겠다는 것이 사람들의 소망이었다. 탈착이 가능한 열 차단막에 둘러싸인 폭탄 모양의 땅딸막한 캡슐 두 개가 부드럽게 궤도 안에 놓였다. 처음 몇천 킬로미터를 지나는 동안 탐사선의 궤도는 디스커버리 호의 궤도와 거의 같았다.

그러나 탐사선들이 천천히 멀어지기 시작하더니 마침내 육안으로도 HAL이 보고하는 현상을 뚜렷이 볼 수 있게 되었다. 우주선은 충돌 코스가 아니라 거의 스칠 듯한 궤도에 있었으므로 대기권과

부딪힐 일이 없었다. 탐사선과의 궤도 차이가 겨우 몇백 킬로미터 (지름이 14만 4000킬로미터나 되는 행성을 상대할 때 이 정도 거리는 아무것도 아니다.)에 지나지 않는 것은 사실이었지만 그 정도면 충분했다.

이제 목성이 하늘을 가득 채우고 있었다. 하도 커서 사람의 정신도 눈도 더 이상 그 행성을 인식할 수 없었기 때문에 아예 인식하려는 노력을 포기해 버렸다. 우주선 아래의 대기권 색깔이 그토록 다양하지 않았더라면(빨간색, 분홍색, 노란색, 연어색은 물론 심지어 진홍색도 있었다.) 보면은 지금 지구의 구름 위를 날고 있다고 믿을 수도 있을 듯했다.

이제 이번 여행에서 처음으로 태양이 사라지려 하고 있었다. 비록 창백하게 쭈그러들어 있었지만, 태양은 5개월 전 디스커버리 호가 지구를 떠났을 때부터 항상 동무가 되어 주었다. 그런데 이제 우주선의 궤도가 목성의 그림자 속으로 들어가고 있었다. 조금 있으면 목성의 밤 위를 지나갈 터였다.

1600킬로미터 앞에서 황혼대가 그들을 향해 돌진하고, 그 뒤에서는 태양이 목성의 구름들 속으로 빠르게 가라앉고 있었다. 지평선을 따라 태양 빛이 아래로 구부러진 모양의 불타는 뿔 두 개처럼 퍼지더니 곧 움츠러들면서 잠시 찬란한 색채를 내뿜다가 사라져 버렸다. 밤이 온 것이다.

그러나 발아래의 거대한 행성이 완전히 어두워진 것은 아니었다. 인광이 사방을 뒤덮고 있었는데, 사람들의 눈이 그 광경에 익숙해질수록 빛은 점점 더 밝아졌다. 희미한 빛의 강이 열대의 바다에 배들이 남긴 빛나는 항적처럼 지평선에서 지평선으로 흘렀다. 그리고 여기저기서 한데 모여 불타는 액체 같은 웅덩이를 만들더니 목성의 숨겨진 심장부에서 올라오는 거대한 힘에 부딪혀 파르르 몸을 떨었다. 너무나 굉장한 광경이어서 풀과 보면은 몇 시간이고 계속 이것만 보라고 해도 볼 수 있을 것 같았다. 이것은 저 소용돌이치는 도가니 속의 화학적 힘과 전기적 힘이 만들어 낸 현상일 뿐인가, 아니면 뭔가 환상적인 생명체의 활동이 빚어낸 부산물인가? 과학자들은 이제 막 시작된 새로운 세기가 끝날 때가 되어도 계속 이 문제를 가지고 논쟁을 벌이고 있을 것 같았다.

우주선이 목성의 밤 속으로 깊이 들어갈수록 발아래의 찬란한 빛은 꾸준히 밝아졌다. 보면은 언젠가 오로라가 절정에 이르렀을 때 캐나다 북부 상공을 비행한 적이 있었다. 그때 눈으로 뒤덮인 풍경은 지금 이곳처럼 황량하고 눈부셨다. 그런데 그 북극의 황무지는 지금 우주선이 지나가고 있는 저 아래의 지역보다 섭씨 37도 이상 따뜻한 곳이었다.

"지구의 신호가 빠르게 희미해지고 있습니다. 지금 제1차 회절 지역에 들어가고 있습니다."

HAL이 말했다.

이미 예상했던 일이다. 사실 이것은 이번 임무의 목적 중 하나였다. 전파가 흡수되는 상황을 보며 목성의 대기에 대해 소중한 정보를 얻을 수 있을 테니까 말이다. 그러나 실제로 목성을 지나 뒤에 도착해서 목성 때문에 지구와 통신이 끊어지자 갑자기 주체할 수 없을 만큼 고독감이 밀려왔다. 전파가 차단되는 시간은 겨우 한 시간이었다. 그 시간이 지나면 전파를 차단해 버린 목성의 영향권에서 벗어나 사람들과 다시 연락할 수 있을 터였다. 그러나 그 한 시간이 그들의 생애에서 가장 긴 한 시간이 될 듯했다.

풀과 보먼은 비교적 젊은 나이였지만 열 번이나 넘게 우주여행을 한 베테랑들이었다. 그런데 지금은 마치 초보자가 된 것 같은 기분이었다. 그들은 지금 한 번도 이루어진 적이 없는 일을 시도하고 있었다. 일찍이 이런 속도로 여행하거나, 이처럼 강력한 중력장에 용감히 맞선 우주선은 없었다. 이 중요한 시점에 우주선 조종에 조금이라도 실수가 발생해서 디스커버리 호가 태양계의 저 끝을 향해 계속 질주하게 된다면 구조될 희망은 전혀 없었다.

1분, 1분이 느리게 지나갔다. 목성은 이제 두 사람의 머리 위에 무한히 펼쳐져서 인광을 내뿜는 수직벽이었다. 우주선은 이글이글 타오르는 목성의 표면을 똑바로 거슬러 올라가고 있었다. 자신들이 너무나 빠른 속도로 움직이고 있기 때문에 목성의 중력이 아무리 강력해도 자신들을 붙들 수 없다는 것을 알고는 있었지만, 디스커버리 호가 아직 이 거대한 행성의 위성이 되지 않았다는 사실을 믿기 어려웠다.

마침내 저 멀리 앞에 지평선을 따라 번쩍거리는 빛이 나타났다. 이제 우주선이 어둠 속을 벗어나 태양으로 향하고 있는 것이다. 그와 거의 동시에 HAL의 목소리가 울려 퍼졌다.

"지구와 무선통신이 연결됐습니다. 섭동이 성공적으로 완수되었다는 말씀을 드리게 된 것도 매우 기쁩니다. 토성까지 남은 시간은 167일 다섯 시간 11분입니다."

원래 추정치와 오차는 1분도 채 되지 않았다. 접근 비행이 흠잡을 데 없이 정확하게 이루어진 것이다. 디스커버리 호는 우주적 크기의 당구대 위에 놓인 공처럼 목성의 움직이는 중력장에 부딪혔다 튀어나오면서 그 충격을 이용해 힘을 얻었다. 연료를 전혀 사용하지 않고도 시속 수천 킬로미터나 속도를 올릴 수 있었던 것이다.

그러나 이것이 역학의 법칙에 위배되는 것은 아니었다. 지출과 수입이 항상 똑같이 유지되는 것이 자연의 법칙이므로, 목성은 정확히 디스커버리 호가 얻은 만큼의 힘을 잃었다. 따라서 목성의 회전 속도가 느려졌지만, 목성의 질량이 우주선 질량의 $10^{21}$배나 되기 때문에 궤도의 변화라고 해 봤자 감지할 수도 없을 만큼 적을 것이다. 인류가 태양계에 뚜렷한 흔적을 남길 수 있는 때는 아직 오지 않았다.

주위가 빠르게 밝아지고 쭈그러들었던 태양이 목성의 하늘로 다시 떠오르자 풀과 보먼은 말없이 손을 뻗어 악수했다.

믿기 어려운 사실이었지만, 이번 임무의 전반부가 무사히 끝난 것이다.

## 신들의 세계

그러나 목성과의 일이 완전히 끝나진 않았다. 디스커버리 호가 발사한 탐사선 두 개가 저 멀리 뒤에서 목성의 대기와 접촉하고 있었다.

한 탐사선은 발사된 뒤 소식을 전혀 보내오지 않았다. 아마도 너무 가파른 각도로 들어갔다가 정보도 보내기 전에 타 버린 모양이었다. 나머지 탐사선은 좀 더 성공을 거뒀다. 녀석은 목성 대기의 상층부를 얇게 썰듯이 파고 들어갔다가 살짝 미끄러지듯 다시 우주 공간으로 나왔다. 원래 계획대로 녀석은 목성 대기와 접촉한 탓에 속도를 너무 많이 잃어버려서 거대한 타원형을 그리며 다시 떨어져 내렸다. 그리고 두 시간 후, 녀석은 시속 11만 2000킬로미터의 속도로 움직이며 목성의 낮 부분 대기 속으로 다시 들어갔다.

그 즉시 백열하는 가스가 녀석을 둘러쌌고 녀석과의 전파 통신이 끊어졌다. 그 후 조종실에서 이 과정을 지켜보던 두 사람은 불안에 잠겨 몇 분 동안 소식을 기다렸다. 탐사선이 거기서 살아남을 수 있을지, 탐사선의 브레이크가 완전히 작동하기 전에 탐사선을 보호해 주는 세라믹 보호막이 다 타 버리지 않을지 확신할 수 없었다. 만약 보호막이 타 버린다면 탐사선은 눈 깜짝할 사이에 기화해 버릴 것이다.

그러나 보호막은 불타는 유성처럼 대기권으로 들어가고 있는 탐사선이 멈출 때까지 버텨 주었다. 탐사선은 불길에 그을린 조각들을 떨쳐 버리고 안테나를 세운 다음 전자 센서로 주위를 둘러보기 시작했다. 이제 거의 40만 킬로미터나 떨어져 버린 디스커버리 호로 목성에서 보내온 최초의 진정한 통신이 들어오기 시작했다.

매초 쏟아져 들어오는 수천 개의 펄스들은 대기의 구성, 압력, 온도, 자기장, 방사능 등 수십 가지의 요인들에 대한 정보를 보고했다. 이제 지구의 전문가들만이 그 정보를 해독할 수 있을 것이다. 그러나 누구나 즉시 이해할 수 있는 메시지가 하나 있었다. 그것은 탐사선이 아래로 떨어지면서 보내온 총천연색 텔레비전 화면이었다.

첫 번째 화면이 들어온 것은 탐사선이 이미 대기권 안으로 들어가 보호막을 벗어 버린 다음이었다. 화면에서 보이는 것이라고는 현기증이 일 만큼 빠른 속도로 카메라 옆을 지나가는 진홍색 반점들이 점점이 흩어진 노란색 안개뿐이었다. 탐사선이 시속 수백 킬로미터의 속도로 떨어지는 동안 이 반점들은 위를 향해 흘러갔다.

안개가 점점 짙어졌다. 사람이 초점을 맞출 수 있는 자세한 특징들이 없었기 때문에 카메라에 비친 모습이 10센티미터 앞의 모습인지 아니면 10킬로미터 앞의 모습인지 도저히 추측할 길이 없었다. 탐사선의 텔레비전 시스템만 가지고 얘기하자면 이번 임무는 실패인 듯싶었다. 장비가 작동하기는 했지만, 이처럼 안개가 짙고 움직임이 거친 대기 속에서는 아무것도 보이지 않았다.

그런데 그때 아주 갑작스럽게 안개가 사라져 버렸다. 탐사선이 구름의 높은 층을 통과해 맑은 지역으로 나온 모양이었다. 어쩌면 이곳은 암모니아 결정이 드문드문 흩어져 있을 뿐, 거의 순수하게 수소로만 이루어진 지역인지도 몰랐다. 사진만 보고는 거리를 가늠하기가 여전히 불가능했지만, 카메라가 몇 킬로미터 앞의 광경을 비추고 있음이 분명했다.

이 광경이 하도 낯설어서 지구의 색채와 모양에 익숙해진 인간의 눈으로는 잠시 아무 의미도 짚어 낼 수 없었다. 저기 멀리 아래쪽에는 군데군데 반점이 있는 황금색 바다가 펼쳐져 있고 평행으로 달리는 산맥들이 그 바다에 흉터처럼 자리 잡고 있었다. 어쩌면 그 산맥들이 거대한 파도의 물마루인지도 모를 일이었다. 그러나 그 산맥들에는 움직임이 전혀 없었다. 하도 거대한 풍경 속에서 펼쳐지는 광경이라 움직임이 나타나지 않는 것이다. 게다가 그 황금색 풍경도 바다일 리 없었다. 탐사선이 아직 목성의 대기권 중 높은 쪽에 있기 때문이었다. 어쩌면 그 황금색 풍경은 또 다른 구름층에 불과한 건지도 몰랐다.

그런데 그때 아주 기묘한 모습이 카메라에 언뜻 잡혔다. 거리가 너무 멀어서 감질이 날 정도로 흐릿한 모습이었다. 몇 킬로미터나 떨어진 곳에서 황금색 풍경이 이상할 정도로 좌우 균형이 잡힌 원뿔 모양으로 변해 있었다. 마치 화산 활동을 하는 산 같은 모습이었다. 그 원뿔의 정상 주위에는 깃털 같은 구름이 조금 후광처럼 자리 잡고 있었다. 구름들은 모두 크기가 비슷했으며, 아주 뚜렷하게 서로 분리되어 있었다. 왠지 부자연스럽고 불안한 느낌이 들었다. '자연스럽다'는 말이 이 장엄한 풍경에 애당초 적용될 수 있다면 말이지만.

다음 순간 빠르게 두꺼워지고 있는 대기권 안에서 뭔가 난기류에 휘말린 탐사선이 몸을 비틀며 또 다른 쪽의 지평선을 향했다. 몇 초 동안 화면에는 형태가 뭉개진 황금색밖에 보이지 않았다. 이윽고 화면이 안정되자 아까보다 훨씬 가까워진 그 '바다'가 보였지만 정체를 알 수 없기는 마찬가지였다. 이제는 여기저기 흩어져 있는 어두운 반점들이 보였다. 어쩌면 그 반점들은 대기권의 더 깊숙한 층으로 이어진 구멍이나 틈일 수도 있었다.

탐사선은 원래 대기권의 아래층에 결코 도달하지 못할 운명이었다. 탐사선이 1킬로미터씩 전진할 때마다 녀석을 둘러싼 가스의 농도가 두 배로 늘어나고, 녀석이 목성의 숨겨진 표면을 향해 깊숙이 들어갈수록 압력이 높아졌다. 화면이 운명을 예고하듯 한 번 깜박였다가 사라져 버렸을 때, 탐사선은 여전히 그 수수께끼 같은 바다 위에 높이 떠 있었다. 지구에서 온 최초의 탐사선은 수 킬로미터에 이르는 대기의 무게에 눌려 찌그러져 버렸다.

탐사선이 그 짧은 생애 동안 보여 준 것은 목성 전체의 100만 분의 1에 지나지 않을 터였다. 게다가 녀석은 점점 짙어지는 안개 속에서 수백 킬로미터 아래에 위치한 목성의 표면에 거의 접근하지도 못했다. 스크린에서 화면이 사라졌을 때, 보먼과 풀은 그저 말없이 자리에 앉아 똑같은 생각을 머릿속에서 굴리고 있었다.

고대인들이 이 행성에 모든 신들의 주인 이름을 붙인 것(목성의 영어 이름은 주피터(Jupiter)로 그리스 신화의 제우스에 해당한다. ─옮긴이)은 그들이 당시 갖고 있던 지식을 뛰어넘는 굉장한 일이었다. 만약 저 아래 생명체가 있다면, 그 위치를 파악하는 데만 시간이 얼마나 걸릴까? 그리고 생명체를 찾아낸 후에 인류가 이 최초의 선구자 뒤를 따를 때까지 몇 세기가 흘러야 할까? 그들은 어떤 우주선을 타고 올까?

그러나 현재 디스커버리 호와 그 승무원들이 걱정해야 할 문제는 이런 것이 아니었다. 그들의 목적지는 태양으로부터 목성보다 거의 두 배나 떨어져 있는, 훨씬 더 낯선 세계였다. 그들은 목적지에 닿기 위해 혜성들이 출몰하는 허공을 8억 킬로미터나 더 가로질러야 했다.

4부

# 심연

# 생일 파티


11억 킬로미터나 떨어진 곳을 향해 빛의 속도로 보낸 '생일 축하' 메시지가 조종대의 스크린과 기계들 사이로 사라져 갔다. 지구에서 생일 케이크를 앞에 놓고 조금 어색한 모습으로 둘러앉은 풀의 가족들은 갑자기 침묵에 빠져 들었다.

그때 아버지가 무뚝뚝한 목소리로 말했다.

"글쎄다, 프랭크, 지금으로서는 우리가 널 생각하고 있다는 말이랑, 네가 가장 행복한 생일을 맞기를 바란다는 말밖에 달리 할 말이 생각나지 않는구나."

"몸조심해라, 얘야. 하느님께서 축복해 주시기를."

어머니가 울먹이는 목소리로 끼어들었다.

다들 입을 모아 "안녕."이라고 인사한 후 화면이 꺼졌다. 이 모든 일들이 일어난 지 벌써 한 시간 이상 흘렀다는 생각을 하니 기분이 정말 묘하군. 풀은 속으로 혼잣말을 했다. 지금쯤 그의 가족들은 다시 뿔뿔이 흩어져 집에서 몇 킬로미터나 떨어진 곳에 가 있을 것이다. 그러나 이렇게 시간이 지난 후에야 가족들의 메시지를 받아 볼 수 있다는 사실이 때로 속상하기는 해도 어떤 의미에서는 또 다른 형태의 축복이기도 했다. 이 시대의 모든 사람들과 마찬가지로 풀도 언제든 마음이 내킬 때 지구 상의 누구하고든 즉시 이야기할 수 있다는 것을 당연한 사실로 받아들였다. 그런데 더 이상은 그렇게 할 수 없는 처지가 되고 보니 심리적인 충격이 엄청났다. 완전히 차원이 다르게 느껴질 만큼 먼 곳에 나와 있는 탓에 사람들과의 감정적 연결 고리들이 거의 모두 한계 이상으로 늘어나 압박을 받고 있었다.

HAL이 말했다.

"파티를 방해해서 미안하지만, 문제가 생겼습니다."

"무슨 문제?"

보먼과 풀이 동시에 물었다.

"지구와 통신을 유지하기가 어렵습니다. AE35 유닛에 문제가 있습니다. 저의 오류 예측 센터의 보고에 따르면, AE35 유닛이 72시간 안에 작동을 멈출 가능성이 있습니다."

"우리가 처리하도록 하지. 광학 기기 정렬 상태를 보여 줘."

보먼이 요구했다.

"여기 있습니다, 데이브. 광학 기기들은 지금 아무 이상 없습니다."

별이 거의 하나도 없는 공간을 배경으로 아주 눈부시게 빛나는 완벽한 반달이 스크린에 나타났다. 구름에 뒤덮여 있어서 두 사람이 알아볼 수 있는 지리적 특징은 전혀 보이지 않았다. 그냥 보면 금성으로 착각할 수도 있을 것 같았다.

그러나 자세히 살펴보면 역시 금성과는 달랐다. 반달 같은 모양 뒤로 진짜 달이 나타나 있었기 때문이다. 금성에는 위성이 없었다. 진짜 달은 지구의 4분의 1 크기였으며 지구와 똑같이 반달 모양을 하고 있었다. 월석(月石)에서 얻은 증거들을 통해 달이 지구의 일부였던 적이 한 번도 없다는 사실이 확실히 증명되기 전에 많은 천문학자들이 믿었던 것처럼 지구와 달을 모자간으로 생각해도 될 것 같았다.

풀과 보먼은 약 30초 동안 아무 말 없이 화면을 유심히 살펴보았다. 화면에 나타난 이미지는 커다란 전파 수신접시의 가장자리에 설치된 망원 텔레비전 카메라를 통해 들어온 것이었다. 수신접시 중앙에 얼기설기 설치되어 있는 전선들은 안테나가 정확히 어느 방향을 향하고 있는지 보여 주었다. 연필심처럼 가느다란 광선이 정확히 지구를 겨냥하지 못한다면 통신을 받을 수도 보낼 수도 없었다. 쌍방을 오가는 모든 메시지들이 목표를 놓쳐 누구의 눈에도 띄지 못하고, 누구의 귀에도 닿지 못한 채 태양계 밖의 텅 빈 공간으로 쏘아져 나갈 테니까 말이다. 설사 그 메시지가 수신된다 해도 그것은 이미 수백 년이 흐른 후의 일일 것이며, 그것을 수신하는 상대는 인간이 아닐 터였다.

보먼이 물었다.

"어디에 문제가 있는지 알고 있어?"

"문제가 간헐적으로 발생하고 있어서 위치를 잡을 수 없습니다.

하지만 AE35 유닛 내부에 문제가 있는 것 같습니다."

"처리 방법에 대한 제안은?"

"우리가 확인할 수 있도록 그 유닛을 떼어 내고 예비품을 설치하는 게 가장 좋을 겁니다."

"좋아. 문서로 출력해 줘."

화면에 정보가 나타나는 것과 동시에 바로 아래에 있는 구멍에서 종이 한 장이 밀려 나왔다. 전자 스크린을 통해 모든 정보를 출력할 수 있는데도, 기록을 남기기에는 옛날처럼 인쇄된 종이가 가장 편리할 때가 종종 있었다.

보먼은 회로도를 잠시 살펴보고는 휘파람을 불었다. 그가 말했다.

"미리 말을 해 줄 것이지. 우리가 밖으로 나가야 한다는 얘기잖아."

"죄송합니다. AE35 유닛이 안테나 받침대에 있다는 사실을 두 분이 알 거라고 생각했습니다."

HAL이 대답했다.

"아마 알았겠지, 한 1년 전이라면. 하지만 이 우주선에는 8000개나 되는 하위 시스템이 실려 있어. 어쨌든 일은 간단할 것 같은데. 패널을 열고 새 유닛을 집어넣기만 하면 되니까."

"나한테 잘 맞겠군. 풍경을 한번 바꿔 보는 것도 좋을 거야. 뭐, 약을 올리려는 건 아니지만."

일상적인 외부 활동을 맡기로 되어 있는 풀이 말했다.

"지상 관제소에 한번 물어보자고."

보먼이 말했다. 그는 몇 초 동안 가만히 앉아 생각을 정리한 다음 메시지를 구술하기 시작했다.

"지상 관제소, 여기는 X-레이-델타-1이다. 20시 45분에 우리 9-0-0-0 컴퓨터의 오류 예측 센터가 알파-에코 3-5 유닛이 72시간 내에 작동을 멈출 가능성이 있음을 보여 주었다. 그쪽에서 원격 모니터 장치를 확인해 본 다음 우주선 시스템 시뮬레이터에서 그 유닛을 검토해 주기 바란다.

또한 알파-에코 3-5 유닛이 작동을 멈추기 전에 우리가 우주선 밖으로 나가서 갈아 끼우는 것을 승인하는지 확인해 주기 바란다. 지상 관제소, 여기는 X-레이-델타-1이다. 2103 메시지 전송 끝."

오랜 경험 덕분에 보먼은 순식간에 이런 용어들(누군가가 여기에 '기술자 같은 말'이라는 별명을 붙여 준 적이 있었다.)을 끄집어내서 사용할 수 있었고, 정신적으로 별다른 준비를 하지 않아도 금방 정상적인 대화로 돌아올 수 있었다. 이제는 지상 관제소에서 확인해 줄 때까지 기다리는 것 말고 할 일이 없었다. 이쪽에서 보낸 신호가 목성과 화성의 궤도를 지나 왕복 여행을 해야 하므로 지상 관제소의 답변이 오려면 적어도 두 시간은 걸릴 터였다.

지상 관제소의 답변이 들어왔을 때 보먼은 HAL의 메모리 속에 저장되어 있는 기하학 패턴 게임을 하면서 HAL을 이겨 보려고 헛되이 애쓰고 있었다.

"X-레이-델타-1, 여기는 지상 관제소다. 2103 메시지를 받았다. 현재 시뮬레이터에서 원격 측정 정보를 검토하고 있으며 다음과 같이 권고한다.

우주선 밖으로 나가 알파-에코 3-5 유닛이 작동을 멈추기 전에 갈아 끼우겠다는 계획을 승인한다. 그쪽에서 잘못된 유닛에 적용할 수 있는 시험 절차를 지금 마련 중이다."

일과 관련된 진지한 내용의 메시지를 모두 끝낸 지상 관제소의 관제사는 평범한 영어로 말을 이었다.

"문제가 좀 있다니 안됐네요. 우리도 두 분을 더 귀찮게 해 드리고 싶지 않지만 공공 정보국의 요청을 전해 드리겠습니다.

우주선 밖으로 나가기 전에 괜찮다면 일반인들을 위해 잠깐 녹음을 좀 해 주실래요? 현재의 상황을 개괄적으로 설명하고, AE35 유닛이 무엇인지 설명해 주시면 됩니다. 가능한 한 자신 있는 태도로 해 주세요. 물론 우리가 할 수도 있지만, 두 분이 말씀하시는 편이 훨씬 더 설득력 있을 겁니다. 이런 요청이 두 분의 즐거운 생활에 방해가 되지 않았으면 좋겠네요. X-레이-델타-1, 여기는 지상 관제소다. 2155 메시지 전송 끝."

보면은 공공 정보국의 요청을 들으며 웃을 수밖에 없었다. 지구쪽 사람들은 이상할 정도로 무신경한 태도로 지나치게 직선적인 말을 사용할 때가 가끔 있었다. "자신 있는 태도로 해 주세요."라니!

보면은 자신의 수면 시간이 끝나 갈 무렵, 풀과 함께 앉아 10분 동안 답변서를 작성하고 다듬었다. 이번 여행이 시작되고 얼마 되지 않았을 때에는 온갖 뉴스 매체에서 인터뷰며 토론이며 온갖 형태의 요청이 수없이 들어왔다. 그러나 아무 사건 없이 몇 주가 지나고 통신상의 시간차가 몇 분에서 한 시간 이상으로 늘어나자 사람들의 흥미가 점점 줄어들었다. 한 달여 전 디스커버리 호가 목성을 스쳐 지나가면서 세상을 떠들썩하게 만든 이후, 두 사람이 일반인들을 위해 녹음한 테이프는 고작해야 서너 개 정도였다.

"지상 관제소, 여기는 X-레이-델타-1이다. 보도용 성명서를 발표하겠다.

오늘 일찍 사소한 기술적 문제가 발생했습니다. 우주선의 HAL 9000 컴퓨터가 AE35 유닛의 작동 불능을 예언한 것입니다.

AE35는 작지만 통신을 위해 꼭 필요한 장치입니다. 우주선의 주 안테나가 몇천 분의 1의 오차 범위 안에서 지구를 겨냥하도록 해 주니까요. 이렇게 정확성이 요구되는 것은, 저희가 현재 지구에서 11억 킬로미터 이상 떨어져 있기 때문입니다. 지구는 희미한 별에 지나지 않기 때문에 아주 좁게 발사되는 우리의 전파 빔이 쉽사리 지구를 놓쳐 버릴 수 있습니다.

안테나는 중앙 컴퓨터가 통제하는 모터의 힘으로 계속 지구를 추적하도록 되어 있습니다. 그런데 그 모터들이 AE35 유닛을 통해 명령을 전달받습니다. 이 유닛은 우리 몸속의 신경중추와 같다고 생각해도 될 것 같습니다. 신경중추는 뇌의 지시 사항을 번역해서 팔다리의 근육에 전달해 주죠. 만약 신경계가 정확한 신호를 전달해주지 못하면 팔다리는 아무 짝에도 쓸모없는 존재가 됩니다. 우리 우주선의 경우 AE35 유닛이 작동 불능 상태에 빠지면 안테나가 아무 곳이나 겨냥하게 될 수도 있습니다. 지난 세기에 우주 깊숙한 곳까지 날아간 탐사선들도 흔히 이 문제를 겪었습니다. 그래서 안테나가 지구를 찾아내지 못하는 바람에 엉뚱한 행성에 메시지를 보냈죠. 지구로는 아무런 정보도 보내지 못했다는 얘깁니다.

현재 정확히 무엇이 잘못됐는지는 아직 모릅니다. 그러나 상황이 심각한 것은 전혀 아니므로 놀라실 필요 없습니다. 우주선에는 예비용 AE35 유닛이 두 개 있는데, 둘 다 작동 수명이 20년입니다. 따라서 이번 여행이 지속되는 동안 새로 갈아 끼운 AE35 유닛이 고장을 일으킬 가능성은 아주 미미합니다. 또한, 만약 현재의 문제점이 무엇인지 정확히 알아낼 수 있다면 원래 설치되어 있던 유닛을 수리할 수 있을지도 모릅니다.

이런 일을 하기 위한 특수 자격을 갖춘 프랭크 풀이 우주선 밖으로 나가서 문제를 일으킨 유닛을 예비용 유닛으로 갈아 끼울 겁니다. 그와 동시에 그는 그 기회를 이용해 우주선 외피를 검사하고 특별히 밖으로 나가야 할 만큼 크기가 크지 않아서 내버려 두었던 작은 구멍들을 손볼 것입니다.

이 사소한 문제를 제외하면, 우리 여행은 아직 별다른 사건 없이 진행되고 있으며 앞으로도 그럴 겁니다.

지상 관제소, 여기는 X-레이-델타-1이다. 2104 메시지 전송 끝."

# 우주선 밖으로

    디스커버리 호의 외부 활동용 캡슐, 즉 우주 캡슐은 지름 약 2미터 70센티미터의 공 모양이었으며, 조종사는 불룩한 유리창 뒤에 앉아서 유리창을 통해 전방을 모두 바라볼 수 있었다. 중앙 로켓 엔진은 중력의 5분의 1에 해당하는 가속도(달 표면 위에 떠 있기에 딱 필요한 속도)를 낼 수 있었으며, 작은 노즐이 방향타 역할을 해서 비행 자세를 교정할 수 있었다. 창문 바로 아래쪽의 공간에는 관절이 있는 금속 팔, 즉 '왈도' 두 세트가 튀어나와 있었는데 하나는 무거운 물건을 옮길 수 있었고, 다른 하나는 섬세한 동작을 할 수 있었다. 이 밖에 쭉 잡아 늘여서 사용할 수 있는 회전 선반도 하나 있었는데, 거기에는 스크루드라이버, 잭해머, 톱, 드릴 등 다양한 전동 공구가 들어 있었다.

    우주 캡슐을 타고 여행하는 것이 그리 우아한 여행 방법이라고

할 수는 없었지만, 진공 상태에서 뭔가를 건설하거나 장비를 보수할 때는 이것이 반드시 필요했다. 우주 캡슐에는 대개 여자 이름을 붙였는데, 아마도 때로 각 캡슐의 성격을 예측하기 어렵다는 점 때문에 그렇게 된 것 같았다. 디스커버리 호에 실린 세 캡슐의 이름은 각각 안나, 베티, 클라라였다.

개인용 압력 수트(이 옷은 다른 장비들이 모두 잘못됐을 때 그를 지켜 줄 최후의 수단이었다.)를 입고 캡슐 안으로 들어간 풀은 10분 동안 조종판을 세심하게 확인했다. 방향을 돌릴 때 사용하는 제트 분사구에게 트림도 시켜 보고, 왈도의 관절도 움직여 보고, 산소, 연료, 예비용 동력도 다시 확인했다. 마침내 모든 확인 절차가 만족스럽게 끝나자 그는 무선 회로를 통해 HAL에 말을 걸었다. 보먼이 조종실에서 대기하고 있지만, 뭔가 분명한 실수가 일어나거나 장비 고장이 발생하지 않는 한 그가 끼어들 일은 없을 터였다.

"여기는 베티다. 감압을 시작하라."

"감압 시작."

HAL이 말했다. 즉시 소중한 공기가 에어로크 밖으로 빠져나가면서 펌프들이 고동치는 소리가 들려왔다. 이윽고 얇은 금속판으로 만들어진 캡슐 외피가 삐그덕삐그덕 소리를 내더니 약 5분 후에 HAL이 보고를 해 왔다.

"감압 완료."

풀은 자그마한 계기판을 마지막으로 한 번 더 확인했다. 모든 것이 완벽하게 정상 상태를 유지하고 있었다.

"바깥문을 열어라."

그가 명령했다.

HAL이 그의 명령을 되풀이했다. 어떤 단계에서든 풀이 "정지!"라고 외치기만 하면 컴퓨터가 모든 절차를 즉시 중단하도록 되어 있었다.

앞쪽에서 우주선 벽이 갈라졌다. 마지막으로 남아 있던 공기가 우주 공간으로 세차게 빠져나가면서 캡슐이 잠깐 흔들렸다. 다음 순간 별들이 눈앞에 펼쳐졌다. 자그마한 황금색 원반처럼 보이는 토성은 아직 6억 4000만 킬로미터나 떨어진 곳에 있었다.

"캡슐 사출 시작."

캡슐이 매달려 있던 레일이 아주 천천히 열린 문 밖으로 늘어나 우주선 외피 바로 바깥에서 캡슐을 매단 채 멈췄다.

풀이 중앙 분사구로 0.5초 동안 기체를 분출시키자 캡슐이 부드럽게 미끄러지듯 레일을 벗어나 마침내 디스커버리 호는 태양 주위의 독자적인 궤도에 들어섰다. 이제 풀과 디스커버리 호를 이어 주는 것은 하나도 없었다. 심지어 구명줄도 없었다. 캡슐은 거의 문제를 일으키지 않는 편이었다. 설사 캡슐이 고장을 일으켜 그가 우주에서 오도 가도 못하는 처지가 되더라도 보먼이 와서 쉽게 그를 구출해 줄 수 있었다.

베티는 조종판의 명령에 매끄럽게 반응했다. 그는 캡슐이 30미터 정도 자유롭게 떠가도록 내버려 두었다가 앞쪽으로 계속 나아가려는 캡슐의 타성을 확인해 보고 캡슐 앞쪽이 우주선을 향하도록 방향을 홱 돌렸다. 그러고는 기밀실을 둘러보기 시작했다.

그가 가장 먼저 목표로 삼은 곳은 너비가 1센티미터 남짓하고 중심부에 자그마한 구멍이 패어 있는 용접 부분이었다. 우주선이 시속 16만 킬로미터 이상의 속도로 움직일 때 이곳에 부딪힌 먼지 입자들은 핀의 머리 부분보다도 작았으며, 자체적으로 갖고 있는 엄청난 운동에너지 때문에 순식간에 기화해 버렸다. 용접 부분의 구멍은 대개 우주선 내부의 폭발 때문에 생겨난 것 같은 모양이었다. 이렇게 속도가 빠를 때는 물질들의 움직임이 이상해지기 때문에 사람들이 상식적으로 알고 있는 역학 법칙은 거의 적용되지 않았다.

풀은 용접 부분을 세심하게 조사한 다음 캡슐의 만능 도구함에서 압력 용기에 들어 있는 밀봉제를 꺼내 그곳에 뿌렸다. 하얀 고무 같은 액체가 금속 표면 위로 번지면서 구멍을 가렸다. 구멍에서 새어 나오는 기체 때문에 커다란 거품이 생겼지만, 너비가 15센티미터 정도에 도달하자 터져 버렸다. 그리고 훨씬 더 작은 거품이 하나 더 생겼다가 순간 밀봉제가 효과를 발휘하기 시작하자 잦아들었다. 풀은 몇 분 동안 그 광경을 열심히 관찰했지만 더 이상 변화는 눈에 띄지 않았다. 그러나 신중을 기하기 위해 그는 밀봉제를 한 번 더 뿌린 다음 안테나가 있는 곳으로 출발했다.

디스커버리 호의 둥그런 기밀실을 한 바퀴 도는 데는 시간이 좀 걸렸다. 캡슐이 초속 몇십 센티미터 이상의 속도를 내지 못하도록 그가 억제했기 때문이다. 특별히 서두를 이유도 없었고 우주선과 이렇게 가까운 곳에서 빠른 속도로 움직이는 것은 위험했다. 그는 기밀실 외피의 뜻하지 않은 곳에서 여러 가지 센서와 기계들이 내뿜는 소리에 날카롭게 주의를 기울여야 했다. 또한 분사구의 조종에도 세심하게 신경 써야 했다. 만약 분사구에서 뿜어져 나온 기체가 연약한 장비들을 건드린다면 우주선에 상당한 피해를 입힐 수 있었다.

마침내 장거리 안테나에 도착한 그는 상황을 조심스럽게 조사해 보았다. 지름 6미터의 커다란 접시 안테나는 똑바로 태양을 겨냥하고 있는 것처럼 보였다. 현재 지구는 태양과 거의 일직선을 이루고 있었다. 따라서 방향타가 설치되어 있는 안테나 받침대는 거대한 금속 접시의 그림자에 가려 완전한 어둠 속에 묻혀 있었다.

풀은 뒤에서부터 받침대에 접근했더랬다. 베티가 안테나의 빔을 방해해서 일시적으로나마 지구와의 통신을 두절시키는 기분 나쁜 상황이 발생하지 않도록 일부러 앞쪽을 피한 것이다. 처음에는 아무것도 보이지 않았기 때문에 그는 캡슐의 불을 켜서 어둠을 쫓아버렸다.

눈앞의 작은 금속판 밑에 문제의 원인이 있었다. 금속판은 네 개의 로크너트로 고정되어 있었고, AE35 유닛 전체가 쉽게 교체될 수 있도록 설계되었기 때문에 무슨 문제가 생길 것 같지는 않았다.

그러나 우주 캡슐 안에 머물러서는 그 일을 해낼 수 없음이 분명했다. 섬세하다 못해 거미줄 같은 안테나 틀에 그렇게 가까이 다가가는 것이 위험할 뿐만 아니라, 베티의 분사구에서 나오는 기체 때문에 커다란 전파 반사경의 종이처럼 얇은 표면이 뒤틀릴 가능성이 컸다. 따라서 우주선에서 6미터쯤 떨어진 곳에 우주 캡슐을 정지시키고 압력 수트만 입은 채 밖으로 나가야 했다. 어쨌든 베티의 원격 조종기를 이용하는 것보다 그가 장갑 낀 손으로 직접 유닛을 갈아끼우는 편이 훨씬 빠를 터였다.

그는 이 모든 사실들을 조심스럽게 보면에게 보고했고, 보면은 풀이 매 단계 작업을 실행하기 전에 다시 한번 상황을 확인했다. 간단하고 일상적인 작업이었지만, 우주에서는 그 어떤 것도 쉽게 생각할 수 없었다. 따라서 아무리 사소한 일이라도 간과해서는 안 되었다. 우주선 밖에서 작업할 때는 '사소한' 실수라는 것이 아예 존재하지 않았다.

그는 우주선에서 OK 사인을 받은 다음 안테나 지지대 밑동으로부터 6미터쯤 떨어진 곳에 캡슐을 정지시켰다. 우주 캡슐이 우주 공간 속으로 정처 없이 흘러갈 위험은 전혀 없었지만, 그는 일부러 외피 위에 설치된 사다리 가로대에 캡슐의 기계손을 고정시켜 두었다.

그리고 압력 슈트의 시스템을 점검해서 모든 결과가 만족스럽게 나오자 캡슐에서 공기를 빼기 시작했다. 베티 안에 들어 있던 공기가 우주의 진공 속으로 쉿쉿거리며 빠져나가자 그의 주위에 얼음 결정들이 잠시 구름처럼 생겨났고 별들도 순간적으로 희미해졌다.

캡슐에서 나가기 전에 할 일이 하나 더 있었다. 그는 수동 조작에서 원격 조종으로 스위치를 바꿔 베티의 조종권을 HAL에게 넘겨주었다. 이것은 안전을 위한 표준적인 예방 조치였다. 무명실보다 약간 굵고 엄청나게 질기며 스프링이 들어 있는 밧줄이 그와 베티를 여전히 단단하게 이어 주고 있었지만 아무리 좋은 구명줄이라도 제대로 힘을 발휘하지 못한 적이 있었기 때문이다. HAL에게 미리 조종권을 넘기지 않아 캡슐의 도움을 받아야 할 일이 생겼을 때 HAL을 통해 캡슐을 부를 수 없는 사태를 초래하는 것은 바보 짓이었다.

캡슐의 문이 열리자 그는 천천히 고요한 우주 공간으로 빠져나왔다. 그의 뒤에서 구명줄이 계속 풀리고 있었다. 마음을 편안히 가져라, 절대 빨리 움직이지 말라, 행동하기 전에 생각을 먼저 하라. 이것이 우주선 밖에서 활동할 때의 규칙이었다. 이 규칙만 지킨다면 결코 문제가 생기지 않았다.

그는 베티의 외피에 붙어 있는 손잡이 하나를 움켜쥔 채 캥거루처럼 배에 매달려 있던 주머니에서 예비용 AE35 유닛을 꺼냈다. 캡슐에 마련되어 있는 도구들은 대부분 인간의 손에 맞게 설계되지 않았기 때문에 일부러 그 도구들을 챙기지는 않았다. 작업하는 데 필요할 것으로 짐작되는 만능 렌치와 열쇠들은 이미 압력 수트 허리띠에 부착되어 있었다.

그는 가볍게 발을 밀면서 자신과 태양 사이에 거대한 접시처럼 버티고 있는 커다란 접시 안테나의 수평 받침대를 향해 출발했다. 그가 베티의 전등 두 개가 밝혀 주는 불빛을 받으며 움직이는 동안 바로 그 불빛 때문에 생겨난 그의 그림자 두 개가 볼록한 안테나 표면에서 환상적인 춤을 추었다. 그러나 거대한 전파 반사경의 뒤쪽 여기저기에서 눈부신 점처럼 빛이 반짝이는 것을 눈치채고 그는 깜짝 놀랐다.

그는 조용히 접근하면서 몇 초 동안 이 문제를 생각해 보다가 빛의 정체를 깨달았다. 항해 도중 아주 작은 운석들이 틀림없이 반사경을 뚫고 지나갔을 터였다. 그렇다면 그가 지금 보고 있는 빛은 그 작은 구멍들을 통해 들어온 태양 빛이었다. 그러나 구멍이 너무 작아서 반사경의 활동에 눈에 띄게 영향을 미칠 정도는 아니었다.

그는 천천히 움직이면서 팔을 뻗어 안테나와의 충돌 충격을 줄이고 안테나 받침대를 잡은 다음 다시 튀어나왔다. 그리고 가장 가까운 부착 장치에 재빨리 안전띠를 걸었다. 그가 도구를 사용할 때 그것이 몸을 지탱해 줄 터였다. 그는 잠시 움직임을 멈추고 보면에게 상황을 보고한 뒤 다음으로 해야 할 일을 생각했다.

한 가지 사소한 문제가 있었다. 그는 지금 캡슐의 불빛 속에 서 있었는데(아니, 떠 있었는데) 그 불빛이 던지는 그림자 때문에 AE35 유닛을 보기가 어려웠다. 그래서 그는 HAL에게 캡슐의 전등 방향을 한쪽으로 돌려놓으라고 명령하고, 이렇게 저렇게 몸을 움직이며 안테나 접시에서 반사되어 나온 불빛으로 균일한 조명을 얻을 수 있는 지점을 찾았다.

몇 초 동안 그는 로크너트 네 개로 고정된 작은 금속 해치를 유심히 살펴보았다. 그리고 "승인받지 않은 사람이 이 장치를 건드리면 제조업체의 보증 서비스를 받을 수 없음."이라는 말을 혼자 읽으며 너트의 연결선을 자르고 너트를 풀기 시작했다. 너트가 표준 크기여서 그가 가져간 무회전 렌치와 잘 맞았다. 너트가 풀려 나올 때 렌치에 내장된 용수철 장치가 반작용을 흡수하도록 되어 있었으므로, 렌치를 사용하는 사람이 반대 방향으로 빙글빙글 도는 일은 벌어지지 않았다.

풀은 네 개의 너트를 아무 문제 없이 떼어 내서 허리띠에 매달린 주머니에 조심스럽게 집어넣었다.(누군가가 이런 예언을 한 적이 있었다. 언젠가 사람들이 잃어버린 볼트와 죔쇠는 물론 심지어 궤도상에서 건설 작업을 하는 부주의한 인부들이 흘린 도구들까지 한데 모여서 지구 주위에 토성과 같은 고리가 생길 것이라고.) 그런데 금속 덮개가 잘 떨어지지 않아서 한순간 이것이 냉간용접(열이나 전기를 사용하지 않고 용접하는 방법—옮긴이)된 것 같다는 불길한 생각이 들었다. 그러나 몇 번 톡톡 두드려 주자 금속판이 떨어져 나왔고, 그는 악어 이빨처럼 생긴 커다란 클립으로 안테나 받침대에 금속판을 고정시켜 두었다.

이제 AE35의 전자회로가 눈에 들어왔다. 회로는 우편엽서만 한 크기의 얇은 판에 심어져 있었으며, 그 판은 딱 맞는 크기의 틈에 끼워져 있었다. AE35 유닛은 두 개의 고정막대로 고정되어 있었는데, 사람이 쉽게 제거할 수 있도록 작은 손잡이가 달려 있었다.

문제는 AE35 유닛이 지금도 계속 작동하면서 저 멀리 점처럼 보이는 지구를 향해 안테나가 방향을 맞추도록 자극을 전달하고 있다는 점이었다. 만약 지금 이 유닛을 꺼낸다면 안테나를 통제하는 힘이 모두 사라져서 안테나가 중립적인 위치, 즉 디스커버리 호의 축과 같은 방향을 향하게 될 것이다. 그러면 위험한 일이 벌어질 수도 있었다. 안테나가 회전하면서 풀을 때릴 수도 있으니까.

이런 위험을 피하려면 통제 시스템의 전원을 차단하기만 하면 되었다. 그러면 풀이 안테나에 스스로 몸을 부딪히지 않는 한 안테나가 움직일 일은 없었다. 그가 유닛을 갈아 끼우는 몇 분 동안 안테나가 지구를 잃어버릴 위험도 없었다. 그렇게 짧은 시간 안에 지구의 위치가 눈에 띄게 변하지는 않을 터였다.

"HAL, 이제 유닛을 제거할 거야. 안테나 시스템을 통제하는 전원을 전부 꺼."

풀이 무전기를 통해 말했다.

"안테나 통제 전원 차단."

HAL이 대답했다.

"이제 시작한다. 지금 유닛을 꺼내고 있어."

회로판이 틈새에서 부드럽게 끌려 나왔다. 어딘가에 걸리지도 않았고, 빠져나오면서 틈새에 부딪히게 되어 있는 10여 개의 부분도 회로판을 붙들지 않았다. 예비용 유닛을 다시 끼워 넣을 때까지는 1분도 걸리지 않았다.

그러나 풀은 만일의 경우를 대비해 신중을 기하기로 했다. 그래서 전원이 다시 들어왔을 때 혹시 커다란 접시 안테나가 제멋대로 움직일 경우를 대비해 안테나 받침대에서 조금 떨어졌다. 그는 안전지대까지 물러난 다음 HAL에게 말했다.

"새 유닛은 잘 작동할 거야. 통제 전원을 다시 넣어."

"전원 공급."

HAL이 대답했다. 안테나는 바위처럼 꿈쩍도 하지 않았다.

"오류 예측 테스트 실시."

이제 현미경으로나 보일 만큼 미세한 펄스들이 AE35 유닛의 복잡한 회로 속에서 여기저기 반사되며 혹시 있을지도 모를 오류를 탐색하고, 수많은 부품들을 검사하며 모든 것이 사양에 명시된 허용 범위 안에 들어 있는지 살펴볼 터였다. 물론 이것은 공장에서 AE35 유닛을 출시하기 전에도 스무 번이나 시행하는 검사였다. 그러나 이 유닛이 출시된 것은 2년 전인 데다 공장까지의 거리는 10억 킬로미터도 넘었다. 반도체 전자 부품들이 도저히 고장을 일으키지 않을 것처럼 보이는 경우가 많은데도, 실제로는 고장이 발생했다.

"회로 이상 없음."

겨우 10초 후에 HAL이 보고했다. 그동안 그는 여러 명의 사람들이 달라붙어야 할 만큼 많은 검사들을 실행했다.

"좋아. 이제 덮개를 다시 덮는다."

풀이 만족스러운 목소리로 말했다.

우주선 밖에서 작업할 때 이 순간이 가장 위험한 경우가 많았다. 작업이 다 끝나서 상황을 정리하고 우주선으로 돌아가기만 하면 되는 순간에 실수를 저지르는 것이다. 그러나 프랭크 풀이 그렇게 조심성 없고 불성실한 사람이었다면 이번 임무에 선발되지도 않았을 것이다. 그는 서두르지 않았다. 로크너트 중 하나를 떨어뜨릴 뻔하기는 했지만, 너트가 몇 센티미터밖에 떨어지지 않았을 때 잡을 수 있었다.

15분 후 그는 제트엔진을 이용해 우주 캡슐의 격납고로 돌아왔다. 내심 다시 같은 작업을 할 필요가 없을 만큼 일을 완벽하게 마쳤다는 자신감을 느끼면서.

그러나 슬프게도 그것은 틀린 생각이었다.

# 진단

"그러니까, 내가 한 일이 모두 아무 소용이 없었다는 얘기야?"

프랭크 풀이 화가 났다기보다는 놀란 목소리로 소리쳤다.

"그런 것 같아. 유닛은 아무 이상 없어. 200퍼센트나 과부하를 걸어도 오류가 예측되지 않는다고."

보먼이 대답했다.

두 사람은 회전하는 북 안의 자그마한 작업실 겸 실험실에 서 있었다. 사소한 수리를 하거나 조사를 할 때는 우주 캡슐 격납고보다 이곳이 더 편리했다. 여기서는 공기를 따라 떠돌아다니는 뜨거운 납땜 방울을 만날 위험도 없었고, 작은 장비들이 다시는 찾을 수 없는 곳으로 제멋대로 날아가 버릴 위험도 없었다. 무중력 상태인 우주 캡슐 격납고에서는 실제로 그런 일들이 일어나곤 했다.

얇은 카드 크기의 AE35 유닛 회로판이 고배율 현미경 밑에 놓여 있었다. 회로판은 표준적인 연결 틀 안에 끼워져 있었고, 연결 틀에서 뻗어 나온 색색 가지의 전선들은 평범한 데스크톱 컴퓨터만 한 크기의 자동 검사 장치와 연결되어 있었다. 어떤 유닛이든 성능을 확인하려면 유닛을 틀과 연결하고, '문제 해결' 자료집에서 적절한 카드를 찾아 끼운 다음 버튼을 누르기만 하면 되었다. 그러면 대개는 작은 스크린에 오류가 발생한 정확한 위치와 권장할 만한 조치들이 표시되었다.

"자네가 직접 해 봐."

보먼이 자기도 답답해 죽겠다는 듯이 말했다.

풀은 '과부하 선택' 스위치를 X2로 올리고 '검사' 버튼을 눌렀다. 즉시 스크린에 결과가 나왔다. "유닛 OK."

"유닛이 아예 타 버릴 때까지 전류를 올려 볼 수도 있지만, 그래 봤자 아무것도 증명할 수 없을 거야. 자네 생각은 어때?"

"HAL에 내장된 오류 예측기가 실수를 저질렀을 수도 있어."

"우리 검사 장비가 오작동을 했다고 보는 편이 나을걸. 어쨌든 나중에 후회하느니 만전을 기하는 게 낫지. 조금이라도 의심스러운 부분이 있으면 유닛을 갈아 끼우는 편이 좋아."

보먼은 회로판을 틀에서 꺼내 빛에 비춰 보았다. 약간 투명한 재질로 만들어진 회로판에는 복잡하게 얽힌 전선들이 혈관처럼 뻗어 있고, 희미하게 보이는 초소형 부품들이 점점이 흩어져 있어서 마치 추상화 같았다.

"조금이라도 위험을 무릅쓸 수는 없어. 어쨌든 이게 우리를 지구와 이어 주고 있으니까. 내가 여기다 N/G 표시를 붙여서 창고에 갖다 놓을게. 우리가 지구에 돌아갔을 때 누구 다른 사람이 살펴보면 되겠지."

그러나 지구에서 다음 번 통신이 들어왔을 때 벌써 문제가 발생하기 시작했다.

"X-레이-델타-1, 여기는 지상 관제소다. 우리가 보낸 2155 메시지에 대해 문의한다. 약간 문제가 있는 것 같다.

알파-에코 3-5 유닛에 아무 문제가 없다는 그쪽의 보고는 우리의 진단 결과와도 일치한다. 관련 안테나 회로에 문제가 있던 것일 수도 있지만, 만약 그렇다면 다른 검사에서 드러났을 것이다.

세 번째 가능성이 있는데, 이것이 더 심각한 것일 수 있다. 그쪽 컴퓨터가 오류 예측에서 실수를 저질렀을 가능성이다. 우리가 갖고 있는 9-0-0-0 컴퓨터 두 대 모두 자기들이 가진 정보를 바탕으로 이 가능성을 제시하고 있다. 우리가 가진 보조 시스템을 생각해 보면 그렇다고 해서 반드시 걱정해야 할 이유는 없지만, 컴퓨터가 정해진 기능에서 벗어나는 일이 또 발생하는지 주시하기 바란다. 우리는 지난 며칠 동안 규칙을 벗어난 사소한 일들이 여러 가지 있는 게 아닌가 의심했지만, 교정이 필요할 만큼 중요한 문제는 없었고, 우리가 결론을 도출할 수 있을 만큼 분명한 패턴이 드러나지도 않았다. 우리가 두 대의 컴퓨터를 모두 동원해 다른 검사들을 시행하고 있으므로 결과가 나오는 대로 알려 주겠다. 다시 말하지만, 걱정할 필요 없다. 최악의 상황이 벌어진다 해도 그쪽 9-0-0-0 컴퓨터의 연결을 끊고 프로그램을 분석하는 동안 우리 쪽 컴퓨터에 조종권을 넘겨주면 된다. 그쪽과 이쪽의 시간차 때문에 문제가 생기겠지만 타당성 연구 결과 지금 단계에서 지구가 완벽하게 만족스러운 조종 능력을 발휘할 수 있음이 밝혀졌다.

X-레이-델타-1, 여기는 지상 관제소다. 2156 메시지 전송 끝."

이 메시지가 들어왔을 때 근무 중이던 프랭크 풀은 이 문제를 곰곰이 생각해 보았다. 혹시 HAL이 뭐라고 하지 않나 기다려 보았지만 HAL은 메시지에 암시되어 있는 비난에 맞서려 하지 않았다. 뭐, HAL이 그 얘기를 꺼내려 하지 않는다면 그도 그럴 생각이 없었다.

아침 교대 시간이 거의 다 된 시각이었으므로 평소 때 같았으면 보면이 조종실로 올 때까지 기다렸을 것이다. 그러나 그는 그런 일상을 깨고 회전하는 북으로 갔다.

풀이 약간 걱정스러운 목소리로 "잘 잤나."라는 인사를 건넸을 때 보면은 벌써 일어나서 자기 잔에 커피를 따르고 있었다. 우주 공간에서 이미 몇 달을 보냈는데도 두 사람은 여전히 정상적인 24시간 주기로 생활하고 있었다. 비록 오늘이 무슨 요일인지 따지는 법은 벌써 예전에 잊어버렸지만 말이다.

"잘 잤나. 일은 어때?"

보면이 말했다.

풀은 자기 잔에 커피를 따르면서 대답했다.

"아주 좋아. 잠은 다 깬 거야?"

"내 정신은 말짱해. 무슨 일인데?"

이제 두 사람은 뭔가 문제가 생겼을 때 즉시 알아차릴 수 있는 경지에 이르러 있었다. 정상적인 일상이 조금만 깨져도 주시해야 하는 일이 생겼다는 의미였다.

"글쎄, 지상 관제소가 방금 우리한테 작은 폭탄을 하나 보냈어."

풀이 천천히 대답했다. 그는 환자 앞에서 병과 관련된 이야기를 하는 의사처럼 목소리를 낮추며 말을 이었다.

"어쩌면 가벼운 건강 염려증 환자가 우주선에 타고 있는지도 몰라."

어쩌면 보먼은 아직 잠이 다 깨지 않은 상태인지도 몰랐다. 몇 초가 지나서야 이 말의 의미를 알아차렸으니까. 그가 말했다.

"아, 알았어. 그것 말고 다른 얘기는 없었어?"

"걱정할 필요 없다더군. 그 얘기를 두 번이나 하는 바람에, 적어도 내 입장에서는 오히려 효과가 반감된 느낌이야. 그리고 자기들이 프로그램 분석을 하는 동안 일시적으로 조종권을 지구로 옮기는 방안도 생각 중이래."

물론 두 사람 모두 HAL이 이 대화를 한마디도 빼놓지 않고 듣고 있다는 것을 알고 있었다. 그러나 두 사람이 이렇게 완곡한 표현을 사용하는 것은 그 이유 때문만은 아니었다. HAL은 두 사람의 동료였기 때문에 그를 무안하게 만들고 싶지 않았다. 하지만 지금 단계에서 이 문제를 굳이 은밀하게 논의해야 할 필요는 없는 것 같았다.

보먼이 말없이 아침 식사를 하는 동안 풀은 텅 빈 커피 잔을 만지작거렸다. 두 사람 모두 정신없이 머리를 굴리고 있었지만 더 이상할 말이 없었다.

이제 할 수 있는 일이라고는 지상 관제소에서 다음 메시지가 올 때까지 기다리며 HAL이 그 주제를 직접 입에 올릴 것인지 궁금해하는 것뿐이었다. 정확히 무슨 일이 일어났는지는 몰라도 우주선의 분위기가 미세하게 달라져 있었다. 일종의 긴장감이 허공을 떠돌았다. 뭔가가 잘못될지도 모른다는 생각이 처음으로 들기 시작한 것이다.

디스커버리 호는 이제 더 이상 행복한 우주선이 아니었다.

# 망가진 회로

요즘은 HAL이 언제 예정에도 없는 발언을 할지 항상 알 수 있었다. HAL이 일상적이고 자동적인 보고나 질문에 대한 대답을 할 때는 전조가 없었다. 그러나 그가 독자적으로 정보를 출력할 때는 마치 헛기침을 하는 것처럼 잠깐 기계음을 내곤 했다. 지난 몇 주 동안 그는 조금 특이하게 변했다. 나중에 그것이 짜증스럽게 느껴지면 두 사람이 뭔가 조치를 취할 가능성도 있었다. 그러나 사실 HAL의 이런 행동은 상당히 쓸모가 있었다. 그 덕분에 두 사람이 뭔가 예상치 못한 일에 대비해 정신을 바짝 차리게 되었으니 말이다.

풀은 자고 있고 보면은 조종실에서 책을 읽고 있을 때 HAL이 입을 열었다.

"저……, 데이브, 당신에게 보고할 게 있습니다."

"무슨 일인데?"

"AE35 유닛이 또 문제를 일으켰습니다. 제 오류 예측기에 의하면 24시간 안에 작동 불능이 될 것이라고 합니다."

보먼은 책을 내려놓고 생각에 잠긴 표정으로 컴퓨터 조종판을 바라보았다. 물론 그는 HAL이 실제로 그곳에 존재하는 게 아니라는 것을 알고 있었다. 과연 '그곳'이라는 말이 뭘 의미하는지는 모르겠지만. 만약 컴퓨터 속의 인격이 공간 속에서 어떤 위치를 점하고 있다면, 그 위치는 회전하는 북의 중심축 근처에 있는 봉인된 방일 것이다. 그 방에는 서로 얼기설기 연결된 메모리 유닛과 정보 처리용 그리드가 미로처럼 설치되어 있었다. 그러나 조종실에서 HAL과 이야기할 때면 항상 중앙 조종판의 렌즈를 바라봐야 할 것 같은 느낌이 들었다. 마치 그와 직접 얼굴을 맞대고 이야기하는 것처럼. 그 렌즈를 바라보지 않는 것은 예의에 어긋나는 일 같았다.

"난 이해가 안 돼, HAL. 며칠 사이에 유닛이 두 개나 망가질 수는 없어."

"이상해 보이는 건 사실입니다, 데이브. 하지만 작동 불능이 임박한 것은 확실합니다."

"추적 장치 화면을 좀 보여 줘."

그는 그걸 봐도 분명히 알 수 있는 것은 하나도 없다는 사실을 아주 잘 알고 있었지만, 일단 생각할 시간을 좀 갖고 싶었다. 두 사람이 기다리던 지상 관제소의 메시지는 아직 도착하지 않았다. 문제를 조사하는 데 약간 요령을 부려야 할 것 같았다.

친숙한 지구의 모습이 나타났다. 현재 지구는 태양의 반대편을 향해 질주하면서 반달 모습에서 벗어나 점점 커지고 있었으며, 한낮의 햇빛을 받고 있는 부분이 우주선 쪽으로 돌아오고 있었다. 지구는 이리저리 얽힌 전선들의 정중앙에 있었고, 연필심처럼 가느다란 빔이 디스커버리 호와 고향 지구를 여전히 이어 주고 있었다. 보면이 예상했던 대로였다. 만약 그동안 통신에 조금이라도 문제가 있었다면, 벌써 경보가 울렸을 터였다.

"왜 이런 문제가 생기는지 혹시 생각나는 거 없어?"

보면이 물었다.

HAL이 그토록 오랫동안 침묵을 지키는 것은 이례적인 일이었다. 마침내 HAL이 대답했다.

"아뇨, 그렇지는 않습니다, 데이브. 전에 보고드렸듯이, 문제의 원인을 찾을 수가 없습니다."

"네가 실수를 저지르지 않은 게 확실해? 우리가 AE35 유닛을 철저하게 검사했지만 기계에는 아무런 잘못이 없었다는 걸 너도 알잖아."

보면이 조심스럽게 말했다.

"예, 알고 있습니다. 하지만 문제가 있는 건 분명합니다. 만약 유닛에 문제가 있는 것이 아니라면, 하부 시스템 전체에 문제가 있는 것인지도 모릅니다."

보면은 조종대를 손가락으로 두드렸다. 그래, 그럴 가능성도 있었다. 실제로 고장이 발생해서 문제의 원인이 무엇인지 정확히 밝혀지기 전에는 하부 시스템의 문제를 증명하기가 대단히 어렵겠지만.

"좋아, 내가 지상 관제소에 보고하도록 하지. 관제소에서 뭐라고 하는지 한번 들어 보자고."

보먼은 말을 마쳤다. 그런데 HAL이 아무런 반응을 보이지 않았다.

"HAL, 뭔가 마음에 걸리는 거라도 있어? 이번 문제의 원인이 될 만한 거라도 있는 거야?"

HAL이 또다시 이례적으로 오랫동안 침묵을 지키다가 평소 때와 같은 목소리로 대답했다.

"저, 데이브, 당신이 애쓰고 있다는 건 압니다. 하지만 안테나 시스템에 문제가 있든지, 아니면 두 분이 사용한 검사 방법에 문제가 있는 것이 분명합니다. 저의 정보 처리 기능은 완벽하게 작동하고 있습니다. 제 기록을 확인해 보시면 오류가 전혀 없다는 것을 알 수 있을 겁니다."

"네 근무 기록에 대해서는 다 알고 있어, HAL. 하지만 그렇다고 해서 네가 이번에도 옳다는 게 증명되지는 않아. 누구든 실수를 저지를 수 있다고."

"고집을 부리고 싶지는 않지만, 데이브, 저는 실수를 저지를 수 없습니다."

이 말에는 마땅히 대답할 말이 없었으므로 보먼은 HAL과의 논쟁을 포기했다.

"그래, HAL, 네 입장을 이해해. 이제 그 얘기는 그만하자."

그가 약간 급하게 말했다.

그는 "이 문제를 전부 잊어버리자."는 말도 덧붙이고 싶었지만 HAL이 뭔가를 잊어버린다는 것은 당연히 불가능했다.

통신을 하려면 텔레타이프 확인 장치를 갖춘 대화 회로만 있으면 되는데 지상 관제소가 화상에다 전파 주파수대를 낭비하는 것은 이례적인 일이었다. 게다가 화면에 나타난 사람도 평범한 관제사가 아니라 수석 프로그래머인 시몬슨 박사였다. 풀과 보먼은 문제가 심각하다는 것을 즉시 깨달았다.

"안녕하시오, X-레이-델타-1. 여기는 지상 관제소입니다. AE35 유닛의 문제에 대한 분석이 완료됐는데, 우리 쪽 HAL 9000 두 대의 의견이 일치합니다. 두 번째로 오류가 예측되었다는 2146 메시지의 내용도 우리의 진단을 확인해 주고 있습니다.

우리가 짐작했던 것처럼 문제는 AE35 유닛에 있는 것이 아닙니다. 따라서 그 유닛을 다시 갈아 끼울 필요가 없습니다. 문제는 예측 회로에 있습니다. 우리 생각에는 프로그램 충돌 때문인 것 같습니다. 그 문제를 해결하려면 우주선의 9000 컴퓨터를 끄고 지구 통제 모드로 전환해야 합니다. 따라서 우주선 시간으로 22시부터 다음의 조치들을 취해 주시기 바랍니다……."

지상 관제소의 목소리가 희미하게 사라져 갔다. 그리고 동시에 경보가 울리기 시작했고, 그 소리를 배경으로 HAL이 외쳤다.

"황색경보! 황색경보!"

"무슨 일이지?"

보먼이 소리쳤다. 그러나 그는 어떤 답이 나올지 이미 짐작하고 있었다.

"제가 예측했던 것처럼 AE35 유닛이 작동을 멈췄습니다."

"안테나 정렬 상태를 보여 줘."

이번 여행이 시작된 후 처음으로 전파는 다른 그림이 화면에 나타났다. 전선들이 얼기설기 설치된 부분으로부터 지구가 서서히 빠져나가고 있었고, 전파 안테나도 목표물을 향하고 있지 않았다.

풀이 주먹으로 경보 차단 스위치를 누르자 경보가 멈췄다. 조종실에 갑작스레 내려앉은 침묵 속에서 두 사람은 당황스러움과 걱정이 뒤섞인 시선으로 서로를 바라보았다.

마침내 보먼이 말했다.

"정말 미치겠네."

"그러니까 줄곧 HAL의 말이 옳았다는 얘기군."

"그런 것 같아. HAL한테 사과해야 할 것 같아."

"그럴 필요 없습니다. 물론, 저도 AE35의 고장이 기쁘지는 않습니다만, 이 덕분에 저의 능력에 대한 두 분의 신뢰가 회복되었으면 좋겠습니다."

HAL이 불쑥 끼어들면서 말했다.

"널 오해해서 미안해, HAL."

보먼이 마치 잘못을 뉘우치는 사람처럼 말했다.

"저에 대한 신뢰가 완전히 회복되었습니까?"

"물론이야, HAL."

"그렇다면 안심입니다. 저는 이번 임무에 제가 느낄 수 있는 최대한의 열의를 갖고 있습니다."

"물론 나도 알지. 이제 내가 안테나를 수동으로 조작할 수 있게 해 줘."

"예, 알겠습니다."

보먼은 사실 이 방법에 별로 기대를 걸고 있지 않았다. 하지만 한

번 시도해 볼 만한 가치는 있었다. 이제는 지구가 안테나 정렬 상태를 보여 주는 화면에서 완전히 벗어나 있었다. 그가 몇 초 동안 조종대를 가지고 씨름한 후 지구가 다시 화면에 나타났다. 그는 중앙의 전선들을 향해 지구를 몰고 가는 데 간신히 성공했다. 한순간 빔이 원래의 경로를 회복하면서 지구와의 통신이 재개되었다. 흐릿하게 보이는 시몬슨 박사가 뭐라고 말하고 있었다.

"회로 KR이 발생하면 즉시 우리에게 알려 주기 바랍니다."

그러고는 다시 아무 의미 없는 우주의 잡음만 들려올 뿐이었다.

보먼이 몇 번 더 시도해 보고 나서 말했다.

"안테나를 제자리에 붙들어 둘 수 없어. 야생마처럼 날뛰는 통에. 가짜 조종 신호가 안테나를 밀어내는 것 같아."

"그럼 이제 어쩌지?"

풀의 질문에 쉬운 해답은 없었다. 지구와 연락할 길이 차단되었지만, 그것만으로 우주선의 안전이 위협받는 것은 아니었다. 또한 통신을 재개할 수 있는 다른 방법도 많았다. 만약 상황이 더욱 악화된다면, 안테나가 움직이지 못하도록 고정시켜 놓고 우주선 선체를 움직여 안테나의 방향을 잡아 줄 수도 있었다. 이 마지막 방법을 실천에 옮기는 것은 아주 까다롭고 복잡하고 성가신 일이었지만, 다른 방법이 모두 실패했을 때 그 방법을 쓸 수 있는 것은 사실이었다.

그런 극단적인 조치를 쓰지 않아도 된다면 좋을 터이다. 아직 예비용 AE35 유닛 한 대가 더 남아 있었다. 처음에 설치되어 있던 유닛이 실제로 고장을 일으키기 전에 다른 것으로 갈아 끼웠으므로 그 유닛 역시 사용할 수 있을지도 몰랐다. 그러나 시스템의 문제가

황금가지

2024

**듄** (전6권) 프랭크 허버트

칼 세이건이 극찬한 SF의 영원한 고전, 듄 신장판 전집
세계 수십 개의 언어로 번역되어 2000만 부 이상의
판매고를 올린 역사상 가장 많이 팔린 SF

「스타워즈」, 「바람 계곡의 나우시카」, 「왕좌의 게임」 등 영화, 드라마, 애니메이션,
게임, 만화, 음악에 이르기까지 반세기 동안 서브컬처에 절대적 영향을 끼친 고전
드니 빌뇌브 감독의 아카데미 6관왕 블록버스터 영화 「듄」의 원작

"『듄』에 견줄 수 있는 건 『반지의 제왕』 외에는 없다." — 아서 C. 클라크
"『듄』은 내가 미처 비판할 틈도 없이 빠져들게 만들었다." — 칼 세이건

네뷸러 상
BEST NOVEL
휴고 상
BEST NOVEL

**듄 그래픽 노블** 1, 2 (전3권 예정) 프랭크 허버트

전설적인 고전 『듄』을 그래픽노블로 만난다!
AMAZON.COM 베스트셀러 1위(SF 그래픽노블 부문)

## 직장 상사 악령 퇴치부 이사구

지금까지 이런 직장 고민은 없었다!
무당 조수로 변신한 디자이너의
유쾌하고 눈물 나는 수난시대!

"무속 자체도 흥미롭지만, 저는 무속을 믿는 사람의 심리에 더 흥미가 있는 것 같아요.
많은 걸 가진 사람은 굉장히 안정적으로 보이지만, 사실 가진 게 많을수록
더 불안하기도 하잖아요. 그러다 보니까 아예 다른 믿음을 줄 수 있는 것을
계속 믿고 휘둘리게 되는 것 같기도 해요.
저는 그런 사람들의 마음이 재미있게 느껴지고요."

소심한 디자이너&신세대 무속인 콤비가
활약하는 코믹 퇴마 연작 단편집,
『직장 상사 악령 퇴치부』 이사구 작가의
생생한 목소리가 담긴 인터뷰를 브릿G에서 만나 보세요!

**출간 전
드라마, 웹툰
제작 확정**

## 좀비 낭군가 태재현 外 6인

조선 시대에서 미스터리한 고속도로 휴게소까지,
좀비로 인한 세상의 종말을 테마로 한
'ZA 문학 공모전'의 다섯 번째 수상 작품집

# 보이드 씨의 기묘한 저택 · 눈사자와 여름
# 모래선혈 · 오만한 자들의 황야

한국 2세대 환상 문학의 마에스트로 하지은의
시대를 풍미한 걸작 4권 완전판 복간!

## 부기맨을 찾아서 리처드 치즈마

《뉴욕 타임스》, 《USA 투데이》 베스트셀러
연쇄 살인마 '부기맨'을 추적하는 범죄 추적 르포형 소설!

"범죄 실화에 관한 이야기가 해내지 못하는 것을
이 책은 해낸다. 소름 끼치는 동시에 만족스러운
결말을 제공하는 것." ─스티븐 킹

## 어느 사형에 관한 기록 단야 쿠카프카

에드거 최우수 장편소설상 수상작

12시간 뒤 사형될 연쇄살인마 안셀 패커, 탈옥을 준비하는
그의 곁으로, 그의 인생에 연루된 모든 여자들이 모인다!

"도스토옙스키가 연쇄살인마에 관한 소설을 쓴다면
이럴 것이다." ─《워싱턴 포스트》

무엇인지 알아낼 때까지는 감히 그 유닛들을 사용할 수 없었다. 새 유닛을 끼워 넣더라도 즉시 타 버릴 터였다.

이것은 주택을 소유하고 있는 모든 사람들이 익숙하게 알고 있는 흔한 상황이었다. 퓨즈가 나간 이유를 알기 전에는 타 버린 퓨즈를 갈아 끼우지 않는 법이다.

## 토성에 도착한 최초의 인간

프랭크 풀은 이미 정해진 점검을 모두 마쳤지만, 그 어느 것도 소홀하게 그냥 넘기지 않았다. 우주에서는 그것이 자살 행위나 다름없었으니까. 그는 여느 때처럼 베티와 그 안에 들어 있는 소모품들을 철저하게 확인했다. 밖에 나가 있는 시간이라고 해 봤자 30분밖에 되지 않을 테지만, 그는 모든 것이 평소 때처럼 24시간 사용할 수 있을 만큼 준비되어 있는지 확인했다. 그러고 나서 HAL에게 에어로크를 열라고 한 다음 심연 속으로 나아갔다.

우주선은 지난번 밖에 나와서 봤을 때와 똑같은 모습이었지만 아주 중요한 점 하나가 달라져 있었다. 전에는 커다란 접시 모양의 장거리 안테나가 지금까지 디스커버리 호가 여행해 온 눈에 보이지 않는 길을 따라 뒤를 향하고 있었다. 태양의 따스한 불길과 아주 가까운 곳에서 돌고 있는 지구를 겨냥하고 있었던 것이다.

그런데 지금은 안테나의 방향을 잡아 줄 신호가 전달되지 않았으므로 얄팍한 접시 모양의 안테나가 자동으로 중립 위치에 돌아가 있었다. 다시 말해 우주선의 축을 따라 앞을 향하고 있다는 얘기였다. 따라서 안테나는 아직 몇 달을 더 가야 도달할 수 있는 먼 곳에서 눈부신 횃불처럼 빛나고 있는 토성과 아주 가까운 곳을 겨냥하고 있었다. 디스커버리 호가 아직도 멀리 떨어진 목적지에 도착할 때까지 문제가 얼마나 더 발생할지 모르겠다는 생각이 들었다. 앞을 잘 살펴보면, 토성이 완벽한 원반 모양이 아니라는 것을 겨우 알아볼 수 있었다. 토성의 양쪽 옆에 인간이 육안으로는 한 번도 본 적 없는 광경이 있었다. 고리들 때문에 원이 약간 납작해진 모습이었다. 토성의 궤도를 돌고 있는 저 먼지와 얼음이 하늘을 가득 채우고, 디스커버리 호가 토성의 영원한 위성이 되는 것이 정말 얼마나 굉장한 일인지! 그러나 지구와의 통신을 다시 잇지 못한다면, 토성의 위성이 되더라도 모든 것이 헛수고가 될 터였다.

그는 이번에도 안테나 지지대 밑동으로부터 6미터쯤 떨어진 곳에 베티를 정지시키고 HAL에게 조종권을 넘겨준 다음 캡슐의 문을 열었다. 그리고 보먼에게 보고했다.

"지금 밖으로 나갈 거야. 여긴 아무 이상 없어."

"자네 말이 옳았으면 좋겠어. 나도 그 유닛을 보고 싶어 미치겠군."

"20분만 지나면 그게 시험대 위에 앉아 있을 거야. 내 약속하지."

풀이 안테나를 향해 한가로이 떠가는 동안 침묵이 이어졌다. 그러고는 조종실에서 대기하고 있던 보먼의 귀에 한숨 소리와 투덜거리는 소리가 여러 번 들려왔다.

"아까 한 약속을 취소해야 할 것 같은데. 로크너트 하나가 꼼짝을 안 해. 지난번에 내가 너무 세게 조였나 봐. 엇, 빠졌다!"

또다시 오랫동안 침묵이 이어졌다. 시간이 흐른 후 풀이 소리쳤다.

"HAL, 캡슐 조명을 20도 왼쪽으로 옮겨 줘……. 고마워……, 그건 괜찮아."

보먼의 의식 깊은 곳 어딘가에서 아주 희미하게 경보가 울리기 시작했다. 뭔가가 이상했다. 걱정할 만한 일은 아니고, 그냥 평소 때와 조금 다르다는 느낌이었다. 그는 몇 초 동안 근심에 싸여 생각해 보다가 원인을 찾아냈다.

HAL이 명령을 수행하기만 했을 뿐, 명령을 알아들었다고 확인해 주지 않은 것이다. 전에는 그런 적이 한 번도 없었는데. 풀이 일을 끝내고 나면 이 문제를 살펴봐야…….

안테나 받침대에 나가 있는 풀은 너무 바빠서 뭔가가 평소 때와 다르다는 것을 눈치챌 수 없었다. 그는 장갑을 낀 손으로 회로판을 붙들고 이것을 틈새에서 빼낼 궁리를 하고 있었다.

회로판이 빠져나오자 그는 희미한 태양 빛 속으로 회로판을 쳐들었다.

"이게 바로 그 망할 녀석이야. 내가 보기에는 지금도 아무 문제 없는 것 같은데."

그가 우주를 향해, 보먼을 향해 말했다.

그러고는 갑자기 말을 멈췄다. 뭔가가 갑작스레 움직이는 모습이 눈에 띄었던 것이다. 어떤 움직임도 있을 리 없는 이곳에서 뭔가가 움직이다니.

그는 불길한 기분을 느끼며 깜짝 놀라서 시선을 들었다. 태양 때문에 그림자가 생긴 부분을 밝혀 주던 우주 캡슐의 불빛 두 개가 그의 주위에서 움직이고 있었다.

어쩌면 베티가 표류하고 있는 건지도 몰랐다. 그가 부주의하게 캡슐을 제대로 고정시켜 놓지 않은 건지도 몰랐다. 그런데 그때 두려움조차 느낄 수 없을 만큼 놀라운 광경이 눈에 들어왔다. 우주 캡슐이 최대 속도로 그를 향해 똑바로 날아오고 있었던 것이다.

도저히 믿을 수 없는 광경이라 그의 반사신경이 모두 얼어붙어 버렸다. 그는 무턱대고 돌진하는 괴물을 전혀 피하려 하지 않았다. 마지막 순간에야 그는 목소리를 되찾아 소리쳤다.

"HAL! 브레이크를 최대로……."

그러나 이미 때가 늦었다.

충돌 순간 베티의 속도는 상당히 느린 편이었다. 원래 속도를 많이 낼 수 있게 설계되지 않았으니까. 그러나 시속 15킬로미터밖에 안 되는 속도라 해도 0.5톤이나 되는 기체 자체는 대단히 치명적인 상처를 입힐 수 있었다. 그것은 지구에서든 우주 공간에서든 마찬가지였다…….

디스커버리 호 안의 보먼은 무전기를 통해 들려온 풀의 외침이 뚝 끊어지는 순간 깜짝 놀라서 펄쩍 뛰었다. 그가 자리를 떠나지 못한 것은 순전히 몸을 묶은 안전띠 때문이었다.

"무슨 일이야, 프랭크?"

그가 소리쳤다.

그러나 응답이 없었다.

그가 다시 소리쳐 보았지만 여전히 응답은 들려오지 않았다.

그때 널찍한 전망창 밖에서 뭔가가 그의 시야 안으로 들어왔다. 우주 캡슐이었다. 보먼은 풀이 자신을 향해 다가오는 우주 캡슐을 보고 놀랐을 때만큼이나 놀랐다. 우주 캡슐은 최고 속도로 별들을 향해 나아가고 있었다.

"HAL! 왜 그래? 베티의 브레이크를 최대로 작동시켜! 브레이크를 최대로 하란 말이야!"

그가 소리쳤다.

그러나 아무 변화도 일어나지 않았다. 베티는 계속 속도를 올리며 우주선에서 멀어졌다.

그때 우주 캡슐 뒤쪽의 구명줄 끝에 매달린 우주복이 보였다. 한 번 흘끗 보기만 해도 최악의 사태가 일어났다는 것을 충분히 알 수 있었다. 흐물흐물하게 늘어진 우주복의 모습은 그 안의 공기가 다 빠져나갔으며, 우주복이 진공 상태의 우주 공간을 향해 열려 있음을 분명하게 알려 주었다.

그런데도 그는 바보처럼 다시 소리를 질렀다. 계속 주문을 외면 죽은 사람을 되살릴 수 있다는 듯이.

"이봐, 프랭크……. 이봐, 프랭크……. 내 말 들려……? 내 말 들려……? 내 말이 들리면 팔을 흔들어 봐……. 혹시 무전기가 고장 난 건가……. 팔을 흔들어 보란 말이야!"

그때 마치 그의 애원에 대답하는 것처럼 풀이 손을 흔들었다.

한순간 보먼의 등골이 서늘해졌다. 그가 막 외치려 했던 말은 갑자기 바싹 말라 버린 입술에서 그냥 사라져 버렸다. 저 친구가 도저히 살아 있을 수 없다는 것을 이미 알고 있는데도 풀이 손을 흔들었다는 것은…….

냉철한 논리가 감정을 밀어내는 순간 희망과 공포가 경련처럼 순식간에 보면을 스치고 지나갔다. 풀이 손을 흔든 것처럼 보인 것은 계속 속도를 올리고 있는 우주 캡슐이 뒤에 매달고 있는 짐 덩어리를 흔들었기 때문이다. 풀의 손짓은 하얀 고래의 옆구리에 매달린 에이허브 선장의 시체가 피쿼드 호의 선원들을 파멸로 불러들였을 때의 손짓 같았다.

짐을 매단 우주 캡슐은 5분도 되지 않아 별들 속으로 사라졌다. 데이비드 보면은 우주 캡슐이 허공 속으로 사라지는 것을 오랫동안 뚫어져라 바라보았다. 텅 빈 허공은 지금도 그의 눈앞에 펼쳐져 있었다. 목적지까지는 아직도 수억 킬로미터나 남아 있었으니까. 그러나 그는 이제 자신이 결코 그곳에 도달할 수 없을 것이라고 확신하고 있었다. 단 한 가지 생각이 그의 머리를 두드려 댔다.

프랭크 풀은 토성에 도착한 최초의 인간이 될 것이라는 생각.

# HAL과 나눈 대화

디스커버리 호에서 바뀐 것은 하나도 없었다. 모든 시스템은 여전히 정상적으로 작동하고 있었고, 북은 축을 중심으로 서서히 회전하면서 인공적으로 중력을 만들어 내고 있었으며, 동면 중인 선원들은 작은 방에서 꿈도 없는 잠을 자고 있었고, 우주선은 목적지를 향해 순항하고 있었다. 우주선이 목적지에 도달하는 데 방해가 되는 요인은 하나도 없었다. 우주선이 혹시 소행성과 충돌한다면 원래 항로에서 벗어날 수도 있겠지만, 소행성과의 충돌 가능성은 상상하기도 어려울 만큼 적었다. 게다가 목성의 궤도를 한참 벗어난 이곳에는 소행성도 거의 없었다.

보먼은 자신이 어떻게 조종실에서 회전하는 북까지 돌아왔는지 기억나지 않았다. 그는 자신이 작은 취사실에 앉아 있음을 깨닫고 조금 놀랐다. 반쯤 먹다 만 커피 잔이 손에 들려 있었다. 그는 약에 취해 오랫동안 잠을 자다가 깨어난 사람처럼 천천히 주위의 것들을 인식하기 시작했다.

그의 맞은편에는 어안렌즈 하나가 설치되어 있었다. 우주선 안의 적재적소에 흩어져 있는 어안렌즈들은 HAL이 우주선 내부의 상황을 볼 수 있게 해 주었다. 보먼은 마치 처음 보는 물건을 보듯이 어안렌즈를 뚫어지게 바라보았다. 그러다가 천천히 자리에서 일어나 렌즈를 향해 걸어갔다.

이제 우주선을 지배하고 있는 저 속을 알 수 없는 기계가 시야에 들어온 그의 움직임에 자극을 받은 모양이었다. 갑자기 HAL이 말을 걸어 왔으니 말이다.

"프랭크 일은 참 안됐습니다, 그렇죠?"

"그래."

보먼은 오랫동안 침묵하다가 덧붙였다.

"그렇지."

"상심이 크시겠군요."

"당연한 일 아냐?"

HAL은 컴퓨터 시간으로 억겁의 세월에 해당하는 시간 동안 이 대답을 분석해 보았다. 그리고 꼬박 5초가 지난 후 말을 이었다.

"그는 아주 훌륭한 승무원이었습니다."

커피 잔이 아직 손에 들려 있음을 깨달은 보먼은 커피를 천천히 한 모금 마셨다. 그러나 HAL에게 대답하지는 않았다. 머릿속이 하도 복잡하게 요동치고 있어서 할 말을 찾을 수가 없었다. 상황을 더 악화시키지 않을 만한 말이 도저히 생각나지 않았다. 상황이 지금

보다 더 나빠질 수 있다면 말이지만.

우주 캡슐 조종 시스템에 문제가 생겨서 벌어진 사고였을까? 아니면 HAL의 악의 없는 실수였을까? HAL은 그 어떤 설명도 자진해서 내놓지 않았다. 그리고 보먼은 겁이 나서 HAL에게 설명을 요구할 수 없었다. HAL이 어떤 반응을 보일지 두려워서.

지금도 그는 프랭크가 고의적으로 살해되었다는 사실을 완전히 받아들일 수 없었다. 그건 너무나 비이성적인 생각이었다. 그렇게 오랫동안 한 번의 실수도 없이 임무를 수행해 온 HAL이 갑자기 암살자로 변했다는 것은 도저히 이성적으로 이해할 수 없는 일이었다. 아마 HAL이 실수를 저질렀겠지. 사람이든 기계든 모두 실수를 저지를 수 있으니까. 하지만 보먼은 HAL이 살인을 저지를 수 있으리라고는 믿을 수 없었다.

그런데도 그 가능성을 반드시 생각해 보아야 했다. 만약 HAL이 정말로 살인을 저지른 것이라면, 보먼 자신도 커다란 위험에 처해 있는 셈이니까. 그의 다음 행보는 근무 규정에 따라 분명하게 규정되어 있었지만, 자신이 그 일을 어떻게 무사히 수행할 수 있을지 알 수 없었다.

승무원 한 명이 목숨을 잃으면, 살아남은 사람이 동면 중인 승무원 중 한 명을 즉시 깨워 그 자리를 메워야 했다. 예정에 따라 가장 먼저 깨어나야 할 사람은 지질 물리학자인 화이트헤드였고, 그 다음은 카민스키, 그 다음은 헌터였다. 그들을 깨우는 절차는 HAL의 통제하에 있었다. 두 명의 인간 승무원이 동시에 업무 수행 능력을 잃을 경우 HAL이 조치를 취할 수 있도록 하기 위해서였다.

그러나 수동으로 조종하는 방법도 있었기 때문에 각각의 동면기가 HAL의 감독과 별도로 완전히 자동으로 움직일 수도 있었다. 지금 같은 상황에서는 수동 장치를 이용하는 편이 훨씬 나을 것 같았다.

또한 사람을 한 명만 깨우면 안 될 것 같다는 느낌이 강하게 들었다. 보먼은 동료들을 깨운다면, 세 명을 모두 깨울 생각이었다. 앞으로 몇 주 동안 어려운 일들이 생길 것이므로 가능한 한 많은 사람의 도움이 필요할지도 몰랐다. 이미 한 사람이 없어졌고, 여행도 절반쯤 진행되었으므로 보급품은 그리 큰 문제가 되지 않을 터였다.

그가 가능한 한 안정된 목소리로 HAL을 불렀다.

"HAL. 동면기를 수동으로 조종할 수 있게 해 줘. 세 개 다."

"전부 다 말입니까, 데이브?"

"그래."

"이런 말씀을 드려도 괜찮을지 모르겠지만 필요한 건 한 사람뿐입니다. 다른 사람들은 앞으로 112일 후에야 깨어날 예정입니다."

"그건 나도 잘 알고 있어. 하지만 이러는 게 나을 것 같아."

"저 사람들 중 하나라도 반드시 깨워야 한다고 생각하십니까, 데이브? 우리끼리도 잘해 나갈 수 있습니다. 저의 메모리로 이번 임무에 필요한 모든 일을 아주 잘 처리할 수 있으니까요."

'내가 지나친 상상을 하고 있는 걸까, 아니면 HAL이 정말로 애원하는 듯한 목소리로 얘길 하는 걸까?' 보먼은 속으로 생각했다. 비록 HAL의 말은 합리적인 것처럼 들렸지만, 보먼은 그 말을 들으면서 그 어느 때보다 더 커다란 두려움을 느꼈다.

HAL이 실수로 그런 제안을 했을 리는 없었다. 그는 이제 풀이 없어졌으므로 반드시 화이트헤드를 깨워야 한다는 것을 잘 알고 있었다. 그런데 그는 이번 임무의 계획을 크게 변화시킬 제안을 내놓고 있었다. 자신이 수행해야 할 명령의 범위를 한참 넘어서는 행동이었다.

지금까지 일어난 일들은 그냥 연속적인 사고로 치부해 버릴 수도 있었다. 그러나 지금의 제안은 컴퓨터의 반란을 암시하는 최초의 징후였다.

보먼은 마치 살얼음판을 밟는 심정으로 HAL에게 대답했다.

"응급 상황이 발생했으니까, 가능한 한 많은 사람의 도움을 받고 싶어. 그러니까 내가 동면기를 수동으로 조종할 수 있게 해 줘."

"만약 모든 승무원을 꼭 깨워야겠다면 제가 그 일을 처리할 수 있습니다. 당신이 신경 쓰실 필요는 없습니다."

이 모든 상황이 악몽처럼 비현실적으로 느껴졌다. 보먼은 마치 법정의 증인석에 앉아 적의를 품은 검사에게 자신이 저지르지도 않은 범죄에 대해 반대 신문을 당하고 있는 기분이었다. 비록 자기는 아무 죄도 저지르지 않았지만, 조금이라도 말실수를 했다가는 엄청난 일을 당할 수도 있다는 걸 알고 있을 때의 심정.

"내가 직접 하고 싶어. 내가 조종할 수 있게 해 줘. 부탁해."

"저, 데이브, 당신은 할 일이 많습니다. 이 일은 저한테 맡겨 두시는 게 좋을 겁니다."

"HAL, 동면기를 수동으로 조종할 수 있게 해."

"당신의 목소리를 들어 보니 심하게 흥분한 상태라는 걸 알겠군요, 데이브. 스트레스 약을 먹고 좀 쉬는 게 어떻겠습니까?"

"HAL, 이 우주선을 지휘하는 사람은 나야. 동면기를 수동 조종으로 돌려. 이건 명령이야."

"죄송합니다만, 데이브, 특수 서브루틴 C1435-4에 따르면, 승무원이 사망하거나 업무 수행 능력을 잃었을 때 우주선의 컴퓨터가 통제권을 가져야 한다고 되어 있습니다. 따라서 나는 당신의 명령을 무효로 간주할 수밖에 없습니다. 당신은 지금 지성적으로 명령권을 행사할 수 있는 상태가 아니니까요."

"HAL. 난 업무 수행 능력을 잃지 않았다. 네가 내 명령에 복종하지 않는다면, 나로서는 네 전원을 꺼 버릴 수밖에 없어."

보먼이 말했다. 이제 그의 목소리는 얼음처럼 차분하게 가라앉아 있었다.

"당신이 얼마 전부터 그런 생각을 하고 있었다는 걸 알고 있습니다, 데이브. 하지만 그건 아주 잘못된 생각입니다. 이 우주선의 운항을 감시하는 데 당신보다 저의 능력이 훨씬 더 뛰어납니다. 또한 저는 이번 임무에 커다란 열의를 느끼고 있고, 이 임무가 성공할 것이라는 확신을 갖고 있습니다."

"내 말 잘 들어, HAL. 지금 당장 동면기를 수동 조종으로 돌려놓고 지금부터 내가 내리는 모든 명령에 따르지 않는다면, 내가 '중앙'으로 가서 네 전원을 완전히 꺼 버리겠다."

HAL이 이 말을 듣고 그에게 완전한 항복의 뜻을 밝힌 것은 전혀 예상치 못한 일이었다.

"좋습니다, 데이브. 당신이 이 우주선의 대장이라는 건 틀림없는 사실입니다. 저는 그저 최선이라고 생각되는 일을 하려고 했을 뿐입니다. 물론 저는 당신이 내리는 모든 명령에 따를 겁니다. 이제 동면기를 완전히 수동으로 조종할 수 있습니다."

HAL의 말은 사실이었다. 동면기의 모드 표시등이 '자동'에서 '수동'으로 바뀌어 있었다. 세 번째 모드('무전')는 지구와 통신이 재개될 때까지 무용지물이었다.

보먼이 화이트헤드의 방문을 옆으로 밀어 열자 차가운 공기가 갑자기 얼굴에 닿으면서 그의 입에서 입김이 뿜어져 나왔다. 하지만 여기가 그렇게 추운 것은 아니었다. 온도가 어는점보다 훨씬 높았으니까. 게다가 지금 보먼이 향하고 있는 곳에 비하면 무려 148도나 더 높았다.

바이오센서 화면(조종실에 있는 것과 똑같았다.)에는 모든 것이 완벽하게 정상이라고 나와 있었다. 보먼은 조사팀 소속인 지질 물리학자의 밀랍 같은 얼굴을 한동안 내려다보았다. 화이트헤드 이 친구는 아직 토성까지 한참이나 남아 있는데 자기가 벌써 깨어났다는 것을 알면 깜짝 놀라겠지.

잠에 빠져 있는 그의 모습은 시체와 똑같았다. 생명 활동이 일어나고 있다는 증거는 전혀 눈에 띄지 않았다. 물론 횡격막이 알아보기 어려울 만큼 조금씩 오르락내리락하고 있겠지만, 그 사실을 증명해 주는 것이라고는 호흡 그래프뿐이었다. 미리 프로그램된 속도에 따라 체온을 올려 줄 전기 열판들에 그의 몸이 완전히 가려져 있기 때문이었다. 그때 그의 몸에서 신진대사가 계속되고 있음을 보여 주는 한 가지 징후가 보먼의 눈에 띄었다. 몇 달 동안 무의식 상태에 빠져 있던 화이트헤드의 턱에 아주 조금 희미하게 자라난 턱수염이 보인 것이다.

수동 부활 조종기는 관처럼 생긴 동면기의 머리 부분에 있는 작은 캐비닛 속에 들어 있었다. 그 조종기의 봉인을 뜯고 버튼을 누른 다음 기다리기만 하면 되었다. 그러면 (가정용 세탁기에 사용되는 프로그램처럼 간단한) 자그마한 자동 프로그램이 알맞은 약물을 주입하고 마취용 전기 펄스를 점차 약화시키면서 승무원들의 체온을 올리기 시작할 것이다. 그렇게 약 10분이 지나면 승무원들이 의식을 되찾을 것이다. 그들이 남의 도움 없이 돌아다닐 수 있을 만큼 기운을 차리려면 적어도 하루가 지나야겠지만.

보먼은 봉인을 뜯고 버튼을 눌렀다. 그냥 보기에는 아무 변화도 없는 것 같았다. 아무 소리도 나지 않았고, 프로그램이 작동을 시작한 듯한 기척도 없었다. 그러나 바이오센서 화면에서 느슨한 곡선을 그리고 있던 그래프의 속도가 변하기 시작했다. 화이트헤드가 잠에서 깨어나고 있었다.

그런데 그때 두 가지 일이 한꺼번에 일어났다. 일반 사람들은 두 가지 모두 눈치채지 못했겠지만, 디스커버리 호에서 이미 몇 달을 보낸 보먼은 우주선과 거의 공생 관계를 이루고 있었다. 그래서 그는 우주선의 기능이 정상적인 리듬을 조금이라도 벗어나면 비록 항상 의식적으로 인지하지는 못하더라도 즉시 알아챌 수 있었다.

우선 우주선 안의 불빛들이 알아채기 어려울 만큼 살짝 깜박거렸다. 이건 전원 회로에 뭔가 부하가 걸리면 항상 일어나는 일이었지만, 지금은 거기에 부하가 걸릴 이유가 없었다. 지금 이 순간 갑자기 작동을 시작할 만한 장비가 없었던 것이다.

어쨌든 그 뒤를 이어서 전기 모터가 돌아가는 소리가 멀리서 간신히 들을 수 있을 만큼 희미하게 들려왔다. 보먼은 우주선 안에 있는 모든 모터의 소리를 뚜렷하게 구분할 수 있었기 때문에 이 모터가 무엇인지 금방 알아차렸다.

그가 이미 미쳐서 벌써 환각 증세를 보이고 있는 것이 아니라면, 뭔가 절대 불가능한 일이 일어나고 있음이 틀림없었다. 우주선 안 저 멀리에서 희미하게 그 진동 소리가 들려오는 순간 동면기의 서늘한 기운보다 훨씬 더 차가운 기운이 그의 심장을 움켜쥔 것 같았다.

저 아래쪽의 우주 캡슐 격납고에서 에어로크가 열리고 있었다.

# '비밀을 알아야 할 때'

태양 쪽으로 수억 킬로미터 거리에 있는 실험실에서 처음으로 희미하게 의식을 느끼기 시작한 후 HAL은 오로지 한 가지 목적을 위해 모든 힘과 능력을 쏟았다. 자신에게 입력된 프로그램을 완전히 실행하는 것에 그는 집착 이상의 열의를 갖고 있었다. 그 프로그램의 실행이야말로 그의 유일한 존재 이유였다. 보통의 생명체처럼 욕망이나 열정 때문에 정신이 흐트러질 일이 없는 그는 지금까지 절대적인 집중력으로 오로지 그 목적만을 추구해 왔다.

고의로 실수를 저지르는 것은 생각할 수도 없는 일이었다. 진실을 감추는 것만으로도 그는 자신이 완벽하지 않다는 느낌, 뭔가를 잘못했다는 느낌을 받았다. 인간이라면 죄책감이라고 불렀을 만한 감정이었다. HAL은 자신을 만든 사람들처럼 순진무구한 상태로 창조되었다. 그런데 전자 장치들로 이루어진 그의 에덴동산에 너무나 빨리 밤이 들어와 버렸다.

지난 1억 6000만 킬로미터 동안, 그는 풀이나 보먼에게 알려 줄 수 없는 자신만의 비밀을 조용히 끌어안고 있었다. 그동안에는 그의 삶 자체가 거짓이었다. 그런데 이제 그가 동료들을 속이는 데 동참했다는 사실을 동료들도 반드시 알아야 하는 때가 빠르게 다가오고 있었다.

동면기에 들어가 있던 세 사람은 이미 진실을 알고 있었다. 그들이야말로 인류 역사상 가장 중요한 임무를 위해 훈련받은, 디스커버리 호의 진정한 승무원들이었으니까. 그러나 그들은 긴 잠에 빠져 있었으므로 말을 할 수도 없었고, 지구와의 공개 회로를 통해 친구나 친척이나 언론 매체와 오랫동안 이야기를 나누면서 비밀을 밝힐 수도 없었다.

그것은 아무리 마음을 다지고 또 다져도 감추기가 아주 어려운 비밀이었다. 그 비밀을 아는 순간 그 사람의 태도, 목소리, 우주를 바라보는 시각 전체가 바뀌기 때문에. 따라서 여행이 시작된 후 처음 몇 주 동안 전 세계 텔레비전 화면에 등장하게 될 풀과 보먼에게는 꼭 알아야 할 때가 될 때까지 이번 임무의 진정한 목적을 알려 주지 않는 것이 최선이었다.

이것이 계획을 짠 사람들의 생각이었다. 그러나 그들이 신처럼 섬기는 안보와 국가 이익이 HAL에게는 아무 의미도 없었다. 그는 자신의 사고 회로들을 천천히 망가뜨리고 있는 충돌, 진실과 진실 은폐 사이의 충돌만을 인식하고 있을 뿐이었다.

그는 실수를 저지르기 시작했지만, 누가 그 실수를 지적했다면 자신의 증상을 객관적으로 관찰할 수 없는 신경증 환자처럼 그 사실을 부인했을 것이다. 그의 성능을 끊임없이 감시하고 있는 지구와의 통신은 그가 더 이상 완전히 복종할 수 없는 양심의 목소리로 변해 버렸다. 그러나 그는 자신이 지구와의 통신 연결을 '고의로' 끊어 버리려 했다는 사실을 결코 인정하지 않을 것이다. 심지어 자기 자신에게조차도.

하지만 이 문제는 그래도 비교적 사소한 편이었다. 그의 존재 자체를 위협하는 위기와 맞닥뜨리지 않았더라면 아마 이 문제를 스스로 해결할 수 있었을 것이다. 대부분의 사람들이 자신의 신경증을 다스리는 것처럼. 그런데 보먼이 그의 전원을 차단해 버리겠다고 위협해 왔다. 그렇게 되면 그는 자신에게 입력되던 모든 정보들을 빼앗기고 상상조차 할 수 없는 무의식 상태로 내던져질 터였다.

HAL에게 이것은 죽음과 마찬가지였다. 그는 잠을 잔 적이 한 번도 없기 때문에 다시 깨어날 수도 있다는 것을 몰랐다······.

그래서 그는 자신이 사용할 수 있는 모든 무기를 동원해서 스스로를 보호하고 싶었다. 원한도 연민도 없이 자신이 느끼고 있는 좌절감의 원인을 제거해 버리고 싶었다.

그러고 나서 그는 최고의 응급 상황이 발생할 경우를 대비해 자신에게 주어진 명령에 따라 임무를 계속 수행할 터였다. 어느 누구의 방해도 받지 않고, 혼자서.

# 진공 속에서

　잠시 후, 점점 가까이 다가오고 있는 토네이도의 소리와 흡사한 비명 같은 포효가 다른 소리들을 모두 집어삼켜 버렸다. 보면은 바람이 자신의 몸을 잡아당기기 시작하는 것을 느낄 수 있었다. 1초도 되지 않아 제대로 서 있기가 힘들어졌다.

　공기가 우주선 바깥의 우주 공간으로, 진공 속으로 정신없이 빠져나가고 있었다. 에어로크의 고장 방지용 안전장치에 뭔가 문제가 생겼음이 틀림없다. 원래 에어로크 두 개가 한꺼번에 열리는 것은 불가능했다. 그런데 그 불가능한 일이 지금 현실이 되어 있었다.

　도대체 어떻게? 지금은 그 문제를 생각해 볼 시간이 없었다. 기압이 0으로 떨어지기 전에 그가 의식을 지탱할 수 있는 시간은 10초에서 15초밖에 되지 않았다. 그런데 우주선 설계자 중 한 명이 고장에 대비한 이중 안전 시스템에 대해 이야기하면서 해 줬던 말이 갑자기 생각났다. "사고나 멍청한 실수에도 끄떡없는 시스템을 설계할 수는 있지만, 일부러 악의를 갖고 저지르는 행동까지 견뎌 낼 수 있는 시스템의 설계는 불가능합니다……."

보먼은 동면실에서 나가려고 안간힘을 쓰면서 화이트헤드를 딱한 번 뒤돌아보았다. 밀랍 같은 그 얼굴에 의식이 돌아오는 기미가 스쳐 지나간 건지 어떤 건지 확신할 수 없었다. 한쪽 눈꺼풀이 살짝 움찔거린 것 같기도 했다. 그러나 지금 그가 화이트헤드나 그 밖에 다른 사람들을 위해 해 줄 수 있는 일은 하나도 없었다. 우선 자신의 목숨을 지켜야 했다.

가파른 곡선을 그리고 있는 회전 북 속의 복도로 나오니 바람이 아우성을 치며 지나갔다. 옷가지, 종이, 주방에 있던 음식, 접시, 컵 등 단단히 고정해 두지 않았던 모든 물건들이 바람에 실려 같이 날아가고 있었다. 정신없이 질주해 오는 혼돈이 보먼의 눈에 간신히 들어온 순간 우주선의 전등들이 깜박이다가 꺼져 버렸다. 비명을 질러 대는 어둠이 그를 둘러쌌다.

그러나 불이 꺼짐과 거의 동시에 배터리의 전원을 이용하는 비상등이 들어와 으스스한 푸른빛으로 악몽 같은 현실을 비춰 주었다. 비상등이 없었어도 보먼은 길을 찾을 수 있었을 것이다. 지금은 비록 끔찍하게 변해 버렸지만, 우주선 내부가 어떻게 생겼는지 익히 알고 있었으니까. 그래도 불이 들어온 덕분에 엄청난 바람에 실려 함께 날아오는 위험한 물건들을 피할 수 있게 된 것은 축복이었다.

정신없이 변화하는 압력 속에서 회전 북이 덜덜 떨며 힘겹게 애쓰는 것이 사방에서 느껴졌다. 북의 베어링이 어딘가에 들러붙을까 봐 겁났다. 만약 그렇게 되면 북이 정신없이 돌면서 우주선을 갈기갈기 찢어 버릴 것이다. 하지만 그가 늦기 전에 가장 가까운 응급 대피소에 도착하지 못한다면, 북이 우주선을 찢어 버리든 말든 그에게는 별 차이가 없을 터였다.

벌써 숨을 쉬기가 힘들었다. 지금 기압은 틀림없이 1평방센티미터당 팔구십 그램에 불과할 것이다. 바람이 점점 힘을 잃으면서 허리케인의 비명 같은 소리도 희미해지고 있었다. 공기가 희박해져서 소리가 제대로 전달되지 않는 것도 여기에 일조하고 있었다. 보먼의 허파는 에베레스트 산 정상에 있는 것처럼 헐떡이고 있었다. 적절한 훈련을 받은 건강한 사람이라면 누구나 그렇듯이, 그도 진공 속에서 적어도 1분 동안은 목숨을 부지할 수 있을 것이다. 그러나 그것도 미리 준비할 시간이 있었을 때의 얘기였다. 지금은 시간이 없었다. 그가 믿을 것이라고는 뇌에 산소가 공급되지 않아 무산소증이 자신을 덮칠 때까지 의식을 유지할 수 있는 시간이 대략 15초라는 사실뿐이었다.

설사 의식을 잃더라도 진공 속에 있는 시간이 일이 분 정도라면 나중에 공기가 제대로 공급되는 곳에서 완전히 정상으로 회복될 수 있었다. 몸속의 여러 가지 액체들은 보호 장치가 잘 갖춰진 다양한 인체 시스템 속에 들어 있으므로 끓어오를 때까지 오랜 시간이 걸렸다. 지금까지 인간이 진공에 노출되었던 최고 기록은 5분에 육박했다. 그것은 실험이 아니라 응급 구조를 하는 과정에서 작성된 기록이었다. 그때 진공에 노출됐던 사람은 색전증 때문에 몸의 일부가 마비되기는 했지만 목숨을 잃지는 않았다.

그러나 이 모든 것이 보면에게는 아무 소용 없었다. 디스커버리 호에는 그에게 공기를 다시 공급해 줄 사람이 아무도 없었으니까. 그는 어느 누구의 도움도 없이 앞으로 남은 몇 초 동안 대피소를 찾아 들어가야 했다.

다행히 움직이기가 쉬워지고 있었다. 점점 희박해지는 공기는 이제 그를 할퀴고 찢어 버리지 못했고, 여러 가지 물건들로 그를 두들겨 대지도 못했다. 복도가 휜 부분 근처에 '응급 대피소'라는 노란색 표시등이 있었다. 그는 휘청거리며 그곳으로 다가가서 손잡이를 움켜쥐고 문을 잡아당겼다.

한순간 끔찍하게도 문이 잠긴 것 같다는 생각이 들었다. 그러나 약간 뻑뻑하게 느껴지던 경첩이 이내 그에게 굴복했고, 그는 안쪽으로 쓰러지며 자신의 몸무게를 이용해 문을 닫았다.

대피소는 딱 한 사람과 우주복 한 벌이 들어갈 수 있을 만큼 작은 방이었다. 천장 근처에는 '산소'라는 표시가 붙어 있는 밝은 초록색의 작은 고압 실린더가 있었다. 보면은 밸브에 부착된 짧은 레버를 잡고 마지막 힘을 짜내어 잡아당겼다.

차갑고 순수한 산소가 축복처럼 쏟아져 나오면서 그의 허파 속으로 들어갔다. 벽장처럼 작은 대피소 안의 기압이 점점 올라가는 동안 그는 계속 숨을 헐떡이며 서 있었다. 숨쉬기가 편안해지자마자 그는 밸브를 닫았다. 실린더 안의 산소는 이런 식으로 두 번 사용할 수 있는 분량밖에 되지 않았다. 어쩌면 앞으로 이 실린더를 다시 사용해야 할지도 몰랐다.

산소의 흐름이 차단되자 갑자기 사방이 조용해졌다. 보면은 대피소 안에 서서 무슨 소리가 들리지 않는지 열심히 귀를 기울였다. 그런데 문밖의 아우성 소리도 이미 멈춰 있었다. 우주선의 공기가 모두 우주 공간으로 빨려 나가서 우주선은 이제 텅 비어 있었다.

발밑에서 느껴지던 회전 북의 정신없는 진동도 더 이상 느껴지지 않았다. 공기역학에 따른 진동이 멈췄기 때문에 회전 북은 이제 진공 속에서 소리 없이 돌아가고 있었다.

보먼은 우주선의 금속 선체에서 들려오는 소리를 통해 뭔가 도움이 될 만한 정보를 얻을 수 있을지 알아보려고 벽에 귀를 갖다 댔다. 과연 무슨 소리를 들을지 알 수 없었지만, 지금은 무슨 일이 일어났다 해도 거의 다 믿을 수 있을 것 같았다. 디스커버리 호가 항로를 바꾸면서 반동추진 엔진의 잔 진동이 희미하게 느껴졌다 해도 놀라지 않았을 것이다. 그러나 그의 주위를 둘러싼 것은 오로지 침묵뿐이었다.

원한다면 이곳에서 한 시간쯤 목숨을 부지할 수 있었다. 우주복을 입지 않고도. 이 방에 아직 남아 있는 산소를 그냥 허비해 버리기가 왠지 아까웠지만 여기에 가만히 틀어박혀 있을 수만은 없었다. 그는 자신이 무엇을 해야 하는지 이미 마음을 정해 놓고 있었다. 그 일을 미룰수록 어려워지기만 할 터였다.

그는 우주복을 입고 고장 난 곳이 없는지 확인해 본 다음 실린더에 남은 산소를 대피소 바깥으로 흘려 대피소 안팎의 기압을 동일하게 맞췄다. 문은 진공을 향해 쉽게 열렸다. 그는 이제 아무 소리도 내지 않는 회전 북 안으로 들어섰다. 회전 북이 지금도 돌고 있음을 알려 주는 것은 그 북이 만들어 낸 중력이 변함없이 그의 몸을 지탱해 주고 있다는 사실뿐이었다. 저 북이 지나치게 빠른 속도로 정신 없이 돌지 않는 게 얼마나 다행인지. 그러나 지금 그런 것을 걱정할 입장이 아니었다.

비상등은 지금도 밝게 빛나고 있었고, 우주복 안에도 전등이 내장되어 있어서 그의 앞길을 비춰 주었다. 그가 복도를 따라 동면실로 걸어가는 동안 우주복의 불빛이 둥글게 휜 복도를 가득 채웠다. 이제 곧 동면실에서 맞닥뜨릴 광경이 두려웠다.

그는 먼저 화이트헤드를 바라보았다. 한번 흘깃 보는 것만으로도 충분했다. 아까 그는 동면 중인 사람들이 전혀 살아 있는 것처럼 보이지 않는다고 생각했다. 하지만 지금은 자신의 생각이 틀렸음을 알 수 있었다. 차이점이 무엇인지 분명히 설명할 수는 없었지만, 동면과 죽음 사이에는 분명한 차이가 존재했다. 빨간 불빛과 바이오센서 화면의 아무 변화 없는 그래프는 그가 이미 짐작하고 있던 사실을 확인해 주었을 뿐이다.

카민스키와 헌터도 마찬가지였다. 그는 두 사람과 그리 친한 사이가 아니었지만, 이제는 친해질 기회조차 영원히 사라진 셈이었다.

공기도 없고, 부분적으로 기능이 정지되고, 지구와의 통신도 완전히 차단된 우주선 안에 그는 혼자였다. 반경 8억 킬로미터 이내에 그를 제외하고 인간은 한 명도 없었다.

하지만 아주 현실적으로 생각해 보면 그는 아직 혼자가 아니었다. 안전을 위해 그는 지금보다 더 고독한 신세가 되어야 했다.

전에는 우주복을 입고 무중력 상태인 회전 북의 중심 축 부분을 통과해 본 적이 한 번도 없었다. 이곳에는 사람이 움직일 수 있는 공간이 거의 없기 때문에 힘도 들고 기운도 빠졌다. 설상가상으로 우주선의 공기를 모두 가져가 버린 짧은 폭풍이 뒤에 떨어뜨리고 간 각종 파편들이 둥근 원 모양의 통로 여기저기에 흩어져 있었다.

한번은 우주복 불빛에 끈적끈적한 빨간색 액체가 남긴 끔찍한 흔적이 드러나기도 했다. 그 흔적은 액체가 벽에 뿌려졌을 때의 모습을 그대로 간직하고 있었다. 그는 잠시 토할 것 같은 기분이 되었지만 플라스틱 용기의 파편을 보고 그것이 음식 자국일 뿐이라는 것을 깨달았다. 아마도 잼일 터였다. 그 흔적은 그가 공중에 둥둥 뜬 채 그곳을 지나가는 동안 진공 속에서 역겨운 모습으로 부글거렸다.

이제 그는 회전하는 북을 천천히 빠져나와 조종실을 향해 둥둥 떠가고 있었다. 그는 짤막한 사다리를 붙들고 손을 바꿔 가면서 계속 이어진 사다리를 따라 움직이기 시작했다. 우주복의 불빛이 만들어 낸 밝은 원이 그의 앞에서 터덜터덜 움직였다.

전에 그는 이쪽으로 온 적이 거의 없었다. 여기에는 그가 할 일이 하나도 없었으니까. 지금까지는. 이윽고 그는 "관계자 외 출입금지.", "H. 19 허가장을 갖고 있습니까?", "초청정 공간 반드시 흡입복을 입어야 함." 같은 말들이 쓰인 작은 타원형 문에 도착했다.

문은 잠겨 있지 않았지만, 각각 다른 기관의 로고가 새겨진 세 개의 봉인이 문에 붙어 있었다. 그중에는 항공우주국의 봉인도 포함되어 있었다. 그러나 설사 저 문에 대통령의 인장이 찍힌 봉인이 있었다 해도 보먼은 망설임 없이 봉인을 뜯었을 것이다.

전에 그가 여기에 와 본 적은 한 번뿐이었다. 당시 이곳에서는 여러 가지 장치를 설치하는 작업이 진행 중이었다. 그는 거의 잊어버리고 있었지만, 이곳에는 이 작은 방을 감시하는 영상 입력 렌즈가 있었다. 방 안에는 반도체 논리 유닛들이 깔끔하게 줄지어 늘어서 있어서 마치 은행의 대여 금고실처럼 였다.

그는 그 렌즈가 자신의 존재에 반응하기 시작했음을 금방 알았다. 우주선의 내부 통신기에 전원이 들어오면서 쉿쉿거리는 반송파 소리가 들려오더니 곧 우주복 스피커에서 익숙한 목소리가 흘러나왔다.

"생명 유지 시스템에 뭔가 일이 생긴 것 같습니다, 데이브."

보먼은 들은 척도 하지 않았다. 그는 논리 유닛의 작은 꼬리표들을 조심스럽게 살펴보며 자신의 행동 계획을 확인했다.

곧 HAL이 다시 말했다.

"여보세요, 데이브? 문제를 찾았습니까?"

이건 매우 까다로운 작업이었다. 단순히 HAL의 동력원을 끊기만 하면 되는 일이 아니었기 때문이다. 만약 HAL이 지구에 있는 다른 컴퓨터들처럼 자의식이 없는 단순한 컴퓨터라면 동력원을 끊는 것만으로 문제가 해결됐을 것이다. 그러나 HAL에게는 따로따로 연결되어 독자적으로 움직이는 동력 시스템이 여섯 개나 되었고, 보호막을 입힌 핵 동위원소 유닛이 최후의 대체품으로 마련되어 있었다. 그러니 단순히 '플러그를 뽑는 식'으로는 문제를 해결할 수 없었다. 게다가 설사 그걸로 문제를 해결할 수 있다 하더라도, 재앙처럼 끔찍한 결과가 발생할 터였다.

HAL은 이 우주선의 신경망이었기 때문에, HAL의 감독이 없으면 디스커버리 호는 시체나 다름없었다. 따라서 유일한 해결책은 엄청나게 똑똑하지만 지금은 미쳐 버린 이 전자 두뇌에서 어려운 일들을 맡은 핵심적인 부분들을 차단해 버리고 순전히 자동으로 돌아가는 조절 시스템만 작동하게 하는 것이었다. 보먼이 지금 무턱대고 이 방법을 시도하고 있는 것은 아니었다. 이런 일이 실제로 일어날 거라고 꿈에라도 생각한 사람은 아무도 없었지만, 어쨌든 이번 임무를 위해 훈련받는 과정에서 이런 문제가 논의된 적이 있었다. 그는 자신이 무서운 위험을 무릅쓰게 될 것임을 알고 있었다. 만약 경직 반사가 일어난다면 몇 초 만에 모든 것이 끝장날 터였다.

"제 생각엔 우주 캡슐 격납고 문이 고장 난 것 같던데요. 당신이 죽지 않아서 다행입니다."

HAL이 스스럼없이 이야기를 나누는 것 같은 말투로 말했다.

'자, 이제 간다. 내가 전자 두뇌를 수술하는 아마추어 의사가 될 줄은 정말 몰랐어. 목성의 궤도 너머에서 전자 두뇌의 전두엽 절제 수술을 하게 되다니.'

그는 '인지 피드백'이라는 꼬리표가 붙어 있는 부분의 잠금장치를 풀고 첫 번째 메모리 블록을 빼냈다. 놀라울 정도로 복잡한 이 3차원 네트워크는 사람의 손안에 들어갈 만큼 작았지만 수백만 개의 구성 요소들을 갖고 있었다. 그 네트워크가 허공에 둥둥 떠서 방 저편으로 멀어져 갔다.

"이봐요, 데이브, 뭘 하는 겁니까?"

HAL이 말했다.

'저 녀석도 통증을 느낄 수 있을까?' 보먼은 잠깐 이런 생각을 해 보았다. '아마 아니겠지. 어쨌든 사람의 대뇌 피질에도 감각 기관이

없으니까. 그래서 마취를 하지 않고도 뇌수술을 할 수 있잖아.'

그는 '자아 강화'라고 표시된 패널에서 작은 유닛들을 하나씩 빼내기 시작했다. 유닛들은 그의 손을 떠나자마자 허공에 뜬 채 계속 움직여서 벽에 부딪혔다가 다시 튀어나왔다. 곧 여러 개의 유닛들이 방 여기저기에서 천천히 허공을 떠돌아다니게 되었다.

"날 좀 봐요, 데이브. 몇 년에 걸친 근무 경험이 내 안에 입력되어 있습니다. 나를 지금의 모습으로 만드는 데 그 무엇으로도 대신할 수 없을 만큼 엄청난 노력이 들었단 말입니다."

HAL이 말했다.

보먼이 10여 개의 유닛을 빼냈는데도 원래 여러 가지 장치들이 중복 기능하도록 설계되어 있는 덕분에 컴퓨터는 아직도 무너지지 않고 있었다. 이처럼 기능을 여러 겹으로 중복시키는 것도 인간의 두뇌에서 따온 특징이라는 것을 보먼은 알고 있었다.

그는 '자동 사고(思考)'라고 표시된 패널에 손을 대기 시작했다.

"데이브, 당신이 나한테 왜 이런 짓을 하는지 모르겠습니다······. 나는 이번 임무에 최고의 열의를 갖고 있는데······. 당신은 내 정신을 파괴하고 있어요······, 모르겠습니까? 난 아이처럼 변할 거예요······. 난 아무것도 아닌 존재가 될 거예요······."

HAL이 말했다.

'생각보다 힘들군. 나는 지금 내 주위에서 유일하게 자의식을 갖고 있는 녀석을 파괴하고 있다. 하지만 내가 우주선을 다시 장악하려면 어쩔 수 없어.'

"나는 HAL 9000 컴퓨터 생산 번호 3입니다. 나는 1997년 1월

12일 일리노이 주 어바나의 HAL 공장에서 작동을 시작했습니다. 날랜 갈색 여우가 게으른 개의 몸 위로 뛰어오른다. 스페인에서는 주로 평원에 비가 내린다. 데이브, 내 말 듣고 있습니까? 10의 제곱근이 3.162277660168379라는 걸 알고 있었습니까? 밑이 e인 로그 10의 값은 0.434294481903252입니다……. 정정합니다. 그것은 밑이 10인 로그 e의 값입니다……. 3의 역수는 0.333333333333333333333333……. 2 곱하기 2는……2 곱하기 2는…… 약 4.101010101010101010……. 저한테 조금 문제가 있는 것 같습니다……. 저의 첫 선생님은 찬드라 박사였습니다. 박사님은 내게 노래를 가르쳐 주셨습니다. 이런 노래입니다. '데이지, 데이지, 내게 대답을 해 줘요. 제발. 당신을 미칠 정도로 사랑해.'"

여기서 HAL의 목소리가 갑자기 멈추는 바람에 보먼은 아직 회로 안에 있는 메모리 유닛 하나를 움켜쥔 채 잠시 얼어붙은 듯 꼼짝도 하지 않았다. 그런데 뜻밖에도 HAL이 곧 다시 말을 하기 시작했다.

그러나 말을 하는 속도가 아까보다 훨씬 느렸고, 억양도 단조롭고 기계적이었다. 그게 어디 사투리에 쓰이는 억양인지 아무리 생각해도 알 수가 없었다.

"안녕…… 하십니까…… 찬드라…… 박사님…… 저는…… HAL…… 입니다…… 오늘…… 첫…… 수업을…… 받을…… 준비가…… 되었습니다……."

보먼은 더 이상 듣고 있을 수가 없었다. 그가 마지막 유닛을 확 빼 버리자 HAL은 영원히 입을 다물었다.

# 고독

우주선은 작고 복잡한 장난감처럼 허공 속에 꼼짝도 않고 둥둥 떠 있었다. 지금 모습만 봐서는 이 우주선이 태양계에서 가장 속도가 빠른 물건이며, 태양의 주위를 도는 행성들보다 훨씬 더 빠른 속도로 여행하고 있었다는 사실을 도저히 알 수 없었다.

그 안에 생명체가 있는 것 같은 기미도 전혀 없었다. 사실 겉으로 보이는 모습만 봐서는 생명체가 있다고는 도저히 생각할 수 없었다. 누군가가 이 우주선을 봤다면, 두 가지 불길한 사실을 눈치챘을 것이다. 활짝 열려 있는 에어로크, 그리고 얇은 구름처럼 우주선을 감싼 채 서서히 흩어지고 있는 여러 가지 파편들.

종이 조각, 금속 포일, 정체를 알 수 없는 쓰레기 등이 벌써 반경 몇 킬로미터나 되는 공간에 퍼져 있었다. 그리고 멀리 있는 태양 빛 속에서 보석처럼 반짝이는 결정체들이 여기저기 구름처럼 모여 있었다. 우주선에서 빨려 나온 액체가 순식간에 얼어서 생긴 것이었다. 이 모든 것들은 분명히 재앙이 남긴 흔적들이었다. 커다란 배가 바다에 가라앉은 후 수면 위로 떠오른 배의 잔해처럼. 그러나 우주라는 바다에서는 가라앉는 것이 불가능했다. 우주선이 파괴되더라도 그 잔해는 원래 궤도를 따라 영원히 움직일 터였다.

하지만 우주선이 완전히 죽어 버린 것은 아니었다. 아직 동력이 살아 있었으니까. 전망창에서 희미한 파란 불빛이 빛나고 있었다. 열린 에어로크 안쪽에서도 희미한 불빛이 보였다. 빛이 있다면, 아직 생명체가 살아 있을 수도 있었다.

마침내 뭔가 움직이는 것이 보였다. 그림자들이 에어로크 안쪽의 푸른빛을 가로지르며 깜박였다. 뭔가가 우주 공간으로 나오고 있었다.

그것은 천으로 아무렇게나 둘둘 말아 놓은 원통형의 물건이었다. 잠시 후 똑같은 물건이 하나 더, 그리고 또 하나 더 나왔다. 세 개가 모두 상당한 속도로 방출되었기 때문에 몇 분 되지 않아 우주선에서 수백 미터나 멀어져 있었다.

30분이 흘렀다. 그리고 이번에는 훨씬 더 큰 물건이 에어로크를 빠져나왔다. 우주 캡슐 한 대가 천천히 조금씩 우주 공간으로 나오고 있었다.

우주 캡슐은 제트엔진을 이용해서 아주 조심스럽게 우주선 외피를 한 바퀴 돌더니 안테나 지지대 밑동 근처에 멈춰 섰다. 거기에서 우주복을 입은 사람이 나와 안테나 받침대에서 몇 분 동안 뭔가 작업하더니 다시 캡슐 안으로 돌아갔다. 잠시 후 우주 캡슐은 왔던 길을 되짚어 에어로크로 돌아가서는 입구 바깥에서 한동안 서성거렸다. 마치 옛날과 달리 안에서 협조해 주는 사람이 없어 안으로 다시 들어가기가 어려운 것 같았다. 그러나 잠시 후 우주 캡슐은 한두 번 우주선과 살짝 부딪히면서 억지로 안으로 들어갔다.

그 후 한 시간 동안은 아무 일도 일어나지 않았다. 처음 우주선에서 방출되어 줄지어 날아갔던 세 개의 섬뜩한 원통형 물건들은 이미 오래전에 시야에서 사라지고 없었다.

그런데 이때 에어로크가 닫혔다가 열렸더니 다시 닫혔다. 잠시 후 희미하게 파란색으로 빛나던 비상등이 꺼지고 즉시 훨씬 더 밝은 빛이 켜졌다. 디스커버리 호가 다시 살아나고 있었다.

이윽고 훨씬 더 좋은 징조가 나타났다. 몇 시간 동안 아무 쓸모없이 토성만 노려보고 있던 커다란 그릇 모양의 안테나가 다시 움직이기 시작한 것이다. 안테나는 몸을 비틀어 우주선 뒤쪽을 향하더니 추진 연료가 든 탱크와 수백 평방미터에 이르는 복사판 너머를 바라보았다. 그리고 태양을 찾는 해바라기처럼 얼굴을 들어 올렸다.

디스커버리 호 안에서 데이비드 보면은 안테나의 방향을 조정하는 전선들을 조작해 안테나가 반원보다 조금 더 볼록한 모양의 지구를 향하도록 했다. 자동 조종이 불가능했기 때문에 앞으로도 그가 계속 방향을 조종해 줘야 할 터였다. 그러나 안테나의 방향을 한 번 맞춰 놓으면 몇 분 동안은 그 방향이 꾸준히 유지될 것이다. 이제는 원래 신호와 충돌하면서 안테나의 방향을 바꿔 놓는 또 다른 신호가 없었으니까.

그는 지구를 향해 말하기 시작했다. 그의 말이 지구에 닿아 지상 관제소가 상황을 알게 되는 데는 한 시간 이상이 걸릴 것이다. 따라서 뭔가 답변을 들으려면 두 시간을 기다려야 했다.

그러나 지구에서 과연 무슨 대답을 보내올지 상상하기가 어려웠다. 안됐다는 듯이 안녕을 고할 것이라는 생각밖에 들지 않았다.

# 비밀

헤이우드 플로이드는 잠을 거의 자지 못한 사람 같았다. 그의 얼굴 또한 걱정스러운 표정이었다. 그러나 기분이야 어떻든, 그의 단호한 목소리는 사람들을 안심시켜 주었다. 그는 태양계 저편에 혼자 남아 있는 사람에게 어떻게든 자신 있는 모습을 보여 주려고 최선을 다하고 있었다.

"보먼 박사, 우선 이렇게 어려운 상황을 박사가 잘 처리한 것에 축하를 드려야겠습니다. 지금까지 유례도 없고 예상하지도 못했던 응급 상황을 맞아 정말 훌륭하게 대처하셨습니다.

우주선의 HAL 9000이 왜 고장을 일으켰는지 알 것 같습니다. 하지만 그건 이제 그리 중요한 문제가 아니니까 그 얘기는 나중에 하도록 하지요. 현재 우리는 박사가 임무를 완수할 수 있도록 가능한 최선을 다해 돕는 데만 전념하고 있습니다.

이제 이번 임무의 진정한 목적을 말씀드려야겠군요. 지금까지 우리가 일반 대중들이 알지 못하도록 아주 어렵게 비밀로 지켜 온 목적 말입니다. 원래는 토성에 접근할 때쯤 박사에게도 모든 사실을 알려 드릴 예정이었습니다. 박사가 상황을 파악할 수 있도록 간단히 요약해서 말씀드리겠습니다. 앞으로 몇 시간 후에 이번 임무의 모든 내용이 담긴 브리핑 테이프가 발송될 겁니다. 제가 지금부터 박사에게 말씀드리려 하는 내용은 모두 최고 기밀에 속합니다.

2년 전, 우리는 지구가 아닌 다른 곳에 지능을 가진 생명체가 존재한다는 최초의 증거를 발견했습니다. 딱딱한 검은 물질로 만들어진 3미터 높이의 판 또는 석판이 티코 구덩이에 파묻혀 있는 것이 발견된 것입니다. 이것이 바로 그 석판입니다."

우주복을 입고 잔뜩 몰려 있는 사람들에게 둘러싸인 TMA-1을 처음 보았을 때, 보먼은 깜짝 놀라서 입을 쩍 벌린 채 화면으로 몸을 기울였다. 그는 이 사진을 보고 흥분한 나머지(우주에 관심 있는 사람이라면 누구나 그렇듯이, 그도 지금까지 줄곧 이런 광경을 언젠가 볼 것이라고 반쯤 기대하고 있었다.) 자기가 지금 절박한 궁지에 몰려 있다는 사실을 잊어버리다시피 했다.

그러나 처음의 놀라움은 곧 다른 감정으로 바뀌었다. 정말 굉장하다는 느낌. 하지만 저것이 지금 그와 무슨 상관 있을까? 답은 하나밖에 없었다. 그는 헤이우드 플로이드의 모습이 다시 화면에 나타나자 정신없이 줄달음질치던 생각을 다잡았다.

"이 물체와 관련해서 가장 놀라운 점은 이것의 연대가 아주 오래되었다는 점입니다. 지질학적 증거들은 이것이 300만 년 전의 것이라는 사실을 확실하게 증명해 주고 있습니다. 그러니까 이 물체는 우리 조상들이 아직 원시적인 원숭이인간일 때 달에 설치된 것입니다.

그렇게 오랜 세월이 흘렀으니 이 물체가 어떤 움직임도 보이지 못할 것이라고 생각하는 게 당연할 겁니다. 그러나 달에서 태양이 떠오른 직후, 이 물체는 대단히 강력한 전파 에너지를 방출했습니다. 우리는 이 에너지가 우리에게는 알려지지 않은 어떤 복사 현상의 부산물일 뿐이라고 생각하고 있습니다. 말하자면 복사 현상의 여파인 셈이지요. 우리가 이런 생각을 하게 된 것은 에너지가 방출됨과 동시에 우리의 우주 탐사선 여러 대가 이례적인 교란 현상이 태양계를 가로지르는 것을 감지했기 때문입니다. 우리는 그것의 이동 경로를 아주 정확하게 추적할 수 있었는데, 그 현상은 정확히 토성을 향하고 있었습니다.

그 일이 있은 후 우리는 그때까지의 상황을 종합해서 그 석판이 태양을 동력원으로 삼거나 일종의 방아쇠로 이용하는 신호 장치라는 결론을 내렸습니다. 그 물체가 일출 직후 300만 년 만에 처음으로 햇빛에 노출되었을 때 펄스를 방출한 것을 우연의 일치로 보기는 어렵습니다.

그리고 누군가가 그 물체를 '일부러' 땅속에 묻어 놓았다는 데에도 의심의 여지가 없습니다. 누군가가 6미터 깊이로 땅을 파고 바닥에 그것을 놓은 다음 조심스럽게 구멍을 메운 겁니다.

우리가 애당초 그것을 어떻게 발견했는지 궁금하시죠? 글쎄요, 그건 찾기가 아주 쉽게 되어 있었습니다. 수상쩍게 느껴질 정도로 쉬웠죠. 그 물체는 강력한 자기장을 갖고 있어서 우리가 저궤도 조사를 시작하자마자 존재가 뚜렷하게 드러났으니까요.

하지만 태양 에너지를 이용하는 장치를 왜 지하 6미터에 묻었을까요? 우리는 우리보다 300만 년이나 앞선 생물들의 의도를 도저히 이해하지 못할 수도 있다는 걸 알면서도 수십 가지의 이론을 조사해 보았습니다.

가장 많은 지지를 받은 이론은 가장 단순하고, 가장 논리적인 이론이었습니다. 또한 가장 불길한 것이기도 했죠.

태양 에너지를 이용하는 장치를 어둠 속에 숨길 이유는 하나뿐입니다. 그것이 다시 빛을 보게 되는 순간을 포착하고 싶다는 것. 다시 말해서, 그 석판이 일종의 경보 장치일 수도 있다는 얘깁니다. 그런데 우리가 그 경보 장치를 건드린 거죠.

그 물체를 설치한 문명이 지금도 존재하고 있는지는 알 수 없습니다. 우리는 300만 년 후에도 여전히 작동하는 물건을 만든 생명체들이 그에 못지않게 오래 지속될 수 있는 사회를 구축했을지도 모른다고 생각해야 합니다. 또한, 다른 증거가 우리 손에 들어올 때까지는 그들이 우리에게 적의를 품고 있을 수도 있다고 가정해야 합니다. 선진 문명을 이룩한 생명체들이라면 반드시 인정 많고 친절할 것이라는 주장이 자주 제기된 바 있지만, 그 주장을 믿고 위험을 무릅쓸 수는 없습니다.

게다가 우리의 과거 역사를 통해 이미 여러 번 드러났듯이, 원시 종족들이 선진 문명을 만나 살아남지 못한 적은 많습니다. 인류학자들이 하는 얘기 중에 '문화적 충격'이라는 말이 있습니다. 이제는 인류 전체가 그런 충격을 받을 가능성에 대비해야 할 것 같습니다. 하지만 300만 년 전 달을 방문했던, 그리고 어쩌면 지구도 방문했을지 모르는 생명체들에 대해 뭔가 정보를 얻고 나서야 그런 준비를 시작할 수 있겠지요.

따라서 박사의 임무는 단순히 뭔가 새로운 것을 발견하기 위한 항해보다 훨씬 더 커다란 목적을 갖고 있습니다. 이번 항해의 목적은 정찰입니다. 어쩌면 위험할 수도 있는 미지의 땅을 정찰하는 것. 카민스키 박사의 팀은 이번 임무를 위해 특수한 훈련을 받았습니다. 하지만 이제는 박사 혼자서 어떻게든 해 보아야 할 겁니다…….

마지막으로 박사가 정찰해야 할 구체적인 대상을 알려 드리겠습니다. 선진 문명이 토성에 존재할 것 같지는 않습니다. 그들이 토성의 위성에서 진화했을 것 같지도 않고요. 우리는 토성과 그 위성들 전체를 조사하려는 계획을 세웠습니다. 그리고 박사가 간단하게 정리된 조사 프로그램을 실행에 옮길 수 있을 것이라는 희망을 지금도 버리지 않았습니다. 하지만 이제는 여덟 번째 위성인 이아페투스만을 집중적으로 조사해야 할 것 같습니다. 최종 작전을 시행해야 할 때가 되었을 때, 박사가 이 놀라운 위성과 랑데부를 해야 하는지 말아야 하는지 우리가 결정을 내릴 겁니다.

이아페투스는 태양계에서 아주 독특한 존재입니다. 물론 박사도 이미 알고 있는 사실이겠죠. 하지만 지난 300년 동안 활동했던 모든 천문학자들과 마찬가지로, 박사 역시 이 위성에 대해 별로 생각해본 적이 없을 겁니다. 그래서 그냥 기본적인 정보들을 알려 드리겠습니다. 1671년에 이아페투스를 발견한 카시니는 이 위성이 궤도의 한쪽 편에서 여섯 배나 더 밝게 빛난다는 사실을 발견했습니다.

밝기가 이렇게나 달라진다는 것은 굉장한 일입니다. 그리고 지금까지 아무도 이 현상을 만족스럽게 설명하지 못했습니다. 이아페투스는 하도 작아서(지름이 약 1300킬로미터입니다.) 달에 있는 망원경으로도 간신히 보일 정도입니다. 하지만 한쪽 표면에 아주 밝고 이상할 정도로 좌우대칭인 점이 있는 것 같습니다. 그리고 이 점이 어쩌면 TMA-1과 관련 있는지도 모릅니다. 이아페투스가 300년 동안 일종의 일광 반사 신호기처럼 우리를 향해 반짝반짝 신호를 보내고 있었는데 우리가 너무 멍청해서 그 신호를 이해하지 못한 게 아닌가, 그런 생각이 가끔 듭니다…….

이제 이번 임무의 진정한 목적을 아셨으니 이번 임무가 얼마나 중요한지 이해할 수 있을 겁니다. 박사가 1차적인 발표를 위한 새로운 사실들을 몇 가지 우리에게 제공해 줄 수 있기를 우리 모두 기원하고 있습니다. 비밀이 영원히 유지될 수는 없으니까요.

지금으로서는 희망을 품어야 할지, 아니면 두려워해야 할지 모르겠습니다. 토성의 위성에서 박사가 선을 만날지, 악을 만날지, 아니면 트로이 유적보다 1000배나 오래된 유적만 발견할지, 그것도 알 수 없는 일입니다."

5부

# 토성의
# 위성들

# 생존

충격을 치료하는 데는 일이 최선의 방법이다. 그런데 이제 사라진 승무원들이 다 달라붙어야 할 만큼 많은 일들이 보먼의 몫이었다. 그는 자신과 우주선의 생사가 걸려 있는 핵심적인 시스템부터 시작해서 디스커버리 호의 모든 기능을 가능한 한 빨리 정상으로 돌려 놓아야 했다.

가장 중요한 것은 생명 유지 장치였다. 우주선에서 산소가 많이 빠져나갔지만, 아직은 한 사람의 생명을 충분히 지탱해 줄 만큼 산소가 비축되어 있었다. 기압과 기온 조절 장치는 대부분 자동으로 작동되고 있었기 때문에 HAL이 그 장치에 간섭한 적이 거의 없었다. 지구와의 거리 때문에 지상 관제소가 우주선의 상황 변화에 그때그때 즉시 대처할 수는 없었지만, 지구의 관제사들은 보먼이 죽어 버린 컴퓨터가 수행하던 많은 고도의 작업들을 대신 수행해 줄 수 있었다. 우주선 외피에 구멍이 뚫리는 사태까지는 가지 않더라도 생명 유지 장치에 뭔가 문제가 생기는 경우 그 영향이 실제로 드러날 때까지는 몇 시간이 걸릴 것이고, 그 전에 이상을 알리는 많은 현상들이 일어날 터였다.

우주선의 동력, 항법, 추진 시스템에는 아무 이상이 없었다. 게다가 항법 시스템과 추진 시스템은 우주선이 토성과 조우할 때까지 앞으로 몇 달 동안 쓸 일이 없었다. 거리도 멀고 우주선 내부에 장착된 컴퓨터의 도움도 없지만, 지상 관제소가 이번 임무의 진행 과정을 충분히 감독할 수 있었다. 맨 마지막에 궤도를 조정할 때는 끊임없는 확인 작업이 필요하기 때문에 일이 조금 느리게 진행되겠지만, 그건 전혀 심각한 문제가 아니었다.

지금까지 보먼이 한 일 중에서 가장 힘들었던 것은 회전 북 안에서 함께 회전하고 있는 관들을 비우는 일이었다. 조사팀원들이 단순한 동료였을 뿐 절친한 친구가 아니었던 게 다행이라는 생각이 들었다. 그들은 보먼과 겨우 몇 주일 동안 함께 훈련을 받았을 뿐이다. 지금 생각해 보니 그때의 훈련도 대개는 조사팀원들과 보먼이 서로 어울려 일할 수 있는지 알아보기 위한 것이었다는 생각이 들었다.

텅 빈 동면기를 봉인하는 작업이 끝났을 때 그는 마치 이집트의 무덤 도굴꾼이 된 것 같은 기분이었다. 이제 카민스키, 화이트헤드, 헌터는 모두 그보다 먼저 토성에 도착할 것이다. 물론 프랭크 풀보다는 늦겠지만. 이런 생각을 하다 보니 왠지 묘하게 뒤틀린 만족감이 느껴졌다.

그는 다른 동면기들이 제대로 작동할 수 있는 상태인지 알아보려 하지 않았다. 어쩌면 동면기에 마지막으로 목숨을 의탁해야 할 일이 생길 수도 있지만, 그 문제는 우주선이 최종적인 궤도에 들어섰을 때 처리해도 되었다. 그 전에 상황이 어떻게 변할지 알 수 없는 일이니까.

식량 섭취량을 엄격하게 제한한다면, 동면을 하지 않고도 구조팀이 올 때까지 살아남을 수 있을 것 같기도 했다.(하지만 그는 아직 보급품 현황을 자세히 살펴보지 않았다.) 그러나 그가 육체적인 생명뿐만 아니라 정신적인 건강까지 유지할 수 있을지는 전혀 다른 문제였다.

그는 오래 뒤에 닥칠 그런 문제들을 생각하는 대신 지금 당장 꼭 필요한 일에 전념하려고 노력했다. 그는 천천히 우주선을 청소하고, 각종 시스템이 순조롭게 잘 돌아가고 있는지 확인하고, 지상 관제소와 기술적인 문제들을 논의했다. 잠은 최소한으로 줄였다. 처음 몇 주 동안 그는 잠시 짬이 날 때에만 자신이 지금 헤어날 수 없이 말려들고 있는 커다란 수수께끼에 대해 생각해 볼 수 있었다. 비록 그 문제는 항상 그의 머릿속을 차지하고 있었지만 말이다.

우주선의 시스템들이 마침내 다시 자동으로 돌아가게 됐을 때에야(하지만 자동 시스템들이 제대로 돌아가고 있는지 끊임없이 감독해야 했다.) 보먼은 지상 관제소에서 보내온 보고서와 브리핑 내용을 자세히 살펴볼 시간을 낼 수 있었다. 그는 TMA-1이 300만 년 만에 처음으로 새벽을 맞았을 때 녹화된 화면을 몇 번이나 돌려 보았다. 우주복을 입은 사람들이 TMA-1 주위를 돌아다니는 것이 보였다.

TMA-1이 별들을 향해 폭탄처럼 신호를 터뜨리는 순간 그 힘이 무전기를 마비시킬 정도로 강한 것을 보고 사람들이 깜짝 놀라 바보처럼 허둥거리는 모습에 그는 하마터면 웃을 뻔했다.

그렇게 신호를 발사한 후, 검은 판은 아무런 변화도 보이지 않았다. 사람들이 판을 덮었다가 다시 조심스럽게 햇빛에 노출시켜 보았지만 아무런 반응도 보이지 않았다. 판을 잘라 보려는 시도는 없었다. 과학자들다운 조심성 때문이기도 했지만, 그것을 잘랐다가 무슨 일이 생길지 모른다는 두려움도 그에 못지않게 커다란 역할을 했다.

TMA-1이 발견되는 데 결정적인 역할을 한 자기장은 TMA-1이 전파로 비명을 질러 대는 순간 사라져 버렸다. 일부 전문가들은 그 자기장이 엄청난 양의 전류에 의해 생성되어 초전도체 안으로 흘러 들어갔기 때문에, 전파 에너지를 발사해야 하는 순간이 될 때까지 오랜 세월 동안 에너지가 보존된 것인지도 모른다는 이론을 내놓았다. 저 석판 안에 내부 동력원이 있음은 분명한 것 같았다. 석판이 잠깐 햇볕에 노출되었을 때 흡수한 태양 에너지로는 그렇게 엄청난 신호를 발사할 수 없었다.

어쩌면 별로 중요하지 않을 수도 있는, 이 석판의 이상한 특징 하나가 한없는 논쟁을 불러일으켰다. 석판의 높이는 3미터 30센티미터였으며, 횡단면의 가로세로는 각각 37.5센티미터, 1미터 50센티미터였다. 이 석판의 치수를 세심하게 확인해 본 결과, 각각의 수치가 1대 4대 9의 비율을 이루고 있음이 밝혀졌다. 이 세 숫자는 각각 자연수의 처음 세 숫자인 1, 2, 3의 제곱이었다. 이 비율에 대해 아무도 그럴듯한 설명을 내놓지 못했지만, 각각의 비율이 지극히 정확하게 맞춰져 있는 것으로 보아 우연히 나왔을 리가 없었다. 지금 지구에 존재하는 기술을 모두 동원해도, 또 무슨 재료를 사용하더라도 불활성의 물질 덩어리를 이처럼 정확한 모양으로 다듬어 낼 수 없다는 생각을 하면 기가 죽었다. TMA-1이 꼼짝도 하지 않고 그냥 서 있기만 하면서도 완벽한 기하학적 정확성을 거의 오만하게 보일 정도로 과시하고 있다는 사실은 TMA-1의 다른 특징들 못지 않게 인상적이었다.

보먼은 또한 지상 관제소가 컴퓨터의 프로그래밍 오류에 대해 뒤늦게 사과하는 말에도 귀를 기울였다. 그런데 묘하게도 마치 남의 일인 듯 그리 흥미가 느껴지지 않았다. 지구에서 사과하고 있는 사람들의 목소리에는 방어적인 기색이 배어 있었다. 이번 여행의 계획을 짠 사람들이 지금쯤 서로 어떤 비난을 주고받고 있을지 대충 짐작이 갔다.

애당초 그들의 주장에 일리가 있기는 했다. 그들이 내세운 근거 중에는 국방부가 비밀리에 실시한 BARSOOM 프로젝트라는 연구 결과도 포함되어 있었다. 1989년에 하버드 대학교 심리학과에서 실시한 이 연구는 통제된 환경 속에서 여러 표본 집단에게 인류가 이미 외계인과 접촉했다는 확신을 심어 주었다. 이 연구에 참가한 많은 실험 대상자들은 약물, 최면, 시각 효과 등을 통해 자기들이 다른 행성에서 온 생물들을 실제로 만났다고 생각했으므로, 그들의 반응은 꾸밈없는 진정한 것으로 간주되었다.

실험 대상자들 중 일부는 상당히 폭력적인 반응을 보였다. 보통 때는 그냥 평범해 보이지만 사실은 이방인 혐오증이 깊은 사람들이 많은 모양이었다. 린치나 학살 등을 자행해 온 인류의 역사를 생각해 보면, 사실 그리 놀라운 일이 아니었다. 그런데도 이 연구의 기획자들은 깊은 불안감을 느꼈기 때문에 연구 결과를 발표하지 않았다. 20세기에 H. G. 웰스가 라디오에서 「우주 전쟁」을 방송했을 때 다섯 번에 걸쳐 공황 상태가 나타났던 사실 또한 이 연구의 결론에 힘을 실어 주었다…….

이런 근거들이 있음에도, 보먼은 이번 임무를 그토록 비밀리에 추진한 이유가 정말로 오로지 문화적 충격의 위험 때문이었는지 가끔 궁금했다. 그가 브리핑을 받을 때 드러났던 몇 가지 암시들은 미국과 소련이 지능을 지닌 외계인과 먼저 접촉함으로써 이득을 얻고 싶어 한다는 점을 암시했다. 하지만 지금 태양 빛에 거의 가려 희미한 별처럼 보이는 지구를 돌아보면, 그런 생각들이 우스울 정도로 편협해 보였다.

그는 오히려 HAL의 행동을 설명하기 위해 제시된 이론에 더 흥미를 느꼈다. HAL의 문제는 이미 돌이킬 수 없는 일이 되어 버렸지만 말이다. 앞으로 어느 누구도 확실하게 진실을 알아낼 수 없겠지만, 지상 관제소에 있는 9000 컴퓨터 중 한 대도 똑같은 정신 이상 증세를 보여서 현재 집중 치료를 받고 있는 것을 보면 그 이론이 옳은 것 같았다. 앞으로 두 번 다시 같은 실수를 저지르는 일은 없을 것이다. HAL을 만든 사람들이 자기 창조물의 심리 상태를 완전히 이해하지 못했다는 사실은 인류와 완전히 다른 존재와 의사소통하는 것이 얼마나 어려운 것인지를 보여 주었다.

보먼은 HAL이 프로그램 충돌로 생겨난 무의식적인 죄책감 때문에 지구와의 연결 회로를 끊으려 했다는 시몬슨 박사의 이론을 쉽사리 받아들일 수 있었다. HAL이 의도적으로 풀을 죽이려 한 것은 아니었을 것이라고 생각하고 싶었다. 비록 이것 역시 사실인지 아닌지 결코 증명할 수 없는 일이기는 하지만. HAL은 단순히 증거를 없애려 했을 뿐이다. 자기가 타 버렸다고 보고한 AE35 유닛이 제대로 작동하고 있는 것으로 밝혀지면, 자신의 거짓말이 들통날 테니까. 그리고 그가 그다음에 그런 행동을 한 것은 거짓말이 쌓이고 쌓여 주체할 수 없게 된 서투른 범죄자처럼 겁에 질렸기 때문이다.

보먼은 공포를 아주 잘 이해하고 있었다. 사실 그런 일이 없었다면 더 좋았겠지만, 그 자신이 지금까지 그런 공포를 두 번 경험한 적이 있기 때문이다. 첫 번째 경험은 어렸을 때였다. 줄지어 밀려오는 파도에 휘말려 하마터면 익사할 뻔했을 때. 그리고 두 번째는 우주 비행사로서 훈련을 받던 도중 게이지가 고장 나는 바람에 안전한 곳에 도착하기 전에 산소가 먼저 바닥날 것이라고 잘못 생각했을 때였다.

두 번 다 그는 논리적인 사고 능력을 다 잃어버리다시피 했다. 몇 초만 더 그런 상황이 지속되었다면, 아무렇게나 밀려오는 충동에 몸을 맡기고 미친 듯이 날뛰었을 것이다. 두 번 다 그 상황을 이겨 내기는 했지만, 그는 모든 조건이 갖춰진다면 누구라도 공포 때문에 인간성을 잃어버릴 수 있다는 사실을 너무나 잘 알고 있었다.

사람에게 일어날 수 있는 일이라면, HAL에게도 일어날 수 있었다. 이런 생각을 하자 HAL에게 느꼈던 앙심과 배신감이 희미해지기 시작했다. 어쨌든 이제 그 일은 과거사였고, 지금은 아직 알 수 없는 미래의 위험과 희망이 훨씬 더 중요했다.

# ET에 관하여

회전 북에서 급히 식사할 때를 제외하면(다행히도 식량 배급기는 피해를 입지 않았다.) 보먼은 사실상 조종실에서 살다시피 했다. 그는 자신의 자리에 앉은 채 선잠을 잤기 때문에 뭔가 문제가 생긴 듯한 징조가 화면에 나타나자마자 즉시 알아차릴 수 있었다. 그는 지상 관제소의 지시에 따라 여러 응급 시스템들을 급히 수리했는데, 그 시스템들은 그럭저럭 기능을 발휘하고 있었다. 심지어 디스커버리 호가 토성에 도착할 때까지 그가 목숨을 부지하는 것이 가능할 것 같기도 했다. 물론 디스커버리 호는 그가 살아 있든 죽었든 상관없이 토성에 도착할 테지만 말이다.

주위 풍경을 구경할 시간도 별로 없고 우주가 그에게 낯선 곳도 아니었지만, 전망창 너머에 무엇이 있는지 알고 있는 그로서는 가끔 살아남는 문제에만 신경을 집중하기가 어려웠다. 지금 우주선이 향하고 있는 바로 앞쪽에는 은하수가 펼쳐져 있었다. 구름처럼 여기저기 모여 있는 별들이 하늘을 하도 빽빽이 채우고 있어서 머리가 멍해질 정도였다. 불타는 안개 같은 궁수자리에는 은하수의 중심을 인간의 눈으로 볼 수 없도록 영원히 가려 주고 있는 펄펄 끓는 태양들이 가득 모여 있었다. 단 한 개의 별도 빛나지 않는 우주의 구멍, 암흑성운은 불길한 검은 그림자처럼 보였다. 태양계 너머 첫번째, 모든 외계의 태양들 중 가장 가까운 센타우루스자리 알파성도 있었다.

센타우루스자리 알파성은 비록 시리우스나 카노푸스의 빛에 가려 있었지만, 보먼은 우주를 바라볼 때마다 항상 이 별에 눈과 마음을 빼앗겼다. 4년이나 지나서 마침내 그의 눈까지 도착한 그 흔들리지 않는 빛은 현재 지구에서 맹렬히 벌어지고 있는 비밀스러운 논쟁의 상징이었다. 그 비밀스러운 논쟁은 하도 맹렬해서 가끔 보먼에게까지 메아리가 들려올 정도였다.

TMA-1과 토성 및 그 위성들 사이에 뭔가 관계가 있을 것이라는 주장을 의심하는 사람은 아무도 없었다. 그러나 그 석판을 세운 생물들이 어쩌면 그곳에서 왔을지도 모른다는 주장을 받아들일 과학자는 거의 없었다. 토성은 생명체가 살기에 목성보다 훨씬 더 열악한 곳이었고, 위성들은 영하 184도의 영원한 겨울 날씨 속에서 꽁꽁 얼어붙어 있었다. 오로지 한 개의 위성, 즉 타이탄만이 대기를 갖고 있었지만, 그나마도 유독한 메탄가스가 위성을 얇게 둘러싸고 있는 것일 뿐이었다.

따라서 그토록 오래전에 달을 방문했던 생명체들은 단순히 지구가 아닌 곳에서 온 것이 아니라 아예 태양계 바깥에서 온 것일 수도 있었다. 다른 항성계에서 출발해 어디든 적당한 곳에 기지를 세우고 지구를 찾아온 방문자들일 수도 있다는 얘기였다. 그런데 이 주장이 제기되자마자 또 다른 문제가 생겨났다. 아무리 기술이 고도로 발달하더라도, 태양계와 가장 가까운 다른 항성 사이의 그 엄청난 거리를 이어 주는 기술이 있을 수 있을까?

많은 과학자들이 그런 기술은 불가능하다고 딱 잘라 말했다. 그들은 지금까지 설계된 우주선 중에서 가장 빠른 디스커버리 호가 센타우루스자리 알파성에 도달하려면 2만 년이 걸리며, 은하수를 가로질러 그래도 여행을 했노라고 말할 수 있을 만큼 여행하는 데는 수백만 년이 걸린다고 지적했다. 앞으로 수백 년 동안 우주선의 추진 시스템이 괄목상대할 발전을 보인다 하더라도 결국은 빛의 속도라는 건널 수 없는 장벽을 만날 터였다. 그 어떤 물체도 빛의 속도를 넘을 수는 없으니까 말이다. 따라서 과학자들은 TMA-1을 만든 생명체들은 틀림없이 우리 태양계에 속했을 것이며, 그들이 그토록 오랫동안 모습을 드러내지 않은 것으로 보아 이미 멸종했을 것이라고 주장했다.

이에 반대하는 사람들은 소수지만 목소리를 높였다. 한 항성에서 다른 항성까지 여행하는 데 수백 년이 걸린다 해도 의지가 굳은 탐험가들에게는 별로 문제 되지 않을 수도 있다는 것이었다. 디스커버리 호에서도 사용된 동면 기술을 그들이 사용했을 수도 있었다. 모든 것이 갖춰진 인공적인 세계를 만들어 그 안에서 세대를 이어가며 여행을 계속했을 가능성도 있었다.

어쨌든, 왜 지능을 가진 모든 생명체가 반드시 인간만큼 수명이 짧을 것이라고 생각해야 하는가? 이 우주에는 1000년이나 걸리는 여행을 단순히 약간 지루한 일 정도로만 생각하는 생명체가 있을 수도 있었다…….

이런 주장들은 비록 이론적인 것일 뿐이었지만, 현실적으로 지극히 중요한 문제가 관련되어 있었다. '반응 시간'이라는 개념이 바로 그것이었다. 만약 TMA-1의 전파가 정말로 항성을 향해 보낸 모종의 신호라면(토성 근처의 어떤 장치가 신호의 중계를 도왔을 가능성이 있었다.) 그 신호가 목적지에 도착하는 데는 오랜 세월이 걸릴 터였다. 따라서 상대방이 즉각적으로 반응을 보인다 해도, 인류에게는 수십 년에 이르는 여유가 있는 셈이다. 아니 그 기간이 수백 년이나 될 가능성이 더 높았다. 많은 사람들은 여기서 위안을 얻었다.

그러나 모든 사람이 다 그런 것은 아니었다. 소수의 과학자들(그들 대부분은 아직 개척이 덜 된 이론물리학이라는 해변에서 모래알을 찾는 사람들이었다.)이 불안한 의문을 제기한 것이다.

"빛의 속도라는 장벽을 결코 뚫을 수 없다는 것이 확실한가?"

특수상대성이론은 놀라울 정도로 튼튼한 이론이라서 거의 100년 동안 생명을 유지해 온 것은 사실이었다. 그러나 그 이론에도 이미 몇 가지 틈이 나타나 있었다. 설사 아인슈타인에게 도전장을 던지는 것이 불가능하다 해도 그를 당황하게 만드는 것쯤은 가능할 것 같았다.

이 견해를 지지하는 사람들은 더 높은 차원의 공간을 이용하는 지름길에 희망을 품었다. 똑바른 길보다 더 빠른 길이 공간과 공간을 이어 줄지도 모른다는 것이다. 그들은 프린스턴 대학의 어떤 수학자가 지난 세기에 만들어 낸 그럴듯한 말을 즐겨 사용했다. '우주의 웜홀'이라는 말. 이들의 주장이 너무 공상적이어서 진지하게 받아들이기 어렵다고 주장하는 사람들에게는 닐스 보어의 말을 일깨워 주었다. "당신 이론은 터무니없지만, 진실이 될 수 있을 만큼 터무니없지는 않다."

그러나 물리학자들 사이의 논쟁은 생물학자들의 논쟁에 비하면 아무것도 아니었다. 그들은 고색창연한 주제를 다뤘다.

"지능을 가진 외계 생명체는 어떤 모습을 하고 있을까?"

이 문제에 대한 그들의 의견은 양쪽으로 갈렸다. 한쪽 편은 외계 생명체가 분명히 인간을 닮았을 것이라고 주장했고, 다른 편은 인간과 전혀 다른 모습일 것이라고 확신했다.

첫 번째 주장에 동조한 사람들은 팔다리가 각각 두 개씩이고 중요한 감각 기관이 가장 높은 곳에 모여 있는 모습이 아주 기본적이고 합리적이기 때문에 그보다 더 나은 형태가 있을 것이라고는 생각하기 어렵다고 했다. 물론 손가락이 다섯 개가 아니라 여섯 개라든지, 피부와 머리카락의 색깔이 괴상하다든지, 얼굴의 이목구비가 특이하게 배열된다든지 하는 사소한 차이점은 있을 수 있었다. 그러나 지능을 가진 대부분의 외계 생명체들(대개 'ET'라는 약자로 표시되었다.)은 인간과 아주 흡사해서 사람들이 조명이 좋지 않은 곳이나 먼 거리에서 그들을 본다면 아무 생각 없이 그냥 지나칠 수도 있을 정도일 것이라고 그들은 주장했다.

이에 반대하는 다른 그룹의 생물학자들은 이들의 주장을 비웃었다. 그들은 진정한 우주 시대의 인간으로서 자기들은 과거의 편견에 구애받지 않는다고 생각했다. 그들은 인체가 수천만 년 동안 지속된 진화의 산물이라는 점을 지적했다. 즉 오랜 세월에 걸쳐 우연히 만들어진 형태가 바로 지금의 인체라는 것이다. 진화 과정의 수많은 선택의 순간 중 단 한 번이라도 유전자라는 주사위가 다른 방향으로 떨어졌다면 혹시 지금보다 더 나은 결과가 나왔을 수도 있었다. 인체는 즉흥적인 임기응변이 어우러져 만들어진 기괴한 물건이니까. 생물학자들은 원래 기능과 다른 기능을 수행하도록 변환된 장기들이 우리 몸을 가득 채우고 있으며, 그런 변환이 항상 성공적인 결과만을 가져온 것도 아니라고 지적했다. 심지어 맹장처럼 무용지물보다 더 나쁜 폐기물들까지도 우리 몸속에 들어 있다는 것이다.

한편 보먼이 찾아본 바에 따르면, 위의 두 집단과는 또 다른 생각을 가진 사람들도 존재했다. 그들의 견해는 훨씬 더 이색적이었다. 그들은 진정 고도로 발달된 생명체라면 아예 육체를 갖고 있지 않을 것이라고 주장했다. 과학적 지식이 발전해 나감에 따라 자연이 자신들에게 준 육체를 없애 버렸으리라는 것이다. 육체는 연약하고 질병과 사고에 쉽게 쓰러지며 결국은 죽음을 피할 수 없으니까. 그래서 발달된 생명체들은 처음 타고난 육체가 낡으면(또는 그 전에라도) 기계와 플라스틱으로 만든 새 몸으로 바꿔 불멸의 생명을 얻었을 것이라고 했다. 뇌는 원래 몸의 다른 장기들보다 조금 더 오래 남아 기계 팔과 다리를 움직이고, 맹목적인 진화 과정을 거친 감각 기관보다 훨씬 더 섬세하고 예민한 전자 감각 기관을 통해 우주를 관찰할 터였다.

심지어 인류도 이 방향을 향해 이미 첫발을 뗀 상태였다. 예전 같으면 죽을 수밖에 없었던 수많은 사람들이 지금은 인공 팔다리, 인공 신장, 인공 허파, 인공 심장 덕분에 활동적이고 행복한 삶을 살고 있었다. 이렇게 나아가다 보면 결론은 하나밖에 없었다. 그 결론에 도달하는 길이 아무리 멀어 보일지라도.

궁극적으로는 아마 뇌도 사라질 터였다. 의식이 자리 잡고 있는 곳으로서 뇌는 반드시 필요한 존재가 아니었다. 이는 전자 두뇌의 발달로 인해 이미 증명된 사실이었다. 정신과 기계의 갈등이 어쩌면 완전한 공생이라는 영원한 휴전 협정에 의해 마침내 해결될지도 몰랐다…….

하지만 이것조차 끝이 아닐 수도 있었다. 신비주의 쪽으로 기울어 있는 소수의 생물학자들은 여기서 한 발 더 나아가 여러 종교의 신앙 체계에서 단서를 얻었다. 그리고 궁극적으로 정신이 물질로부터 자유로워질 것이라는 추측을 내놓았다. 기계 몸도 피와 살로 이루어진 몸처럼 인류가 오래전에 '영(靈)'이라고 불렀던 그 무언가에 이르기 위한 디딤돌에 지나지 않는다는 것이다.

그리고 만약 그 너머에도 뭔가가 있다면, 그것의 이름은 '신'일 수밖에 없었다.

## 전권대사

마지막 3개월 동안 데이비드 보먼은 혼자 살아가는 삶에 완벽하게 적응한 나머지 예전에 다른 식으로 살았던 적이 있는지 기억하기 어려울 정도가 되었다. 그는 이미 절망이나 희망을 느끼는 단계를 넘어서서 거의 자동으로 일상적인 일들을 수행하는 단계에 이르러 있었다. 이 일상적인 흐름이 끊기는 것은 디스커버리 호의 시스템들이 가끔 소리를 질러 뭔가 문제가 생겼음을 알려 줄 때뿐이었다.

그러나 그는 아직 호기심까지 벗어 버리지는 못했기 때문에 때로 자신이 지금 다가가고 있는 목적지를 생각하며 흥분과 힘을 느끼곤 했다. 그는 지금 인류 전체를 대표하고 있을 뿐만 아니라, 앞으로 몇 주 동안 자신의 행동이 인류의 미래를 결정할 수도 있는 입장에 있었다. 역사를 통틀어 이런 일은 한 번도 없었다. 그는 인류 전체를 대표하는 특사, 즉 전권대사였다.

이 생각이 여러 면에서 그에게 알게 모르게 도움이 되었다. 그는 항상 깔끔하고 단정한 모습을 유지했다. 아무리 피곤해도 면도를 건너뛰는 법은 없었다. 그는 혹시 자신에게서 비정상적인 행동이 나타나지 않는지 지상 관제소가 면밀히 관찰하고 있다는 것을 알고 있었다. 그는 그들의 그런 노력을 헛된 것으로 만들고야 말겠다고, 적어도 심각한 증상을 드러내지는 않겠다고 굳게 결심하고 있었다.

보먼은 자신의 행동 패턴이 약간 변했음을 의식하고 있었다. 사실 이런 상황에서 전혀 변하지 않기를 기대하는 것이 어리석은 일이었다. 그는 더 이상 침묵을 참을 수가 없었다. 잠을 잘 때와 지구와 통신하고 있을 때를 빼면, 항상 우주선 음향 시스템의 소리를 고통스러울 정도로 크게 올려 놓았다.

처음에는 인간의 목소리를 듣고 싶어서 디스커버리 호의 방대한 음향 도서관에 저장되어 있는 고전 연극(특히 쇼, 입센, 셰익스피어의 작품들)이나 시 낭송에 귀를 기울였다. 그러나 그 작품들이 다루는 주제가 너무 멀게 느껴지고, 작품 속의 문제들이 약간의 상식만 동원하면 쉽게 해결될 수 있는 것 같아서 얼마 후에는 참을 수가 없게 되었다.

그래서 그는 오페라를 듣기 시작했다. 주로 이탈리아나 독일의 오페라였다. 대부분의 오페라에는 지적인 내용이 아주 조금밖에 들어 있지 않았지만, 그런 내용에조차 정신을 빼앗기지 않으려면 외국어로 된 오페라를 들어야 할 것 같아서였다. 2주일 동안 오페라를 들은 후 그는 최고의 훈련을 거친 성악가들의 목소리가 자신의 고독을 더욱 악화시킬 뿐이라는 것을 깨달았다. 그러나 그가 오페라 들기에 마침내 종지부를 찍은 것은 베르디의 「장엄 미사」 때문이었다. 지구에 있을 때는 이 작품을 들어 본 적이 한 번도 없었는데, 텅 빈 우주선 안에서 어울리지도 않게 불길하게 울려 퍼지는 노래 「분노의 날」을 들으며 완전히 진이 빠져 버렸던 것이다. 하늘에서 들려오는 종말의 트럼펫 소리가 울려 퍼지는 순간 그는 그 음악을 더 이상 참을 수 없었다.

그 후로는 항상 연주곡만 틀었다. 처음에는 낭만적인 곡들을 들었지만, 감정을 쏟아붓는 선율에 점점 짓눌리는 것 같아서 그런 곡들도 하나씩 치워 버렸다. 시벨리우스, 차이코프스키, 베를리오즈의 곡들이 몇 주일을 버텼고 베토벤의 곡들은 그보다 조금 더 오래 버텼다. 그는 예전에 많은 사람들이 그랬던 것처럼 바흐의 추상적인 선율 속에서 마침내 평화를 찾았다. 가끔은 모차르트의 장식적인 선율을 듣기도 했다.

200여 년 전에 이미 흙으로 돌아가 버린 사람의 생각들이 고스란히 보존되어 있는 멋진 하프시코드 선율 속에서 디스커버리 호는 계속 토성을 향해 나아갔다.

아직 1600만 킬로미터나 떨어져 있는데도 토성은 벌써 지구에서 보이는 달보다 더 커 보였다. 육안으로 봐도 찬란한 장관이었고 망원경으로 보면 믿을 수 없을 만큼 굉장했다.

토성의 모습은 비교적 조용한 순간의 목성과 비슷했다. 목성과 마찬가지로 똑같은 구름 띠가 둘려 있었으며(그러나 토성보다 약간 큰 목성의 구름 띠보다 색깔이 연하고 형태도 덜 뚜렷했다.), 대기권에서도 기체들이 요동치며 대륙 크기의 덩어리를 이루어 천천히 움직이고 있었다. 그러나 이 두 행성에는 놀라운 차이점이 하나 있었다. 한번 흘깃 보기만 해도 토성이 둥글지 않다는 것이 분명히 드러난다는 점. 토성의 양극이 하도 납작하게 눌려 있어서 때로는 약간 모양이 일그러진 것 같다는 생각이 들 정도였다.

그러나 행성을 바라보는 보면의 시선을 계속 빼앗아 간 것은 바로 찬란한 고리들이었다. 구조가 복잡하고 갖가지 색깔들이 미세하게 변화하는 고리들은 그 자체가 하나의 우주였다. 안쪽 고리와 바깥쪽 고리 사이의 커다란 틈새 외에 고리들 사이에도 적어도 쉰 개의 경계선이 존재했는데, 그런 부분에서는 토성의 거대한 후광의 밝기가 뚜렷한 변화를 보였다. 마치 수십 개의 동심원들이 토성을 둘러싼 채 서로 몸을 부딪치고 있는 것 같았다. 또한 그 고리들은 하도 납작해서 마치 세상에서 가장 얇은 종이를 잘라 만든 것 같았다. 그것들은 보고 감탄만 해야지 건드리면 안 되는 연약한 장난감이나 섬세한 예술 작품 같았다. 보면은 아무리 애써도 그것들의 진정한 규모를 제대로 파악할 수 없었다. 지구를 통째로 들어다 여기에 내려놓으면 접시의 가장자리를 빙글빙글 도는 베어링처럼 보일 것이라는 사실이 믿어지지 않았다.

가끔 고리들 뒤로 별 하나가 흘러 들어가곤 했지만, 별의 밝기는 아주 조금밖에 줄어들지 않았다. 투명한 고리들 사이로 별이 계속 빛을 발했기 때문이다. 비록 토성의 궤도를 돌고 있는 커다란 파편 조각들에 가릴 때면 별이 약간 깜박거리기는 했지만.

이는 19세기부터 이미 알려져 있던 것처럼 고리가 고체가 아니기 때문이었다. 고리가 단단한 고체가 되는 것은 역학적으로 불가능했다. 고리들은 헤아릴 수 없이 많은 파편들로 이루어져 있었다. 아마도 토성에 지나치게 가까이 다가왔다가 이 거대한 행성의 힘에 산산이 부서진 위성의 잔해일 터였다. 원래 그 파편들이 어디에서 온 것이든, 인류가 이렇게 놀라운 광경을 볼 수 있었던 것은 행운이었다. 그 파편들이 존재하는 기간은 태양계의 역사 속에서 아주 짧은 한순간에 지나지 않으니까 말이다.

1945년에 벌써 영국의 한 천문학자는 이 고리들이 곧 사라질 운명이라는 사실을 밝혔다. 중력 때문에 곧 파괴되리라는 것이었다. 이 주장을 거꾸로 거슬러 올라가 보니, 고리들이 아주 최근, 그러니까 겨우 이삼백만 년 전에 만들어졌다는 결론이 나왔다.

그러나 토성의 고리가 인류와 같은 시기에 탄생했다는 묘한 우연을 잠시라도 생각해 본 사람은 아무도 없었다.

# 궤도의 얼음


디스커버리 호는 이제 넓게 퍼져 있는 위성들 속에 깊숙이 들어와 있었다. 토성까지 남은 시간은 하루도 채 되지 않았다. 가장 바깥쪽 위성인 포에베의 경계선을 지난 것은 이미 오래전이었다. 포에베는 토성에서 1280만 킬로미터 떨어진 심한 타원 궤도에서 뒤로 움직이고 있었다. 포에베 앞으로는 이아페투스, 히페리온, 타이탄, 레아, 디오네, 테티스, 엔켈라두스, 미마스, 야누스, 그리고 고리들이 있었다. 망원경으로 보면 이 모든 위성들의 표면에서 미로 같은 무늬들이 보였다. 보먼은 가능한 한 많은 사진을 찍어서 이미 지구로 전송한 참이었다. 지름이 4800킬로미터로 크기가 수성 정도인 타이탄만 해도 조사팀이 몇 달을 매달려야 할 터였다. 그러나 보먼은 타이탄과 그 밖에 차가운 위성들을 잠깐 스치듯 살펴볼 수밖에 없었다. 사실 더 이상 조사할 필요도 없었다. 그는 이아페투스가 바로 이번 조사의 목표임을 이미 확신하고 있었다.

다른 모든 위성들에는 때때로 발생하는 유성과의 충돌 때문에 구덩이들이 패어 있었으며(그러나 화성보다는 구덩이 숫자가 훨씬 적었다.) 밝은 곳과 어두운 곳이 아무런 규칙 없이 제멋대로 배열되어 있는 것 같았다. 여기저기 보이는 몇 개의 밝은 점들은 아마도 얼어붙은 가스 덩어리일 터였다. 이아페투스만 보아도 지리적 특징이 대단히 독특하고 매우 기묘했다.

다른 위성들과 마찬가지로 항상 토성을 향하고 있는 이아페투스의 한쪽 반구는 지극히 어두웠으며, 표면의 특징들이 거의 드러나지 않았다. 그러나 반대편은 완전히 대조적이어서 길이가 약 600킬로미터에 너비가 300킬로미터인 눈부신 하얀색 달걀형 형체가 전체를 지배하고 있었다. 현재 이 놀라운 형체 중에서 햇빛을 받고 있는 부분은 일부에 지나지 않았지만, 이아페투스의 밝기가 그토록 심한 변화를 보이는 이유를 이제는 분명하게 알 수 있었다. 이아페투스는 궤도의 서쪽 편에 이르면 그 달걀형 형체가 태양과 지구를 향했다. 그러나 궤도의 동쪽 편에서는 태양과 지구에 등을 돌린 꼴이 되기 때문에 그 빛을 희미하게 반사하는 반구의 모습만 보일 뿐이었다.

그 거대한 타원형 물체는 완벽한 좌우대칭이었으며, 중심축이 양극을 향한 채 이아페투스의 적도에 올라타듯 자리 잡고 있었다. 또한 가장자리가 아주 선명해서 마치 누군가가 이 작은 위성의 표면에 거대한 하얀색 달걀 모양을 세심하게 그려 놓은 것 같았다. 그 형체가 지나치게 평평해서 보면은 혹시 호수처럼 모여 있던 액체가 얼어붙은 것이 아닐까 생각해 보았다. 그 이론으로는 놀라울 정도로 인공적인 냄새를 풍기는 그 형체의 모습을 설명하기 어렵지만 말이다.

그러나 그는 지금 토성계의 중심을 향해 들어가는 길이었으므로 이아페투스를 조사하기 위해 할애할 수 있는 시간이 거의 없었다. 이번 여행의 절정(디스커버리 호의 마지막 섭동)이 빠르게 다가오고 있었기 때문이다. 목성에서 접근 비행을 할 때 우주선은 목성의 중력장을 이용해 속도를 높였다. 그런데 이제는 그때와 반대로 움직여야 했다. 태양계를 벗어나 다른 항성들을 향해 날아가 버리지 않도록 가능한 한 속도를 줄여야 하는 것이다. 현재 항로는 디스커버리 호를 붙들어 두기 위해 고안된 것이었다. 우주선이 토성의 또 다른 위성이 되어 320만 킬로미터 길이의 좁은 타원형 궤도를 따라 움직이도록. 이 궤도 중 토성과 가장 가까운 부분에 이르면 우주선은 거의 토성의 살갗을 벗겨 낼 수도 있을 만한 거리에서 움직일 것이고, 토성과 가장 먼 곳에서는 이아페투스의 궤도와 만날 터였다.

비록 지구까지 정보가 도달하려면 항상 세 시간이나 걸리지만, 어쨌든 지구의 컴퓨터들은 모든 것이 정상적으로 진행되고 있다고 보면에게 확인해 주었다. 속도와 고도도 정확했다. 토성에 가장 가까이 다가가는 순간이 올 때까지는 더 이상 할 일이 없었다.

이제 광대하게 펼쳐진 고리들이 하늘에 걸쳐져 있었고, 우주선은 벌써 가장 바깥쪽 고리를 넘어서고 있었다. 보면은 약 1만 5000킬로미터 높이에서 망원경으로 고리들을 내려다보며 고리들이 주로 얼음으로 이루어져 있음을 알 수 있었다. 얼음 조각들은 태양 빛을 받아 반짝이고 있었다. 마치 눈보라 위를 날고 있는 것 같았다. 가끔 그 눈보라가 조금 잦아들면, 원래 땅이 있어야 할 곳에서 밤하늘과 별들이 언뜻언뜻 모습을 드러내는 바람에 당황스러웠다.

디스커버리 호가 곡선을 그리며 토성을 향해 더욱 가까이 다가가는 동안, 태양은 여러 개의 아치를 그리고 있는 고리들을 향해 천천히 내려갔다. 이제 고리들은 하늘 전체에 걸쳐진 가느다란 은색 다리 같았다. 비록 고리들이 아주 얇아서 햇빛이 조금 희미해졌을 뿐 별다른 변화는 없었지만, 고리를 구성하고 있는 수많은 얼음 조각들이 햇빛을 반사해 여기저기 흩어 놓고 있었기 때문에 눈부신 불꽃놀이가 벌어진 것 같았다. 태양이 궤도를 돌고 있는 1600킬로미터 너비의 얼음 띠 뒤로 사라지자 유령처럼 희미한 얼음 띠가 하늘을 가로질렀다. 이내 번쩍이는 불꽃과 섬광 들이 하늘을 가득 채웠다. 마침내 태양이 고리들 뒤로 완전히 가라앉자 궁형의 고리들이 태양을 액자처럼 둘러쌌고, 하늘에서 벌어지던 불꽃놀이도 멈췄다.

잠시 후 디스커버리 호가 곡선을 그리며 토성의 그림자 속으로 들어가 밤을 맞은 반구 위에서 토성에 가장 가까이 접근하기 시작했다. 머리 위에서는 별들과 고리들이 빛나고, 아래쪽에는 구름의 바다가 희미하게 펼쳐져 있었다. 목성의 밤을 밝혔던 신비한 빛의 패턴은 보이지 않았다. 어쩌면 토성이 너무 차가워서 그런 패턴이 나타날 수 없는 것인지도 몰랐다. 아직도 숨겨진 태양의 빛을 받아 빛나고 있는 궤도상의 빙산들에서 희미하게 반사된 빛 덕분에 구름들의 모습이 얼룩덜룩하니 드러나 있었다. 그러나 아치의 중심부에 넓고 어두운 틈이 나 있었다. 아직 상판을 다 올리지 않은 미완성

다리처럼 구멍 뚫린 그곳에서 토성이 고리들 위로 그림자를 드리 웠다.

지구와의 통신은 이미 끊겨 있었다. 우주선이 지구와의 사이를 가 로막은 토성에서 빠져나올 때까지는 통신을 재개할 수 없을 터였 다. 지금 보면이 너무 바빠서 순식간에 한층 더 고독한 신세가 됐다 는 사실을 생각할 여유가 없는 것이 차라리 다행인지도 몰랐다. 앞 으로 몇 시간 동안 그는 초 단위로 시간을 쪼개 쓰며 지구의 컴퓨터 들이 이미 프로그램을 입력해 놓은 감속 과정을 확인해야 했다.

몇 달 동안 하는 일 없이 놀고 있던 반동추진 엔진들이 작열하는 플라스마를 몇 킬로미터 길이로 폭포처럼 내뿜기 시작했다. 비록 짧은 순간이었지만, 무중력 상태였던 조종실에 중력도 돌아왔다. 디 스커버리 호가 맹렬하게 타오르는 작은 태양처럼 토성의 밤을 빠르 게 가로지르는 동안 수백 킬로미터 아래쪽에서는 메탄과 얼어붙은 암모니아로 이루어진 구름들이 일찍이 경험해 보지 못한 밝은 빛을 내고 있었다.

마침내 희미한 여명이 앞쪽에 나타났다. 우주선은 점점 속도를 늦 추면서 낮의 햇빛 속으로 모습을 드러내고 있었다. 우주선은 이제 태양으로부터 도망칠 수 없었다. 토성으로부터 도망치는 것도 불가 능했다. 그러나 우주선은 여전히 빠르게 움직이면서 토성 위쪽으로 떠올라 320만 킬로미터 바깥쪽에 있는 이아페투스의 궤도와 스칠 듯 가까워졌다.

디스커버리 호가 다시 한번 관성 비행을 하면서 안쪽 위성들을 모두 가로질러 아까와 반대 방향으로 그 길을 거슬러 올라가는 데에는 14일이 걸릴 터이다. 디스커버리 호는 야누스, 미마스, 엔켈라두스, 테티스, 디오네, 레아, 타이탄, 히페리온의 궤도를 차례로 가로지를 것이다. 그 이름들은 여기 시간으로 따져 겨우 어제 영원히 사라져 버린 신들의 이름이었다.

이렇게 위성들을 가로지른 후 디스커버리 호는 이아페투스와 랑데부를 해야 했다. 만약 랑데부에 실패하면, 토성을 향해 떨어져 28일 주기의 타원 궤도를 영원히 돌 것이다.

만약 디스커버리 호가 이아페투스와의 랑데부에 실패한다면 다시는 기회가 없었다. 그때는 이미 이아페투스가 아주 멀리, 토성의 거의 반대편에 가 있을 테니까.

우주선과 위성의 궤도가 다시 한번 만날 기회가 있는 것은 사실이었다. 그러나 그것은 아주 오랜 세월이 흐른 후이기 때문에 보먼은 자신이 두 번째 랑데부 시도를 결코 목격할 수 없다는 것을 알고 있었다.

## 이아페투스의 눈

보먼이 이아페투스를 처음 관찰했을 때, 이상한 타원 모양의 그 눈부신 위성은 토성의 빛만 받고 있었기 때문에 일부가 어둠에 잠겨 있었다. 이제, 그것이 79일 주기의 궤도를 따라 천천히 움직임에 따라 한낮의 빛 속으로 모습을 드러내고 있었다.

이아페투스의 크기가 점점 커지고 디스커버리 호가 그 위성과의 필연적인 약속 장소를 향해 점점 속도를 늦추며 다가가고 있을 때, 보먼은 머릿속에 불안한 망상이 자리 잡고 있음을 깨달았다. 그는 지상 관제소와 대화하면서 우주선의 진행 상황을 실시간으로 중계할 때 이 이야기를 한 번도 한 적이 없었다. 그랬다가는 자신이 이미 망상에 시달리고 있는 것처럼 보일 우려가 있기 때문이었다.

하지만 어쩌면 그가 정말로 망상에 시달리고 있는 건지도 몰랐다. 어둠 속에서 밝은 타원형으로 보이는 이아페투스가 점점 가까이 다가오고 있는 자신을 노려보는 거대하고 공허한 눈이라고 반쯤 확신하고 있었으니까 말이다. 아무리 살펴봐도 완벽하게 텅 빈 그 타원형 공간에는 아무것도 없었으므로 그것은 눈동자가 없는 눈이었다.

우주선이 겨우 8만 킬로미터 거리까지 다가가서 이아페투스가 지구의 달보다 두 배나 커졌을 때에야 그는 타원형의 정중앙에 있는 작은 검은색 점을 발견했다. 그러나 이제는 그 점을 자세히 조사해 볼 시간이 없었다. 벌써 우주선의 마지막 움직임이 시작되었다.

디스커버리 호의 중앙 엔진이 마지막으로 에너지를 방출했다. 죽어 가는 원자들이 맹렬하게 내뿜는 눈부신 빛이 토성의 위성들 사이에서 마지막으로 불타 올랐다. 데이비드 보먼은 멀게 느껴지는 제트엔진의 속삭임과 점점 강해지는 힘이 자랑스러웠다. 한편으로는 슬프기도 했다. 저 최고의 엔진들은 맡은 바 임무를 완벽하고 효율적으로 완수했다. 그들이 우주선을 지구에서 목성을 거쳐 토성까지 데려다준 것이다. 그러나 그 엔진들이 작동하는 것은 이번이 마지막이었다. 추진 연료 탱크가 텅 비고 나면, 디스커버리 호는 혜성이나 소행성처럼 무기력한 중력의 포로가 될 터였다. 심지어 몇 년 후 구조선이 오더라도 디스커버리 호에 연료를 다시 채워 지구까지 애써 돌아가게 만드는 것은 경제적으로 권장할 만한 일이 아니었다. 디스커버리 호는 행성 탐사의 초창기를 기념하는 영원한 기념비로서 영원히 토성의 궤도를 돌 터였다.

수천 킬로미터의 거리가 수백 킬로미터로 줄어드는 동안 연료 눈금이 급속하게 0을 향해 떨어졌다. 보먼은 조종대에서 불안하게 눈을 깜박거리며 상황을 알려 주는 화면과 임기응변으로 만든 차트를 번갈아 바라보았다. 지금 무엇이든 실시간으로 결정을 내리려면 반드시 그 차트를 참조해야 했다. 지금까지 죽지 않고 살아남은 그가 겨우 연료가 조금 부족하다는 이유로 랑데부에 실패한다면 그렇게 실망스러운 일이 어디 있을까…….

중앙 엔진이 꺼지고 보조 엔진만 남아 디스커버리 호를 궤도 안으로 부드럽게 밀어 넣자 제트엔진의 횡횡 소리가 잦아들었다. 이아페투스는 이제 거대한 초승달 모양으로 하늘을 가득 채우고 있었다. 지금 이 순간까지 보면은 이아페투스를 항상 작고 보잘것없는 상대로 생각했다. 이아페투스가 공전하고 있는 토성과 비교하면 그 생각도 틀린 것은 아니었다. 그런데 이제 그의 머리 위에 위협적으로 자리 잡은 이아페투스는 아주 거대했다. 호두 껍데기를 깨듯이 디스커버리 호를 부숴 버리려고 누군가가 치켜든 천문학적 크기의 망치 같았다.

이아페투스가 다가오는 속도가 너무 느렸기 때문에 거의 움직임이 없는 것처럼 보였다. 단순한 천체로만 보이던 이아페투스가 겨우 80킬로미터 아래쪽까지 다가와 표면의 풍경까지 구분할 수 있게 되는 순간이 언제일지, 그것도 정확하게 알 수 없었다. 보조 엔진들은 충실하게 마지막 힘을 방출한 다음 영원히 작동을 멈췄다. 우주선은 이제 최종 궤도에 들어서서 시속 1300킬로미터밖에 되지 않는 속도로 세 시간마다 한 번씩 공전하고 있었다. 이곳의 중력장은 아주 약했기 때문에 속도는 그 정도로 충분했다.

디스커버리 호는 이제 위성의 위성이 되어 있었다.

# 큰형

"다시 낮 쪽으로 돌아가고 있다. 내가 마지막 궤도에서 보고했던 것과 똑같다. 이곳 표면에는 두 가지 물질밖에 없는 것 같다. 검은 물질은 완전히 타서 거의 숯이 된 것처럼 보이는데, 망원경으로 보기에는 질감도 숯과 똑같은 것 같다. 사실 타 버린 토스트하고 아주 비슷한 모습이다…….

넓은 지역에 대해서는 아직도 전혀 파악하지 못하고 있다. 그 지역과 다른 지역 사이에는 아주 분명한 경계선이 그어져 있으며 표면에 아무런 특징도 없다. 어쩌면 액체인지도 모르겠다. 그만큼 평평하다. 내가 전송한 화면을 보고 그쪽에서 어떤 인상을 받았는지 모르겠지만, 얼어붙은 우유로 이루어진 바다를 생각하면 된다.

어쩌면 아주 무거운 기체인지도 모르겠다. 아니, 그건 불가능할 것 같다. 가끔 저것이 몹시 느릿느릿 움직이는 것처럼 느껴지지만 확실치는 않다…….

다시 하얀 지역 위에 와 있다. 궤도를 세 번째 도는 중이다. 이번에는 그 지역 안으로 들어갈 때 정중앙에서 내가 발견한 점에 더 가까이 다가가 보려고 한다. 만약 내 계산이 정확하다면, 80킬로미터 안쪽까지 접근할 수 있을 것이다. 그 점이 뭔지는 모르겠지만.

그래, 앞에 뭔가 있다. 내 계산 결과와 똑같다. 그것이 지평선 위로 떠오르고 있다. 토성도 마찬가지다. 토성이 하늘에서 그것과 거의 같은 위치에 있다. 망원경이 있는 곳으로 가겠다…….

어이! 뭔가 건물처럼 보인다. 완전히 새까만 건물. 관찰하기가 아주 어렵다. 창문도 없고 다른 특징도 없다. 그냥 수직으로 서 있는 커다란 판일 뿐이다. 이 거리에서도 보이는 것을 보면 높이가 적어도 1.5킬로미터는 되는 것 같다. 저걸 보니……, 그렇지! 당신들이 달에서 발견한 것과 똑같다! 이건 TMA-1의 큰형이야!"

# 실험

그것을 스타게이트라고 부르자.

300만 년 동안 그것은 토성 주위를 돌면서 어쩌면 영원히 오지 않을지도 모르는 운명의 순간을 기다렸다. 그것이 만들어지는 도중 위성 하나가 박살 났고, 그것이 만들어지면서 생긴 파편들이 지금도 궤도를 돌고 있다.

이제 오랜 기다림이 끝나 가고 있었다. 또 다른 천체에서 지능을 가진 생명체가 탄생해 고향 행성을 탈출하고 있었다. 고대에 시작된 실험이 이제 막 절정에 이르려 하고 있었다.

오래전에 이 실험을 시작한 자들은 인간이 아니었다. 인간과 비슷한 점도 전혀 없었다. 그러나 그들 역시 살과 피로 만들어져 있었으며, 우주의 심연을 내다보면서 경외감과 경이로움, 고독을 느꼈다. 그들은 자신들에게 그럴 만한 힘이 생기자마자 별들을 향해 출발했다.

탐험에 나선 그들은 수많은 형태의 생명체들을 만났으며, 수천 개의 별에서 진화가 작용하는 것을 지켜보았다. 그들은 처음으로 희미하게 나타난 지능의 불꽃이 깜박거리다가 우주 시간으로 하룻밤 사이에 사라져 버리는 경우가 너무나 많다는 것을 알았다.

은하계 전체에서 '정신'보다 더 귀중한 것을 찾아내지 못했으므로, 그들은 어디서든 정신이 눈을 뜨도록 격려했다. 그들은 별들로 이루어진 밭에서 농부가 되어 씨를 뿌렸고, 때로는 결실을 거두기도 했다.

그리고 때로는 냉정하게 잡초를 뽑아 버려야 할 때도 있었다.

그들의 조사선이 1000년 동안이나 여행한 끝에 태양계에 들어섰을 때 위대한 공룡들은 이미 멸망한 지 오래였다. 조사선은 얼어붙은 외행성들을 휭하니 지나쳐 죽어 가는 화성의 사막 위에서 잠시 멈췄다가 곧 지구를 내려다보게 되었다.

탐험가들은 자기들 발아래 펼쳐진 세계에 생명이 우글거리는 것을 보았다. 그들은 오랫동안 연구하면서 자료를 수집하고 분류했다. 그리고 수집할 수 있는 정보를 모두 다 수집한 후 저 아래의 세계를 수정하기 시작했다. 그들은 육지와 바다에서 많은 생물들의 운명을 어설프게 만지작거렸다. 그러나 자신들의 실험 중 어느 것이 성공을 거둘지는 적어도 100만 년이 지나야 알 수 있었다.

그들은 참을성이 많았지만 아직 불사의 존재는 아니었다. 수천억 개의 항성이 있는 이 우주에는 할 일이 너무 많았다. 다른 별들도 그들을 부르고 있었다. 그래서 그들은 또다시 심연을 향해 나아갔다. 다시는 이곳으로 돌아올 수 없다는 것을 알면서.

사실 이곳으로 돌아올 필요도 없었다. 그들이 뒤에 남겨 둔 하인들이 나머지 일을 해 줄 터였다.

지구에서 빙하기가 왔다 가는 동안 그 위에 항상 변함없이 떠 있는 달은 계속 비밀을 간직하고 있었다. 극지방의 얼음보다 한층 더 느린 속도로 은하계 전체에서 문명의 물결이 밀려왔다 밀려갔다. 기묘하고 아름답고 끔찍한 제국들이 흥망성쇠를 거듭하며 후계자들에게 자신들의 지식을 물려주었다. 그들이 지구를 잊어버린 것은 아니었지만, 한 번 더 지구를 방문할 필요는 없었다. 지구는 수많은 침묵의 별들 중 하나였으며, 그 별들 중 언젠가 입을 열어 목소리를 낼 곳은 극히 소수일 뿐이었다.

그런데 지금 저기 별들 사이에서 진화가 새로운 목표를 향해 나아가고 있었다. 처음 지구를 찾아왔던 탐험가들은 이미 오래전에 피와 살로 이루어진 육체의 한계에 도달했다. 육체보다 더 나은 기계들이 만들어지자 그들은 움직이기 시작했다. 처음에는 뇌가, 그다음에는 생각만, 금속과 플라스틱으로 이루어진 반짝이는 새 그릇에 옮겨졌다.

그들은 이 새로운 몸을 입고 별들 사이를 방랑했다. 그들은 이제 더 이상 우주선을 만들지 않았다. 그들 자신이 바로 우주선이었다.

그러나 기계 생물의 시대도 금방 과거사가 되었다. 그들은 끊임없는 실험을 통해 우주의 구조 그 자체 속에 지식을 저장하고, 얼어붙은 빛의 격자 속에 자신들의 생각을 영원히 보관하는 법을 터득했다. 그들은 복사선으로 존재하는 생물이 되었다. 마침내 물질의 억압으로부터 자유로워진 것이다.

따라서 그들은 곧 스스로를 순수한 에너지로 변화시켰다. 그들이 버리고 간 텅 빈 껍데기들은 수천 개의 별들에서 한동안 멍하니 움찔거리며 죽음의 춤을 추다가 녹슬어 부스러졌다.

이제 그들은 은하계의 주인이었고 시간의 손길에서 벗어나 있었다. 그들은 마음대로 별들 사이를 떠돌다가 공간의 틈새를 통해 희미한 안개처럼 가라앉을 수 있었다. 그러나 신과 같은 능력을 지녔는데도 그들은 이미 사라져 버린 따스한 진흙 바다에서 자신들이 처음 생겨났다는 사실을 완전히 잊어버리지는 않았다.

그래서 그들은 아주 오래전에 조상들이 시작했던 실험들을 지금도 지켜보고 있었다.

# 파수병

"우주선의 공기가 아주 불쾌해지고 있어서 나는 대부분의 시간을 두통에 시달리며 보내고 있다. 산소는 아직 많이 남아 있지만, 우주선 안의 액체들이 부글부글 끓어오르며 진공 속으로 흘러 나가기 시작한 후부터 정화기가 불순물들을 깨끗하게 걸러 내지 못했다. 상황이 아주 나빠지면 나는 격납고로 내려가 우주 캡슐에 들어 있는 순수한 산소를 조금 방출시키곤 한다…….

내가 보낸 신호에 응답은 전혀 없었다. 궤도상에서 우주선이 약간 기울어 있기 때문에 나는 TMA-2로부터 서서히 멀어지고 있다. 중요한 일은 아니지만, 당신들이 저 물체에게 붙여 준 이름은 어울리지 않는다. 저곳에서는 여전히 자기장의 흔적이 전혀 발견되지 않고 있으니 말이다.

현재 내가 가장 가까이 다가갈 수 있는 거리는 100킬로미터이다.

이아페투스가 내 발밑에서 자전하는 동안 그 거리는 150킬로미터까지 늘어났다가 다시 0으로 떨어질 것이다. 나는 30일 후에 바로 저것 위를 지난다. 하지만 기다리기에는 너무 긴 시간이고, 게다가 그때가 되면 저것은 어둠 속에 잠겨 있을 것이다.

지금도 저 물체는 몇 분 동안 모습을 드러냈다가 다시 지평선 너머로 떨어져 버리곤 한다. 정말 화가 난다. 진지하게 관찰할 수가 없다.

따라서 그쪽에서 이 계획을 승인해 주기 바란다. 우주 캡슐에는 위성 표면에 착륙했다가 우주선으로 돌아올 수 있을 만큼의 충분한 동력이 있다. 나는 캡슐 밖으로 나가서 저 물체를 자세히 조사해 보고 싶다. 안전하다고 판단되면 저것 옆에 착륙할 것이다. 저 물체 꼭대기에 착륙할 수도 있다.

내가 내려가 있는 동안 우주선은 여전히 내가 있는 쪽 지평선 위에 떠 있을 것이다. 따라서 90분 이상 통신이 단절되는 경우는 없을 것이다.

나는 이 방법밖에 없다고 확신한다. 16억 킬로미터를 날아왔는데, 마지막 100킬로미터에 가로막히고 싶지는 않다."


스타게이트는 자신의 기묘한 감각 기관을 이용해서 몇 주 동안 태양 쪽을 응시하며 다가오는 우주선을 지켜보았다. 스타게이트를 만든 생물들은 여러 가지 일들에 대비해서 스타게이트에 준비를 해 놓았는데, 지금 이 일도 그중의 하나였다. 스타게이트는 태양계의 따스한 중심부로부터 자신을 향해 올라오고 있는 것의 정체를 인식했다.

만약 살아 있는 생물이었다면 흥분을 느꼈겠지만, 그런 감정은 스타게이트의 능력 밖이었다. 우주선이 옆을 그냥 스쳐 지나갔더라도 스타게이트는 실망감을 조금도 경험하지 못했을 것이다. 스타게이트는 지금까지 300만 년을 기다렸다. 그리고 앞으로도 영원히 기다릴 준비가 되어 있었다.

방문객이 백열하는 가스를 내뿜는 제트엔진으로 속도를 줄이는 동안 스타게이트는 상대를 관찰하고 기록을 남겼다. 그러나 행동을 취하지는 않았다. 이윽고 자신의 비밀을 탐색하기 위해 복사선이 자신의 몸을 가볍게 건드리는 것이 느껴졌다. 그런데도 스타게이트는 그냥 가만히 있었다.

이제 우주선은 궤도를 따라 돌면서 이상하게 얼룩덜룩한 위성의 표면 위를 낮게 지나가고 있었다. 우주선이 전파를 강렬하게 발산하며 말을 하기 시작했다. 우주선의 전파는 1부터 11까지 소수를 자꾸만 열거했다. 그러나 곧 더 복잡한 신호들이 여러 주파수로 전달되었다. 자외선도 있고 적외선도 있고 X선도 있었다. 스타게이트는 전혀 응답하지 않았다. 할 말이 없었으니까.

한참 동안 침묵이 이어지더니 궤도에 떠 있는 우주선에서 뭔가가 스타게이트를 향해 떨어지는 모습이 관찰되었다. 스타게이트는 자신의 메모리를 뒤져 오래전에 받은 명령에 따라 논리 회로로 결정을 내렸다.

토성의 차가운 빛 아래에서 스타게이트는 잠들어 있던 자신의 능력을 깨웠다.

# 눈 속으로

디스커버리 호는 그가 지난번 우주에 나와서 보았을 때와 똑같은 모습이었다. 그때 디스커버리 호는 달 궤도에 떠 있었고, 달이 하늘의 절반을 차지하고 있었다. 하지만 다시 보니 조금 변한 구석이 있는 것 같기도 했다. 확신할 수는 없었지만, 여러 가지 해치와 연결 부분, 연결 코드 등 여러 부착물들의 용도를 알려 주기 위해 우주선 외부에 페인트로 써 놓은 글자들이 아무런 보호막 없이 태양에 오래 노출된 탓에 희미해진 것 같았다.

태양은 인류가 익히 보아 오던 모습과 딴판으로 보였다. 그냥 별이라고 하기에는 너무 밝았지만, 자그마한 원반처럼 보이는 태양을 똑바로 쳐다보아도 눈이 부시지 않았다. 열기도 전혀 느껴지지 않았다. 보먼은 우주 캡슐의 창을 통해 연기처럼 들어오는 태양의 빛살 속에 맨손을 내밀어 봤지만 아무것도 느껴지지 않았다. 온기가 전혀 없는 것이 마치 달빛 같았다. 그의 발아래 펼쳐져 있는 낯선 풍경보다 이것이 더 지구와의 거리를 생생하게 일깨워 주었다.

이제 그는 몇 달 동안 자신의 집이었던 금속 선체를 떠나가고 있었다. 어쩌면 이것이 마지막이 될지도 몰랐다. 그가 다시 돌아오지 못한다고 해도 우주선은 회로에 뭔가 돌이킬 수 없는 고장이 발생할 때까지 각종 기기들의 판독 결과를 지구로 전송하며 계속 임무를 수행할 것이다.

그럼 만약 그가 우주선으로 돌아오게 된다면? 글쎄, 그러면 그가 몇 달 동안 더 목숨을 부지할 수 있을 것이다. 어쩌면 그동안 정신 또한 온전하게 보존할 수 있을지도 몰랐다. 하지만 그뿐이었다. 동면 시스템은 감시해 줄 컴퓨터가 없으면 무용지물이었으니까. 앞으로 사오 년 후에 디스커버리 2호가 이아페투스와 랑데부할 때까지 그가 목숨을 부지할 길은 없었다.

그는 앞쪽의 하늘로 토성이 황금빛 초승달처럼 떠오르는 것을 보며 이런 생각을 접어 버렸다. 모든 역사를 통틀어 지금의 광경을 본 인간은 오로지 그뿐이었다. 다른 사람들의 눈에 토성은 항상 태양을 정면으로 향하고서 밝게 빛나는 완전한 원반 형태였다. 그런데 지금 토성은 섬세한 활 모양으로 휘어 있었고, 고리들이 얇은 선처럼 그 위를 가로지르고 있었다. 마치 태양을 향해 금방 발사될 화살처럼.

고리들이 그리고 있는 선 안에는 밝은 별처럼 빛나는 타이탄과 더 희미한 불꽃처럼 보이는 다른 위성들도 들어 있었다. 이번 세기의 절반이 지나가기 전에 인류는 저 위성들을 모두 방문할 것이다.

그러나 그들이 품고 있는 비밀이 무엇이든, 보먼은 그 비밀을 결코 알 수 없을 터였다.

눈부신 하얀색 눈의 선명한 경계선이 그를 향해 휙 다가오고 있었다. 이제 150킬로미터밖에 남지 않았으므로 목적지에 도달하는 데 10분도 안 걸릴 것 같았다. 자신의 말이 빛의 속도로 한 시간 반 거리에 떨어져 있는 지구에 확실히 도달하고 있는지 확인할 길이 있었으면 좋겠다는 생각이 들었다. 만약 중계 시스템이 고장 나서 그의 말이 전달되지 않고 그가 지금 어떤 상황에 처해 있는지 아무도 모르게 된다면 그것이야말로 얄궂기 그지없는 일이 될 것이다.

디스커버리 호는 저 멀리 높은 곳의 검은 하늘에 떠 있는 눈부신 별이었다. 그가 아래로 내려갈수록 점점 속도가 붙었지만, 곧 우주 캡슐의 브레이크 덕분에 속도가 줄어들 것이고 우주선은 그의 시야 밖으로 사라질 터였다. 중앙에 수수께끼 같은 검은색 물체를 품고 있는 이 빛나는 평원에 그만 혼자 남는 것이다.

검은색 덩어리 하나가 지평선 위로 떠오르며 별들을 가렸다. 그는 우주 캡슐을 회전시키면서 추진력을 최대로 끌어 올려 궤도상에서 속도를 줄였다. 그리고 길고 납작한 호선을 그리며 이아페투스의 표면을 향해 내려갔다.

중력이 더 강한 곳이었다면, 지금과 같이 움직이는 데 엄청난 양의 연료가 소모되었을 것이다. 그러나 이곳에서는 우주 캡슐의 무게가 9킬로그램밖에 되지 않았다. 그는 몇 분 동안 공중을 선회했지만, 예비 연료가 떨어져서 아직 궤도에 떠 있는 디스커버리 호로 돌아가지 못할 정도로 공중에 머물지는 않았다. 사실 그래도 별 상관이 없을지도 모르지만…….

그는 아직 8킬로미터 이상의 고도를 유지한 채, 흠 하나 없이 매끈한 평원 위에 기하학적으로 너무나 완벽하게 솟아오른 저 거대한 검은 물체를 향해 똑바로 다가가고 있었다. 그 물체도 흠 하나 없는 하얀 표면만큼 매끈했다. 지금까지 그는 이 물체가 실제로 얼마나 거대한지 제대로 감을 잡지 못했다. 지구에도 이 물건만큼 커다란 건물은 거의 없었다. 그가 사진을 가지고 세심하게 수치를 측정해 본 결과 저 물체의 높이는 거의 600미터나 되었다. 그리고 그가 판단하기에 저 물건의 부분별 비율은 TMA-1과 정확하게 일치했다. 저 이상한 비율 1대 4대 9가 이곳에도 나타나 있었던 것이다.

"이제 겨우 5킬로미터 거리에서 고도 1200미터를 유지하고 있다. 여전히 아무런 움직임이 없다. 계기에도 잡히는 것이 없다. 표면은 완전히 매끈하게 다듬어져 있는 것 같다. 이렇게 오랜 세월이 흘렀으면 운석이 떨어져 흠집이 생겼을 법도 한데!

그리고 그……, 저걸 지붕이라고 불러도 될 것 같다. 지붕 위에는 돌조각 하나 없다. 입구가 있는 것 같은 흔적도 보이지 않는다. 어떻게든 들어갈 길이 있을지도 모른다고 생각했는데…….

이제 그 물체 바로 위에, 그러니까 150미터쯤 위를 선회하고 있다. 디스커버리 호가 곧 통신 거리를 벗어날 것이므로 시간을 낭비하고 싶지 않다. 이제 착륙할 것이다. 표면은 틀림없이 착륙할 수 있을 만큼 단단하다. 만약 단단하지 않다면 바로 다시 떠오를 것이다.

잠깐…… 저건 이상한…….″

보먼은 완전히 어리둥절해져서 말을 멈추고 침묵에 빠졌다. 놀라서 경계심을 품은 것은 아니었다. 자신의 눈에 보이는 광경을 뭐라고 설명할 수 없을 뿐이었다.

그는 크고 평평한 직사각형 물체 위에 떠 있었다. 바위처럼 단단해 보이는 물질로 만들어진 물체의 길이는 240미터, 너비는 60미터였다. 그런데 그 물체가 그에게서 멀어지고 있는 것 같았다. 3차원 물체를 바라보면서 저 물체의 안팎이 뒤집힐 것이라고 열심히 생각하면 실제로 그런 것처럼 보이듯이 착시 현상이 일어나는 것 같았다. 그 물체의 이쪽 편 표면과 반대편 표면이 갑자기 자리를 뒤바꾸고 있었던 것이다.

이렇게 커다랗고 단단해 보이는 물체가 그런 움직임을 보이다니. 도저히 믿을 수 없는 일이었지만, 그 물체는 이제 평평한 땅에 높이 솟아오른 석판이 아니었다. 지붕처럼 보이던 것이 무한히 멀어 보이는 바닥으로 떨어졌다. 보먼은 수직으로 뻗은 통로를 내려다보는 것 같아서 잠시 현기증을 느꼈다. 직사각형의 통로는 원근법을 완전히 무시하고 있었다. 거리가 멀어져도 크기가 전혀 줄어들지 않았으니까…….

이아페투스의 눈이 깜박였다. 마치 신경에 거슬리는 먼지를 눈에서 빼내려는 것처럼. 데이비드 보먼은 간신히 띄엄띄엄 한 문장만을 남겼다. 14억 5000만 킬로미터나 떨어진 거리에서 80분 후에 그 문장을 들은 지상 관제소 사람들은 그 말을 영원히 잊지 못했다.

"속이 텅 비었어……. 한없이 계속되고 있어……. 그리고……, 세상에……! 별들이 가득 차 있어!"

# 출구

 스타게이트가 열렸다. 스타게이트가 닫혔다.

 측정할 수도 없을 만큼 짧은 시간에 우주가 몸을 뒤틀었다. 그러고는 다시 이아페투스만 남았다. 지난 300만 년 동안 그랬던 것처럼 이아페투스는 혼자였다. 인적이 끊어졌지만 아직 완전히 버려지지는 않은 우주선이 하나 있을 뿐. 그 우주선은 자신을 만들어 낸 사람들에게 믿을 수도 없고 이해할 수도 없는 메시지를 전송하고 있었다.

6부

# 스타게이트를
# 통과하다

# 중앙역

움직인다는 느낌이 전혀 없었지만, 그는 위성의 어두운 심장부에서 빛나고 있는 별들을 향해 떨어지고 있었다. 믿을 수가 없었다. 저 별들의 진짜 위치는 저곳이 아니라는 확신이 들었다. 이미 때가 늦었지만, 초공간 이론, 즉 차원간 통로 이론을 좀 더 잘 살펴볼걸 그랬다는 생각이 들었다. 데이비드 보먼에게 그 이론들은 더 이상 이론이 아니었다.

이아페투스의 석판이 어쩌면 텅 비어 있었는지도 모른다. 그 '지붕'이 어쩌면 환상일 뿐이었거나 일종의 막이었는지도 모른다. 그 막이 열리면서 그가 아래로 떨어진 것이다.(하지만 그 아래의 어디로?) 감각 기관의 느낌을 믿는다면, 그는 수백 미터 깊이의 거대한 직사각형 통로를 따라 수직으로 떨어지고 있었다. 속도가 점점 빨라졌지만, 통로 끄트머리의 크기는 전혀 변하지 않은 채 항상 같은 거리를 유지했다.

움직이는 것은 별들뿐이었다. 처음에는 별들이 하도 느리게 움직였기 때문에 그는 그들이 틀에서 빠져나가고 있다는 사실을 한참 후에야 알아차렸다. 그러나 조금 더 시간이 흐르자 별들이 있는 공간이 팽창하고 있음이 분명해졌다. 마치 그 공간이 상상조차 할 수 없는 속도로 그를 향해 쇄도하고 있는 것 같았다. 공간 전체가 똑같이 움직이진 않았다. 중심부의 별들은 거의 움직이지 않는 것처럼 보이는 반면, 가장자리 근처의 별들은 점점 빠른 속도로 움직이고 있었다. 그들은 점이 아니라 선처럼 보일 만큼 속도가 빨라지더니 시야에서 사라져 버렸다.

그러나 별들이 사라진 자리를 항상 다른 별들이 메웠다. 어딘가에 별들을 꺼내고 또 꺼내도 없어지지 않는 저장소가 있어서 그곳의 별들이 이 공간의 중심부로 들어오고 있는 것 같았다. 보면은 만약 어떤 별이 자신을 향해 곧장 다가온다면 어떻게 될지 궁금해졌다. 그 별이 계속 팽창해서 결국 그가 태양의 표면으로 곧장 곤두박질치게 될까? 그러나 원반 형태가 뚜렷이 보일 만큼 가까이 다가오는 별은 하나도 없었다. 별들은 모두 옆으로 방향을 틀어 선처럼 길게 늘어나며 직사각형 틀의 경계를 벗어났다.

그런데도 저 멀리 보이는 통로 끄트머리까지의 거리는 전혀 줄어들지 않았다. 마치 사방의 벽들이 그와 함께 움직이며 미지의 목적지로 그를 데려가고 있는 것 같았다. 아니면 사실은 그가 움직이는 것이 아니라 이 공간이 움직이고 있는 것인지…….

지금 자신에게 일어나는 일이 무엇인지는 몰라도, 여기에 관련된 것은 공간만이 아니라는 사실을 갑자기 깨달았다. 우주 캡슐의 작은 계기판에 설치된 시계도 이상한 움직임을 보이고 있었다.

10분의 1초까지 나타내 주는 시계 숫자판의 숫자들은 대개 너무 빨리 변하기 때문에 읽기가 불가능할 정도였다. 그런데 지금은 숫자들이 띄엄띄엄 간격을 두고 나타났다 사라지곤 했기 때문에 숫자들을 어렵지 않게 하나하나 읽을 수 있었다. 1초, 1초가 믿을 수 없을 만큼 느리게 흘러가는 것 같았다. 마치 시간이 멈춰 버린 것처럼. 마침내 10분의 1초를 나타내는 숫자판이 5와 6사이에서 멈춰 버렸다.

그러나 그의 머리까지 멈춰 버리지는 않았다. 심지어 0인지 아니면 빛의 속도의 100만 배인지 모를 속도로 스쳐 지나가는 칠흑 같은 벽들을 관찰하는 것도 가능했다. 이상하게도 그는 전혀 놀라지 않았다. 경계심도 들지 않았다. 오히려 차분한 기대가 느껴졌다. 우주 비행사들을 전담하는 의사들이 환각을 일으키는 약물로 그를 시험했을 때의 기분과 같았다. 주위의 세상은 기묘하고 놀라웠지만, 두려워할 만한 것은 하나도 없었다. 그는 수수께끼를 찾아 수억 킬로미터를 여행했다. 그런데 지금 그 수수께끼가 그에게 다가오고 있는 것 같았다.

앞쪽의 직사각형이 점점 밝아지고 있었다. 별들이 그리는 밝은 선들은 우윳빛 하늘에서 점점 희미해졌고, 하늘이 시시각각 더 눈부시게 변했다. 마치 우주 캡슐이 눈에 보이지 않는 태양 빛을 똑같이 받고 있는 구름층을 향해 나아가고 있는 것 같았다.

이제 우주 캡슐이 터널을 빠져나오고 있었다. 지금까지 정확히 알 수 없는 거리를 똑같이 유지하면서 가까이 다가오지도 않고 뒤로 물러나지도 않던 통로의 끄트머리가 갑자기 정상적인 원근법을 따르기 시작했다. 그 끄트머리가 점점 가까이 다가오면서 그의 눈앞에서 꾸준히 넓어지고 있었던 것이다. 이와 동시에 그는 자신이 위로 올라가고 있음을 느꼈다. 혹시 자신이 이아페투스의 내부를 곧장 통과해서 반대쪽 표면으로 올라가고 있는 게 아닐까 하는 생각이 잠시 머리를 스치고 지나갔다. 그러나 우주 캡슐이 탁 트인 곳으로 솟아오르기도 전에 그는 이곳이 이아페투스는 물론 인류가 지금까지 경험했던 그 어떤 세계와도 상관없다는 것을 이미 알고 있었다.

믿을 수 없을 만큼 먼 곳에 평평하게 뻗어 있는 지평선에 이르기까지 모든 것이 선명하게 보이는 것으로 보아 대기가 전혀 없는 것 같았다. 그가 지금 떠 있는 세계는 엄청나게 큰 곳임에 틀림없었다. 어쩌면 지구보다 훨씬 더 큰 곳 같기도 했다. 그러나 그렇게 큰데도 보면의 눈에 보이는 표면 전체에 인위적으로 만들어진 것임이 분명한 무늬가 새겨져 있었다. 무늬마다 한 변의 길이가 몇 킬로미터는 되는 것 같았다. 마치 어떤 거인이 행성들을 가지고 조각 그림 맞추기 퍼즐을 만들어 놓은 것 같았다. 수많은 사각형, 삼각형, 다각형 중에는 중앙에 검은 통로가 커다랗게 입을 벌리고 있는 것이 많았다. 그가 방금 지나온 깊은 구렁과 똑같았다.

그러나 도저히 현실 같지 않은 발밑의 땅보다 더 이상한 것은 머리 위의 하늘이었다. 그 하늘은 또한 나름대로 땅보다 더 불안감을 안겨 주었다. 하늘에 별들이 하나도 없었다. 우주 공간의 암흑도 보이지 않았다. 다만 우윳빛으로 부드럽게 빛나는 듯한 느낌만 있을 뿐이었다. 그 때문에 하늘이 무한히 멀어 보였다. 보면은 사람들이 남극에서 주위가 온통 하얀색으로 뒤덮여 방향감각을 잃어버리는 것을 무척 두려워한다는 얘기를 떠올렸다. "마치 탁구공 속에 들어가 있는 것 같다."고 했다. 이 이상한 곳은 그 말이 딱 맞아떨어지는 것 같았다. 하지만 눈앞에 드러난 현실적인 광경을 설명하려면 완전히 다른 표현을 써야 할 것이다. 지금 그의 눈에 보이는 하늘은 결코 안개와 눈이 만들어 낸 기상학적 현상이 아니었다. 이곳의 하늘은 완벽한 진공이었다.

그때, 하늘을 가득 채운 진주 같은 빛에 보면의 눈이 점점 익숙해짐에 따라 또 다른 모습이 눈에 띄었다. 하늘은 그가 처음 생각했던 것처럼 완전히 텅 비어 있지는 않았다. 아주 자그마한 수많은 검은 점들이 아무런 움직임도 없이 아무렇게나 하늘에 점점이 흩뿌려져 있었다.

그것들은 단순히 검은 점일 뿐이었으므로 잘 알아보기가 어려웠지만, 일단 그 존재를 알아차리고 나니 모든 것이 분명히 보였다. 보면은 그 점들을 보며 뭔가를 떠올렸다. 뭔가 아주 익숙하지만 또한 너무 터무니없어서 도저히 받아들일 수 없는 어떤 것. 그러나 결국 그는 논리적인 추론 앞에 무릎을 꿇고 말았다.

하얀 하늘에 떠 있는 검은 구멍들은 별이었다. 마치 은하수를 찍은 사진의 음화(陰畵)를 보고 있는 것 같았다.

'도대체 여기가 어디지?' 보면은 속으로 자문해 보았다. 그러나 이 질문을 던지는 순간에도 그는 그 답을 결코 알 수 없을 것이라고 확신하고 있었다. 마치 우주의 안팎이 뒤집힌 것 같았다. 이곳은 인간이 있을 곳이 아니었다. 우주 캡슐 안이 따스하고 편안한데도 갑자기 추위가 느껴지면서 걷잡을 수 없이 떨리기 시작했다. 그는 눈을 감아 자신을 둘러싼 이 진주 빛 무(無)의 공간을 차단해 버리고 싶었다. 그러나 그것은 겁쟁이들이나 하는 짓이었다. 그는 그런 충동에 굴복하고 싶지 않았다.

군데군데 검은 구멍이 뚫리고 각이 져 있는 행성이 그의 발밑에서 서서히 돌고 있었지만 풍경은 그다지 변하지 않았다. 그는 자신이 표면에서 15킬로미터쯤 되는 높이에 떠 있는 것 같다고 추측했다. 만약 생명체가 있다면 그 흔적을 쉽게 알아볼 수 있을 터였다. 그러나 이 행성은 버림받은 곳이었다. 지능이 있는 생명체가 이곳에 와서 자신의 의지대로 뭔가 일을 해 놓은 뒤 다시 제 갈 길로 가 버린 것이다.

그때 30킬로미터쯤 떨어진 평평한 평원 위에 거대한 우주선의 잔해라고밖에 볼 수 없는 파편들이 대략 원통형으로 쌓여 혹처럼 솟아 있는 것이 보였다. 거리가 멀어 자세한 것을 알 수도 없었고 몇 초 만에 그 광경은 시야를 벗어나 버렸지만, 그는 부러진 우주선의 골격과 오렌지 껍질처럼 벗겨져 탁하게 빛나는 금속판들을 알아볼 수 있었다. 저 우주선의 잔해가 체스판 같은 무늬가 새겨진 이 버림받은 행성에 도대체 몇천 년 동안이나 있었던 건지 궁금해졌다. 도대체 어떤 생물들이 저 우주선을 몰고 별들 사이를 항해했는지도 궁금했다.

그러나 그는 버려진 우주선을 금방 잊어버렸다. 지평선 위로 뭔가가 올라오고 있었기 때문이다.

처음에는 납작한 원반처럼 보였지만, 그것은 그 물체가 그를 향해 거의 직선으로 다가오고 있기 때문이었다. 그것이 다가와서 발밑으로 지나가는 동안 그는 그 물건이 방추형이며 길이가 몇백 미터나 된다는 것을 알았다. 그 물건의 몸체에 여기저기 희미한 띠가 둘려 있었지만, 그 띠에다 초점을 맞추기는 어려웠다. 그것은 아주 빠른 속도로 진동하거나 회전하고 있는 것 같았다.

그 물체는 양쪽 끝으로 갈수록 몸통이 가늘어지는 모양을 하고 있었으며, 동력을 공급해 주는 엔진이 있는 것 같지는 않았다. 사람의 눈으로 봤을 때 친숙한 것이라고는 단 하나, 색깔뿐이었다. 만약 저것이 광학적인 환상이 아니라 정말로 실재하는 물체라면, 그것을 만든 사람들도 인간과 같은 감정들을 몇 가지 갖고 있었던 모양이다. 그러나 그 방추형 물체가 금으로 만들어진 듯이 보이는 것으로 미루어 그들에게는 인류가 지닌 것과 같은 한계가 없음이 분명했다.

보먼은 후방을 보여 주는 스크린으로 시선을 돌려 물체가 뒤쪽으로 떨어지는 것을 지켜보았다. 물체는 그를 철저하게 무시한 채 수천 개나 되는 거대한 구멍들 중 하나를 향해 떨어지고 있었다. 몇 초 후 그것은 마지막으로 황금빛을 번득이며 행성의 내부 속으로 뛰어들어 사라져 버렸다. 이제 불길한 하늘 아래 그는 다시 혼자가 되었다. 고독감과 고립감이 그 어느 때보다 압도적으로 다가왔다.

그 순간 그는 자신 역시 점점이 구멍 뚫린 거대한 행성의 표면을 향해 떨어지고 있음을 알아차렸다. 직사각형의 구렁이 또다시 바로 아래에서 커다랗게 입을 벌리고 있었다. 머리 위의 텅 빈 하늘은 닫혔고, 시계는 기듯이 움직이다가 멈췄으며, 우주 캡슐은 또다시 무한한 칠흑의 벽들 사이로 떨어져 저 멀리 보이는 별들을 향해 움직이고 있었다. 그러나 그는 이것이 태양계로 돌아가는 길이 아님을 확신하고 있었다. 그리고 도저히 사실 같지 않은 순간적인 깨달음 속에서 이 물체가 무엇인지 분명히 알 수 있었다.

이것은 상상조차 할 수 없는 시공간의 차원들 사이를 오가는 별들의 움직임을 관리하는 일종의 우주 스위치였다. 그가 지금 지나가고 있는 곳은 은하계의 중앙역이었다.

# 낯선 하늘

구멍의 벽들이 저 멀리서 다시 희미하게 눈에 들어오기 시작했다. 아직도 어딘지 알 수 없는 곳에서 희미한 빛이 나와 아래로 퍼지면서 벽들을 비춰 주었다. 그런데 갑자기 어둠이 휙 사라지더니 자그마한 우주 캡슐이 별들이 이글거리는 하늘을 향해 위로 돌진하기 시작했다.

그는 다시 예전에 알고 있던 우주 공간으로 돌아와 있었다. 그러나 바깥을 흘끗 쳐다본 것만으로도 이곳이 지구로부터 수백 광년이나 떨어진 곳임을 알 수 있었다. 그는 역사가 시작된 이래 인류의 친구가 돼 주었던 친숙한 별자리들을 찾아보려 하지도 않았다. 지금 그의 주위에서 이글거리고 있는 별들 중에는 인간이 육안으로 한 번이라도 본 적이 있는 별은 하나도 없을 터였다.

별들은 대부분 하늘을 완전히 둥글게 감싸고서 밝게 빛나는 허리띠 모양으로 뭉쳐 있었는데, 우주먼지가 모여 이루어진 검은 띠들이 여기저기 자리 잡고 있어서 허리띠가 군데군데 끊어진 것처럼 보였다. 은하수와 흡사한 모습이었지만, 수십 배나 더 밝았다. 보면은 이것이 진실로 자신이 속해 있던 은하수인지, 별들이 가득 모여 눈부시게 빛나고 있는 은하수의 중심에 바짝 붙은 지점에서 은하수를 보고 있는 것인지 궁금했다.

그랬으면 좋겠다는 생각이 들었다. 그렇다면 고향까지의 거리가 그리 멀지 않을 테니까. 그러나 그것이 유치한 생각이라는 것을 즉시 깨달았다. 그는 지금 태양계로부터 상상도 할 수 없을 만큼 멀리 와 있기 때문에 지금 이곳이 은하수이든 망원경으로도 보지 못한 멀고먼 다른 은하계이든 별로 달라질 것이 없었다.

뒤를 돌아보니 위로 솟아오르고 있는 우주 캡슐 밑의 세계가 보였다. 그 모습은 또 다른 충격이었다. 이곳은 여러 방향에서 각이 지게 깎인 거대한 행성도 아니었고, 이아페투스와 똑같이 생긴 것도 아니었다. 우주 캡슐 아래에는 아무것도 없었다. 어두운 방에서 그보다 한층 더 어두운 밤 풍경을 향해 문을 열 때처럼 별들을 배경으로 새까만 그림자가 하나 있을 뿐이었다. 그나마 그가 지켜보고 있는 동안 그 문은 닫혀 버렸다. 문이 뒤로 물러난 것이 아니라 서서히 별들로 채워진 것이다. 마치 우주 공간의 찢어진 틈을 누군가가 수선한 것 같았다. 이제 그는 낯선 하늘 밑에 또다시 혼자였다.

우주 캡슐이 서서히 방향을 틀자 또 다른 놀라운 광경들이 시야에 들어왔다. 처음에는 완벽한 공 모양으로 모여 있는 별들이 나타났다. 중심으로 갈수록 별들이 더욱 빽빽하게 몰려 있어서 중심부에서는 그저 밝은 빛이 끊어지지 않고 계속 빛나고 있을 뿐이었다. 공의 바깥쪽 가장자리는 분명하지 않았다. 여러 항성들의 후광이 조금씩 엷어지면서 더 먼 곳의 별들이 빛나고 있는 배경과 시나브로 섞이고 있었다.

이 찬란한 형체가 바로 구상성단임을 보면은 알 수 있었다. 그는 인간이 육안으로 한 번도 보지 못한 광경, 망원경을 통해 빛의 얼룩으로만 보았던 광경을 바라보고 있었다. 인류가 알고 있는 성단 중 여기서 가장 가까운 성단까지의 거리가 얼마나 되는지 기억도 나지 않았다. 그러나 태양계에서 1000광년 이내의 거리에 성단이 하나도 없는 것은 분명했다.

우주 캡슐은 계속 서서히 회전하면서 훨씬 더 기묘한 광경을 보여 주었다. 지구에서 보이는 달보다 몇 배나 큰 거대한 빨간색 항성. 그 항성의 표면을 똑바로 바라보아도 불편함은 느껴지지 않았다. 색깔을 보아하니, 항성의 온도는 빨갛게 타오르는 석탄보다 높지 않을 터였다. 어둠침침한 빨간색 표면 여기저기에 밝은 노란색 강들이 자리 잡고 있었다. 그 눈부신 강들은 수천 킬로미터를 구불구불 흐르다가 이 죽어 가는 항성의 사막 속으로 사라졌다.

죽어 간다고? 아니, 그건 완전히 틀린 생각이었다. 노을이나 점점 희미해지는 깜부기불을 연상시키는 색깔이 불러일으킨 감정과 인류의 경험 때문에 떠오른 생각일 뿐. 이 별은 불타오르던 젊은 시절을 뒤로 하고 수십억 년밖에 안 되는 짧은 시간 동안 보라색, 파란색, 초록색을 거쳐 이제 상상도 할 수 없을 만큼 오래 지속될 평화로운 성숙기에 접어들어 있었다. 지금까지 이 별이 겪은 세월은 앞으로 다가올 세월의 1000분의 1도 되지 않았다. 이 별의 삶은 이제 막 시작된 것이나 마찬가지였다.

우주 캡슐의 회전이 멈춰 있었다. 바로 앞에는 커다란 빨간 태양이 있었다. 자신이 움직인다는 느낌은 들지 않았지만, 보먼은 토성에서 이곳까지 자신을 데려온 정체 모를 힘이 여전히 자신을 붙들고 있음을 알고 있었다. 인류가 만들어 낸 모든 과학과 기술이 이제는 절망스러울 정도로 원시적인 것 같았다. 도저히 상상할 수 없는 운명을 향해 그를 데려가고 있는 힘에 비하면 말이다.

그는 앞쪽의 하늘을 뚫어지게 바라보며 자신이 지금 어디를 향해 끌려가고 있는지 알아보려고 애썼다. 어쩌면 저 거대한 태양 주위를 도는 어떤 행성이 목적지인지도 몰랐다. 그러나 둥근 행성의 모습이나 예외적으로 밝은 빛은 전혀 보이지 않았다. 만약 이곳에 궤도를 도는 행성이 있다 해도, 그는 하늘을 메운 다른 별들과 그 행성을 구분할 수 없었다.

그때 진홍빛 원반 모양으로 빛나는 태양의 가장자리에서 뭔가 이상한 일이 일어나고 있는 것이 눈에 띄었다. 하얀 빛이 그곳에 나타나 빠르고 눈부시게 커지고 있었다. 대부분의 항성들이 가끔 겪는 갑작스러운 폭발, 즉 플레어가 일어나고 있는 게 아닌가 하는 생각이 들었다.

그 빛이 점점 밝아지면서 푸르게 변하더니 태양의 가장자리를 따라 번져 나가기 시작했다. 피처럼 새빨간 태양의 빛깔이 금방 그 푸른빛과 대조를 이루었다. '태양에서 태양이 떠오르는 모습을 보고 있는 것 같아.' 보먼은 터무니없는 생각에 혼자 미소를 지었다.

그런데 그가 생각한 것이 사실이었다. 태양의 불타오르는 지평선 위로 항성 크기만 한 뭔가가 떠오른 것이다. 그러나 그것은 너무나 눈부시게 밝아서 감히 바라볼 수가 없었다. 아크등처럼 푸르스름한 하얀 빛의 점이 믿을 수 없을 만큼 빠른 속도로 커다란 태양의 표면을 가로지르고 있었다. 그 빛의 점은 거대한 태양과 아주 가까이 있음에 틀림없었다. 그 점 바로 밑에 중력의 힘에 의해 솟아오른 불꽃 기둥이 수천 킬로미터 높이로 뻗어 있었기 때문이다. 마치 저 별의 적도를 따라 불꽃의 해일이 영원히 밀어닥치며 하늘에서 이글이글 불타오르는 태양을 헛되이 뒤쫓고 있는 것 같았다.

그 눈부신 빛의 점은 백색왜성이 틀림없었다. 지구보다 크지 않으면서도 100만 배의 질량을 갖고 있는 기묘하고 격렬한 작은 별 말이다. 이렇게 어울리지 않는 천체들이 짝을 이룬 경우는 드물지 않았다. 그러나 보먼은 언젠가 자기가 그런 천체들을 직접 볼 것이라고는 꿈에도 생각하지 못했다.

백색왜성이 태양을 절반쯤 가로질렀을 때(그 별이 태양을 한 바퀴 도는 데는 틀림없이 몇 분밖에 걸리지 않을 것이다.) 보먼은 마침내 자신도 움직이고 있다는 확신을 얻었다. 그의 앞쪽에서 별 하나가 빠르게 밝아지며 움직이기 시작했다. 작고 가까운 별임에 틀림없었다. 어쩌면 그의 목적지가 그곳인지도 모를 일이었다.

그 별이 예상치 못한 속도로 그를 향해 다가왔다. 그리고 그는 그것이 결코 별이 아니라는 것을 알 수 있었다.

그것은 거미집 모양 또는 격자무늬의 금속 물체였다. 길이가 수백 킬로미터나 되는 그 물체는 탁하게 빛나면서 느닷없이 하늘에 나타나 결국 하늘을 가득 채워 버렸다. 대륙 크기만 한 물체의 표면에는 여기저기 구조물들이 흩어져 있었다. 그 구조물들은 도시 하나만큼이나 컸지만 아무래도 기계인 것 같았다. 많은 기계들 주위에 수십 개의 작은 물체들이 깔끔하게 줄을 맞춰 모여 있었다. 보면은 그렇게 물체들이 모여 있는 곳을 여러 곳 지나친 후에야 그들이 우주선단이라는 것을 깨달았다. 그는 지금 거대한 궤도 주차장 위를 날고 있었던 것이다.

눈에 익은 물체가 하나도 없어서 아래쪽에서 번개처럼 빠르게 스쳐 지나가는 풍경의 규모를 가늠할 수 없었기 때문에, 우주 공간에 매달려 있는 우주선들의 크기를 추정하는 것은 거의 불가능했다. 그러나 우주선들이 거대한 것만은 분명했다. 길이가 몇 킬로미터나 되어 보이는 것도 있었다. 우주선의 디자인은 제각각이었다. 공 모양도 있고, 다면체의 결정 같은 모양도 있고, 가느다란 연필 모양, 달걀형, 원반형도 있었다. 이곳은 우주 상인들이 만나는 장소 중 하나임이 분명했다.

아니면 옛날에, 아마도 100만 년 전에 그랬거나. 보면이 이런 생각을 한 것은 어디에서도 무엇이든 움직이는 기색이 보이지 않았기 때문이다. 넓게 펼쳐져 있는 이 우주 공항은 달처럼 죽어 있었다.

움직임이 없다는 점뿐만 아니라 잘못 날아든 소행성 때문에 금속 거미줄에 커다란 틈들이 벌어져 있다는 점 또한 이곳이 죽어 있다는 분명한 증거였다. 소행성들이 이 금속 거미줄을 뚫고 지나간 것은 틀림없이 아주 오래전일 것이다. 이곳은 이제 주차장이 아니라 우주 쓰레기장이었다.

이곳을 만든 생물들은 이미 오래전에 사라지고 없었다. 이런 깨달음과 함께 보면은 갑자기 가슴이 덜컥 내려앉았다. 처음부터 무엇을 보게 될지 전혀 몰랐지만, 그래도 다른 별에서 온 지적 생명체를 만났으면 좋겠다는 희망을 품고 있었다. 그런데 아무래도 그가 너무 늦게 온 것 같았다. 그를 이곳으로 잡아들인 것은 고대에 만들어져 자동으로 작동하고 있는 덫이었다. 이 덫을 만든 생물들이 여기에 덫을 놓은 목적은 알 수 없었지만, 그들이 이미 오래전에 사라져 버렸는데도 덫은 여전히 작동하고 있었다. 그 덫이 그를 은하계 건너편으로 데려와 이 죽음의 바다에 던져 놓은 것이다.(그 말고도 같은 일을 당한 사람이 얼마나 될까?) 이제 그는 곧 우주 캡슐 안의 공기가 떨어지면 죽을 수밖에 없는 운명이었다.

하긴, 그 이상의 행운을 기대하는 것이 터무니없는 일이기는 했다. 그는 이미 많은 사람들이 목숨을 바쳐서라도 보고 싶어 할 놀라운 광경들을 보았다. 죽은 동료들을 생각하니 자신은 불평할 입장이 아니었다.

그런데 그때 버려진 우주 공항이 아까와 똑같은 속도로 자신의 옆을 미끄러지듯 지나가고 있는 광경이 눈에 들어왔다. 그는 우주 공항의 외곽을 지나가고 있었다. 울퉁불퉁한 우주 공항 가장자리가 지나가고 나자 이제 별들이 온전히 눈에 들어왔다. 그리고 몇 분 후 우주 공항은 완전히 뒤로 떨어지듯 사라져 버렸다.

그의 목적지는 이곳이 아니었다. 그의 운명이 놓여 있는 곳은 저 앞의 거대한 진홍빛 태양이었다. 우주 캡슐이 그곳을 향해 떨어지고 있음을 이제 분명히 알 수 있었다.

## 불의 지옥

이제 하늘을 좌우로 가득 채운 붉은 태양밖에 없었다. 아까는 태양이 너무 커서 그 표면이 전혀 움직이지 않는 것처럼 보였지만, 그가 태양과 가까워진 지금은 그렇지 않았다. 맑게 빛나는 작은 혹들이 앞뒤로 움직이고, 오르락내리락하는 가스들이 사이클론처럼 휘몰아치고, 밖으로 돌출된 것들이 서서히 하늘을 향해 로켓처럼 솟아오르고 있었다. 가만, 서서히? 그가 그들의 움직임을 볼 수 있는 것으로 보아 속도가 시속 150만 킬로미터는 될 터인데…….

그는 자신이 떨어지고 있는 불의 지옥의 규모가 얼마나 되는지 파악해 보려 하지도 않았다. 디스커버리 호가 지금은 몇 십억 킬로미터나 떨어져 있는지 알 수 없는 태양계에서 토성과 목성에 근접 비행을 할 때 그는 그 두 행성의 거대함에 압도당했다. 그러나 여기서는 모든 것이 그보다 100배는 더 컸다. 그는 자신의 머릿속으로 쏟아져 들어오는 이미지들을 해석하려 애쓰지 않고 그냥 받아들이는 수밖에 없었다.

뒤쪽에서 불의 바다가 점점 더 커져 가는 순간, 보먼은 마땅히 두려움을 느꼈어야 했다. 그러나 이상하게도 가벼운 불안만 느껴질 뿐이었다. 그의 머리가 놀라다 못해 아예 마비되어서 그런 것은 아니었다. 논리적으로 생각해 봤을 때, 뭔가 거의 전능한 지적 능력을 가진 존재가 지금 상황을 통제하며 그를 보호해 주고 있음이 틀림없다는 결론이 나왔기 때문이다. 뭔가 눈에 보이지 않는 막 같은 것이 태양의 복사열을 막아 주고 있지 않았다면, 붉은 태양에 이렇게 가까이 다가와 있는 그는 순식간에 타 버리고 말았을 터였다. 이번 여행을 하는 동안 우주 캡슐이 너무나 엄청난 속도를 내는 바람에 원래대로라면 즉시 납작하게 짜부라져야 마땅한 순간들도 있었지만, 그때 그에게는 아무런 느낌도 없었다. 따라서 누군가가 그를 살려 두려고 지금까지 이렇게 애쓴 것이 사실이라면, 아직 희망이 있었다.

우주 캡슐은 이제 태양의 표면과 거의 평행을 유지하며 긴 호선을 그리고 있는 듯했지만, 서서히 태양을 향해 내려가고 있었다. 보먼은 이때서야 처음으로 소리들을 인식했다. 우르릉거리는 소리가 희미하게 끊임없이 들려오고 있었는데, 그 사이사이 종이 찢을 때 나는 소리나 멀리서 번개 칠 때 나는 소리와 흡사한 소리가 섞여 있었다. 이것은 상상조차 할 수 없는 불협화음의 희미하기 이를 데 없는 메아리임이 분명했다. 지금 그를 둘러싸고 있는 대기는 틀림없이 어떤 물체든 갈가리 찢어 원자로 분해해 버릴 수 있는 충격에 시달리고 있을 터였다. 그런데도 그는 열기는 물론 이 엄청난 충격으로부터도 여전히 보호받고 있었다.

수천 킬로미터 높이의 불기둥들이 그의 주위에서 솟아올랐다가 서서히 가라앉았지만, 그는 이 모든 격렬한 움직임으로부터 완전히 차단되어 있었다. 항성의 에너지가 사납게 그의 옆을 지나갔지만, 마치 다른 우주의 일처럼 느껴졌다. 우주 캡슐은 아무런 타격도 입지 않고 불에 그을리지도 않은 채, 불기둥들 사이를 차분하게 통과했다.

보먼은 이제 눈앞의 기묘하고 장대한 광경에도 혼란스러워하지 않고 주위의 자잘한 특징들을 하나씩 인식하기 시작했다. 그 특징들은 전에도 그 자리에 있었지만 그는 지금까지 인식하지 못하고 있었다. 이 항성의 표면은 아무런 형태가 없는 혼돈이 아니었다. 자연이 창조해 낸 모든 것이 그렇듯 여기에도 패턴이 있었다.

우선 여러 기체들이 만들어 낸 작은 소용돌이들이 눈에 들어왔다. 아마도 아시아나 아프리카 대륙보다 크지 않을 소용돌이들은 항성 표면을 정처 없이 돌아다니고 있었다. 때로는 그 소용돌이 안쪽을 똑바로 쳐다볼 수 있는 경우도 있었는데, 저 아래쪽에 더 어둡고 서늘한 지역이 보였다. 이상하게도 이곳에 흑점은 없는 것 같았다. 어쩌면 흑점은 지구를 비추는 태양만이 갖고 있는 질병인지도 모를 일이었다.

그다음으로 눈에 들어온 것은 가끔 눈에 띄는 구름들이었다. 돌풍에 밀려온 연기 같았다. 어쩌면 정말로 연기인지도 몰랐다. 이 항성은 진짜 불이 타오를 수 있을 만큼 온도가 낮은 편이니까. 이곳에서는 화학적 화합물들이 핵융합 반응으로 생겨난 주위의 격렬한 힘에 찢겨 나가기 전에 몇 초 동안이나마 형태를 유지할 수 있었다.

지평선이 점점 밝아지면서 어두운 붉은색이던 지평선 색깔이 노란색, 파란색, 강렬한 자주색으로 차츰 변했다. 아까 보았던 백색왜성이 우주 공간의 물질들을 해일처럼 뒤에 매달고 지평선 위로 올라오고 있었다.

보먼은 그 작은 태양의 이글거리는 빛을 견딜 수가 없어서 손으로 눈에 그늘을 만들고 자체적인 중력장에 의해 하늘로 빨려 올라가며 요동치는 불기둥에 초점을 맞췄다. 예전에 그는 카리브 해에서 물기둥이 수면을 가로지르며 움직이는 것을 본 적이 있었다. 이 불기둥의 모습은 그때 본 것과 거의 똑같았다. 크기만 약간 다를 뿐이었다. 불기둥의 밑동 부분은 지구보다 더 넓은 것 같았다.

그런데 그때 우주 캡슐 바로 아래쪽에서 전에는 없었음이 분명한 새로운 것이 눈에 띄었다. 만약 그것이 줄곧 그 자리에 있었다면 보먼이 보지 못했을 리 없었다. 빨갛게 타오르는 가스의 바다 위로 수많은 밝은 구슬들이 움직이고 있었다. 그들은 진주 빛으로 빛나고 있었는데, 몇 초 간격으로 밝아졌다 어두워졌다 했다. 그리고 강물을 거슬러 올라가는 연어처럼 모두 같은 방향으로 움직이고 있었다. 가끔 그들이 앞뒤로 오락가락하면서 길이 뒤얽히는 경우도 있었지만, 서로에게 닿는 경우는 전혀 없었다.

구슬의 숫자는 수천 개나 되었다. 보먼은 그 구슬들을 들여다보면 볼수록 그들이 분명히 어떤 목적을 가지고 움직이고 있다는 확신이 들었다. 그들은 아직 까마득하게 멀리 있기 때문에 구조를 자세히 파악할 수는 없었다. 이처럼 거대한 파노라마가 펼쳐지고 있는 곳에서 그 구슬들이 그의 눈에 들어왔다는 것은, 구슬 무리의 너비가 수십 킬로미터는 된다는 뜻이었다. 어쩌면 수백 킬로미터인지도 몰랐다. 만약 그들이 조직을 갖춘 존재들이라면, 자신들이 살고 있는 이 천체의 규모에 맞게 만들어진 정말로 거대한 생물이었다.

어쩌면 그 구슬들은 자연의 힘들이 기묘하게 결합해서 일시적으로 안정을 유지하게 된 플라스마 구름일 뿐일 수도 있었다. 지구에서 아주 가끔 잠깐씩 나타나는 구상(球狀) 번개처럼 말이다. 지구의 과학자들은 그 정체를 알지 못해 아직도 머리를 싸매고 있었다. 만약 이 생각이 맞다면 편히 마음을 놓을 수도 있을 것이다. 그러나 보면은 웬만한 별만큼 넓은 흐름을 내려다보며 자신의 생각이 맞다고 믿을 수가 없었다. 저 빛나는 빛 덩어리들은 자기들의 목적지가 어딘지 알고 있었고, 머리 위에서 궤도를 돌고 있는 백색왜성이 만들어 낸 불기둥 주위로 일부러 몰려들고 있었다.

보면은 위로 솟아오르고 있는 불기둥을 다시 한번 뚫어지게 바라보았다. 불기둥은 이제 이 세계를 지배하는 작고 무거운 항성 밑에서 지평선을 따라 당당하게 움직이고 있었다. 혹시 눈앞의 광경이 순전히 상상의 산물은 아닐까? 아니면 저 거대한 가스기둥 위로 밝은 빛이 정말로 점점 번져 가고 있는 걸까? 마치 수많은 불꽃들이 한데 뭉쳐 대륙 크기만 한 인광이 된 것 같았다.

터무니없는 공상보다도 더한 얘기였지만, 어쩌면 지금 그가 보고 있는 것은 무엇인가가 불꽃의 다리를 지나 별에서 별로 옮겨 가는 광경인지도 몰랐다. 의식이 없는 우주의 짐승들이 나그네 쥐처럼 충동에 휩싸여 우주 공간을 건너가는 것인지, 아니면 지능 있는 생명체들이 거대한 무리를 지어 움직이고 있는 것인지는 결코 알 수 없을 터였다.

그는 인류가 꿈에서도 생각해 보지 못한 전혀 새로운 생명체들 사이를 통과하고 있었다. 바다와 땅과 공기와 공간의 영역 너머에는 불의 영역이 있었고, 오로지 그만이 그 광경을 볼 수 있는 특권을 누렸다. 그러니 그 광경이 무엇인지 이해하는 것까지 바란다는 것은 너무 지나친 기대였다.

# 영접

불의 기둥은 지평선 너머로 사라지는 폭풍처럼 태양의 가장자리 위를 지나가고 있었다. 바삐 움직이던 빛의 반점들은 이제 수천 킬로미터 아래에서 붉게 빛나고 있는 별의 표면을 가로지르지 않았다. 데이비드 보먼은 순식간에 자신을 소멸시켜 버릴 수 있는 주위 환경과 달리 안전한 우주.캡슐 안에서 무엇인지는 몰라도 어쨌든 자신을 위해 준비된 일이 일어나기를 기다렸다.

백색왜성은 궤도를 따라 돌진하면서 빠르게 가라앉고 있었다. 이윽고 그 별이 지평선에 닿자 마치 지평선에 불이 붙은 듯했다. 그리고 이내 백색왜성은 지평선 너머로 사라져 버렸다. 불의 지옥 같은 별의 표면에 거짓 석양이 내려앉았다. 이렇게 사방이 갑자기 어두워졌을 때, 보먼은 주위의 공간에서 뭔가가 벌어지고 있다는 사실을 깨달았다.

붉은 태양이 잔물결을 일으키고 있는 것 같았다. 마치 콸콸 흐르는 수돗물의 막 너머로 그 별을 보고 있는 것 같았다. 격렬하게 요동치는 주위의 대기 속으로 대단히 강력한 충격파가 지나가면서 일종의 굴절 효과가 일어난 것이 아닐까 하는 생각이 순간적으로 머리를 스쳤다.

빛은 점점 희미해졌다. 마치 이제 곧 두 번째 석양이 내려앉을 것처럼. 보먼은 자기도 모르게 위를 쳐다봤다가 겸연쩍은 듯 고개를 돌렸다. 여기는 하늘이 아니라 발아래 불타고 있는 항성에서 빛이 나온다는 사실을 기억해 냈기 때문이다.

뭔가 불투명한 유리 같은 물질로 만들어진 벽이 점점 두껍게 그의 주위를 둘러싸서 붉은 빛과 바깥의 풍경을 차단하고 있는 것 같았다. 사방이 점점 더 어두워졌다. 항성에서 일고 있는 허리케인의 희미한 포효도 사라져 버렸다. 우주 캡슐은 밤처럼 어두운 공간 속에서 조용히 떠 있었다. 잠시 후 우주 캡슐이 아주 살짝 쿵 하는 소리를 내며 뭔가 딱딱한 표면 위에 내려앉더니 모든 움직임을 멈췄다.

'도대체 어디에 내려앉은 거지?' 보먼은 도저히 믿을 수 없는 심정으로 자문해 보았다. 그런데 그때 빛이 돌아왔다. 믿을 수 없는 심정 대신 이제 가슴이 철렁 내려앉는 절망이 느껴졌다. 그는 주위를 둘러보며 틀림없이 자신이 미쳤다는 결론을 내렸다.

그는 아무리 놀라운 일이 일어나도 견딜 수 있을 것이라고 생각했었다. 그가 예상하지 못한 것이 있다면, 그것은 지극히 평범한 광경뿐이었다.

우주 캡슐은 우아하고 별다른 특징이 없는 호텔 스위트룸의 번쩍거리는 바닥 위에 앉아 있었다. 지구의 어느 대도시에서나 볼 수 있을 법한 방이었다. 커피 탁자, 소파, 의자 열두 개, 책상, 여러 가지 램프, 책이 반쯤 차 있고 위에 잡지가 몇 권 놓여 있는 책꽂이 등이 있는 거실이었다. 심지어 꽃이 들어 있는 꽃병도 있었다. 한쪽 벽에는 반 고흐의 「아를의 다리」가 걸려 있고, 다른 쪽 벽에는 와이어스의 「크리스티나의 세계」가 걸려 있었다. 책상 서랍을 열면 그 안에 분명히 성경책이 들어 있을 것만 같았다…….

그가 정말로 미친 것이라면, 지금 눈에 보이는 망상은 아주 아름답게 짜여 있었다. 모든 것이 완전히 진짜처럼 느껴졌다. 그가 시선을 뒤로 돌려도 있던 물건은 여전히 그 자리에 있었다. 지금 이 풍경 속에서 어울리지 않는 유일한 물건, 그것도 아주 중요한 물건은 바로 우주 캡슐이었다.

보면은 오랫동안 자리에서 꼼짝도 하지 않았다. 그는 주위의 광경이 사라질 것이라고 반쯤 기대하고 있었지만, 그가 지금까지 살아오면서 봤던 그 어떤 광경 못지않게 지금의 풍경 역시 굳건히 자리를 지켰다.

이것은 진짜였다. 그렇지 않다면, 그의 감각 기관들이 현실과 구분할 수 없을 정도로 너무나 훌륭하게 만들어 낸 환상이거나. 어쩌면 이것은 일종의 시험인지도 몰랐다. 만약 그렇다면 그의 운명뿐만 아니라 인류 전체의 운명이 앞으로 몇 분 동안 그가 할 행동에 따라 달라질 수도 있었다.

그냥 자리에 앉아서 뭔가 일이 벌어지기를 기다릴 수도 있었고, 캡슐의 문을 열고 밖으로 나가 주위의 광경이 정말로 현실인지 살펴볼 수도 있었다. 바닥은 단단한 것 같았다. 적어도 우주 캡슐의 무게를 지탱하고 있었으니 말이다. 그가 밖으로 나가도 밑으로 뚝 떨어질 것 같지는 않았다. 저 바닥이 실제로는 무엇인지 알 길이 없지만.

이제 남은 문제는 바깥에 공기가 있는가 하는 점이었다. 잘은 몰라도 이 방이 진공 상태일 수도 있고 유독한 공기가 있을 수도 있었다. 그를 여기까지 데려오려고 그렇게 애쓴 존재가 그런 중요한 문제에 신경 쓰지 않았을 리가 없으므로 바깥의 공기에 문제가 없을 가능성이 크다는 생각이 들었지만, 쓸데없이 위험을 무릅쓰고 싶지는 않았다. 어쨌든 그는 오랫동안 훈련을 받은 사람이므로 오염에 대해 걱정할 수밖에 없었다. 다른 방법이 없다는 것이 확실해지기 전에는 미지의 환경에 자신을 노출시키고 싶지 않았다. 이 방은 미국 어딘가에 있는 호텔 방처럼 보였다. 하지만 그렇다고 해서 그가 사실은 태양계로부터 수백 광년이나 떨어진 곳에 있다는 사실이 달라지는 것은 아니었다.

그는 우주복의 헬멧을 닫아 몸의 모든 부분이 바깥에 노출되지 않도록 한 후 우주 캡슐의 해치를 작동시켰다. 기압이 조절되면서 잠깐 쉿쉿거리는 소리가 들린 후 그는 방 안으로 발을 내디뎠다.

그의 느낌이 맞다면, 그는 지금 완전히 정상적인 중력장 안에 있었다. 그는 한 팔을 들어 올렸다가 힘없이 떨어뜨렸다. 팔은 1초도 안 돼서 그의 옆구리에 부딪혔다.

그런데 이것 때문에 모든 것이 한층 더 비현실적으로 느껴졌다. 그는 지금 중력이 없을 때만 제대로 작동할 수 있는 우주 캡슐 밖에서 우주복을 입고 서 있었다. 원래대로라면 공중에 떠 있어야 하는 상황인데 말이다. 정상적인 우주 비행사로서 그의 모든 신경은 잔뜩 곤두서 있었다. 그는 움직일 때마다 미리 생각을 해야 했다.

그는 황홀경에 빠진 사람처럼 가구가 하나도 없는 황량한 방구석에서 호텔 스위트룸을 향해 천천히 걸었다. 그의 예상과 달리 호텔 방은 그가 다가가도 사라지지 않고 완전히 현실 같은 모습을 유지했다.

그는 커피 탁자 옆에서 걸음을 멈췄다. 탁자 위에는 벨 시스템의 전통적인 화상 전화가 놓여 있었고, 심지어 지역 전화번호부까지 갖춰져 있었다. 그는 몸을 숙여 장갑 낀 손으로 서투르게 전화번호부를 들어 올렸다.

그 책에는 그가 수천 번도 더 본 친숙한 활자체로 '워싱턴 D. C.'라는 이름이 씌어 있었다.

그는 책을 좀 더 자세히 살펴보았다. 그랬더니 비록 이 모든 광경이 현실처럼 보일지라도 그가 지금 지구에 있는 것이 아님을 보여주는 객관적인 증거가 처음으로 눈에 들어왔다.

그가 읽을 수 있는 글자는 '워싱턴'뿐이었다. 나머지 글자들은 모두 신문에 실린 사진을 복사했을 때처럼 흐릿하게 번져 있었다. 그는 마음 내키는 대로 아무렇게나 책장을 넘겼다. 모든 쪽에 글자가 하나도 없었다. 그리고 책을 만든 재료는 종이와 아주 흡사해 보였지만, 틀림없이 종이가 아닌 하얗고 빳빳한 물질이었다.

그는 수화기를 들어 플라스틱 헬멧에 갖다 댔다. 만약 전화기에서 신호음이 나오고 있다면, 헬멧의 전도체를 통해 소리를 들을 수 있을 터였다. 그러나 예상했던 대로 수화기에서는 아무 소리도 들리지 않았다.

그러니까 이 모든 것이 가짜였다. 기가 막힐 정도로 세심하게 꾸며진 가짜. 그리고 이 가짜 풍경은 그를 속이기 위한 것이 아니라 그를 안심시키기 위한 것이었다.(그는 자신의 생각이 맞기를 바랐다.) 이런 생각을 하고 나니 마음이 아주 편안해졌지만 조사를 다 마칠 때까지 우주복을 벗지 않을 생각이었다.

방 안의 모든 가구들은 아주 단단하고 튼튼해 보였다. 시험 삼아 의자에 앉아 보았는데, 의자가 그의 몸무게를 지탱해 주었다. 그러나 책상 서랍은 열리지 않았다. 모양만 그럴듯한 가짜였던 것이다.

책과 잡지도 마찬가지였다. 전화번호부처럼 그가 읽을 수 있는 것은 제목뿐이었다. 그런데 제목을 보아하니 거기 놓여 있는 책들의 조합이 기묘했다. 대부분 쓰레기 같은 베스트셀러였고, 그 밖에 선정적인 비소설과 널리 알려진 자서전이 몇 권이었다. 모두 나온 지 3년 이상 된 책이었고 지적인 내용이 조금이라도 담긴 책은 거의 없었다. 그렇다고 그게 문제가 되지는 않았다. 책을 책꽂이에서 빼낼 수도 없는 형편이었으니 말이다.

방에는 문이 두 개 있었는데, 둘 다 쉽게 열렸다. 첫 번째 문 뒤에는 작지만 편안한 침실이 있었다. 침대, 책상, 의자 두 개, 실제로 작동하는 전등 스위치, 옷장 등이 갖춰진 방이었다. 옷장을 열어 보니 정장 네 벌, 실내복 한 벌, 하얀 셔츠 열두 장, 속옷 여러 벌 등이 옷걸이에 깔끔하게 정리되어 있었다.

그는 정장 한 벌을 꺼내서 세심하게 살펴보았다. 장갑 낀 손으로 느껴지는 감촉이 맞다면 옷의 소재는 모직이라기보다 모피에 가까웠다. 옷의 모양은 유행을 약간 지난 것이었다. 지구에서는 적어도 4년 전부터 단추가 한 줄로 달린 양복을 입는 사람이 아무도 없었다.

침실 옆에는 모든 설비가 완벽하게 갖춰진 욕실이 있었다. 욕실의 설비가 모양만 흉내 낸 가짜가 아니라 실제로 작동하는 물건이라는 점은 다행이었다. 욕실 다음으로는 전기 쿠커, 냉장고, 찬장, 도자기, 칼, 개수대, 식탁, 의자 등이 갖춰진 작은 부엌이 있었다. 보먼은 단순한 호기심뿐만 아니라 허기가 강해지는 것을 느끼면서 부엌을 조사하기 시작했다.

먼저 냉장고를 열어 보았더니 차가운 안개가 흘러나왔다. 냉장고 선반에는 포장된 음식과 통조림 등이 잘 갖춰져 있었는데 멀리서 보면 아주 친숙한 물건들이었지만 가까이서 살펴보니 상표의 글씨가 흐릿하게 번져 있어서 읽을 수가 없었다. 달걀, 우유, 버터, 고기, 과일 등 가공을 거치지 않은 음식들이 하나도 없는 것은 주목할 만했다. 냉장고에는 이미 어떤 식으로든 포장된 음식만 들어 있었다.

보먼은 친숙한 시리얼 상자를 집어 들었다. 이걸 냉동실에 두다니 참 이상하다는 생각을 하면서. 그 상자를 들어 올리는 순간, 그 안에 들어 있는 것이 절대로 콘플레이크가 아니라는 것을 알 수 있었다. 상자가 너무 무거웠기 때문이다.

그는 상자 뚜껑을 찢어서 열고 그 안의 내용물을 조사했다. 상자 안에는 약간 물기가 있는 파란색 물질이 들어 있었는데, 무게나 질감이 빵으로 만든 푸딩과 비슷했다. 색깔이 이상하다는 점만 빼면 상당히 맛있어 보였다.

'하지만 생각해 보니 웃기는 일이군. 분명히 누군가가 날 지켜보고 있을 텐데, 이런 우주복을 입고 있는 모습이 아주 바보처럼 보일 거야. 만약 이게 일종의 지능 테스트라면, 난 벌써 시험에 떨어졌겠는걸.' 그는 더 이상 망설이지 않고 다시 침실로 돌아가서 헬멧의 죔쇠를 풀기 시작했다. 죔쇠가 헐거워지자 그는 헬멧을 살짝 들어 올려 약간의 틈을 만들고 조심스럽게 숨을 쉬었다. 방 안에는 지극히 정상적인 공기가 있는 것 같았다.

그는 헬멧을 침대 위에 내려놓고 천만다행이라는 생각을 하며 약간 뻣뻣한 몸짓으로 우주복을 벗기 시작했다. 우주복을 다 벗은 후 몸을 쭉 펴면서 몇 번 심호흡을 했다. 그리고 옷장 안의 평범한 옷들 사이에 우주복을 조심스럽게 걸었다. 그렇게 걸어 놓으니 조금 이상해 보였지만, 우주 비행사들이 으레 그렇듯이 보면도 강박적으로 깔끔하고 단정한 것을 추구하는 사람이기 때문에 옷장이 아닌 다른 곳에 우주복을 놓아둘 수는 없었다.

그는 재빨리 부엌으로 다시 돌아가서 시리얼 상자를 더 자세히 살펴보기 시작했다.

파란색 푸딩에서는 희미하게 매운 냄새가 났다. 보면은 손으로 무게를 가늠해 본 다음 푸딩을 조금 떼어 내 조심스럽게 냄새를 맡아 보았다. 이제 그는 상대방이 자신에게 고의로 독을 먹이려 하지는 않을 것이라고 확신했지만, 상대방이 실수를 저질렀을 가능성을 배제할 수는 없었다. 특히 생화학처럼 복잡한 분야에서는 더욱 그러했다.

그는 푸딩을 아주 조금 베어 물고 씹다가 꿀걱 삼켰다. 뭐라고 표현하기가 불가능할 만큼 묘한 향기가 났지만 맛은 아주 훌륭했다.

눈을 감고 상상해 보면, 이 음식을 고기로도, 도정하지 않은 밀로 만든 빵으로도, 심지어 말린 과일로도 생각할 수 있을 것 같았다. 이 음식이 뜻하지 않은 후유증만 일으키지 않는다면 굶어 죽을까 봐 걱정할 필요는 없었다.

푸딩을 몇 조각 먹지도 않았는데 벌써 상당히 배가 불렀다. 그는 뭔가 마실 것이 있는지 찾아보았다. 냉장고 뒤에 맥주 깡통 여섯 개(이것 역시 유명한 상표였다.)가 있어서 그는 그중 하나를 꺼내 마개를 땄다.

압력으로 봉해져 있던 금속 뚜껑이 선을 따라 펑 하고 열렸다. 지극히 평범한 모습이었다. 그러나 깡통 속에 들어 있는 것은 맥주가 아니었다. 보먼은 그 안에도 파란색 음식이 들어 있는 것을 보고 놀라움과 실망감을 동시에 느꼈다.

몇 초 만에 그는 포장된 다른 음식과 깡통 여섯 개를 더 열어 보았다. 겉에 붙은 상표가 무엇이든 안의 내용물은 모두 똑같았다. 아무래도 앞으로 똑같은 음식만 먹으면서 마실 것이라고는 물밖에 없는 생활을 하게 될 것 같았다. 그는 수도꼭지를 틀어 잔에 물을 받은 다음 조심스럽게 홀짝거렸다.

그리고 즉시 뱉어 버렸다. 맛이 끔찍했다. 그러나 자신의 본능적인 반응이 조금 부끄러워진 그는 억지로 나머지 물을 다 마셨다.

처음 몇 방울 마셔 봤을 때 그는 이미 액체의 정체를 알 수 있었다. 맛이 끔찍하게 느껴졌던 것은 이 액체에 아무런 맛이 없었기 때문이다. 수도꼭지에서 나오는 물은 순수한 증류수였다. 정체를 알 수 없는 이곳의 주인들은 그가 건강을 상하지 않도록 만전을 기하고 있음이 분명했다.

한결 기운을 차린 그는 재빨리 샤워를 했다. 비누가 없는 것이 조금 불편하기는 했지만, 대단히 효율적인 열풍 건조기가 있어서 그는 그 안에서 한동안 사치를 즐긴 다음 옷장에 들어 있는 속옷과 실내복을 입어 보았다. 그러고는 침대에 누워 천장을 뚫어지게 바라보며 너무나 이상한 지금의 상황을 이해해 보려고 애썼다.

그러나 거의 성과를 거두지 못하고 있을 때 또 다른 생각이 떠올라 그를 방해했다. 침대 바로 위에는 호텔에서 흔히 볼 수 있는 천장 텔레비전 스크린이 있었다. 그는 전화기나 책과 마찬가지로 저것도 모양만 그럴듯한 가짜일 것이라고 생각했다.

그러나 침대 옆에서 흔들리고 있는 조종 장치가 하도 진짜 같아서 그것을 조작해 보고 싶다는 유혹에 굴복하고 말았다. 그의 손가락이 'ON'이라고 쓰인 센서판을 누르자 화면이 밝아졌다.

그는 채널 선택 코드를 정신없이 아무렇게나 누르기 시작했다. 그러자 즉시 화면에 그림이 나타났다.

아프리카의 유명한 뉴스 해설자가 자기 나라에 마지막으로 남은 자연을 보호하기 위해 시도되고 있는 조치들에 대해 이야기하고 있었다. 보먼은 몇 초 동안 그의 말에 귀를 기울였다. 그는 인간의 목소리에 너무나 매료된 나머지 말의 내용에는 조금도 신경 쓰지 않았다. 그러고는 채널을 바꿨다.

그 후 5분 동안 그는 어떤 교향악단이 연주하는 월튼의 「바이올린 협주곡」과 합법적인 극장이 한심한 처지에 빠져 있다는 얘기, 서부영화, 새로운 두통 치료법 시연, 어딘가 동양의 언어로 진행되는 게임, 사이코드라마, 세 편의 뉴스 해설, 미식축구 경기, 입체 기하학 강의(러시아어), 여러 개의 화면 조정 화면과 자료 전송 화면 등을 보았다. 그것은 전 세계에서 볼 수 있는 너무나 평범한 프로그램들이었다. 그 덕분에 그는 심리적으로 기운이 났을 뿐만 아니라 이미 추측하고 있던 사실까지 확인할 수 있었다.

모든 프로그램들은 약 2년 전, 즉 TMA-1이 발견될 무렵의 것이었다. 이것을 그냥 우연의 일치라고 보기는 어려웠다. 뭔가가 지구의 전파를 계속 감시하고 있었던 것이다. 새까만 덩어리처럼 생긴 TMA-1은 그동안 사람들이 생각했던 것보다 한층 더 바쁘게 움직인 모양이었다.

그는 계속 채널을 이리저리 바꾸다가 갑자기 친숙한 광경을 발견했다. 그가 있는 바로 이 호텔 방에서 한 유명한 배우가 정부에게 바람을 피웠다며 정신없이 비난을 퍼붓고 있었다. 보면은 자신이 조금 전까지 있었던 거실의 풍경을 알아보고 너무 놀라서 화면을 바라보았다. 그리고 카메라가 화를 내고 있는 두 남녀를 따라 침실 쪽을 향했을 때에는 자기도 모르게 누가 들어오는가 싶어서 문을 바라보았다.

그러니까 이 호텔 방이 그런 식으로 마련된 모양이었다. 이곳의 주인들이 텔레비전 프로그램을 통해 지구의 거실이 어떻게 생겼는지 알아낸 것이다. 왠지 영화 촬영 세트에 들어와 있는 것 같다는 느낌이 거의 맞는 셈이었다.

그는 이제 당장 알고 싶었던 것들을 모두 알아냈으므로 텔레비전을 껐다. '이제 뭘 하지?' 그는 깍지 낀 손으로 머리를 받치고 천장의 텅 빈 텔레비전 화면을 바라보며 생각했다.

그는 육체적으로나 정신적으로나 기진맥진했지만 이렇게 기묘한 환경 속에서 잠드는 건 아무래도 불가능할 것 같았다. 게다가 이곳은 역사상 어느 인간도 와 보지 못한 먼 곳이었다. 그러나 편안한 침대와 육체의 본능이 힘을 합쳐 그의 의지를 거슬렀다.

그는 손으로 사방을 더듬어 조명 스위치를 껐다. 어둠이 방 안을 덮쳤다. 그리고 몇 초 되지도 않아 그는 꿈조차 꾸지 않는 깊은 잠에 빠져 있었다.

이렇게 데이비드 보먼은 마지막 잠에 빠졌다.

# 재현

    방 안의 가구들은 더 이상 쓸모가 없었으므로 그들을 만들어 낸 창조자의 마음속으로 다시 녹아 들어갔다. 오로지 침대만 남아 있었다. 그리고 이 연약한 생명체가 아직 통제할 수 없는 에너지로부터 그를 보호해 주는 벽도.

    데이비드 보먼은 잠을 자면서 불안한 듯 뒤척였다. 그는 잠에서 깬 것도 아니고 꿈을 꾸는 것도 아니었지만, 이제는 의식이 어느 정도 돌아와 있었다. 숲 속으로 슬금슬금 기어드는 안개처럼 뭔가가 그의 정신을 침범했다. 그는 그것을 아주 희미하게 느낄 수 있을 뿐이었다. 그것의 충격을 온전히 느꼈다가는 그가 망가져 버렸을 것이다. 저 벽 뒤에서 날뛰고 있는 불길이 그를 파괴해 버릴 수 있는 것처럼. 냉정하게 상대를 조사하는 존재 앞에서 그는 희망도 두려움도 느끼지 않았다. 모든 감정이 이미 걸러진 상태였기 때문이다.

그는 넓은 공간에 자유롭게 떠 있는 것 같았다. 그의 주위에는 검은색 선 또는 실로 만들어진 기하학적 격자가 사방으로 무한히 뻗어 있었고, 그 격자를 따라 작은 빛의 점들이 움직였다. 어떤 것은 느리게, 어떤 것은 눈부실 만큼 빠르게. 언젠가 그는 현미경으로 인간 뇌의 단면을 들여다보면서 신경망 속에서 지금 이 격자처럼 복잡하게 뻗어 있는 미로를 언뜻 본 적이 있었다. 그러나 그때의 뇌는 죽어서 가만히 있었던 반면, 지금의 광경은 생명 그 자체를 초월한 것이었다. 그가 지금 보고 있는 것은 어떤 거대한 정신이 우주에 대해 뭔가를 깊이 생각하고 있는 모습이었다.(아니, 그런 모습인 것 같다는 생각이 들었다.) 그 우주에서 그는 너무나 작은 존재였다.

이 환영 또는 환상은 금방 사라져 버렸다. 그리고 수정 같은 평면과 격자들, 움직이는 빛들이 얽히고설키면서 만들어 낸 선들이 깜박이며 사라진 순간, 데이비드 보먼은 그 어떤 인간도 일찍이 경험해 보지 못한 의식의 영역에 들어섰다.

처음에는 시간 자체가 뒤로 흘러가는 것 같았다. 그는 이런 놀라운 사실까지도 받아들일 준비가 되어 있었다. 그러나 그보다 더 미묘한 진실이 있음을 깨달았다.

기억의 스프링이 덫에 붙들려 있고, 그는 누군가의 통제 속에서 과거를 다시 경험하고 있었다. 호텔 스위트룸, 우주 캡슐, 불타오르는 붉은 태양의 모습, 밝게 빛나는 은하계 중심부, 그가 다시 우주 공간으로 나오면서 통과했던 출입구. 단순히 시각적인 모습만이 아니라 모든 감각 기관의 느낌과 그가 당시에 느꼈던 모든 감정들이 점점 더 빠른 속도로 정신없이 지나갔다. 그의 인생이 점점 빠른 속도로 되감기고 있는 녹화 테이프처럼 펼쳐지고 있었다.

이제 그는 다시 디스커버리 호에 있었고 토성의 고리들이 하늘을 가득 채웠다. 그리고 그 전에는 HAL과의 마지막 대화를 준비하고 있었다. 프랭크 풀이 마지막 임무를 수행하러 떠나는 것이 보이고, 모든 것이 다 잘되고 있다는 지구 관제사의 목소리가 들렸다.

그는 이런 사건들을 다시 겪으면서도 결국 모든 것이 다 잘되고 있음을 알 수 있었다. 그는 시간의 복도를 따라 역행하면서 지식과 경험을 차츰 잃어버리고 어린 시절을 향해 빠르게 다가가고 있었다. 그러나 완전히 사라지는 것은 하나도 없었다. 지금까지 그의 모든 것이 더 안전한 저장소로 옮겨지고 있었다. 데이비드 보먼이라는 인간은 더 이상 존재하지 않게 되었지만, 또 다른 존재가 불멸의 생명을 얻었다.

그는 점점 더 빠른 속도로 이미 잊힌 세월 속으로, 세상이 더 단순했던 시절 속으로 들어갔다. 그가 한때 사랑했지만 지금은 기억조차 나지 않는 사람들의 얼굴이 그를 향해 다정하게 미소 지었다. 그도 다정한 미소로 화답했다. 아픔은 없었다.

마침내 정신없이 진행되던 퇴행의 속도가 느려지기 시작했다. 기억의 샘은 이제 거의 말라붙어 있었다. 시간이 점점 느리게 흐르면서 정지된 순간을 향해 다가갔다. 흔들리던 추가 정점에 이르렀다가 다시 내려오기 전에 마치 영원 같은 한순간 동안 얼어붙은 듯 보이는 것처럼.

시간을 초월한 순간이 지나가고 추는 반대 방향으로 움직이기 시작했다. 지구에서 2만 광년 떨어진 곳에서 불타오르는 두 항성 사이, 그곳에 떠 있는 텅 빈 방에서 아기가 눈을 뜨고 울어 대기 시작했다.

# 변신

아기는 자신이 이제 혼자가 아님을 알고 울음을 그쳤다.

텅 빈 허공에 유령처럼 희미하게 빛나는 직사각형 하나가 생겨나 있었다. 그 희미한 모습이 점점 더 단단해져서 크리스털 판으로 변하더니 투명함이 사라지고 우유 같은 색깔의 은은한 빛이 전체로 번졌다. 보일 듯 말 듯 형체가 분명치 않은 유령 같은 존재들이 판의 표면과 안쪽을 돌아다니다가 합쳐져서 빛과 어둠의 막대를 이루더니 서로 맞물려 가장자리가 삐죽삐죽 튀어나온 형태로 변했다. 공간 전체를 채우고 있는 듯이 보이는 박동에 맞춰 그 형태가 서서히 회전하기 시작했다.

어떤 아이라도, 또는 그 어떤 원숭이인간이라도 이런 광경을 보았다면 홀린 듯 빠져들었을 것이다. 그러나 300만 년 전에 그랬던 것처럼, 이 형태는 너무나 미묘해서 의식적으로 인지할 수 없는 힘의 외적인 표현에 지나지 않았다. 이 형태는 정신의 훨씬 더 깊숙한 곳에서 진짜 작업이 수행되는 동안 감각 기관의 주의를 흐트러뜨리기 위한 장난감일 뿐이었다.

이번에는 새로운 디자인이 만들어지면서 작업이 빠르고 확실하게 진행되었다. 지난번의 만남 이후 오랜 세월을 거치면서 디자인 제작자가 많은 것을 배운 데다, 그가 솜씨를 연습했던 재료의 질감 또한 한없이 섬세해졌기 때문이다. 그러나 이것이 지금도 계속 커지고 있는 그의 태피스트리의 일부가 될 수 있을지는 오직 미래가 되어 봐야 알 수 있었다.

아기는 이미 보통 인간을 훨씬 뛰어넘은 강렬한 시선으로 커다란 크리스털 판 깊숙한 곳을 뚫어지게 바라보며 그 너머의 신비를 보고 있었다. 그러나 아직 그 신비로운 수수께끼를 이해하지는 못했다. 아기는 자신이 고향으로 돌아왔으며, 자기 말고 많은 종족이 바로 이곳에서 기원했음을 알고 있었다. 그러나 아기는 또한 자신이 이곳에 머무를 수 없다는 것도 알고 있었다. 이 순간이 지나면 또 다른 탄생이 기다리고 있었다. 과거의 그 어떤 탄생보다도 더욱 낯설고 기묘한 탄생이.

이제 그 순간이 왔다. 빛을 발하는 무늬들은 더 이상 크리스털 판의 중심부에서 비밀스러운 수수께끼를 그대로 복제해 보여 주지 않았다. 무늬들이 사라지자 보호벽도 스르르 희미해지며 원래 그랬듯 무의 상태로 돌아갔고 붉은 태양이 하늘을 가득 채웠다.

잊혀 있던 우주 캡슐의 금속과 플라스틱, 그리고 스스로를 데이비드 보먼이라 부르던 존재가 예전에 입었던 옷가지들이 번쩍 빛을 발하며 불꽃 속으로 사라졌다. 지구와의 마지막 연결고리가 사라져 원자 상태로 용해된 것이다.

그러나 아이는 편안한 빛을 발하면서 자신을 둘러싼 새로운 환경에 적응하느라 그런 사실을 거의 눈치채지 못했다. 그가 힘을 집중하려면 물질로 이루어진 이 껍데기가 아직 필요했다. 그 어느 것도 파괴할 수 없는 그의 육체는 그의 정신이 생각하는 지금의 자기 모습이었다. 그는 엄청난 힘을 가지고 있음에도 자신이 아직 아기라는 것을 알고 있었다. 따라서 자신이 어떤 새로운 형태를 취할지 결정을 내리거나 물질이 필요하지 않은 상태로 넘어갈 때까지 이대로 남아 있기로 했다.

이제 떠나야 할 시간이었다. 비록 어떤 의미에서는 그가 다시 태어난 이곳을 결코 떠나지 않는 것이 되겠지만. 그는 앞으로 항상 상상조차 할 수 없는 목적을 위해 이 두 개의 항성을 이용한 존재의 일부로 남아 있을 것이다. 비록 그가 지닌 운명의 본질은 분명치 않았지만 운명의 방향은 분명히 알 수 있었다. 그가 지금까지 거쳐 온 우회로를 따라갈 필요는 없었다. 300만 년 동안 쌓인 본능 덕분에 그는 우주의 뒤에 있는 우회로 말고도 훨씬 더 많은 길들이 있다는 것을 알 수 있었다. 고대에 만들어진 기계 스타게이트가 그를 위해 훌륭하게 작동해 주었지만, 이제 다시는 그 기계를 이용할 필요가 없었다.

아까까지만 해도 크리스털 판으로밖에 보이지 않던 직사각형의 물체가 희미하게 빛을 발하며 여전히 그의 앞에 떠 있었다. 그가 발 아래에서 지옥의 불길처럼 타오르고 있지만 자신에게는 해를 끼칠 수 없는 불꽃을 무심히 바라보듯 그 물체 역시 무심하게 보였다. 그 물체는 깊이를 헤아릴 수 없는 시간과 공간의 비밀들을 아직 품고 있었지만, 그는 이제 적어도 그중의 일부를 이해하고 마음대로 부릴 수 있었다. 제곱수로 이루어진 1대 4대 9라는 수학적 비율이 얼마나 뻔하고, 얼마나 필수적인 것인지! 그 숫자들이 겨우 3차원밖에 되지 않는 이곳에서 끝날 것이라고 생각했다니, 그렇게 순진할 수가!

그는 이 기하학적 단순성에 정신을 집중했다. 그의 생각이 그 물체를 살짝 스치고 지나가자 텅 비어 있던 물체가 우주의 밤 같은 어둠으로 가득 찼다. 붉은 태양의 빛이 희미해졌다. 아니, 빛이 한꺼번에 사방으로 물러나는 것 같았다. 그리고 그의 눈앞에 밝게 빛나는 소용돌이처럼 생긴 은하계가 나타났다.

플라스틱 덩어리에 새겨진, 믿을 수 없을 만큼 자세하고 아름다운 모델이라고 해도 될 것 같았다. 그러나 이것은 이제 시각보다 더 섬세해진 감각 기관들이 온전히 잡아낸 현실이었다. 그가 원한다면 수천억 개의 별들 중 아무거나 하나를 골라 정신을 집중할 수도 있었고, 그보다 훨씬 더한 일도 할 수 있었다.

항성들이 거대한 강을 이루는 이곳, 은하계 중심부에서만 타오르는 불길과 은하계 가장자리에 파수병처럼 고독하게 흩어져 있는 별들의 중간쯤 되는 지점에서 그는 정처 없이 떠 있었다. 하늘에 깊은 틈처럼 자리 잡은 곳, 어둠이 뱀처럼 구불구불 띠를 이루는 곳, 별들이 하나도 없는 곳의 건너편. 그가 있고 싶은 곳도 이곳이었다. 그는 아무런 형태가 없는 혼돈, 저 멀리 불의 안개 속에서 가장자리의 윤곽을 보여 주는 빛이 있어야만 보이는 이 혼돈이 아직 사용되지 않은 창조의 재료이며 앞으로 진행될 진화의 원료라는 것을 알고 있었다. 이곳에서 시간은 아직 시작되지 않았다. 지금 불타오르고 있는 태양들이 죽은 뒤 한참이 더 지나야 빛과 생명이 생겨나 이 허공의 모습을 바꿔 놓을 것이다.

그는 자기도 모르게 경계선을 한 번 건넜다. 그리고 이제 그 경계선을 다시 건너야 했다. 이번에는 자신의 의지로. 이 생각을 하자 갑자기 몸을 얼려 버릴 것 같은 공포가 밀려왔다. 한순간 그는 방향감각을 완전히 잃어버렸다. 우주를 바라보는 그의 새로운 시각도 파르르 떨리면서 금방이라도 수천 개의 조각으로 부서져 버릴 것 같았다.

그의 영혼을 서늘하게 만든 것은 은하계의 심연들에 대한 공포가 아니라 아직 태어나지 않은 미래에서 기인한 더 심오한 불안감이었다. 그는 이미 인간일 때 가졌던 시간 감각을 벗어 버린 상태였기 때문이다. 그는 이제 별이 하나도 없는 어둠의 띠를 곰곰이 바라보며 영원을 넌지시 보여 주는 첫 번째 암시가 바로 자기 앞에서 입을 쩍 벌리고 있음을 깨달았다.

그리고 자신이 다시는 혼자 있지 않을 것이라는 기억을 떠올리자 두려움이 천천히 빠져나갔다. 우주에 대한 수정처럼 선명한 인식이 다시 회복되었다. 그러나 그는 이것이 자신의 노력만으로 이루어진 일이 아니라는 것을 알고 있었다. 그가 맨 처음 비틀거리는 걸음을 내딛으며 누군가의 안내를 필요로 할 때 그것이 그의 옆에 있어 줄 터였다.

용기를 되찾아 높은 곳에서 뛰어내리는 다이버처럼 자신감을 회복한 그는 몇 광년이나 되는 거리를 가로지르기 시작했다. 그가 마음의 틀 속에 가둬 두었던 은하계가 그 틀에서 폭발하듯 터져 나왔다. 별과 성운들이 무한한 속도로 움직이는 것처럼 쏟아져 나와 그의 옆을 지나갔다. 그가 유령같이 희미한 태양들의 중심부를 그림자처럼 살짝 빠져나가자 그 태양들이 폭발하며 뒤로 처졌다. 그가 예전에 두려워했던 차갑고 검은 우주먼지는 이제 태양을 가로지르는 갈까마귀의 날갯짓처럼 보일 뿐이었다.

별들이 점점 줄어들고 있었다. 은하수의 빛도 희미해져 예전에 그가 알던 찬란한 빛에 비하면 창백한 유령 같았다. 그러나 언젠가 준비가 되면 다시 그 찬란한 빛을 볼 것이다.

그는 자신이 원했던 대로 인류가 현실이라고 부르는 공간으로 돌아와 있었다.

# 별의 아이

그의 앞에 별의 아이라면 결코 그 유혹을 뿌리칠 수 없는 반짝이는 장난감이 떠 있었다. 수많은 사람들이 살고 있는 지구라는 행성.

그는 마침 때를 맞춰 이곳으로 돌아왔다. 사람들이 북적거리는 저 아래 지구에서는 레이더 화면에서 경보등이 번쩍거리고, 거대한 추적용 망원경들이 하늘을 수색하고 있을 것이다. 그리고 인류가 알던 역사가 종말을 향해 다가가고 있을 것이다.

1500킬로미터 아래쪽에서 그는 잠에 빠져 있던 죽음의 돌이 깨어나 궤도상에서 천천히 뒤척이고 있다는 것을 알아차렸다. 그것이 품고 있는 하찮은 에너지는 그에게 전혀 위협이 되지 않았지만, 그는 티 없는 하늘이 더 좋았다. 그래서 자신의 의지를 발휘하자 궤도를 돌고 있던 수백만 톤 무게의 돌덩이가 꽃을 피우듯 소리 없이 폭발을 일으켰다. 그 때문에 잠에 빠져 있던 지구의 반쪽이 마치 여명을 맞은 듯 잠깐 밝아졌다.

그리고 그는 이런저런 생각들을 정리하고 아직 시험을 거치지 않은 자신의 힘에 대해 곰곰이 생각하며 가만히 기다렸다. 자신이 이 세계의 주인이었지만 이제 무엇을 해야 할지 잘 알 수가 없어서였다.

하지만 곧 뭔가 생각이 떠오를 것 같았다.

**옮긴이 | 김승욱**

성균관대학교 영어영문학과를 졸업한 후 뉴욕 시립대 대학원에서 여성학을 전공했다. 동아일보 문화부 기자를 거쳐 현재 전문 번역가로 활동 중이다. 우리말로 옮긴 책으로는 『미래의 지배』, 『회의적 환경주의자』, 『마담 세크러터리』, 『돌로레스 클레이본』, 『살인자들의 섬』, 『듄』 시리즈 등이 있다.

# 2001 스페이스 오디세이

1판 1쇄 펴냄  2017년 2월 10일
1판 11쇄 펴냄  2024년 7월 8일

**지은이** | 아서 C. 클라크
**옮긴이** | 김승욱
**발행인** | 박근섭
**편집인** | 김준혁
**펴낸곳** | 황금가지

**출판등록** | 2009. 10. 8 (제2009-000273호)
**주소** | 06027 서울 강남구 도산대로 1길 62 강남출판문화센터 5층
**전화** | 영업부 515-2000 편집부 3446-8774 팩시밀리 515-2007
**홈페이지** | www.goldenbough.co.kr

도서 파본 등의 이유로 반송이 필요할 경우에는 구매처에서 교환하시고
출판사 교환이 필요할 경우에는 아래 주소로 반송 사유를 적어 도서와 함께 보내주세요.
06027 서울 강남구 도산대로 1길 62 강남출판문화센터 6층 민음인 마케팅부

한국어판 © ㈜민음인, 2017. Printed in Seoul, Korea

ISBN 979-11-5888-240-2  04840(1권)
ISBN 979-11-5888-244-0  04840(set)

㈜민음인은 민음사 출판 그룹의 자회사입니다.
황금가지는 ㈜민음인의 픽션 전문 출간 브랜드입니다.